Joanne Bischof

Weil du mir *versprochen* bist

Deutsch von Evelyn Reuter

BRUNNEN
Verlag GmbH · Giessen

Originally published in English under the title:
Be Still My Soul by Joanne Bischof

Published by Multnomah Books
an imprint of The Crown Publishing Group
a division of Random House LLC
12265 Oracle Boulevard, Suite 200
Colorado Springs, Colorado 80921 U.S.A.

International rights contracted through:
Gospel Literature International
P.O. Box 4060, Ontario, California 91761-1003 U.S.A.

This translation published by arrangement with
Multnomah Books, an imprint of The Crown Publishing Group,
a division of Random House LLC

Gottlieb-Daimler-Straße 22, 35398 Giessen

Titel der amerikanischen Originalausgabe: *Be Still My Soul*

Originalausgabe: Multnomah Books

www.brunnen-verlag.de
Lektorat: Konstanze von der Pahlen
Umschlagfoto: shutterstock
Umschlaggestaltung: Daniela Sprenger
Satz: DTP Brunnen
Druck: CPI – Ebner & Spiegel, Ulm
ISBN 978-3-7655-2033-4

Für meine Eltern,
Mike und Janette Soffes

Wenn wir am Abend noch weinen und traurig sind,
so können wir am Morgen doch vor Freude wieder jubeln.
Psalm 30,6

1

Sanft strich die Nachtluft über Leonies Arme. Sie betete, dass der kühle Atem des Herbstes sie forttragen möge – fort von hier in ein anderes Leben. *Herr, hilf mir.* Sie blickte zu ihrem Vater auf und zwang sich zu einem schmalen Lächeln. Mit seinem breiten Rücken stand er vor dem mondbeschienenen Himmel, sein verwittertes Gesicht unter der Krempe seines Filzhutes verborgen. Strähnen ihres kastanienbraunen Haares wirbelten gegen Leonies Wangen. Sie blinzelte und wünschte, der Windhauch könnte ihre Aufregung besänftigen.

Joel Sawyer zog eine buschige Augenbraue hoch. „Ich weiß wirklich nicht, was mit dir los ist. Warum bist du mit einem Mal so nervös?"

Leonie hob das Kinn. „Ich bin nicht nervös", erwiderte sie und sah ihn trotzig an. „Ich verstehe bloß nicht, weshalb ich …" Sie stockte und biss sich auf die Lippen, als ihre Stimme zu zittern begann. Mit dem Daumen fuhr sie über ihr schmerzendes Handgelenk, wo sich der frische Abdruck der kräftigen Finger ihres Vaters abzeichnete.

„Weil deine Mutter Kopfschmerzen hat", knurrte er so leise, dass nur sie es hören konnte. Seine Augen bohrten sich in ihre, und Leonie konnte sehen, dass er log. „Was soll Samson sonst von mir denken?" Sein schlechter Atem schlug Leonie ins Gesicht. „Und jetzt mach schon, und sing für die Leute."

Leonie schluckte und ließ den Blick über die Menschenmenge schweifen, die sich vor der kleinen Bühne zum Tanzen eingefunden hatte. Es war einer der letzten Sommerabende unter freiem Himmel. Die ersten Herbstblätter bedeckten schon den Waldboden. Mit ihren siebzehn Jahren hatte Leonie noch nie vor Publikum gesungen. Sie kam sich lächerlich vor, als sie spürte, dass ihr Herz bis zum Hals schlug und sie vor Angst eine Gänsehaut bekam. Wenn Samson bloß nicht gefragt hätte, ob ihre Mutter heute Abend singen könnte.

Doch ihr Vater hatte sich klar ausgedrückt. Keinesfalls würde seine

Ehefrau „dicht an dicht“ mit Samson Brown auf der Bühne stehen! Nur über seine Leiche, hatte er gesagt. Leonie blickte hinter ihm her, als er mit gebeugten Schultern die Stufen der Verandabühne hinunterstapfte.

„Tut mir leid, dass deine Mutter Kopfschmerzen hat“, raunte Samson ihr zu. Er lächelte, und um seine Augen bildete sich ein Kranz aus kleinen Fältchen.

Leonie nickte stumm. Bestimmt wusste er Bescheid. Doch sie widerstand der Versuchung, den Mann als Lügner bloßzustellen, der sie soeben vor der Bühne abgestellt hatte wie eine Schachfigur.

Leonie richtete den Blick zum Himmel. Die Kühle der Nacht drang durch den Stoff ihres ausgeblichenen karierten Kleides. Sie sandte ein stummes Gebet nach oben zu dem Einen, der ihr helfen konnte, dies durchzustehen. Ihre Mutter war die Nachtigall. Nicht sie. Alle erzählten sich, dass niemand sonntagmorgens in der Kirche so schön sang wie Maggie Sawyer.

Ein grau gefleckter Hund spitzte die Ohren, als Leonie einen Schritt über ihn hinweg auf die improvisierte Bühne machte. Ihre nackten Füße wichen den Laternen aus, die am Rand der Veranda aufgestellt waren. Samson Brown zwinkerte ihr zu und nahm sein Banjo auf den Schoß. Leonie stellte sich auf ihren Platz neben Gideon O'Riley, dem Mandolinenspieler des Trios. Erschrocken trat sie zur Seite, als ihre Schultern sich versehentlich berührten, und stolperte beinah.

Gideon warf ihr einen undurchdringlichen Blick zu. Kurz blitzte Belustigung in seinen grünen Augen auf. Leonie schalt sich, weil sie sofort errötete. Der Geigenspieler, ein Hufschmied, legte sich das Instrument ans Kinn. Die Furchen in seinen abgearbeiteten Händen waren schwarz wie Kohle. Er nickte und wartete mit erhobenem Bogen. Zaghaft erwiderte Leonie sein Nicken.

Das dumpfe Klopfen seiner Stiefel gab den Rhythmus vor und drang durch die Holzdielen. Dann glitt sein Bogen über die Saiten, langsam wie eine Katze, die nach einem schönen, langen Mittagsschlaf ihre Glieder streckt. Gideon zupfte die Saiten seiner Mandoline, und Samsons Banjo zwitscherte so frei wie ein Vogel. Fasziniert sah Leonie den Musikern zu und staunte über die Leichtigkeit und Selbstverständlichkeit, mit der sie spielten.

Sie hielt sich im Schatten des Dachvorsprungs, und erst als ihr Vater ein Zeichen machte, nach vorn zu kommen, trat sie hinaus ins Mondlicht. Ihre nackten Zehen erreichten den Bühnenrand, und sie sah seinen selbstzufriedenen Gesichtsausdruck. Leonie wandte den Blick ab.

Als sich die Geigentöne zu einer Melodie verdichteten, stimmte sie ein und sang. Sie spürte, wie ihr Herz hämmerte, erschrocken über den Klang ihrer eigenen Stimme. Der Text war der eines alten Volksliedes, das ihre Mutter ihr beigebracht hatte, als sie noch auf ihrem Schoß gesessen hatte. Schemenhaft nahm Leonie die Gesichter der Leute wahr. Füße stampften, Baumwollröcke drehten sich im Kreis und gaben den Blick auf selbst genähte Petticoats und ausgeblichene Strümpfe frei. Leonie zwang sich, mit ihrem Fuß den Rhythmus zu schlagen, während die Tänzer ihre Mädchen herumwirbelten. Die Männer ohne Tanzpartnerin hüpften und stampften umso wilder, sodass bald alle Tanzenden von einer Staubschicht bedeckt waren.

Bei der dritten Strophe stockte Leonie. Sie blinzelte, in ihrem Kopf herrschte eine plötzliche Leere. *Du kannst das, Leonie!* Gideon beugte sich vor, seine Hand flog über das Griffbrett, und der Geiger spielte immer lauter. Leonie räusperte sich. Die letzte Strophe würde sie schaffen.

Aber Gideon erhöhte das Tempo und hängte die anderen Musiker einfach ab.

Die Leute klatschten und johlten vor Begeisterung. Leonie biss sich auf die Lippen. Gideon spielte immer schneller, in seinen Augen blitzte der Schalk. Sie klatschte mit zitternden Händen den Takt und sah zu Samson hinüber. Der Banjospieler schüttelte den Kopf, erhob sich langsam von seinem Stuhl und ging zu Gideon hinüber, während er weiter die Saiten seines Instruments zupfte, den Mund zu einem schiefen Grinsen verzerrt.

Das Publikum tobte. Ruhig und bedächtig hob Samson den Fuß und kickte Gideon den Hocker weg. Gideon strauchelte, fiel aber nicht zu Boden. Er ließ das Griffbrett los, warf Samson einen wütenden Blick zu, schnappte sich seinen Schemel und setzte sich wieder.

„Komm schon, Gid, immer schön locker bleiben!", übertönte Samson das Gejohle.

Gideons Finger flogen über die Saiten, bis seine letzten Akkorde zwischen den Bäumen hingen und schließlich in der Ferne verhallten. Die Leute pfiffen und klatschten so laut, dass Leonie das Hämmern ihres Herzens nicht mehr hörte. Zaghaft fiel sie in den Beifall ein und trat ein paar Schritte zurück. Nie wieder würde sie sich von ihrem Vater zwingen lassen, vor Leuten zu singen. Nicht um alles in der Welt. Ihr Platz war unten bei den Zuschauern, wo sie in der Menge untertauchen konnte.

Gideon hob die Mandoline hoch über seinen Kopf und verneigte sich. Wie selbstverliebt er war. Trotzdem musste Leonie lächeln. Er machte einen Schritt auf sie zu und legte ihr wie selbstverständlich den Arm um die Schulter. Sein herber Geruch nach Rauch und Zedernholz stieg ihr in die Nase. Eine Hitzewelle breitete sich von ihrem Nacken bis in die Wangen aus. Sie brauchte ihren Vater nicht anzusehen, um zu wissen, dass auch ihm die Röte ins Gesicht gestiegen war, wenn auch nicht vor Scham.

Als der Applaus verebbte, rückte sie von Gideon ab und stahl sich eilig davon. Auf schwachen Beinen lief sie die Stufen hinab, beinahe schwindelig vor Erleichterung. Sie drängte sich an einem turtelnden Pärchen vorbei und duckte sich unter einem kräftigen Arm durch, der einen Krug mit Apfelmost hielt. Endlich entdeckte sie unter einem scharlachroten Ahornbaum ihre Tante Sarah. Helles Mondlicht tanzte durch die Blätter und ließ ihren fuchsroten Haarknoten aufleuchten. Leonie huschte an ihre Seite und fasste ihre kühlen, rauen Hände, deren Druck so vertraut und tröstlich war.

„Was ist denn los, du zitterst ja wie Espenlaub!" Sarah drückte sie an sich. „Aber du machst dich gut auf der Bühne. Deine Ma wäre stolz auf dich."

Leonie rang noch immer nach Atem. „Nie wieder! Das war das Schrecklichste, was ich je im Leben tun musste."

Sie spürte, wie ein Schatten hinter sie trat. Leonie brauchte sich nicht umzudrehen, um zu wissen, wer es war. Eine harte Hand griff nach ihrem Ellbogen. „Los, wir gehen jetzt nach Hause", sagte ihr Vater mit barscher Stimme.

Leonies Blick wanderte zwischen ihm und ihrer Tante hin und her. „Hast du etwas dagegen, wenn ich noch ein bisschen bleibe?“

Seine Lider zuckten, dann gab er sich seufzend geschlagen. Ein starker Schnapsgeruch ging von ihm aus. „Dann lauf später mit Oliver nach Hause. Er wollte auch noch bleiben.“

„Danke, Pa.“ Leonies Worte schienen im Nichts zu verhallen, als ihr Vater sich mit langen Schritten entfernte. Sie wusste, dass ihre Mutter noch wach sein und auf ihn warten würde, während ihre jüngeren Geschwister längst schliefen. Mit einem Seufzen ließ sie ihre letzten düsteren Gedanken vom Nachtwind forttragen und wandte sich ihrer Tante zu, froh über ihre Gesellschaft.

„Also …“, begann Sarah belustigt, wobei ihre Stimme einen singenden Klang annahm.

„Sei bloß still!“ Leonie hob scherzhaft den Zeigefinger. Sie wusste, was ihre Tante sagen wollte.

Sarah wurde wieder ernst, und die Fältchen um ihre Augen verschwanden.

Aber Leonie kannte die Schwester ihrer Mutter allzu gut. „Ich werde immer gleich rot“, platzte sie heraus.

Ein Lächeln tanzte über Sarahs runde Wangen. Ihre Tante war doppelt so alt wie sie, aber sie war die beste Freundin, die Leonie je gehabt hatte. Als Sarah an ihr vorbeischaute, sah Leonie über ihre Schulter, wie der Schmied mit einem Tuch über seine Geige fuhr. Auch Samson verstaute sein Banjo in einem Stoffbeutel. Gideon hatte die Bühne verlassen. Er lehnte ein paar Schritte entfernt an einer hundertjährigen Kastanie, die Arme vor der Brust verschränkt. Das Mädchen, das er mit seinen Worten umgarnte, war sichtbar geschmeichelt von seiner ungeteilten Aufmerksamkeit.

„Der große Herzensbrecher von Rocky Knob.“ Sarah schüttelte den Kopf. „Mach dir bloß keine Hoffnungen.“

Betont gleichgültig zuckte Leonie mit den Schultern und zupfte an einer Falte ihres Kleides. Der Stoff in unterschiedlichen Blautönen hatte schon bessere Tage gesehen. Sie wünschte plötzlich, sie hätte sich nicht so im Hintergrund gehalten.

„Da bist du ja!“ Oliver trat zu ihnen, seine atemlose Stimme irgendwo zwischen der eines Mannes und der eines Kindes. Leonie blickte in sein schmales Gesicht.

„Ich hab gehört, dass du auch noch bleibst“, keuchte er.

Menschen schoben sich an ihnen vorbei. Der Stiefel eines Kindes streifte Leonies nacktes Fußgelenk, und sie rückte näher an ihren Bruder heran.

„Ich wollte dich gerade suchen. Bitte geh nicht ohne mich!“ Sie unterdrückte ein Gähnen.

„Gehen?“ Enttäuschung schwang in seiner Stimme. „Aber der Abend hat doch gerade erst angefangen!“

Eine breite Hand klopfte Oliver auf die Schulter. „So ist es.“

Leonie blickte hoch und sah Gideon vorübergehen.

„Gid!“, plärrte Oliver. „Warte – ich muss unbedingt mit dir sprechen.“ Er hielt Gideons Arm fest und begann ihn mit Fragen zum Mandolinenspiel zu löchern.

Gideon betrachtete ihn amüsiert, doch seine Augen blickten immer wieder suchend umher. Es war offensichtlich, dass er keinen Wert darauf legte, die Unterhaltung mit Oliver zu vertiefen.

„Und als du dieses Solo gespielt hast …“ Oliver schluckte laut, und seine Brust schwoll vor Begeisterung. „Das war … einfach fantastisch!“

„Du gefällst mir, Kumpel.“ Gideon fuhr ihm mit der Hand kameradschaftlich durchs Haar und hätte Leonie dabei fast mit dem Ellenbogen erwischt. Verlegen wich sie einen Schritt zurück. So unsichtbar war sie also. Sie dachte daran, wie er auf der Bühne den Arm um sie gelegt und sie zum Erröten gebracht hatte. Wenn Gideon O'Riley einer Frau seine Aufmerksamkeit schenkte, dann hatte das offensichtlich nichts zu bedeuten.

„Weißt du, Gideon“, plapperte Oliver munter weiter, während Gideon sich schon zum Weitergehen wandte, „ich möchte unbedingt auch Mandoline spielen. In welcher Tonart …“

Den Rest hörte Leonie nicht mehr.

Gideon trat einen Schritt beiseite, und seine Körperhaltung veränderte sich, als Cassie Allan vorbeiging. Das Mädchen, das nur wenige Jahre älter war als Leonie und ziemlich hübsch, warf Gideon einen schmachtenden Blick zu. Er nahm seinen Hut ab und fuhr sich mit den Fingern durchs Haar. Dabei verharrte sein Arm einen Augenblick vor seinem Gesicht, fast als wollte er sich verstecken. Er räusperte sich und zeigte plötzlich lebhaftes Interesse an Olivers Wortschwall.

„Hallo, Gideon", sagte Cassie leise.

Leonie entging nicht die Traurigkeit in ihren blauen Augen.

„Hallo", antwortete Gideon, ohne sie eines Blickes zu würdigen.

Einen Moment lang sagte niemand ein Wort, und Cassies Finger berührten ihn leicht am Arm. „Kann ich kurz mit dir reden?"

„Also, Oliver", tat Gideon, als habe er sie nicht bemerkt, „das war G-Dur."

Cassie schlug die Augen nieder und streifte Leonie mit einem Seitenblick, bevor sie sich schweigend entfernte.

Leonie hatte Mitleid mit dem Mädchen. Nachdenklich kaute sie auf ihrer Unterlippe.

Gideons grüne Augen folgten Cassie mit ernstem Blick.

„Ich denke, du solltest Gideon nicht länger aufhalten", sagte Leonie leise zu ihrem Bruder. „Die Nacht ist noch jung."

Jetzt wandte sich Gideon ihr zum ersten Mal zu. Im selben Augenblick musste Leonie gähnen, und er sagte belustigt: „Nicht für dich, wie ich sehe." Sein Tonfall war weich.

Leonie sog scharf die Luft ein und unterdrückte das Gähnen. Verlegen blickte sie zu Boden.

„Ich mache mich jetzt auch auf den Heimweg. Gute Nacht, Leonie." Ihre Tante blinzelte ihr unauffällig zu. „Tschüss, Oliver." Dann verabschiedete sie sich von dem Mann, der sie mindestens um einen Kopf überragte. „Auf Wiedersehen, Gideon."

„Auf Wiedersehen, Miss Sarah." Er zog seinen Hut und drückte ihn theatralisch gegen die Brust. Seine Haare, rötlich wie Herbstlaub, standen wild zu Berge. Er wartete, bis Sarah sich umgedreht hatte, dann schob er seine Kopfbedeckung wieder an ihren Platz.

Leonie sah ihrer Tante nach, die mit weit schwingendem Rock davonging. „Wir sollten auch heimgehen, Oliver."

„Was? Schon? Jetzt wird es erst richtig interessant. Und ich habe noch gar nicht mit Samson reden können." Ohne ein weiteres Wort bahnte sich Oliver den Weg durch die brodelnde Menge zurück zur Bühne und ließ Leonie mit Gideon allein zurück. „Frag doch Gideon, ob er dich nach Hause bringt!", rief er über seine Schulter, bevor er im Meer der schattenhaften Gesichter verschwand.

Leonie wäre am liebsten im Erdboden versunken. Peinlich berührt, starrte sie zu Boden. Ihr Herz klopfte wild, und sie suchte verzweifelt nach einer passenden Antwort, um die Situation zu retten.

Auch Gideon stand schweigend da, als sei ihm das Ganze ebenso unangenehm. Seine Schulter war ihr so nah, dass sie durch sein kariertes Hemd die Wärme spüren konnte, die von ihm ausging. Über seine breite Brust spannte sich der Gurt, an dem die Mandoline über seinen Rücken hing. Als er immer noch nichts sagte, wagte sie einen scheuen Blick zu ihm auf. Gideon wirkte unentschlossen. Seine unruhigen Augen blieben an zwei jungen Frauen hängen, die in der Nähe standen und kicherten. Seine dunklen Wimpern streiften seine Wangen. Er hatte die Hände in den Taschen vergraben und kickte mit der Stiefelspitze einen Klumpen Erde weg.

In der Ferne erklang das Banjo, und Leonie wusste, dass Oliver bald in eine mitternächtliche Musikstunde vertieft sein würde.

„Du wirst sicher irgendwo erwartet. Es tut mir leid, dass ich dich aufgehalten habe." Ihre Worte kamen Leonie hölzern und unpassend vor. Bevor sie alles noch schlimmer machen konnte, drehte sie sich um und ging mit schnellen Schritten auf den dunklen Saum der Lichtung zu. Die Musik und das Lachen wurden leiser. Ihr Vater würde alles andere als begeistert sein. Und mit ihrem Bruder würde sie morgen früh noch ein Hühnchen zu rupfen haben. Was hatte er sich bloß dabei gedacht, sie mit Gideon O'Riley stehen zu lassen und die lästige Pflicht, sie nach Hause zu bringen, auf ihn abzuwälzen?

Sie wagte einen Blick zurück und sah, dass Gideon noch immer mit unschlüssigem Gesicht am selben Fleck stand. Und wenn schon. Auch ohne Worte hatte er mehr als deutlich gemacht, dass er Besseres zu tun hatte. Eilig schritt sie weiter. Sie wollte nur noch nach Hause. Sie spürte einen Kloß im Hals und wünschte, sie könnte sich unter den nächstbesten Wagen ducken und aus dem Blickfeld verschwinden.

Plötzlich hörte sie hinter sich gedämpfte Schritte auf dem festgetretenen Boden. Leonie wirbelte herum und sah, wie Gideon auf sie zulief.

Er schloss zu ihr auf und sah auf sie hinunter. „Jetzt gehst du doch allein nach Hause", schnaufte er und fuhr sich mit der Hand über den Nacken. „Das solltest du lieber nicht tun."

„Bitte, du brauchst dich nicht verpflichtet zu fühlen …"

„Aber ich bestehe darauf." Zum ersten Mal an jenem Abend galt sein Lächeln nur ihr. Seine Augen hielten ihren Blick fest, und ihr war, als könnte er ihr direkt ins Herz schauen. Verlegen wandte Leonie sich ab.

Ehe sie sich versah, führte Gideon sie davon, fort von Lärm und Lampenlicht. Stimmengewirr und Gelächter verhallten in der Ferne, und sie folgte ihm in die stille, kühle Nacht.

2

Der Vollmond schien hell auf den schmalen Pfad. Gideon hob den Zweig eines Lorbeerbaums hoch, sodass Leonie sich unter den glänzenden grünen Blättern hindurchducken konnte, sorgsam darauf bedacht, ihn nicht anzustoßen.

„Danke“, flüsterte sie.

Gideon nickte, und als ihre Schritte zögerten, ging er voran. Sie hielt sich dicht hinter ihm, und obwohl sie leise waren und kein Wort sprachen, hörte man mehr als einmal das Rascheln aufgescheuchter Tiere.

Der Weg wurde breiter, sodass sie nebeneinander hergehen konnten. Als sich ihre Schultern aus Versehen berührten, sah Gideon zu ihr hinüber. Rasch machte Leonie einen Schritt zur Seite.

„Alles in Ordnung?“

Sie spürte seinen Blick. „Ja, danke.“ Verstohlen musterte sie ihn im Schutz der Dunkelheit und versuchte, im Mondlicht die Konturen seines Gesichts zu lesen. Sein Gesicht, das sie fast nur aus der Ferne kannte, war auf einmal ganz nah. Leonie war nur wenige Jahre jünger als Gideon, doch sie hatte noch nie mit ihm gesprochen. Jeder in Rocky Knob wusste, dass sich nur die Mädchen mit Gideon O'Riley einließen, die sich Ärger einhandeln wollten. *Ob es Cassie auch so ergangen war?* Leonie schüttelte den Gedanken ab. Cassie war, soviel sie wusste, ein ganz normales, vernünftiges Mädchen. *Und du, Leonie?* Hier war sie, allein mit ihm, auf diesem dunklen, einsamen Weg. Vor Nervosität war ihr Mund plötzlich ganz trocken. Um die Stille zu füllen, sagte sie: „Es tut mir leid, dass mein Bruder dich in diese unangenehme Lage gebracht hat.“

„Es ist mir ein Vergnügen.“ Gideon lächelte sie an. „Außerdem“ – er machte einen Schritt über einen großen Stein und hielt ihr die Hand hin – „kann man nie wissen, wem man unterwegs alles begegnet. Allein hier draußen wäre es viel zu gefährlich für dich.“

Sie griff nach seiner Hand, und er half ihr über das Hindernis. Hinter der nächsten Wegbiegung sah sie das verwitterte Holz einer behelfsmäßigen Brücke. Unzählige Male war Leonie über diese Brücke gegangen, doch mit Gideons ungewohntem Griff am Ellbogen fürchtete sie, dass ihre wackligen Knie nachgeben und sie in das dunkle, reißende Wasser stürzen würde.

Als sie das andere Ufer erreicht hatten, löste Gideon seinen Griff. Ein kühler Wind ließ Leonie schaudern. Sie presste die klammen Hände zusammen und sah Gideon verstohlen von der Seite an. Von Nahem sah er noch besser aus als aus der Ferne. Und wenn schon. Sie war bloß Joel Sawyers schüchterne, unbeholfene Tochter, die so gut wie keinen Kontakt zu jungen Männern hatte. Schon gar nicht zu solchen, bei denen Mütter ihren Töchtern warnende Worte ins Ohr flüsterten und Väter mit geladenem Gewehr an der Tür standen. Die Vorstellung, dass sie hier mit Gideon allein auf weiter Flur war, ließ sie frösteln.

Im fahlen Mondlicht konnte sie vereinzelte Sommersprossen auf seiner Nase erkennen und wie sich seine Locken im Genick kräuselten. Als er ihr den Kopf zuwandte, senkte Leonie rasch den Blick und heftete ihn auf den Weg. Sie hätte es ihrer Tante Sarah gegenüber nie zugegeben, aber sie konnte gut verstehen, weshalb anscheinend alle ihre Freundinnen verrückt nach Gideon O'Riley waren. Leonie spürte seine kräftige Hand auf ihrem Rücken, während sie über einen Felsblock auf dem Weg kletterte, und widerstand dem Wunsch, zu ihm hochzusehen.

Sie beschleunigte ihre Schritte, dankbar, dass er ihre Gedanken nicht lesen konnte. Der Pfad wurde wieder schmaler, und Gideon ging hinter ihr her. An einer Weggabelung deutete sie zur Abzweigung, die zum Haus ihrer Tante führte. Ihrem Zufluchtsort. „Dort werde ich auch bald wohnen", erzählte sie, um die unangenehme Stille zu beenden. „Nur wir beide, meine Tante Sarah und ich. Sie ist Seifensiederin. Das will ich auch werden, und sie kann mir beibringen, wie man gute Seife macht." Leonie straffte die Schultern und seufzte zufrieden. „Aber mein Pa lässt mich erst gehen, wenn ich achtzehn bin." Sie zog die Nase kraus bei dem Gedanken, dass sie noch so viele Monate warten musste.

„Soso."

„Dann bin ich endlich frei."

„Frei?"

„Von meinem Pa. Ich kann überhaupt nicht verstehen, warum er mich nicht eher gehen lässt. Er legt ohnehin keinen Wert auf meine Gesellschaft. Manchmal frage ich mich, warum er mich nicht schon längst davongejagt hat." Sie biss sich auf die Lippen. Warum hatte sie das nur gesagt? Wenn ihr Vater wüsste, was sie über ihn dachte, würde sie dafür büßen müssen. Aber auch wenn sie könnte, würde sie ihre Worte nicht zurücknehmen. Es war die Wahrheit. „Hoffentlich denkst du jetzt nicht, ich sei undankbar. Ich wollte nicht schlecht von ihm reden."

„Ich kann ein Geheimnis bewahren", zwinkerte Gideon ihr zu.

Schweigend gingen sie weiter.

„Jetzt ist es nicht mehr weit." Der Weg führte steil bergan, und das Sprechen machte ihr Mühe, aber sie wollte unbedingt das Thema wechseln. „Wir sind bald da."

Leonie krallte ihre Zehen in die festgetretene Erde und kämpfte sich weiter voran. Mehr als einmal hörte sie, wie Gideon hinter ihr ausrutschte. Das Blockhaus ihres Vaters lag höher als die meisten anderen Häuser, aber da Leonie ihr ganzes Leben dort verbracht hatte, war sie den Anstieg gewohnt und kletterte so geschickt wie eine Bergziege.

„Hat dein Vater kein besseres Stück Land finden können?" Sie bemerkte Gideons neckenden Unterton.

„Du willst doch nicht vor diesem kleinen Hügel kapitulieren?", konterte sie. „Ich dachte, du bist ein Mann aus den Bergen!"

Gideon lachte. „Ich hoffe, der Aufstieg lohnt sich", sagte er halblaut.

Je höher sie kamen, desto kühler wurde die Luft. Leonie rieb sich die Arme.

Gideon beeilte sich, zu ihr aufzuschließen, und lief dichter als nötig neben ihr her, als der Pfad wieder breiter wurde. „Wo ist eigentlich der Gipfel?" Ihre Handrücken berührten sich.

„Dort hinten." Leonie blieb stehen und deutete in die Ferne. „Und da ist auch schon unser Haus", sagte sie außer Atem. Ihre Brust hob und senkte sich.

Eine bescheidene Blockhütte schmiegte sich dicht an den Hang. Die groben, unbehauenen Balken und windschiefen Fenster zeugten von einem harten, kargen Leben. Das einzige Licht war das Flackern einer Kerze, die Leonies Mutter für sie ins Fenster gestellt hatte. Es musste schon ziemlich spät sein. Bestimmt schlief ihre Familie schon tief und fest.

In der Nähe rief eine Eule.

Gideon schob seine Hände in die Taschen. „Dann trennen sich hier wohl unsere Wege."

Leonie betrachtete ihn stumm. Er war den ganzen weiten Weg mitgegangen. Während sie sich Sorgen machte, weil sie so spät heimkam, hatte er noch einen Rückweg von mindestens einer Stunde vor sich.

„Auf Wiedersehen, Gideon." Sie wandte sich zum Gehen. Dann zögerte sie und blickte noch einmal zurück. „Nochmals vielen Dank, dass du mich nach Hause gebracht hast. Das war sehr nett von dir." Ein scheues Lächeln umspielte ihre Lippen. „Wenn du dich beeilst, kommst du vielleicht noch vor Sonnenaufgang nach Hause."

Gideon stand da und schaute in den sternenklaren Himmel.

Nun würde er ihretwegen erst im Morgengrauen heimkommen. „Es tut mir leid, dass ich so abgelegen wohne …" Leonie biss sich auf die Lippen. „Ich meine, dass ich dir so viele Umstände gemacht habe."

Als übten ihre Worte einen Sog auf ihn aus, sah er sie an und trat auf sie zu. „Denk das bitte nicht. Du hast mir gar nicht so viele Umstände gemacht."

Leonie rieb sich die kalten Handflächen. „Dann gehe ich jetzt wohl besser rein. Meine Ma macht sich sicher schon Sorgen."

„Wie wär's mit einem Gutenachtkuss?", sagte er, ohne sie anzusehen. „Ich meine, du wohnst wirklich ganz schön weit weg."

Leonie stockte der Atem. Sie hatte noch nie einen Jungen geküsst. Ihre Mutter sagte immer, nur Verheiratete dürften sich küssen. „Ich … äh … ich weiß nicht." Unsicher wandte sie sich ab. Ihr Blick wanderte zum Haus. Die einsame Kerze lockte mit ihrem Flackern, und sie wünschte, es würde jemand die Tür öffnen und nach ihr rufen. Ihr Zögern war deutlicher als alle Worte.

„Ich verstehe. Also dann, gute Nacht, Leonie." Mit den Augen streifte Gideon das Blockhaus, bevor er sich langsam umdrehte und den Pfad bergab ging.

Unschlüssig sah Leonie ihm nach, dem Mann, der den weiten Weg auf sich genommen hatte – nur für sie. Ihr Leben lang war sie in der Menge untergegangen, bis auf heute Abend, als Gideon sie angelächelt hatte wie noch nie zuvor ein Mann. „Gideon, warte!", rief sie und rannte hinter ihm her.

Ein einziger Kuss war bestimmt nichts Verwerfliches. Außerdem hatte er gesagt, er könne ein Geheimnis bewahren.

Bevor sie es sich anders überlegen konnte, platzte sie heraus: „Du kannst mir einen Gutenachtkuss geben, wenn du willst."

Gideon drehte sich um. Mit drei langen Schritten schloss er die Lücke zwischen ihnen. Leonies Herz hämmerte so laut, dass sie befürchtete, er würde es hören. Sie strich ihr Kleid glatt und verschränkte die Hände, als würde ihre äußere Erscheinung in dem Augenblick eine Rolle spielen.

Gideon beugte sich vor, und schon spürte sie seine kühlen Lippen auf ihrem Mund. Sein breitkrempiger Hut berührte ihre Wange wie eine Feder und verbarg ihren Kuss vor den Sternen.

Nach einer Weile versuchte sie, sich loszumachen, doch Gideon fasste sie mit einer Hand um die Taille und zog sie enger an sich heran. Sie schmeckte den Whiskey auf seinen Lippen. Seine andere Hand schob den Stoff ihres Kleides hoch bis über ihr Knie. Seine Finger tasteten sich auf ihrer nackten Haut nach oben wie Spinnenbeine. Leonie griff nach seiner Hand, doch er war stärker.

„Nein!", presste sie hervor.

Ein Stöhnen drang aus seiner Brust wie der Laut eines alten Bären und versetzte sie in eine nie gekannte Angst.

Als sie seine Lippen in ihrer Halsbeuge spürte, wurde ihr zugleich kalt und heiß. Verzweifelt wand sie sich. Mit einer Hand versuchte sie ihn von sich wegzustoßen, mit der anderen hielt sie seine Linke umklammert, damit sie nicht weiterwandern konnte. Wenn sie jetzt schrie, würde ihr Pa sofort auf die Veranda hinausstürzen, das Gewehr im Anschlag.

Doch wie sollte sie ihm beweisen, dass sie unschuldig war, bei dem Bild, das sich ihm bot?

Gideon presste sie weiter an sich und drückte ihr fast die Luft ab. Angst schnürte ihr die Kehle zu, und in ihrem Kopf drehte sich alles. Schließlich nahm Leonie all ihre Kraft zusammen und riss sich voller Panik los.

„Hör auf, Gid!“ Ihre Faust krachte gegen seinen Kiefer. Gideon taumelte zurück, mit verschwommenem Blick, als wüsste er nicht, wie ihm geschah. Schnell bückte sich Leonie und warf mit einer Handvoll Erde nach ihm. Erdklumpen prallten an seiner Brust ab.

„He, was soll das!“ Sein Atem ging schwer, und seine Augen verengten sich zu schmalen Schlitzen. Er drehte den Kopf zur Seite und spuckte ein paar Tropfen Blut. Dann rieb er sich den Kiefer und starrte sie wutentbrannt an.

Leonie spürte, wie sich ihre Augen mit Tränen füllten, und rannte den Pfad hinauf. Sie wischte sich mit dem Handgelenk über die Augen, dann blieb sie noch einmal stehen und blickte mit verschleiertem Blick zurück. „Ich hätte es wissen sollen!“, schrie sie wütend. „Und ich dachte, ich könnte dir trauen!“ Mit wenigen Schritten war sie am Haus, lief die Verandastufen hoch und schloss geräuschlos die Tür. Wie hatte sie bloß so dumm sein können?

In der wohligen Wärme der Stube trat sie ans Fenster und berührte das kalte Glas. Dann schirmte sie mit der Hand die Kerze ab und blies die Flamme aus. Aus dem Dunkel des Zimmers sah sie Gideon, wie er zwischen den Bäumen stand und den Gurt seiner Mandoline zurechtrückte. Durch das Fenster spürte sie seinen Blick. Dann drehte er sich um und verschmolz mit der Nacht.

„Leonie, bist du das?“

Leonie ließ den Vorhang fallen, und das Mondlicht verlosch. Ein Paar neugierige, leuchtende Augen blickten zu ihr auf.

„Ja, ich bin’s. Geh wieder schlafen, Addie.“ Leonie legte ihren Umhang über einen Stuhl und zog ihr Kleid aus. Auf dem glatten Holzboden schlich sie auf Zehenspitzen zum Bett, schlüpfte zu ihrer kleinen

Schwester unter die Laken und deckte sich mit der verschlissenen Steppdecke zu.

Die Vierjährige seufzte im Halbschlaf und murmelte: „Du bist ganz kalt."

„Ich weiß. Tut mir leid, Kleines. Und jetzt schlaf schön." Leonie kuschelte sich so dicht wie möglich an ihre Schwester, die Augen weit geöffnet.

Bilder jagten sich in ihrem Kopf.

Sie fühlte noch immer Gideons Kiefer an ihrer Faust, sah seine blutige Lippe. Sie spürte seine Finger auf ihrer Haut, seine kalten Lippen. Leonie schauderte. Ihre Mutter hatte sie gewarnt, sich nie so zu benehmen, dass die Männer auf dumme Gedanken kamen. Leonie zog die Augenbrauen zusammen und dachte nach. Entschlossen schüttelte sie den Kopf. Nein, sie hatte ihn nicht ermutigt. Aber sie hätte ihn auf keinen Fall küssen sollen.

Ihr Bruder Sid schnarchte im Anbau wie ein Bär, ihre Eltern schliefen hinter der verschlossenen Schlafzimmertür, und Oliver war noch nicht zu Hause. Leonie war dankbar, dass niemand aus ihrer Familie gesehen hatte, was passiert war. Sie vergrub ihr Gesicht in Addies Haar und zwang sich, die Augen zu schließen.

Sie fühlte sich schmutzig. Schlimmer noch. Sie fühlte sich sündig. Ihr Kinn zitterte. Gott kannte die Wahrheit. Leonies Blick blieb an der Kaminuhr hängen, sie lauschte ihrem stetigen Ticken. Wenn sie bloß die Zeit zurückdrehen könnte wie einen Schlüssel im Schloss. Wenn es so einfach wäre. Sie spürte einen Knoten im Magen. Seine tastenden, fordernden Hände … Leonie schüttelte sich vor Ekel.

Sie schlang die Arme um ihr Kissen und verbarg das Gesicht in den Federn. Ein Seufzen entfuhr ihrer Brust. Ihre Kehle brannte. Sie betrachtete Addies weiches Kindergesicht, ihre runden, rosigen Wangen. Sie sah so unschuldig aus. Eine Träne löste sich und tropfte auf das Kissen. Wenn sie noch einmal so unschuldig sein könnte wie Addie. So unschuldig wie gestern.

3

Gideon hob den Kopf, als strahlendes Sonnenlicht durch das Fenster über seinem Bett fiel. Ein Auge noch zugekniffen, blickte er sich im Zimmer um. Die Konturen verschwammen im hellen Licht, aber er sah, dass seine Brüder schon aufgestanden waren. Ächzend ließ er sich wieder auf die Matratze sinken. Sein Kopf schmerzte. Oder war es nur sein Unterkiefer? So viel hatte er doch gestern Abend gar nicht getrunken.

Bilder zogen herauf, während seine Erinnerung langsam zurückkehrte. Er drehte sich auf die Seite und wischte sich mit dem heißen Handrücken über die Augen. Cassie. Er sah ihre runden Wangen und ihre vollen Lippen, die an Rosenknospen erinnerten. Mit ihr war er gestern zusammen gewesen. Oder etwa nicht? Er sah ein Mädchen mit Sommersprossen, das schüchtern den Blick abwandte. Joel Sawyers älteste Tochter. Gideon blinzelte und zwang sich, beide Augen zu öffnen. Angestrengt starrte er an die Decke.

Ja, sie war es gewesen. Leonie.

Er betastete seinen Kiefer und zuckte zusammen, als er die wunde Stelle berührte. Noch nie hatte ihm ein Mädchen einen Kinnhaken verpasst. Gideon fuhr sich mit der Zunge über die Lippen. Der Blutgeschmack brachte schlagartig die Erinnerung zurück. Benommen setzte er sich auf, fasste sich an den schmerzenden Kopf und schlurfte langsam zu dem Spiegel, der in einem seltsamen Winkel an der gegenüberliegenden Wand hing. Er starrte in das staubverschmierte Glas und sah die Platzwunde an der Unterlippe, wo das hellrote Blut längst eingetrocknet war. Er feuchtete seinen Daumen an, wischte das verkrustete Blut ab und spürte den pulsierenden Schmerz.

„Diese miese, kleine …“ Gideon schüttelte den Kopf und taumelte zurück zum Bett. Der Tag konnte warten. „Und es hat sich noch nicht mal gelohnt“, murmelte er halblaut, während er sich auf die Matratze fallen ließ. Seine Beine waren zu lang für das kurze, klapprige Bettgestell.

Er wusste, dass er längst in der Werkstatt sein sollte. Er hatte einen Schaukelstuhl für den alten Thomas in Arbeit, der heute fertig werden musste. Aber in seinem Zustand würde er sich möglicherweise einen Finger absägen oder einen ähnlich dummen Unfall haben. Sein Magen knurrte, und obwohl ihm der Duft von gebratenem Schinkenspeck in die Nase stieg und die Sonne warm auf seinen Rücken schien, drehte er sich um und schlief noch einmal ein.

Vorsichtig stieg Leonie über die Steine am Ufer und gab acht, nicht auf den Ahornblättern auszurutschen, die sich dort angesammelt hatten. Sie kniete nieder. Ihr Eimer durchbrach die glatte Oberfläche der stillen Bucht. Kühles Nass floss über das verzinkte Metall. Sie hob das schwere Gefäß aus dem Wasser und kletterte die Uferböschung hinauf. Ihre bloßen Füße gruben sich in die feuchte Erde. Es war noch früh am Morgen, aber die Liste ihrer täglichen Pflichten war lang, und sie musste sich beeilen.

Mit raschen Schritten durchquerte sie den Garten. Auf der untersten Verandastufe warf sie einen Blick über die Schulter auf ihre jüngeren Brüder, die damit beschäftigt waren, einen Zaun zu reparieren. Sid und Oliver beugten sich konzentriert über ihre Arbeit, während ihre Hammerschläge durch die stille Berglandschaft hallten.

Wasser schwappte gegen den Rand ihres Eimers, als Leonie die Stufen hinaufstieg. Im Haus umfing sie eine behagliche Wärme und der Duft von frisch gebackenem Brot. Noch bevor sie den Eimer absetzen konnte, reichte ihre Mutter ihr ein Stück Laugenseife und trocknete sich die abgearbeiteten Hände an ihrer Schürze ab. „Addie! Lauf schnell nach draußen und hol für deine Schwester etwas Sand." Ihre Stimme klang erschöpft, und ihr Atem ging schwer.

Das kleine Mädchen zog einen Schmollmund, rutschte vom Schaukelstuhl herunter und schlenderte zur Tür.

„Hier, nimm das mit." Maggie gab ihr eine alte Kuchenform.

Leonie hörte ihre Schwester die Holzstufen hinunterhüpfen und streifte ihre Mutter mit einem flüchtigen Blick. Ob sie etwas ahnte? Ihr wettergegerbtes Gesicht verriet nichts, sie schien ganz und gar in ihre Arbeit vertieft.

Leonie begann, den Fußboden zu scheuern. Ihr kariertes Schürzenkleid reichte nur bis knapp unters Knie, doch sie musste es hochziehen, damit der dunkelgraue Saum nicht nass wurde. Immer wieder tauchte sie die grobe Bürste ins Wasser, und das Geräusch der Borsten, die über den Holzboden kratzten, füllte den Raum. Addie brachte feinen Sand vom Flussufer, den Leonie auf den Boden und unter den Tisch streute. Ihre kleine Schwester schaute vom Schaukelstuhl aus zu, ihre schmutzigen kleinen Füße baumelten über dem Boden.

Mit dem Ärmel wischte sich Leonie die Schweißperlen von der Stirn. Während sie den Fußboden bearbeitete, ging unablässig die Tür auf und wurde mit lautem Knall wieder zugeschlagen. Jedes Mal, wenn einer ihrer Brüder eintreten wollte, wehrte Leonie ihn ab und erntete ein so theatralisches Stöhnen, dass sie schmunzeln musste. Aber sie hasste den Gedanken an schlammige Stiefel auf dem nassen, sauberen Boden.

Mit einem Lied auf den Lippen ging ihr die Arbeit leicht voran, und ihre flinken Arme bewegten sich im Takt. Ihre Ma schrubbte nicht gern die Böden. Auch die Seifenherstellung war ihr zuwider, deshalb holte Leonie alle paar Wochen einen Korb voll Seifen bei ihrer Tante Sarah. Unermüdlich tauchte sie die Bürste in die duftende Waschlauge. Nachdem sie den Boden mit klarem Wasser nachgespült hatte, legte sie die Bürste beiseite. So gut es ging wischte sie den Sand auf, den Rest fegte sie zusammen. Dann ließ sie sich auf einen Stuhl sinken und bewunderte ihr Werk, wobei sie ihre schmerzenden Nackenmuskeln rieb und den Hals hin und her bewegte.

Der Friede wurde jäh unterbrochen, als schwere Stiefel die Verandastufen hinaufpolterten. Leonie wappnete sich für das drohende Gewitter. Die Haustür flog auf, und ihr Pa stürmte herein. Entsetzt sah sie die dreckigen Fußspuren auf dem Boden, als er den Tisch umrundete. Sie stand auf und strich ihr Kleid glatt. Er sah sie an, als wollte er sie mit seinen Blicken durchbohren, und Leonies Herz sank.

Ein Stuhl kratzte über die Holzplanken, als er ihn heranzog. Maggie griff nach einer Blechtasse auf der Anrichte und beeilte sich, ihm Kaffee einzuschenken. Leonie machte einen Schritt Richtung Tür.

„Halt – wo willst du hin?“ Sein Tonfall war hart wie Stein. Sie erstarrte. Ihre Hand umklammerte den Türgriff.

Er weiß Bescheid.

„Wo warst du gestern Abend so lange?“

Sie versuchte, ihrer Stimme einen festen Klang zu geben. „Gideon hat mich nach Hause gebracht.“

Ihr Vater kratzte sich den stoppeligen Unterkiefer. „Das hat Oliver auch gesagt.“ Seine gelblichen Augen verengten sich. „Und warum hat das so ewig gedauert?“

Leonie öffnete den Mund. „Ich … äh …“ Sie blickte Hilfe suchend zu ihrer Mutter, doch Maggie stand mit hängenden Schultern da und schaute zu Boden. „Wir haben etwas länger gebraucht für den Weg. Gideon läuft nicht so schnell.“ Das war jedenfalls nicht gelogen. „Er konnte kaum mit mir Schritt halten.“

Der Stuhl krachte gegen die Wand, als ihr Vater aufsprang. Addie schrie auf und hielt sich die Hände vors Gesicht. Leonie zuckte zusammen.

„Lüg mich nicht an, Mädchen!“ Er stürzte auf sie zu und packte sie am Arm.

„Aber ich habe nicht …“

„Du lügst!“, herrschte er sie an. Sein Atem roch nach Kaffee und Schnaps. Ihre Ma lehnte sich resigniert gegen die Wand. Leonie kämpfte mit den Tränen. Bloß nicht weinen, sonst würde er noch falsche Schlüsse ziehen.

„Du warst da draußen mit diesem Burschen zugange. Ich habe es genau gesehen.“ Sein Griff wurde fester. Schmutzige Fingernägel gruben sich in ihr Handgelenk. „Du solltest dich was schämen!“

Gegen ihren Willen löste sich eine einzelne Träne.

„Du bist siebzehn Jahre alt … und hast nichts Besseres zu tun, als dich mit diesem Kerl herumzutreiben!“ Unsanft riss er ihren Arm hoch, und

Leonie hätte am liebsten laut aufgeschrien. „Ich habe gesehen, wie er dich angefasst hat." Seine Lippen zitterten. „Ich habe gleich gewusst, dass du zu nichts zu gebrauchen bist." Er warf einen wütenden Blick in Maggies Richtung. „Kein Wunder. Ich weiß, von wem du das hast."

„Pa …" Leonie schluchzte auf, aber wenigstens hatte sie ihre Stimme wiedergefunden. Sie wand sich in seinem Griff. „Ich habe nichts getan."

„Hast du das gewusst, Mama?" Joel sah zu seiner Frau hinüber. „Deine älteste Tochter hat gestern Abend da draußen mit diesem O'Riley-Jungen herumgemacht." Seine Augen bohrten sich in Leonies. „Ich bin sicher, es war nicht das erste Mal."

„Welcher Junge?", fragte ihre Mutter betont beiläufig in dem vergeblichen Versuch zu schlichten.

„Der älteste." Seine Stimme triefte vor Verachtung. „Nichts als Unfug im Kopf."

Leonie gelang es, sich loszureißen und unter seinem Arm hindurchzuducken. Doch bevor sie den Türknauf erreichen konnte, packte er sie bei den Haaren. Mit einem Aufschrei fiel sie auf die Knie. Addie fing an zu weinen.

Dann ging ihr Vater um den Tisch herum und fasste sie mit hartem Griff um die Taille.

„Joel, bitte." Maggie trat hinzu und legte ihm zaghaft die Hand auf die Schulter. Er schüttelte sie ab, ließ Leonie jedoch los. „Deine Tochter ist ein beflecktes Mädchen, Maggie." Verächtlich spuckte er die Worte aus. „Darauf würde ich mein Leben verwetten."

„Kann ich dich beim Wort nehmen?", murmelte Leonie kaum hörbar.

„Werde bloß nicht frech!" Unsanft riss er sie hoch.

Seine scharfe Schnapsfahne schlug ihr ins Gesicht. Dann stieß er sie grob von sich, und Leonie stolperte und kämpfte auf dem nassen Boden um ihr Gleichgewicht. Sie sah seine schlammige Fußspur, bevor die Tür krachend ins Schloss fiel.

Addies lautes Weinen verebbte zu einem leisen Wimmern.

„Es tut mir so leid, Leonie." Ihre Mutter war zu ihr getreten. „Dein Pa … Er meint es nicht so."

Leonie starrte auf ihre Füße und spürte eine Welle der Enttäuschung. *Was habe ich erwartet?* Maggie hatte ihrem Mann nie die Stirn geboten. *Warum sollte sie es jetzt tun?* Sie zwang sich, ihre Mutter anzuschauen.

„Ich weiß, wie dir zumute ist, Liebes. Dein Pa hat manchmal nicht besonders viel Geduld."

Leonie wollte sich die Ohren zuhalten, damit sie Maggies Worte nicht mehr hören musste. Sie wollte überhaupt nichts mehr hören. Auch Addies Geheule ging ihr auf die Nerven.

Aufgewühlt sah sie zum Fenster hinaus. Alle hatten sie im Stich gelassen. Alle, bis auf eine.

Sie spürte die sanfte Hand ihrer Mutter auf der Schulter. „Leonie." Ihre braunen Augen waren voller Sorge und unendlichem Bedauern. „Ich wünschte, es wäre nicht wahr." In ihrer Stimme lag die ganze Verzweiflung eines gebrochenen Herzens.

Leonie ging zu Addie, nahm ihre kleine Schwester auf den Arm und setzte sie sich auf die Hüfte. Betont ruhig sagte sie: „Wir gehen zu Tante Sarah."

4

Leise eilte Leonie die Stufen hinunter und verschwand hinter dem Haus. Vorsichtig blickte sie sich um, aber im Hof war keine Spur von ihrem Pa zu sehen. Sie drückte Addie noch fester an sich und entfernte sich mit schnellen Schritten, bis sie außer Sichtweite waren.

„Was machen wir jetzt?“ Addie schlang die Ärmchen um den Hals ihrer großen Schwester.

„Tante Sarah besuchen. Freust du dich?“

Addie nickte und presste ihre weiche Wange an Leonies Schulter. Eine Berührung, die sie jedes Mal froh stimmte, doch diesmal war sie zu niedergeschlagen, um sie zu bemerken. Das Kind rutschte ihr fast von der Hüfte, und sie schob es höher hinauf. Mit vier Jahren war Addie schon fast zu groß zum Tragen, aber es war ein weiter Weg, und sie hatte sie mitgenommen, ohne zu fragen. Aber sie hätte Addie unmöglich zu Hause lassen können. Genauso wenig, wie man einen Jungvogel bei heraufziehendem Sturm allein im Nest lässt.

Leonie lief weiter. Das Herbstlaub raschelte unter ihren Füßen. Keiner von beiden sprach.

Den Weg kannte sie gut, sie war ihn unzählige Male gegangen. Seit dem Tag, an dem ihr Pa sie zum ersten Mal grün und blau geschlagen hatte. Sie war sechs Jahre alt gewesen. Sarah hatte sie auf den Schoß genommen, und sie hatten beide geweint. An jenem Abend hatte ihre Tante ihr im Schein des Feuers einen Psalm aus der Bibel vorgelesen. Zwei Wochen später, als Leonie wiederkam, einen anderen. Inzwischen hatten sie alle Psalmen durch und lasen sie bereits zum zweiten Mal. Fast konnte Leonie die Tage ihres Lebens nach diesen Psalmen zählen. Und mit jedem weiteren Jahr klammerte sie sich fester an die Hoffnung, dass bald ein Ende in Sicht war.

Als ihre Arme schmerzten, setzte sie ihre kleine Schwester ab.

„Kannst du ein Stückchen laufen, Addie-Schatz?“

Addie nuckelte an ihrem Daumen und tastete nach Leonies Hand. Leonie umfasste ihre kleinen Finger, und sie marschierten schweigend nebeneinanderher. Bald entdeckten sie in der Ferne das Blockhaus ihrer Tante. Rauch stieg aus dem Schornstein auf, und der Anblick wärmte Leonie das Herz.

Sie zeigte mit dem Finger auf das Haus. „Schau, gleich sind wir da."

Kurze Zeit später hörte man das dumpfe Geräusch ihrer nackten Füße auf der Veranda. Der Duft von Zimt und Muskat lag in der Luft.

Sarah begrüßte sie durch das Fenster. „Kommt rein, ihr Mädchen."

Sorgsam darauf bedacht, ihr schmerzendes Handgelenk hinter ihrem Rücken zu verstecken, öffnete Leonie für ihre Schwester die Tür. „Tut mir leid, dass wir dich so überfallen. Wir dachten, wir könnten dich mal wieder besuchen, einfach so."

Addie nahm den Daumen aus dem Mund und wollte etwas sagen, aber Leonie sah sie an und schüttelte den Kopf. Sarah beobachtete die beiden, und ihr Blick wurde weich. Leonie wusste, dass es keinen Sinn hatte, die Wahrheit vor ihr zu verbergen.

„Dein Pa?" Lautlos formte ihre Tante die Worte.

Leonie wischte mit dem Ärmel die aufsteigenden Tränen weg. Sarahs Augen weiteten sich. Rasch ließ Leonie den Arm sinken und zog den Ärmel über ihr Handgelenk.

Für einen kurzen Moment flackerte Wut in Sarahs Gesicht auf. „Es gibt gleich Zimtbrötchen", sagte sie dann. „Mit Honig und Marmelade. Mögt ihr welche?" Addie nickte begeistert, und Sarah nahm lächelnd die Gläser aus dem Vorratsschrank.

Leonie seufzte.

Ein Lied auf den Lippen, goss Sarah die Milch zu den anderen Teigzutaten und verquirlte alles mit einem großen Rührbesen. Leonie formte die Brötchen und setzte sie nebeneinander in eine gefettete gusseiserne Form. Sie liebte es, wenn ihre Tante sang. Sarah hatte eine ebenso schöne Stimme wie ihre Mutter. Aber Maggie Sawyer sang nur noch sonntags in der Kirche. Zu Hause war ihr das Singen vergangen.

Leonie schob die Brötchen in den Ofen. Dann ließ sie sich in den

Schaukelstuhl aus Ahornholz sinken, der einmal ihrer Großmutter gehört hatte, und las Addie eine Geschichte vor. Sarah machte sich in der Küche zu schaffen. Zwischendurch ging sie hinaus, um den Eimer mit dem Schweinefutter wegzubringen. Als sie wieder hereinkam, stellte sie den leeren Eimer mit einem zufriedenen Seufzen ab.

Am Nachmittag ließen sie sich die heißen Zimtbrötchen auf der Veranda schmecken, während eine sanfte Brise ihre Finger kühlte. Als Leonie nach dem Essen die Teller zusammenstellte, holte Sarah eine Blechbüchse mit Spielkarten und bestand darauf, dass der Abwasch warten konnte. Addie verstand die Spielregeln noch nicht, doch sie ließen sie jedes Mal gewinnen.

Als das Licht schwächer wurde, gingen sie ins Haus, und Sarah entzündete eine Öllampe.

„Ihr Mädchen bleibt doch über Nacht hier, nicht wahr?"

Leonie nickte erleichtert. „Die Einladung nehmen wir gern an. Außerdem wird es bald dunkel." Sie blickte aus dem Fenster. Ihre Ma würde bestimmt nicht wollen, dass sie allein mit Addie den langen Weg im Dunkeln zurücklegte. Sarah öffnete den Wäscheschrank. Leonie nahm die vertrauten Steppdecken entgegen und half ihr, das Gästebett zu machen.

„Ma weiß, dass wir hier sind." Leonie sammelte die Spielkarten ein, während Sarah in der Küche das Abendessen zubereitete. Addie rutschte vom Stuhl und riss dabei den Kartenstapel mit, der wie ein Wasserfall zu Boden plätscherte.

Sarah reichte Leonie eine Dose mit duftenden Teeblättern. Sie gab zwei Löffel voll in eine angeschlagene Tasse und goss sie mit heißem Wasser aus dem Kessel auf. Die Ofentür quietschte, als Sarah sie öffnete, und die Kohlen zischten und knackten, als ob sie sich gegen den metallenen Schürhaken wehren wollten. Leonie hob die Karten vom Boden auf und steckte sie zu einem ordentlichen Stapel zusammen. Ihre Tante schob einen Stuhl neben den Herd, stellte Addie darauf und gab ihr einen Holzlöffel zum Umrühren. Als ihre Schwester des Rührens müde war, übernahm Leonie und machte weiter. Noch vor dem Essen rollte sich Addie auf Sarahs Bett zusammen und schlief sofort ein, den Daumen in ihren Schmollmund geschoben.

Der Duft von gebratenem Schweinefleisch erfüllte das Häuschen. Sarah stellte die Pfanne auf den Tisch und setzte Wasser auf. Sie sah zu der schlafenden Addie hinüber und lächelte. „Sie muss sehr müde sein."

„Es war ein langer Tag." Leonie ließ sich auf einen Stuhl fallen.

„Und jetzt erzähl mir, was los war. Aber lass uns zuerst beten." Sarah nahm Leonies Hand und sprach leise ein Tischgebet, bevor sie den Holzlöffel in das Essen tauchte. Sie räusperte sich und nahm einen Happen, wobei sie Leonie nicht aus den Augen ließ. „Also, was ist passiert?"

Leonie schluckte und blinzelte die Tränen weg.

Sarah griff nach Leonies Händen. „Mein liebes Kind. Was ist denn los?"

Leonies Hals war wie zugeschnürt, und sie schüttelte bloß den Kopf. „Gideon", presste sie mit zitternder Stimme hervor.

Sarah sah sie mit geweiteten Augen an.

„Er ... er hat mich gestern nach Hause gebracht. Und er ..." Sie fand keine Worte für das Unaussprechliche und verbarg schluchzend ihr Gesicht in den Händen. „Es war schrecklich."

Sarahs Griff verstärkte sich. „Willst du damit sagen ..." Sie stöhnte auf. „Wenn ich doch nur länger geblieben wäre ... Ich hätte auf dich warten sollen."

Leonie hob den Kopf und schniefte. „Es ist nichts passiert." Gehetzt sah sie zur Tür. Der intensive Blick ihrer Tante war ihr unangenehm. „Aber er hat es versucht."

„Oh, mein armes Mädchen." Sarahs Augen waren voller Schmerz. „Es tut mir so leid."

„Das ist nicht das Schlimmste." Leonie strich gedankenverloren mit dem Finger über die raue Tischplatte. „Pa ist viel schlimmer."

Sarah lehnte sich vor. „Was hat er getan?" Ihr Tonfall war scharf.

Leonie stocherte mit der Gabel in ihrem Essen und antwortete, ohne ihre Tante anzusehen. „Er hat gesagt, ich sei ein beflecktes Mädchen."

Sarahs Züge verfinsterten sich. „Dem Mann würde ich zu gern mal ordentlich die Meinung sagen, damit er ..." Sie sah, dass eine Träne über Leonies Wange rollte, und stand auf und umarmte sie.

Leonie verbarg das Gesicht in Sarahs Ärmel und weinte. Zum ersten Mal an diesem Tag ließ sie die Erinnerung an den gestrigen Abend zu.

„Lass dich nicht von solchen Lügen einschüchtern. Gott kennt die Wahrheit, und seine Meinung ist die einzige, die zählt."

Leonie nickte heftig und blickte zu ihr auf. Mit dem Saum ihrer Schürze wischte Sarah ihr die Tränen ab.

„Pa … hat auch etwas über Ma gesagt. So etwas wie: *Er wüsste ja, von wem ich das habe.*"

Wut loderte in Sarahs Augen, aber sie beherrschte sich schnell. „Hör nicht auf das, was er über deine Mutter sagt." Sie stand auf und ging zum Waschbecken. Schweigend und mit dem Rücken zu Leonie stellte sie das schmutzige Geschirr hinein.

„Verschweigst du mir etwas?" Leonie stand ebenfalls auf. „Tante Sarah, ich bin kein kleines Mädchen mehr."

Kräftiger als nötig bearbeitete Sarah einen Holzlöffel mit der Spülbürste und schwieg. Leonie berührte sie am Arm.

„Bitte."

Ihre Tante ließ den Löffel los und stützte sich mit den Händen auf die Arbeitsfläche. Ein tiefes Seufzen drang aus ihrer Brust, in dem der Kummer vieler Jahre mitschwang.

„Was ist denn?" Leonie rückte an ihre Seite. „Mich kann heute nichts mehr erschüttern. Nicht nach dem, was geschehen ist."

„Ich hätte nie gedacht, dass ich dir das eines Tages erzählen muss." Sarah strich Leonie eine Haarsträhne hinters Ohr. „Aber nun ist es wohl so weit." Sie machte ihr ein Zeichen, auf dem Bett Platz zu nehmen. Leonie setzte sich vorsichtig auf die Kante, damit Addie nicht aufwachte.

Sarah hob den Deckel einer schweren Truhe und zog ein Nachthemd heraus. Ihre Finger ruhten auf dem geölten Holz, bevor sie sprach. „Vor langer Zeit hat dein Pa meiner Schwester etwas ganz Abscheuliches unterstellt." Sie drehte sich um. Der Schein des Feuers spiegelte sich in ihren Augen. „Und offensichtlich glaubt er diesen Unsinn noch immer." Sie stand auf und legte Leonie das Nachthemd in den Schoß.

Leonie spielte mit dem Spitzensaum am Ärmel.

„Wie es aussieht, ist er in all den Jahren nicht zur Vernunft gekommen.“ Sie wandte Leonie ihr Gesicht zu. „Aber egal, was er glaubt – du bist *seine* Tochter.“

Leonie schluckte und versuchte, ihre Gefühle in Schach zu halten. Sie atmete tief durch und ließ Sarahs Worte in ihr Bewusstsein dringen.

„Deine Ma ist unschuldig. Das habe ich immer gewusst.“ Sarah tippte sich mit dem Finger auf die Brust. „Sie hat nie einen anderen Mann geliebt als deinen Vater.“

Leonie klammerte sich mit aller Kraft an diese tröstliche Aussage. Ihre Mutter war immer eine treue Ehefrau gewesen.

„Und ich werde nie vergessen, wie mutig deine Ma ihm damals widersprochen hat.“ Sarah lächelte. „Aber seitdem muss sie dafür bezahlen.“ Sie schüttelte den Kopf, und ein Schatten verdunkelte ihre Züge.

Leonie rutschte unbehaglich auf der Bettkante hin und her. Als Sarah nicht weitersprach, berührte sie sanft ihren Arm. „Du hast mir noch nicht alles erzählt.“

Sarah zog sich eine Haarnadel aus ihrem Knoten. „Alles andere sind nur Gerüchte.“ Ihre Stimme klang düster. Mit einer ruckartigen Bewegung zog sie die nächste Haarnadel heraus.

„Ich möchte es trotzdem wissen.“

Sarah löste die letzte Nadel, sodass der Haarknoten ihr in einer lockeren Spirale in den Nacken fiel. Einige Herzschläge lang ruhte ihr Blick auf Addie, und als sie sprach, war ihre Stimme so leise, dass sie kaum hörbar war. „Der Mann … sein Name würde dir nichts sagen …“ – Sarah ließ ihren Rock zu Boden gleiten – „… wurde kurz darauf tot aufgefunden.“

Leonie hatte plötzlich eiskalte Füße.

„Es sah wie ein Unfall aus. Aber man munkelte, es sei keiner gewesen. Wie hätte ein erwachsener Mann in knietiefem Wasser ertrinken können?“ Sie schüttelte den Kopf, als wollte sie die Schatten der Vergangenheit verscheuchen, und zwang sich zu einem Lächeln. „Aber genug von diesen alten Geschichten.“

„Und was glaubst du?“ Leonie spürte Addies warmen Atem auf ihrem Arm.

Sarah tippte ihr ans Kinn. „Dass deine Ma dich sehr lieb hat. Sie kann es vielleicht nicht so zeigen, aber ich weiß es."

Leonie konnte nicht sprechen.

„Und was deinen Pa betrifft … dem würde ich am liebsten den Hintern versohlen." Ihre Schultern hoben und senkten sich. „Manchmal ist es so einfach, an einer Lüge festzuhalten, bloß damit man einen Grund hat, verbittert zu sein. Aber seine Verbitterung macht alles nur noch schlimmer. Ich bete darum, dass dein Pa das einsieht, bevor es zu spät ist." Sarah ergriff Leonies Hand. „Vielleicht kommt irgendwann der Tag, an dem er seine Taten bereuen wird – alle. Und ich hoffe, eines Tages wird ihm auch leidtun, was er dir angetan hat." Sarahs Augen blickten zum Fenster, in eine weite Ferne. „Was er eurer ganzen Familie angetan hat." Sie streichelte Leonies Wange. Dann nahm sie wortlos die schwere Bibel aus dem Regal.

„Also, wo waren wir stehen geblieben?"

Leonies Hände krallten sich in den Stoff des Nachthemdes in ihrem Schoß. „Bei Psalm 23."

Sarah las mit leiser Stimme. Das Kerzenlicht tanzte auf ihrem Gesicht. Als sie geendet hatte, waren Leonies Lider schwer, und ein stiller Friede erfüllte sie. Sarah deckte sie sanft zu und löschte die Kerzen aus. „Und jetzt schlaf schön. Weiß der Himmel, du hast es verdient." Sie küsste Leonie auf den Scheitel, zärtlich wie eine Mutter.

„Wach auf, kleine Schlafmütze." Leonie strich ihrer Schwester eine Locke aus der blassen Stirn. Addie räkelte sich und schlug die Augen auf. Noch halb benommen sah sie sich in dem fremden Zimmer um. „Ich will meine Ma." Sie drückte ihre runden Wangen ins Kissen.

„Ich auch."

„Und ich koche uns einen leckeren Haferbrei." Sarah stand schon am Herd, auf dem ein Wassertopf dampfte.

Addie schlüpfte aus dem Bett und setzte sich erwartungsvoll auf einen

Stuhl, als ob das Frühstück schon auf dem Tisch stehen würde. Ein Kratzen an der Tür ließ sie aufspringen.

Kühle Luft strömte herein. Addie sprang auf und bückte sich. „Polly!“

Die graue Katze strich mit ihrem buschigen Schwanz um ihre nackten Beine.

„Ich habe mich schon gewundert, wo du bleibst.“ Addie nahm das riesenhafte Tier auf den Arm. Sie schleppte das graue Fellknäuel zum Tisch. Mit einem zufriedenen Lächeln setzte sie sich wieder hin.

Beim Frühstück hörte man keinen Laut außer dem Kratzen der Löffel in den Schüsseln. Nach dem Essen scheuchte Addie die Katze durchs Haus, während Leonie beim Abwasch half.

Sarah schrubbte den großen Kochtopf. „Wann wollt ihr euch denn auf den Heimweg machen?“

„Wenn Addie so weit ist. Sie vermisst Ma.“

„Du bist eine gute große Schwester. Sie kann sich glücklich schätzen, dass sie dich hat.“

Leonie trat beiseite und machte Addie Platz, die auf dem Fußboden hinter der Katze herkrabbelte.

„Von mir aus könnt ihr natürlich bleiben, solange ihr wollt.“ Sarah pustete sich eine Haarsträhne aus dem Gesicht und griff mit tropfenden Händen nach dem Stapel Schüsseln, den Leonie ihr reichte. „Ich teile meine bescheidene Hütte gern mit euch.“ Sie zog scherzhaft die Nase kraus. Ein Klopfen an der Tür ließ sie herumfahren.

Addies Gequietsche verebbte, und Polly entwischte und verschwand unter dem Bett. Das kleine Mädchen rannte zum Fenster. Mit ihren winzigen Zehen hüpfte sie auf und ab. „Es ist Oliver!“

Leonie schüttelte ihre feuchte Schürze aus. Die Tür öffnete sich, und ein Augenpaar starrte sie an, das dieselbe Farbe hatte wie das ihres Vaters. Oliver trat einen Schritt vor. Die schlaksige Gestalt des Vierzehnjährigen füllte den schiefen Türrahmen aus.

Leonie seufzte. Sie würde sich nicht ewig hier verstecken können.

Ihr Bruder nahm seinen Schlapphut ab und drehte ihn in der Hand. „Morgen, Tante Sarah.“

„Oliver! Schön, dich zu sehen. Willst du nicht hereinkommen?"

„Das würde ich gern, aber Pa schickt mich, um Leonie zu holen. Sie soll sofort heimkommen."

Der hölzerne Löffel, den Sarah in der Hand hielt, polterte zu Boden, und Leonie sah die roten Flecken auf ihren Wangen.

Sie biss sich auf die Lippen und zog die Schürze aus. „Komm, Addie. Wir gehen nach Hause."

Oliver trat auf die Veranda. Sarah streckte die Hände aus und schloss Leonie zum Abschied fest in die Arme.

„Denk daran, was ich dir gesagt habe. Du kannst hoch erhobenen Hauptes nach Hause gehen. Und du bist ein geliebtes Kind Gottes." Sie zeigte mit dem Finger himmelwärts. Leonie nickte dankbar.

Widerstrebend folgte sie ihrem Bruder nach draußen. Addie war schon vorgegangen und hüpfte leichtfüßig den Waldweg entlang.

Wenn ich nur so leicht vergessen könnte wie ein Kind. „Lauf nicht so weit voraus, Addie-Schatz." Die Kleine hob eine Handvoll Blätter auf und warf sie lachend in die Höhe. Oliver ging gesenkten Kopfes voran, und Leonie musste sich beeilen, um mit ihm Schritt zu halten.

Keiner von ihnen sprach. Leonie war nicht danach zumute, das Schweigen zu brechen.

Das merkwürdige Gefühl in ihrer Magengrube verstärkte sich, als hinter der letzten Wegbiegung das Blockhaus sichtbar wurde. Im Schatten des Hauses stand ein Wagen mit einem Maultiergespann. Beim Näherkommen hoben die Tiere die Köpfe und spitzten die Ohren.

„Besuch?" Leonie sah ihren Bruder fragend an.

Oliver wandte den Blick zur Seite, der Flaum an seinem Kinn leuchtete im Gegenlicht. „Mr O'Riley."

Leonie starrte ihn mit offenem Mund an. Oliver zog die Brauen zusammen. „Was hast du denn? Es sind nur Gid O'Riley und sein Pa. Sie sind drinnen und unterhalten sich." Achselzuckend schob er die Hände in die Hosentaschen. „Darum wollte Pa wohl unbedingt, dass ich dich hole."

5

Leonie hatte plötzlich Bleigewichte an den Beinen. Ängstlich blickte sie zum Fenster hinein, doch sie sah nur die Putzstreifen auf der Scheibe, die das Sonnenlicht reflektierten. Ihr erster Gedanke war umzudrehen und einfach wegzulaufen. Noch hatte sie die Möglichkeit zu fliehen. Sie könnte sich irgendwo verstecken, wo man sie nie finden würde.

Addie machte sich los und hüpfte davon. Mit einem Lachen, das ihre Grübchen tanzen ließ, holte sie ihre Puppen aus einem Korb unter der Veranda.

„Alles in Ordnung mit dir?" Oliver sah sie von der Seite an.

Als Leonie nur stumm schluckte, verdrehte er die Augen. Zögernd setzte sie ihren Fuß auf die unterste Verandastufe und fasste mit zitternder Hand das Geländer. Sie hatte keine andere Wahl. Sie musste hineingehen und ihrem Pa gegenübertreten. Sie dachte an die Worte ihrer Tante und klammerte sich daran, dass die Wahrheit siegen würde. Gott würde sie nicht im Stich lassen.

Leonie sah hinauf zum Himmel. In dem Augenblick schob sich ein grauer Wolkenschleier vor die Sonne. Schwungvoll öffnete Oliver ihr die Tür, aber Leonie stand wie angewurzelt da, den Blick auf den dunklen Himmel über den Bergen gerichtet. Ein Regentropfen fiel auf ihren Arm. Dann noch einer und noch einer. Ein Blitz zuckte durch die Wolken.

Sie hörte, wie ihr Vater ihren Namen rief. Eine Sekunde später folgte ein Donnerschlag.

Leonie ging die Stufen hoch. Die Stube war von Männerstimmen erfüllt. Ihre Ma fragte, ob noch jemand Kaffee wollte. Die Tür stand offen. Leonie hob das Kinn und trat ein. Der Raum war in mattes Licht getaucht. Bill O'Riley saß neben ihrem Pa. Ihre Stimmen waren gedämpft, ihre Gesichter ernst. Leonie entdeckte Gideon in der Ecke. Er hatte die Arme vor der Brust verschränkt und hielt den Blick gesenkt. Den Kaffeebecher, der vor ihm stand, hatte er nicht angerührt. Als er kurz aufsah, blitzten Wut und

Verzweiflung in seinen grünen Augen auf. *Gut so.* Hoffentlich hatte Pa ihn ordentlich zusammengestaucht. Die Gespräche der Männer verstummten. Leonie bemerkte, wie nah sie zu Gideon getreten war, und machte einen Schritt zur Seite. Mit einem dumpfen Laut fiel die Tür ins Schloss.

Bill erhob sich und nickte ihr höflich zu. Ihr Pa rührte sich nicht. Leonie fühlte, wie Gideon sie beobachtete, und wünschte, sie könnte seinem Blick ausweichen.

Dann räusperte sich ihr Vater.

Leonie befeuchtete ihre Lippen. „Guten Tag, Mr O'Riley." Verlegen verschränkte sie die Hände hinter ihrem Rücken. „Gideon." Sie nickte ihm zu. Sein Name schmeckte bitter. Sie krampfte die zitternden Finger ineinander.

„Guten Tag." Bill tippte sich an einen unsichtbaren Hut. Dann wurde es wieder still, und sein Blick wanderte zu seinem ältesten Sohn.

Gideon wischte sich die Handflächen an seiner Hose ab. Eine zerknitterte Krawatte hing schief über seinem Hemd. „Guten Tag, Leonie." Er hielt die Augen gesenkt.

Leonie stand noch immer neben der Tür und suchte fieberhaft nach einem Grund, wieder nach draußen zu gehen. Irgendetwas, um aus der überfüllten Stube zu fliehen. Sollten die Männer doch ihren Männergesprächen nachgehen. Bestimmt konnten sie auf ihre Anwesenheit verzichten.

„Setz dich, Leonie." Die Stimme ihres Vaters duldete keine Widerrede.

Sie kannte diesen Ton. Ihr Pa war so nüchtern wie seit vier Wochen nicht mehr. Sein Blick war messerscharf, seine Sprache klar und deutlich. Hatte er Gideon herzitiert, um ihm die Leviten zu lesen? So wie Gideon dasaß, blass und mit Schweißperlen auf der Stirn, hatte Pa ihm offensichtlich ordentlich zugesetzt. Bevor Leonie die Genugtuung auskosten konnte, krachte ein gewaltiger Donner in der Ferne, und sie fuhr erschrocken zusammen. Sie bekam heiße Wangen, als ihr bewusst wurde, dass sie die Einzige war.

Gehorsam setzte sie sich, kreuzte ihre Knöchel und faltete die Hände im Schoß. Ihr Pa sprach als Erster.

„Oliver, geh nach draußen und hilf Sid."

„Ja, Vater." Oliver setzte den Hut auf und verließ hastig das Haus, wobei er fast über seine eigenen Füße stolperte.

Leonie blickte ihrem Bruder sehnsüchtig nach, wie er durch die aus rohem Holz gezimmerte Tür verschwand. Wieder wurde es still. Sie starrte auf die beschlagene Fensterscheibe, gegen die der Regen prasselte.

Schließlich stand ihr Vater auf. „Wie gesagt, Bill, es tut mir weh, Leonie zu verlieren. Sie ist meine Lieblingstochter, und ich lasse sie nur ungern gehen."

Leonie traute ihren Ohren nicht.

„Aber du weißt auch" – er rieb sich die trockenen Handflächen – „dass ich den guten Ruf meiner Tochter wahren muss." Seine Hände rieben weiter gegeneinander, als habe er soeben einen erfolgreichen Handel abgeschlossen. „Und wenn das auch in deinem Sinne ist, bin ich bereit, unsere Vereinbarung zu besiegeln."

Vereinbarung?

Gideon lehnte sich vor und räusperte sich. Seine Finger spielten nervös mit seiner Krawatte. Er biss die Zähne so fest aufeinander, dass seine Kiefermuskeln hervortraten, und Leonie war froh, dass sie seine Gedanken nicht lesen konnte.

„Was für eine Vereinbarung?", fragte sie.

Ihr Vater verzog das Gesicht zu einem kalten Lächeln. „Die Vereinbarung, die wir für dich getroffen haben, mein liebes Kind."

Liebes Kind? Leonie starrte ihn verwirrt an. „Pa, ich verstehe immer noch nicht …"

„Muss ich wirklich noch deutlicher werden, Mädchen?" Er lachte auf und blickte in die Runde, als erwartete er, dass die anderen einstimmten. Bill verzog den Mund zu einem schiefen Grinsen. Leonies Wangen brannten.

„Tu nicht so verschämt, Leonie", fuhr er fort, und sie sah, dass er langsam die Geduld verlor. „Wir haben bereits über die … äh, Ereignisse gesprochen. Alle wissen Bescheid."

Leonie stand auf und zwang sich zur Ruhe. „Es ist nichts passiert."

Trotz ihrer Entschlossenheit konnte sie nicht verhindern, dass ihre Stimme leicht zitterte.

Die Augen ihres Vaters verengten sich, und sie trat instinktiv einen Schritt zurück. „Ich habe euch genau gesehen! Er hat dich überall angefasst, und du“ – verächtlich spuckte er die Worte aus – „du hast es zugelassen. Du hast dich weggeworfen wie ein leichtes Mädchen!“

Leonie sah zu Gideon hinüber. Schweißperlen glitzerten auf seiner Stirn.

„Sag es ihm. Sag ihm, was genau passiert ist, Gideon O'Riley.“

Gideon warf ihr einen gequälten Blick zu. „Das habe ich ja versucht.“ Seine Stimme war leise, und seine Augen streiften das Gewehr, das über der Tür hing. „Aber dein Vater ist überzeugt …“

„Halt den Mund, Junge.“ Joels Augen folgten seinem Blick zum Gewehr. Seine Gesichtszüge waren hart.

Leonies Herz hämmerte in ihrer Brust, und ihr Kopf fühlte sich auf einmal wie aus Watte an. Alles schien so unwirklich. Sie blinzelte und konzentrierte sich wieder auf das Gespräch.

Ihr Vater hob die Hand in einer beschwichtigenden Geste. „Also. In einer solchen Situation gibt es nur eine einzige Lösung.“

Nein.

Er warf Leonie einen warnenden Blick zu, holte tief Luft und wandte sich an seine Gäste. „Nun, da meine Tochter keine … keine tugendhafte Braut mehr ist“ – er sah zu Leonie hinüber – „habe ich mit Gideon gesprochen, und er hat sich bereit erklärt, sie zu einer ehrbaren Frau zu machen.“

„Moment mal!“ Gideon sprang auf.

„Junge, es reicht.“ Bills Stimme dröhnte. „Du wirst tun, was nötig ist.“

Leonies Worte waren nur ein schwaches Flüstern. „Was nötig ist?“ Ihre Hände zitterten wie Espenlaub.

Die Augen ihres Vaters sprühten Funken. „Es bleibt dabei, Leonie. Du wirst diesen jungen Mann heiraten. Wenn ein Kind geboren wird, dann soll es ehelich zur Welt kommen.“ Seine Haltung machte deutlich, dass die Diskussion damit für ihn beendet war. Der Regen trommelte leise auf das Dach.

So war das also. Er wollte sie loswerden. Und sie durfte noch nicht einmal selbst entscheiden, wann und wohin sie gehen wollte. Alle ihre Pläne und Träume waren mit einem Mal zunichte. Sie hätte es sich denken können.

„Es. Gibt. Kein. Kind." Gideon betonte jedes einzelne Wort.

Joel trat ärgerlich einen Schritt vor, mit seiner Geduld endgültig am Ende. Er rammte Gideon seinen dicken Zeigefinger in die Brust. „Setz dich hin und halt das Maul!" Seine Nasenflügel bebten. „Sonst zeige ich dir, was wir mit Männern wie dir machen."

Langsam, mit einem trotzigen Zug um den Mund, sank Gideon zurück auf seinen Stuhl.

Leonie hatte genug gehört. Wortlos stürzte sie zur Tür und rannte aus dem Haus. Warmer Regen fiel auf sie nieder, als ob der Himmel weinte.

Mit einer schnellen Bewegung schlüpfte auch Gideon aus der Tür und sprang die Verandastufen hinunter. Seine Jacke und seinen Hut hatte er zurückgelassen, und der kalte Wind drang durch sein Flanellhemd. Am Flussufer saß Leonie auf einem großen Stein, den Kopf in die Hände gestützt. Gideon näherte sich schnellen Schrittes, ohne Rücksicht darauf, dass er sie vielleicht erschrecken könnte.

„Du kennst deinen Vater besser als ich."

Sie stand auf und ging zum Wasser, als habe sie ihn nicht gehört.

Er folgte ihr. „Gibt es nichts, was wir" – eine leise Scham regte sich in seinem Gewissen bei den Worten, die ihm auf der Zunge lagen – „was wir tun können, um diese Hochzeit zu verhindern?"

Sie wirbelte herum. „Das könnte dir so passen, nicht wahr?"

„Und du? Willst *du* etwa heiraten?"

Leonie zuckte zusammen, doch sie beherrschte sich, tupfte sich mit den Fingerspitzen die Augen und schüttelte den Kopf.

Als er näher trat, hielt sie abwehrend die Hand hoch, sodass Gideon stehen blieb. „Wie konntest du nur!" Ihre Hand zitterte, aber in ihren Augen loderte leidenschaftlicher Zorn.

„Ich?" Seine Stimme klang schrill. Er zwang sich zu einem ruhigeren Tonfall. „Du musst mit deinem Vater reden. Auf dich wird er hören."

„Du kennst meinen Vater nicht." Ärgerlich trat sie nach einem Klumpen Erde, und der Dreck spritzte auf seinen Schuh. Der nächste Erdklumpen verfehlte nur knapp seine Schulter. Dann sank sie zu Boden und verbarg das Gesicht in ihren Rockschößen, die sich über ihren Knien bauschten.

Unschlüssig kam Gideon näher. Was sollte er tun? Er kannte die Launen der Frauen. Wahrscheinlich musste Leonie sich erst einmal beruhigen. Danach würde man weitersehen, und er würde noch einmal ungeschoren davonkommen.

Er ging neben ihr in die Hocke, und sie durchbohrte ihn mit einem abweisenden Blick. Gideon rückte ein Stück ab und stützte den Arm auf sein Knie. „Wie könnte man ihn dazu bringen, dass er seine Meinung ändert? Es muss doch irgendeine Möglichkeit geben."

Leonie murmelte etwas, das er nicht verstand, aber es klang wie ein *Ich hätte es wissen sollen.* Mit dem Kinn auf ihrer Schulter sah sie ihn an, aus braunen Augen, die groß und verwundbar dreinblickten wie die eines Rehs. „Für ihn ist das beschlossene Sache. Es gibt so gut wie nichts auf der Welt, das seine Meinung ändern könnte."

Gideon sackte in sich zusammen. Er brach den Stock, mit dem er gespielt hatte, in zwei Teile und stand auf. Gab es denn überhaupt keinen Ausweg? Eine Weile ruhte sein Blick auf Leonie, dann schaute er zurück zum Haus. Es war wohl so, wie sie gesagt hatte. Sie hatten keine Wahl. Er hatte es geahnt, als Oliver heute Morgen gekommen war, um ihn zu holen. Gideon hatte sein Frühstück kaum angerührt, als Olivers Schatten im Türrahmen erschienen war und der Junge stockend die Nachricht seines Vaters überbracht hatte. In dem Augenblick war Gideon klar geworden, dass er einen Fehler gemacht hatte und dass es schwierig sein würde, die Wogen zu glätten.

Ausgerechnet Joel Sawyer. Hätte er doch irgendein beliebiges Mädchen nach Hause begleitet. Warum musste es ausgerechnet Leonie sein?

Er sah hinunter auf ihren gesenkten Kopf. Wie dumm war er gewesen! Eine einzige falsche Entscheidung, und jetzt würde er dafür büßen. Und er musste sich fügen, wenn er nicht anstatt bei seiner Hochzeit bei seiner eigenen Beerdigung anwesend sein wollte.

Leonies Worte waren kaum mehr als ein Flüstern. „Geh jetzt, Gideon. Lass mich allein."

Sein Blick ruhte auf ihrer schmalen Gestalt. Sie wirkte fast wie ein Kind, aber er wusste es besser. Sie war siebzehn und durchaus im heiratsfähigen Alter. „Dann bis morgen."

„Morgen?" Sie hob den Kopf. Ihre Augen waren gerötet.

„So hat es dein Vater beschlossen."

Aus ihrem Gesicht wich alle Farbe. Gut. Vielleicht würde eine gesunde Dosis Panik sie dazu bringen, noch mal mit ihrem verrückten Vater zu sprechen.

„Außer, du redest ihm ins Gewissen und überzeugst ihn vom Gegenteil. Wenn nicht, sehen wir uns vor dem Altar. Willst du das wirklich?"

Leonie erhob sich und strich ihr Kleid glatt. Wortlos ging sie an ihm vorbei. Der Duft von Zimt und Muskat wehte aus ihrem Kleid. Sie blieb noch einmal kurz stehen und drehte sich um.

„Es hat noch nie eine Rolle gespielt, was *ich* wollte." Dann lief sie zum Haus zurück, ihre Fesseln schimmerten hell unter der Saumlinie.

Gideon vermied es, ihr zu folgen. Er wandte sich ab, hob einen grobkörnigen Steinbrocken auf und schleuderte ihn mit voller Wucht gegen einen Baum, sodass er zerbarst.

Er hörte, wie sein Vater nach ihm rief. Auf einmal konnte er nicht schnell genug nach Hause kommen. Bloß fort von hier. Er ließ seinem Vater kaum Zeit, auf den Wagen zu klettern, als er schon die Zügel auf den Rücken der Maultiere klatschen ließ.

Sein Pa räusperte sich, und Gideon warf ihm einen Seitenblick zu.

„Ich kann es nicht fassen!", brach es aus ihm heraus. „Warum muss mir so etwas passieren? Was soll ich jetzt tun?"

Sein Vater spannte die Kiefermuskeln an. „Du wirst dieses Mädchen morgen heiraten, wie es sich gehört."

„Ach ja? Und was wird Ma dazu sagen?"

„Ich werde es deiner Mutter schonend beibringen."

„Das wirst du ganz bestimmt." Gideon schnalzte mit den Zügeln. Wenn jemand bei den O'Rileys die Hosen anhatte, dann mit Sicherheit nicht sein Vater.

Als sie vor dem Haus hielten, überließ es Gideon seinem Pa, die Tiere zu versorgen, und ging mit raschen Schritten zur Scheune. Auf die neugierigen Fragen seiner Geschwister hatte er wirklich keine Lust. Er lockerte seine Krawatte und riss sie sich vom Hals.

Dann zog er die Scheunentür fest hinter sich zu. Wenn er sie bloß verriegeln könnte. Er warf den Schlips in eine Ecke, griff sich eine Mistgabel und schaufelte altes Stroh aus unbenutzten Boxen.

Die Ereignisse der letzten Tage drehten sich unaufhörlich wie ein Mühlstein in seinem Kopf. Was hatte er bloß getan? Aber es half nichts, er konnte nichts rückgängig machen.

Auf keinen Fall konnte er bei den Sawyers hereinschneien und Joel sagen, dass er nicht daran denke, seine Tochter zu heiraten. Denn dann würde er sich augenblicklich am anderen Ende von Joel Sawyers Gewehrlauf wiederfinden.

Gideon krampfte seine Hände um den Griff der Mistgabel, bis das splittrige Holz sich in seine schwielige Haut grub. Nichts in seiner Vergangenheit ließ darauf schließen, dass er das Zeug zum Ehemann hatte. Im Gegenteil, es gab mehr als genug Beweise, dass er nicht dazu taugte. Er war der schlechteste Mann, den sich eine Frau wünschen konnte. Ganz Rocky Knob wusste das. Und er hasste den Gedanken, sich an eine einzige Frau zu binden.

Er stieß einen verärgerten Laut aus und warf die Gabel gegen die Wand. Scheppernd fiel sie zu Boden, und Gideon versetzte ihr einen Fußtritt. Eine Ziege trappelte erschrocken in ihrer Box. Mit aller Kraft holte Gideon aus und rammte seine Faust gegen die Wand. Der Schmerz fuhr ihm von den Fingerknöcheln bis hoch in den Arm, doch er holte noch einmal aus und boxte ein zweites Mal gegen die harte Wand. Ein Stechen durchzuckte ihn, als er den Arm zurückriss. Gideon taumelte rückwärts und starrte auf seine übel zugerichtete Hand.

In dem Moment hörte er, wie seine Mutter nach ihm rief.

Er zog den Hemdsärmel über seine Faust und lief zurück zum Haus. Möglichst unauffällig schlüpfte er zur Tür herein. Seine jüngeren Geschwister saßen schon am Tisch. Er drückte sich dicht an der Wand entlang, um unbemerkt zum Zimmer seiner ältesten Schwester zu schleichen.

Doch seine Mutter entdeckte seine blutende Hand und schnappte erschrocken nach Luft. „Was hast du denn gemacht?" Sie runzelte die Stirn, ernstlich besorgt. Aber das Mehl an ihren Händen und das kochende Wasser auf dem Herd sagten ihm, dass sie keine Zeit hatte, sich um ihn zu kümmern.

„Ach, das." Er schüttelte seine Hand so beiläufig wie möglich und wandte sich verlegen ab. „Bloß ein Kratzer. Sieht schlimmer aus, als es ist."

Gideons Mutter schnalzte missbilligend mit der Zunge. „Dann geh und wasch dir die Hände. Mary soll dir die Wunde verbinden." Sie tauchte ein Stück Kaninchenfleisch in eine Schüssel Mehl und legte es in die Bratpfanne. „Ich muss jetzt Essen machen, die Kinder haben Hunger. Ich habe keine Zeit für deine Dummheiten." An ihrem Tonfall bemerkte er, dass sie damit nicht nur die kaputte Hand meinte. Einen kurzen Moment war er versucht, ihr seine Unschuld zu beteuern. Ihr zu sagen, dass er die Tat, derer ihn alle beschuldigten, nicht begangen hatte. Rasch verwarf er den Gedanken wieder. Es hatte sowieso keinen Zweck. Sie würden ihm nicht glauben, und er war zu müde, um sich zu rechtfertigen. *Sollten sie doch alle glauben, was sie wollten.*

Gideon griff nach dem Wasserkessel und ging damit zum Waschbecken. Mit dem Rücken zu den Kindern tauchte er seine Hand ins warme Wasser. Sie brannte.

Seine Schwester brachte ein paar zerknitterte Leinentücher und sah ihm über die Schulter. „Was ist eigentlich passiert?", flüsterte sie.

Statt einer Antwort stieß er einen tiefen Seufzer aus.

„Pa hat mir alles erzählt", sagte sie mit wichtiger Miene, und er sah die Grübchen in ihren Wangen. Mary war reifer als die meisten vierzehnjährigen Mädchen, was sicher daran lag, dass sie sich für vier raufllustige

Brüder verantwortlich fühlte. Mit mütterlichem Blick griff sie nach seiner Hand. „Lass mal sehen."

Gideon ließ sie gewähren. „Was hat er sonst noch gesagt?"

Mit einem feuchten Lappen tupfte Mary das getrocknete Blut ab. „Dass du Leonie Sawyer heiraten wirst." Sie blickte kurz auf. „Und dass ihr Pa dich dazu zwingen würde."

Bei ihren Worten verzog Gideon das Gesicht. „Hat er dir auch gesagt, warum?", fragte er mit gesenkter Stimme.

„Das brauchte er nicht, das ist doch klar. Ma fand das gar nicht gut."

Gideon zuckte zusammen, als Mary zu stark aufdrückte. Sie spülte den Lappen aus und fuhr fort, die Wunde zu reinigen. „Außerdem weißt du ja, was Ma von den Sawyers hält. Sie hat sie noch nie gemocht."

Verstohlen blickte sie über die Schulter und fuhr mit leiser Stimme fort: „Großmama hat immer gesagt, das kommt daher, weil Joel Sawyer sich für Maggie entschieden hat anstatt für Ma. Und Ma ist nie darüber hinweggekommen." Ihre haselnussbraunen Augen glitzerten bei dieser gewichtigen Information.

Gideon streifte den Rücken seiner Mutter mit einem flüchtigen Blick. „Ja, das hat sie gesagt."

Er hielt die Hand hoch, damit Mary sie weiter verarzten konnte. Als sie fertig war, wickelte sie einen alten Stofffetzen als Bandage darum.

Ein Muskel zuckte in seinem Kiefer, als sie den Verband fest zusammenknotete. „Ma wird sich wohl damit abfinden müssen."

Genau wie er.

„Wir werden sehen." Mary ließ den Lappen ins trübe Wasser fallen. „Jedenfalls war sie nicht sehr erfreut über die Neuigkeiten. Scheint so, als wärst du diesmal wirklich zu weit gegangen, Gideon."

Drüben am Esstisch löffelte ihre Mutter gerade Maisgrütze auf Billys und Susies Teller. Die nackten Füße der Kinder waren schmutzverkrustet und baumelten über der Kante des großen Stuhls, den sie sich teilten. Ruth stieß aus Versehen gegen den Tisch, als sie die dampfenden Schüsseln für John und Charlie balancierte. Die Jungen machten sich gierig über das Essen her.

Gideon deutete mit dem Kinn Richtung Tisch. „Wir sollten zusehen, dass wir auch noch was abkriegen.“ Er sah, wie seine Mutter die Pfanne mit dem Fleisch brachte und vor ihren schlaksigen Söhnen abstellte. „Sonst bleibt für uns nichts mehr übrig.“

Mary steckte die losen Enden des Verbands fest. „So, das sollte fürs Erste halten. Und mach nicht noch mal so was Dummes.“

„Ich werde mir Mühe geben.“

Gideon rutschte ans Ende der Bank und spießte sich mit der Gabel ein Stück Fleisch auf. Er dachte an das Haus jenseits des Hügels. Bestimmt würde man sich jetzt dort auch zum Abendessen hinsetzen. Er rieb sich die schmerzende Hand und sah zu, wie ihm seine Mutter einen Löffel Maisgrütze auf den Teller schöpfte.

„Danke“, murmelte er und schob sich einen herzhaften Bissen Fleisch in den Mund. Er fühlte sich zu kraftlos, um sich an dem Abend noch über irgendetwas Gedanken zu machen.

6

Leichter Regen fiel und benetzte Leonies dünnes Schultertuch aus Musselin. Sie zog es fester um sich, aber es half nichts. Wenn sie nur ihren Mantel anhätte. Aber Bräute trugen keine Mäntel. So etwas in der Art hatte ihre Mutter gemurmelt, als sie ihr den zarten, weißen Stoff um die Schultern gelegt hatte, die Augen voll ungeweinter Tränen.

Das graue Licht wurde noch trüber, und die Landschaft verschwamm wie unter einem Nebelschleier. Leonie hielt Addies Hand fest umklammert, während sie auf dem Weg zur Kirche nebeneinander herliefen. Ihre Eltern gingen voraus. Ma trug Baby Charlotte, das sie in eine verschlissene Decke gewickelt hatte. Sid und Oliver trödelten in ihren weißen Hemden mit schief hängenden schwarzen Krawatten hinterher.

Leonie gab acht, dass sie mit ihren frisch geputzten Stiefeletten nicht in die Pfützen trat, und raffte ihr Kleid, damit es nicht schmutzig wurde. Sie dachte daran, wie ihre Mutter am Tag zuvor mit Stecknadeln im Mund vor ihr gekniet und an ihrem himmelblauen Kleid den Saum ausgelassen hatte. Es war ihr bestes Kleid.

Fast ihr ganzes Leben lang war sie sonntags diesen Weg gegangen. Aber diesmal war alles anders. Warum konnte es kein ganz gewöhnlicher Sonntag sein?

Es ist die Mühe kaum wert, Maggie. Sie hatte die verletzenden Worte ihres Vaters noch im Ohr. Wie er mit kritischem Blick um sie herumgegangen war, das Geräusch seiner Stiefel dumpf und drohend auf dem Holzfußboden. Leonie hatte ihn aus den Augenwinkeln betrachtet. Zwischen ihnen herrschte eisiges Schweigen. Vergeblich hatte sie auf irgendeine Gemütsregung gewartet, die zeigte, dass seine Seele nicht ebenso schwarz war wie seine polierten Stiefel. Sie hatte an die Gerüchte gedacht, die man sich über ihn erzählte, und in seinem Gesicht nach einem Quäntchen Wahrheit geforscht. Trotzig hatte sie seinem Blick standgehalten, bis er die Augen abwandte und aus dem Zimmer ging. Die Genugtuung hatte sie durchströmt wie eine warme Welle. Bald würde sie nicht mehr unter seiner Fuchtel stehen.

Leonie umfasste den Saum mit einer Hand, Addies kleine Finger mit der anderen, und richtete ihren Blick auf den Weg. *Herr, gib mir Kraft.* Der Tag schien ihr wie ein schlechter Traum. Ganz zu schweigen von all den Tagen, Monaten und Jahren, die noch vor ihr lagen.

Die Menschen vor der Kirche reckten die Köpfe, als Leonie und ihre Familie den Schauplatz betraten. Neugierige Blicke folgten ihnen.

„Die Leute lassen sich auch keine Hochzeit entgehen", knurrte ihr Vater. Er fuhr sich mit der Hand über sein frisch rasiertes Kinn. „Denen ist es egal, wer heiratet. Hauptsache, sie können sich umsonst den Bauch vollschlagen und sich betrinken."

Leonie ließ ihre Augen über die Wiese vor der Kirche schweifen, auf der bei einer Hochzeit immer Tische und Bänke standen und Tanzbohlen verlegt waren. Bei einer richtigen Hochzeit. Eine, bei der man Zeit gehabt hätte zu planen, und auf die man sich hätte freuen können. Mit einem Kopfnicken dirigierte ihr Vater die Familie Richtung Kirche. Er durchkämmte mit den Fingern sein Haar, das noch feucht vom Baden war, und strich sich eine graue Strähne hinters Ohr.

Ein paar wenige bekannte Gesichter lächelten freundlich, und manche Leute winkten ihnen zu. Andere wandten den Blick ab und flüsterten hinter vorgehaltener Hand.

Joel quittierte es mit einem schiefen Grinsen.

Leonie reckte das Kinn in die Höhe. Nur noch ein paar Stunden, dann würde ihr Vater ihr nichts mehr zu sagen haben. Wenn nur eine Heirat sie von seiner Tyrannei befreien konnte, dann sollte es ihr recht sein. Er wich ihrem Blick aus und hakte die Daumen in seinen Gürtel ein. Leonie konnte förmlich spüren, wie sich der eiserne Griff lockerte, unter dem sie so viele Jahre gelitten hatte. Die Freiheit war so nah.

Nein, im Gegenteil. Die Freiheit rückte in immer weitere Ferne. Ihre Augen wanderten umher auf der Suche nach Gideon.

Ihre Mutter rückte Addies Haube zurecht. „Sieht so aus, als sei Gideons Familie noch nicht da." Sie verstummte.

Leonie blickte sich um, doch sie konnte unter den Wartenden niemanden von den O'Rileys entdecken. Ein hoffnungsvolles Prickeln erfasste sie. *Wenn nun Gideon einfach nicht auftauchte?* Seine Mutter mochte die Sawyers nicht. Vielleicht hatte sie Gideon die Hochzeit ausgeredet? Leonies Hoffnung wuchs. Wenn Gideon wirklich seine Meinung geändert hatte, dann war sie frei.

Das anhaltende Getuschel der Leute drang an ihr Ohr. Manche gaben sich keine Mühe, ihre Entrüstung zu verbergen. Leonie tat so, als ginge sie alles nichts an, und zupfte sich eine Fussel von ihrem Kleid. Wenn Gideon sie sitzen ließ, dann würde sie heute nicht heiraten – weder heute noch an irgendeinem anderen Tag. Mit ihrem schlechten Ruf würde sie bestimmt niemand heiraten wollen. Das wäre sowieso das Beste. Dann könnte sie zu ihrer Tante Sarah ziehen, und sie würden zusammen auf der Veranda sitzen, zusammen lachen, reden und Seife machen und ein herrliches Leben führen.

Leonie lächelte bei dem Gedanken, bis die ärgerliche Stimme ihres Vaters sie in die Wirklichkeit zurückholte. „Wehe, wenn dieser Bengel nicht bald erscheint!" Seine Kiefermuskeln traten hervor.

„Du glaubst, das würde er wagen?" Oliver trat in ihren Kreis. Seine nach hinten gekämmten Haare machten ihn älter und reifer.

„Das will ich nicht hoffen." Maggie verschränkte die Arme und blickte beunruhigt in die Richtung, in der die O'Rileys wohnten.

Der Nieselregen war nicht so stark, dass sie in die Kirche flüchten mussten. Also blieben sie draußen stehen und warteten. Leonies schlaksige Brüder standen links und rechts von ihr, und sie fühlte sich fehl am Platz in ihrem frisch geplätteten Kleid und den polierten Stiefeln.

Auf einmal verebbten die Gespräche, und die Stimmen wurden leiser.

Eine Formation von großen, schlanken Männern betrat schweigend den Kirchhof. Mr O'Riley ging voran, flankiert von seinen Söhnen Charlie und John. Leonie ließ Addies kleine Faust los und presste ihre Hände zusammen, damit sie nicht zitterten. Gideon ging mit gesenktem Kopf und ernstem Gesicht hinter seinen Brüdern her. Charlie und John verlangsamten ihren Schritt, bis Gideon auf gleicher Höhe war. Sie waren alle gleich groß, überragten die meisten Männer in der Stadt um einen Kopf, doch Gideon war breitschultriger als seine jüngeren Brüder. Seine Haare waren kürzer und, bis auf ein paar Locken im Genick, glatter und mit Pomade nach hinten gekämmt. Er wirkte wie ein Krieger mit seinen Gefolgsleuten.

Leonie hob die Augen zum Himmel und wünschte, sie könnte das Gesicht Gottes sehen. Er war der Einzige, dem sie an diesem Tag wirklich etwas bedeutete. *Gott, bist du da?*

„Leonie!"

Sie drehte sich um und sah ihre Tante Sarah auf sie zulaufen. Sie trug ihren üblichen Haarknoten, aber ihr bestes Kleid und eine zarte Spitzenstola um die runden Schultern. Sie rannte fast, und die langen schwarzen Fransen tanzten über ihren Armen. Mit eiskalten Fingern ergriff sie Leonies Hand.

„Liebes, es tut mir so leid", flüsterte sie, und in ihren Augen glitzerten Tränen.

Leonie schluckte und brachte keinen Ton heraus.

Mit festem Griff umklammerte Sarah ihre Hand. „Ich hab dich sehr lieb. Vergiss das nie." Leonie nickte stumm. „Gott ist mit dir." Ihre Stimme war so leise, dass nur Leonie sie hören konnte. „Er sieht die Spatzen auf dem Dach, und er wird auch dich nicht im Stich lassen." Sie presste Leonies Hand an die Lippen, während eine einzelne Träne über ihre Wange lief. „Mein liebes Kind. Gott hat dich nicht vergessen. Er ist bei dir, jeden Tag."

Leonie nickte, während Sarah ihre Hand losließ. Ihre Worte waren ihre einzige Hoffnung, ihr einziger Trost.

Ein Schatten schob sich heran.

„Guten Tag, Bill." Joel Sawyers Stimme war kühl wie der Herbstmorgen.

„Welch schöner Tag für eine Hochzeit." Bills betont fröhlicher Tonfall stand in scharfem Kontrast zu Joels finsterer Miene.

„Hallo, Leonie." Bill nickte anerkennend. „Wie hübsch du aussiehst."

Sie brachte kein Lächeln zustande.

Ihre Ma hielt das Baby in ihrer Armbeuge fester und nahm Addie an die Hand. Dann betrat sie mit ihren Kindern im Schlepptau die Kirche und ließ Leonie mit ihrem Vater draußen stehen. Leonie sah, wie Gideons Familie auf sie zukam und die Stufen zum Eingang hinaufstieg. Sie fühlte sich so leer, dass sie gar nicht erst versuchte zu lächeln.

Die O'Rileys warfen ihr neugierige Blicke zu. Alle bis auf Ruth. Leonies Herz hämmerte laut gegen ihre Rippen. Gideons Schwester Mary drückte ihrem Bruder rasch die Hand, während sie an ihm vorüberging. Als sie mit Leonie auf gleicher Höhe war, flüsterte sie ihr zu: „Ich habe mir schon immer eine große Schwester gewünscht." Kurze Wimpern umrahmten ihre freundlichen, ehrlichen Augen.

Leonie brachte kein Wort heraus und sah Mary hinterher, während das Gebäude sie verschluckte. Als Letzter kam Gideon an ihr vorbei und würdigte sie kaum eines Blickes. Leonie hob die Augen zum Himmel und dachte an Sarahs Worte.

Es war ein seltsames Gefühl, am Arm ihres Vaters durch die Reihen nach vorn zu gehen. Sämtliche Blicke ruhten auf ihr. Manche wohlwollend, andere abschätzig, und Leonie war froh, dass sie die Gedanken der Leute nicht lesen konnte.

Sie zwang sich, einen Fuß vor den anderen zu setzen. Es fiel ihr schwer, mit ihrem Vater Schritt zu halten, der sie ungeduldig vorwärtszog. Leonie drehte sich um und suchte den Blick ihrer Mutter, die ihr unter Tränen zulächelte.

Vor dem Altar blieben sie stehen. Leonie schaute ihrem Vater ins Gesicht, als er ihren Arm losließ. Er hielt ihrem Blick stand, und sie bemerkte, dass seine Lider flatterten. In seinen braunen Augen lag ein Ausdruck, den sie noch nie an ihm gesehen hatte. War es so etwas wie Mitgefühl? Oder gar Reue?

Doch genauso schnell verhärteten sich seine Züge wieder, und er wandte den Blick ab. Sein steinernes Gesicht verriet keine Regung.

Leonie hatte das Gefühl, als sei ihr Körper eine leere Hülle, die sich ohne ihr Zutun bewegte. Der Regen trommelte aufs Kirchendach und übertönte das Hämmern ihres Herzens. Bald würde sie Gideons Frau sein. Gefangen in einer lieblosen Ehe, würde sie vielleicht genauso verbittert werden wie ihr Pa.

Als ihr Vater ihr den Rücken zukehrte, trennte sie nichts mehr von Gideons ausgestreckter Hand. Leonie bohrte den Blick in seine Schultern und wünschte plötzlich, ihr Pa würde sich zu ihr umdrehen und sie mitnehmen. Aber er ging, setzte sich an seinen Platz und fasste nach Maggies Hand. Dann heftete er die Augen auf den Boden und blickte nicht mehr hoch.

Kalte Finger streiften ihr Handgelenk, und Leonie unterdrückte den Impuls, sich loszureißen und wegzulaufen. Schale Luft füllte ihre Lungen. Der Pfarrer begann mit seiner Rede, doch sie hörte ihn kaum. Gideon umfasste locker ihre Hand, und Leonie spürte den weichen Stoff des Verbandes, der um seine Knöchel gewickelt war. Sie blickte auf ihre Hand in seiner und suchte dann sein Gesicht. Gideon hatte die Augen starr auf den Pfarrer gerichtet, und als er spürte, dass sie ihn beobachtete, traten seine Kiefermuskeln hervor.

Beim Eheversprechen, das nun folgte, sprach Leonie gehorsam die Worte nach, die man ihr vorsagte. Ihr Atem ging so flach, dass sie fürchtete, ohnmächtig zu werden. Sie schwankte leicht.

Ein Mann hustete.

Eine Frau beruhigte ihr weinendes Baby.

Ein Schauder, der heiß und kalt zugleich war, kroch Leonie die Wirbelsäule und bis in ihre Wangen hinauf. Sie fühlte die Blicke, die sich in ihren Rücken bohrten. Es war, als könnte sie die Gedanken der Leute hören, all die Lügen und Gerüchte.

Sie kann von Glück sagen, dass dieser Junge sie heiratet.

Leonie versuchte, die Lügen abzuschütteln, die sie in den letzten beiden Tagen viel zu oft gehört hatte. Gott kannte die Wahrheit. Das allein zählte. Sie straffte die Schultern und wandte den Blick zum Fenster. Der Pfarrer schwadronierte weiter und fand kein Ende.

Herr, ist es das, was du von mir willst? Keine Antwort. Langsam hob sie die Augen ins graue Licht. Hatte Gott sie vergessen?

Leonie richtete den Blick zur Decke, um die Tränen zurückzuhalten, die an ihren Wimpern hingen. Sie fühlte sich wie eine Ertrinkende. Und unter den vielen Menschen war keiner, der ihr half. Niemand stand auf, um sie zu retten. Nicht ihr Vater. Nicht ihre Mutter. Niemand. Leonie senkte den Kopf und sah die große Hand, die ihre Finger umschlossen hielt und die so fremd und unwirklich war.

Der Pfarrer räusperte sich. „Haben Sie Ringe?"

Leonie zog ein zusammengefaltetes Taschentuch aus ihrem spitzenbesetzten Ärmel. Darin lag der Ehering ihres Großvaters – ein Andenken, das sie besaß, seit sie ein kleines Mädchen war. Und nun sollte sie ihn Gideon O'Riley geben, mit seinen gierigen Händen und seinem leichtfertigen Herzen. Sie spürte einen dumpfen Schmerz in der Brust, als sie ihm das kostbare Erinnerungsstück entgegenstreckte.

Gideon schob seine Hand zuerst in die rechte, dann in die linke Hosentasche, bevor er seinen Ring fand. Einige Leute in den Kirchenbänken lachten leise. Leonie sah, wie seine Ohren sich dunkelrot färbten. Ihre Blicke trafen sich. Seine Augen waren groß und ernst.

„Hier", sagte er schließlich und förderte einen schmalen Ring aus billigem Blech zutage.

Leonie studierte seine Gesichtszüge, während er ihr den Ring über den Finger streifte. Er wirkte verändert, mit seinen ordentlich gekämmten Haaren und dem glatt rasierten Kinn. Konzentriert presste er die Lippen aufeinander und zog die Brauen zusammen, sodass eine Furche auf seiner Stirn entstand. Leonie suchte seine Augen. Sein Blick war leer und ohne Freude. Sie fuhr sich mit der Zunge über die Lippen, als das kühle Metall an seinen Platz glitt.

Der Pfarrer beschloss die Trauzeremonie. Leonie entdeckte ihre Tante in der Kirchenbank, und der Kloß im Hals drohte sie zu ersticken. Sarah nickte ihr zu, und Leonie dachte wieder an die Worte, die sie ihr mit auf den Weg gegeben hatte. Dann verschleierten die Tränen ihren Blick, und als sie ihr über die Wangen rollten, war es ihr egal, was die Leute dachten.

Keiner war ihr zu Hilfe gekommen. Weder ihre Mutter noch ihr Vater. Sie hatten es schweigend hingenommen. Sie hatten sie im Stich gelassen.

Der Pfarrer sprach die Schlussworte. Nun war es besiegelt. Leonies Herz drohte in Stücke zu brechen. Sie und Gideon waren für immer aneinandergekettet.

„Hiermit erkläre ich Sie zu Mann und Frau. Sie dürfen die Braut nun küssen."

Leonies Atem stockte, und sie sah, wie Gideon zusammenzuckte. Dann beugte er sich mit einer routinierten Bewegung vor und gab ihr einen flüchtigen Kuss, so schnell, dass einige zu kichern begannen. Als die Leute Beifall klatschten, wischte Leonie sich die Schweißperlen von der Stirn.

Auf einmal spürte sie Gideons Mund dicht neben ihrem Ohr. „Lass uns rausgehen", raunte er. Gemeinsam bahnten sie sich den Weg durch die Menge der Gottesdienstbesucher. Gideon fasste Leonie am Arm und schob sie vor sich her.

Die Wolken hatten sich geteilt, und die Sonne schien hell und warm. Leonie betrachtete den leeren Kirchhof. Die einzige Dekoration waren die trockenen Sommergräser und die frühen Herbstblätter. Wie anders hatte sie sich ihre Hochzeit vorgestellt. Sie hatte immer von einem rauschenden Fest geträumt, mit Blumen, Musik und Tanz und einer großen Hochzeitstorte. Mit Freunden, die auf das glückliche Brautpaar anstießen. Es sollte der schönste Tag ihres Lebens sein. Ein Tag, von dem man sich wünschte, er würde nie zu Ende gehen. Ein Tag, an dem sie mit ihrem Mann bis spät in die Nacht tanzen würde. Und die Sterne würden ihnen den Weg nach Hause leuchten. Doch als Gideon ihre Schulter streifte, wusste sie: Dieser Traum war endgültig vorüber.

7

Das schwere Bündel schlug gegen Leonies Beine. Es enthielt das Allernötigste – nur keinen Trost und kein bisschen Mut. Sie betete, Gott möge ihr so viel davon schenken, wie sie zum Leben brauchte. Dies war ihre einzige Hoffnung, als sie hinter Gideon den steilen Weg zu dem unbekannten Haus hinaufging.

Er sah über die Schulter, und sein Blick fiel auf Leonies Leinensack. Es war das dritte Mal, dass er sich umdrehte, seit sie unterwegs waren. Schließlich verlangsamte er seinen Schritt und wartete auf Leonie. „Lass mich das tragen."

„Es geht schon", wehrte sie ab, obwohl ihr die Last zu schaffen machte.

Als sie über den Saum ihres Kleides stolperte, griff Gideon nach ihrem Arm und stützte sie. Dann zog er die Hand schnell wieder zurück. Heftig riss Leonie an ihrem Saum und stieß einen ärgerlichen Laut aus. Später würde sie ihren angestauten Gefühlen beim Fußbödenscheuern Luft machen.

„Wir sind gleich zu Hause", sagte Gideon.

Zu Hause? „Zu Hause bei deinen Eltern", entfuhr es ihr.

„Fürs Erste, ja."

Was spielte es für eine Rolle? Egal, wo sie wohnen würden, es war immer weit weg von ihrer Ma und ihren geliebten Geschwistern. Wie oft würden sie sich besuchen können?

Leonie fasste ihr Bündel fester. Ihre Familie würde jedenfalls bei den O'Rileys nicht sonderlich willkommen sein.

Ähnlich wie Leonies Elternhaus war auch die Blockhütte der O'Rileys eng an den Berghang gebaut. Charlie und John standen auf der Veranda und lehnten betont lässig am Geländer, ein zweideutiges Grinsen im Gesicht. Sie waren schon vorgegangen, während das Brautpaar nach der Trauung noch hatte dableiben und die Glückwünsche der Gäste entgegennehmen müssen.

Die Brüder verschwanden im Haus, und von drinnen erklangen aufgeregte Stimmen. Gideon hielt Leonie die Haustür auf. An der Schwelle blieb sie wie angewurzelt stehen, sodass Gideon mit ihr zusammenprallte. Die Stimmen verstummten. Leonie sah sich um und blickte in neugierige Gesichter. Ein halbes Dutzend Augenpaare starrte sie an.

Gideon fand als Erster die Sprache wieder und übernahm das Vorstellen. „Ihr alle kennt Leonie", sagte er tonlos. „Leonie, das sind Billy und Susie." Er zeigte auf zwei Kinder, die nebeneinander in einem riesigen Schaukelstuhl saßen. „Meine jüngsten Geschwister." Mit dem Daumen deutete er auf das junge Mädchen, das am Herd stand. „Mary hast du ja schon kennengelernt."

Mary schenkte ihr ein warmes Lächeln, während sie eine Kanne Kaffee zum Tisch trug.

„Und meine Brüder John und Charlie kennst du auch."

Die Jungen grinsten.

„Es freut mich, euch wiederzusehen", sagte Leonie steif.

Gideon machte einen Schritt auf seine Eltern zu, und Leonie fröstelte plötzlich. „Ma und Pa kennst du auch schon. Und das ist die kleine Sue." Er deutete auf das Baby, ohne Leonie anzusehen.

Ruth antwortete nur mit einem dünnen Lächeln und schaukelte das Kind in ihren Armen. Als sie keine Anstalten machte, Leonie zu begrüßen, ergriff Bill das Wort: „Willkommen, Leonie. Es ist uns eine große Freude."

Leonie trat von einem Bein auf das andere.

„Ihr zwei habt bestimmt Hunger." Bill sah seine Frau auffordernd an, und sie reichte ihm das Baby.

„Dann will ich mich mal ums Abendessen kümmern." Ruth stand auf und ging zum Herd. Ihr schmutziger Rocksaum schleifte auf dem Boden.

Mary lächelte Leonie an, bevor sie sich wieder zum Herd umdrehte.

„Kann ich irgendetwas helfen?", fragte Leonie zaghaft und rieb sich nervös ihre Handflächen.

Ruth lachte trocken auf. „Mit dem Kleid? Willst du damit Speck braten, damit es voller Fettspritzer wird?"

Leonie schluckte. Sie warf einen Blick zu Gideon und sah, dass er einmal tief durchatmete. Mary presste die Lippen zusammen.

„Nun ja“, stammelte Leonie. „Ich dachte nur, ich könnte mich nützlich machen.“

„Du könntest schon mal deine Sachen ins Schlafzimmer bringen“, sagte Mary freundlich. Sie öffnete eine Tür und gab Leonie ein Zeichen, ihr zu folgen. „Komm mit. Ich habe die Waschschüssel mit heißem Wasser gefüllt, als ich heimgekommen bin.“ Die Tür knarrte in den Angeln, als Mary sie bis auf einen Spalt wieder zuzog. „Ich hoffe, es ist noch ein bisschen warm.“

„Vielen Dank, das ist lieb von dir.“

Leonie nahm ihre gestreifte Schürze aus dem Leinensack und schüttelte sie aus, um die Falten etwas zu glätten. Als sie sich das abgetragene Kleidungsstück umgebunden hatte, fühlte sie sich gleich besser.

Mary schlüpfte aus dem Zimmer und schloss die Tür. Leonie hatte keine Eile, den Raum zu verlassen, und war dankbar, einen Augenblick allein zu sein. Sie nahm ihr Schultertuch ab und faltete es, bevor sie es über eine Stuhllehne hängte.

Ihr Blick fiel auf den glänzenden Ehering. Sie drehte ihn an ihrem Finger hin und her, trat ans Fenster und betrachtete ihn im schwindenden Licht des Tages. Ein hübscher Ring, auch wenn er aus billigem Material war.

Warme Luft schlug ihr entgegen, als sie zurück in die Küche kam. Mary reichte ihr einen Stapel Teller, und Leonie begann, unter den neugierigen Blicken der jüngeren Geschwister den Tisch zu decken.

Ruth hielt sich die meiste Zeit im Hintergrund. Leonie sah ihre gebeugten Schultern und ihr verkniffenes Gesicht und bemerkte den missbilligenden Zug um ihren Mund. Zum Glück war Mary da, beantwortete ihre Fragen und bot ihr sogar eine Tasse Tee aus dem dampfenden Kessel an.

Ruth rief die Familie zu Tisch. Leonie saß eingeklemmt neben Gideon und den Kindern auf der Bank, so dicht, dass ihre Arme sich berührten. Sie wollte von ihm abrücken, aber die Enge ließ es nicht zu.

Bill neigte den Kopf zum Gebet, und alle reichten sich die Hände. Gideon fing den Blick seines Vaters auf, bevor er zögernd Leonies Hand fasste. Sie schluckte, von einer plötzlichen Woge der Gefühle überrollt.

Nach dem Tischgebet begann Ruth, das Essen auf die Blechteller zu schöpfen, für Leonie als Letzte. Sie warf ihrem Sohn einen finsteren Blick zu. „Ihr werdet euch ja hoffentlich bald etwas anderes suchen", sagte sie schroff.

Gideon räusperte sich. „Ja, Mutter." Es gelang ihm nicht, die Überraschung in seiner Stimme zu verbergen.

„Na also", sagte sie etwas milder und ließ den Holzlöffel mit Schwung in den leeren Topf fallen. „Ich dachte mir schon, dass ihr hier nicht ewig bleiben wollt." Sie machte eine unbestimmte Handbewegung. „Besonders viel Zeit, euch darüber Gedanken zu machen, hattet ihr ja nicht."

Leonie starrte auf ihren Teller. Die Schuldgefühle nahmen ihr den Appetit. Während der ganzen Mahlzeit wagte sie nicht, Ruth anzusehen. Um nicht unhöflich zu erscheinen, zwang sie sich zum Essen. Als sie fertig waren, klagten Charlie und John, sie hätten immer noch Hunger.

Später, als das Abwaschwasser ausgegossen und die sauberen Tellerstapel verstaut waren, versammelte sich die Familie am Kaminfeuer. Bill las ein Kapitel aus der Bibel vor, und seine klare, laute Stimme hallte durch den Raum. Er las deutlich und flüssig, nicht wie Leonies Vater, der über die einfachsten Worte stolperte. Leonie saß im Schaukelstuhl, die Füße fest auf den Boden gestemmt, damit sie nicht durch das Knarren des Holzes die Aufmerksamkeit auf sich zog. Sie spürte, dass Gideons Blick auf ihr ruhte, und es war ihr unangenehm.

Als das Feuer heruntergebrannt war, streckte sich Bill und gähnte. „Schluss für heute." Er erhob sich, klopfte seine Tabakpfeife aus und legte sie auf den Kaminsims. „Zeit zum Schlafengehen." Er nickte in die Runde und verschwand im elterlichen Schlafzimmer. Ruth befahl Mary, die Kleinen ins Bett zu bringen. Dann folgte sie ihrem Mann, das schlafende Baby auf dem Arm.

Mary führte ihre Geschwister zum Waschbecken und stellte sie auf einen Stuhl, damit sie sich die Hände und das Gesicht waschen konnten.

„Ich haue mich auch aufs Ohr. Gute Nacht“, murmelte John in die Runde. Er stand auf und reckte seine dünnen Arme über den Kopf.

Leonie schlug das Herz auf einmal bis zum Hals. *Bleib noch. Bitte, bleib.* Sie sah, wie John alle Kerzen ausblies bis auf eine. Im Zimmer wurde es dunkel.

Lass mich nicht allein.

„Gute Nacht“, erwiderte Leonie leise.

John und Charlie gingen auf die Tür des Zimmers zu, in das Leonie ihre Sachen gebracht hatte. Gideon streckte das Bein aus, sodass Charlie darüber stolperte. Er konnte sich gerade noch fangen und fuhr ärgerlich herum. „Sag mal, spinnst du, Gid? Was soll das?“

Gideon kreuzte die Arme vor der Brust. „Wo willst du hin?“

„Na, ins Bett, du Idiot!“, erwiderte Charlie donnernd, das Gesicht nur wenige Zentimeter von dem seines Bruders entfernt.

„Das ist mir klar. Aber da drin kannst du nicht schlafen.“ Er deutete mit dem Daumen in Leonies Richtung. Seine unausgesprochenen Worte verursachten ein flaues Gefühl in ihrer Magengrube, und ihre Wangen waren plötzlich heißer als die Glut im Kamin. Sie schlug die Augen nieder und tat so, als betrachte sie voller Interesse Charlies abgetragene Stiefel.

Charlie stemmte die Hände in die Hüften. „Soll das heißen, du schmeißt uns aus unserem Zimmer raus?“

Gideon nickte langsam.

„Und wo sollen wir dann schlafen?“, mischte John sich ein.

„Auf dem Boden, wo denn sonst. Legt euch vor den Kamin, da ist es schön warm.“ Gideon stand auf und verschwand, ohne ein Wort an Leonie, in ihrem Zimmer.

Leonie saß stocksteif da, unfähig, sich zu rühren. Vielleicht war es ihm lieber, wenn sie irgendwo anders schlief? Doch das Fünkchen Hoffnung erstarb sofort, als Gideon im Türrahmen erschien.

„Komm schon, Leonie, du kannst hier drin schlafen.“ Er hielt ihr die Tür auf, und im Hineingehen hörte sie Charlie leise kichern.

„Ich sollte mir auch eine Frau suchen.“

„Wer will dich schon heiraten?“, konterte John.

Gideon machte die Tür zu, und die Kabbeleien der Brüder verstummten.

Leonie sah sich im Zimmer um, das nur von der Kerze in Gideons Hand beleuchtet wurde, und ließ den Blick über die Möbel schweifen. Um nicht untätig herumzustehen, zog sie einen Kamm und eine Haarbürste aus ihrem Leinensack und legte sie auf die Kommode. Der Raum war sehr klein. Ein Bett mit einer durchgelegenen Matratze stand in der Ecke. Darauf lagen zusammengeknüllt ein paar Decken. Die Hemden und Hosen der Brüder hingen unordentlich über dem Fußende des Bettes. Unschlüssig blickte Leonie umher. Erst als sie einen Druck in der Lunge spürte, bemerkte sie, dass sie vergessen hatte zu atmen.

Gideon schien ihr Unbehagen zu spüren. Er räumte die Kleider vom Bett und warf sie auf einen Haufen auf den Fußboden. Unbeholfen zog er die Decken glatt. „Die Zeit war knapp heute Morgen“, sagte er entschuldigend. Er schüttelte die Kissen auf und legte sie nebeneinander ans Kopfende. „Da konnten wir das Bett nicht mehr machen.“ Ihre Augen trafen sich, und Gideon wischte sich verlegen die feuchten Handflächen an den Hosenbeinen ab. Leonie wunderte sich, wie nervös auch er war. Da hatte er sich vor drei Tagen noch ganz anders benommen.

Ächzend ließ Gideon sich aufs Bett fallen und streifte die Stiefel ab, die polternd zu Boden fielen. Leonie dachte an die lauschenden Ohren im ganzen Haus und krümmte sich innerlich. Unbeirrt machte Gideon weiter und begann, mit flinken Fingern sein Hemd aufzuknöpfen.

Leonie starrte die ganze Zeit verlegen auf den Fußboden und presste sich die Hände auf ihre glühenden Wangen.

Gideon hielt in der Bewegung inne. „Alles in Ordnung mit dir?“

Leonie nickte stumm. Sie wusste, wenn sie auch nur ein Wort sagte, würde sie in Tränen ausbrechen.

„Ich gehe noch mal in die Küche, einen Schluck Wasser trinken“, bemerkte Gideon. Das Bett quietschte, als er aufstand.

Leonie trat beiseite und ließ ihn vorbei. Als er draußen war, zog sie sich rasch bis auf das Unterhemd aus und schlüpfte in ihr Nachtgewand. Dann kletterte sie auf die dicke Strohmatratze. Sie zog die Decke hoch bis zum Kinn und rutschte so nah wie möglich an die Wand, bis ihr die unbehauenen Balken in den Rücken pikten.

Bitte, Herr, lass mich nicht im Stich.

Sie betete, dass Gott seine schützende Hand über ihr halten würde. Gleichzeitig war es ihr fast peinlich, dass er sie so sah.

Kurz darauf kam Gideon zurück und schloss leise die Tür. Seine Bewegungen waren langsam, als zögerte er bewusst etwas hinaus. Leonie stockte der Atem, und sie schloss die Augen. Sie hörte, wie er die Kerze ausblies. Dann spürte sie sein Gewicht auf der Matratze und krallte die Hände in das Laken, um nicht in seine Richtung zu rollen. Er lag ganz ruhig. Sie zog die Arme nah an ihren Körper, um ihn nicht versehentlich zu berühren.

Das Blut hämmerte in ihren Ohren, sodass sie kaum hörte, wie er leise schluckte. Das Kissen raschelte, als er den Kopf wandte und sie ansah. Dann drehte er sich wortlos um und kehrte ihr den Rücken zu. Seine Schultern hoben und senkten sich langsam. Leonie blickte zur Decke, getragen von einer Welle der Erleichterung.

8

Ich mag sie nicht." Ruths Stimme war kratzig und barsch.

Gideon schob sich den letzten Löffel Rührei in den Mund. „Das tut mir leid." Er war in einem leeren Bett aufgewacht und hatte keine Lust, mit seiner Mutter über seine neue Ehefrau zu diskutieren.

„Dir ist es wohl egal, was ich denke?"

„Ich wüsste nicht, was ich daran ändern könnte." Er nippte an seinem kalten Kaffee. „Außer, dass wir so schnell wie möglich von hier verschwinden."

„Und du glaubst, damit löst du alle Probleme?"

„Einige wenigstens." Er schob den leeren Teller von sich und stürzte den restlichen Kaffee hinunter. „Die Arbeit wartet."

Seine Mutter goss heißes Wasser aus dem Kessel ins Waschbecken. „Arbeit nennst du das? Wenn du ein bisschen in deiner Werkstatt herumschnitzt?" Ihre Augen wanderten zu einem halb fertigen Wanderstab, der in einer Ecke lehnte, und dessen aufwendige Verzierung am Griff noch unvollendet war. „Wenn du wenigstens Geld dafür kriegen würdest."

Gideon trommelte ärgerlich mit den Fingern auf den Tisch. „Das Kaninchenfleisch hast du aber gern genommen, das ich letzte Woche nach Hause gebracht habe."

Ruths Züge wurden weicher, und sie seufzte. „Gideon." Kopfschüttelnd nahm sie den leeren Topf vom Tisch, den hungrige Mäuler bis auf den letzten Rest leer gekratzt hatten. „Du weißt, wie schwer es mir fällt, wenn du gehst."

„Was ich von mir nicht behaupten kann", erwiderte er, ohne einen Gedanken daran zu verschwenden, wie verletzend seine Worte waren. Seine Ma war schon immer hart im Nehmen gewesen. Spätestens, wenn der letzte Teller gespült war, würde sie darüber hinweg sein.

Sie machte eine unbestimmte Handbewegung. „Es ist nicht wegen dir,

Gideon." Mit gesenkter Stimme fuhr sie fort: „Sondern wegen diesem Mädchen." Die Furchen um ihre Mundwinkel vertieften sich.

Gideon ging nicht auf ihre Bemerkung ein und griff nach seiner Jacke.

„Ich will damit nur sagen, du hättest eine bessere …"

Der Rest ging in lautem Türknallen unter, während Gideon sich mit langen Schritten entfernte.

„Dafür ist es leider zu spät", entfuhr es ihm. Im selben Augenblick meldete sich sein Gewissen.

Er wusste wenig über Leonie, aber sie war die tapferste Frau, die er je getroffen hatte. Das war ihm nach dem Auslöschen der Kerze klar geworden. Gideon biss sich auf die Unterlippe. Was dachte sie denn von ihm? Er würde nicht zweimal denselben Fehler machen. Und er war schließlich kein Unmensch.

Der halb fertige Schaukelstuhl fiel ihm ein, und er lenkte seine Schritte Richtung Werkstatt. Fast eine Stunde verbrachte er damit, das Holz einzuölen, als er Charlie entdeckte, der mit zwei Wassereimern vom Brunnen kam. Die sehnigen Arme seines jüngeren Bruders strafften sich unter dem Gewicht. Gideon musste ohnehin warten, bis das Holzöl eingezogen war, und ging nach draußen.

„Hey, wie wär's mit einem kleinen Ausflug?", fragte er und nahm Charlie einen Eimer ab.

Charlie schloss zu ihm auf, und sie gingen nebeneinander zum Haus. „Was hast du vor?"

Gideon grinste vielsagend. Charlie verstand. Der Treffpunkt auf der Lichtung. Sie stellten die Eimer neben der Tür ab, wo ihre Mutter sie sehen würde.

„Wo ist Leonie?", fragte Charlie.

„Mary hat sie zum Beerenpflücken mitgenommen."

„Oh. Und wann kriege ich mein Zimmer zurück?"

Charlie war ein paar Jahre jünger als Gideon und machte sich nicht viel aus Frauen. Gideon konnte es ihm nicht verübeln.

„Vielleicht eher, als du denkst." Da Gideon kaum Geld besaß, rechnete er sich aus, dass er bestenfalls auf dem Land seines Vaters eine bescheidene Hütte bauen könnte. Allerdings hatte seine Mutter deutlich gesagt, was sie von Leonie hielt, und würde wahrscheinlich keinen großen Wert auf ihre Nachbarschaft legen. Eine innere Stimme sagte ihm, dass eine klare räumliche Trennung besser wäre. Und obwohl er von Joel Sawyer nichts mehr zu befürchten hatte, gefiel ihm der Gedanke an einen gesunden Abstand immer besser.

„Sollen wir mal schauen, ob Hollis zu Hause ist?", unterbrach Charlie seine Gedanken.

Als sie vor dem Haus ihres Freundes standen, hob Gideon einen Kieselstein auf und warf ihn gegen das Dachfenster. Kurz darauf erschien ein gerötetes Gesicht hinter der Scheibe. Charlie winkte den jungen Mann herunter.

Ohne ihre Schritte zu verlangsamen, folgten sie dem Pfad bis zu einer Wegbiegung. Dort bogen sie ab und erreichten bald eine flache Kuhle, die von dichtem Gehölz umgeben war und an einer Seite an einen schmalen Bach grenzte. Dahinter öffnete sich eine Wiese, auf der sich die Herbstgräser wiegten wie ein endloses, silbernes Meer.

Gideon bückte sich nach einem Stein und schleuderte ihn von sich weg, sodass zwei Krähen am Ufer erschrocken aufflogen. Sein jüngerer Bruder nahm einen Stock und tat es ihm gleich. Ihre Zielscheibe war ein X, das Gideon in einem der vergangenen Sommer in die raue Rinde einer knorrigen Eiche geritzt hatte.

„Was macht ihr zwei Weicheier hier draußen?", hörten sie eine kratzige Stimme.

Gideon drehte sich um und sah, wie Hollis hinter einem Baum hervortrat. „Ich habe mich schon gefragt, ob du dich wohl davonschleichen kannst."

„Habe ich euch je enttäuscht?" Hollis hielt eine Zeitung hoch und ein Glasgefäß. Es enthielt ungefähr einen Liter von einer klaren Flüssigkeit. Das Sonnenlicht brach sich im Glas und stach Gideon in die Augen und ins Herz.

„Braver Junge."

„Wie oft habe ich dir schon gesagt, du sollst dir selbst die Zeitung kaufen?“

„Keine Ahnung. Ich habe aufgehört zu zählen.“

„Und trotzdem hebe ich sie jedes Mal für dich auf.“ Hollis klatschte Gideon die Zeitung vor die Brust.

Gideon grinste und nahm das zerknitterte Papier unter den Arm.

„Und das habe ich wie immer von meinem Pa geklaut.“ Hollis setzte das Glas an die Lippen. „Das Zeug brennt wie Feuer.“ Er verzog das Gesicht, bevor er die Flüssigkeit hinunterschluckte. „Aber es steigt schnell zu Kopf.“ Er nahm noch einen kräftigen Schluck, wischte sich mit dem Handrücken den Mund und reichte das Glas an Gideon weiter. „Was ist bloß aus dir geworden, Gid? Ein biederer Ehemann!“

Gideon umklammerte den Branntwein mit beiden Händen. „Scheint so“, grunzte er.

„Aber die Ehe bekommt dir gut“, grinste Hollis und hob vielsagend seine buschigen Augenbrauen.

Gideon zuckte die Achseln und führte das Glas zum Mund. Er spürte das Brennen im Hals, und für einen kurzen Augenblick sah er plötzlich Leonies Gesicht vor sich. Er ließ sich den schwarzgebrannten Schnaps die Kehle hinunterrinnen. Obwohl er keine besonders hohen Moralvorstellungen hatte, empfand er auf einmal so etwas wie Schuld.

Im selben Moment schüttelte er den Kopf, als wollte er Leonies Bild verscheuchen. Ohne das anzügliche Grinsen seines Freundes hätte er wahrscheinlich keinen Gedanken an sie verschwendet. Er schob den letzten Rest Schuldgefühle beiseite, setzte das Glas an und trank, bis ihm der Alkohol das Wasser in die Augen trieb. Dann reichte er den Schnaps weiter, lehnte sich gegen einen Baum und schlug die Zeitung auf. „Irgendwas Interessantes?“

„Nicht viel.“ Hollis trat näher und tippte mit dem Finger auf eine Anzeige auf der zweiten Seite. „Aber hier steht, dass in Stuart noch Arbeiter gesucht werden. Seit die Eisenbahnlinie fertig ist, zieht es immer mehr Leute in die Stadt. Das bedeutet: mehr Geschäfte, mehr Banken. Da können sich die Leute …“

„Ich weiß, was eine Bank ist.“

„Habe selbst schon daran gedacht, nach Stuart zu gehen. Um hier mal rauszukommen. Die Bezahlung soll auch gut sein.“

„So?“ Gideon versuchte, das Kleingedruckte zu entziffern.

Hollis nickte zufrieden. Er faltete die Hände hinter dem Kopf und ließ sich die Sonne ins Gesicht scheinen.

Charlie stand neben ihm und zielte mit Kieselsteinen auf einen Baumstamm.

Nach einer Weile sagte Hollis: „Tut mir leid, dass ich deine Hochzeit verpasst habe, Gid.“

„Hast du auf eine offizielle Einladung gewartet oder mal wieder verpennt?“

Hollis grinste. „Sowohl als auch. Zu gern hätte ich dein dummes Gesicht gesehen.“ Er klappte den Mantelkragen hoch. „Mein Pa sagt, Joel Sawyer hat nicht mehr alle Tassen im Schrank. Mit dem würde ich mich besser nicht anlegen.“ In seinen Augen stand ein schadenfrohes Glitzern. „Du weißt ja, was die Leute über ihn sagen.“

Gideon setzte sich auf den Boden und stützte die Arme auf die Knie. „Ja, ich weiß.“ Er warf Hollis einen Seitenblick zu. „Und ich will lieber nicht daran denken.“

Hollis lachte wiehernd, und sein Gesicht wurde noch eine Spur röter. „Da hast du dich an dem falschen Mädchen vergriffen!“

Gideon hob einen Stock auf und warf ihn nach Hollis.

Der wich aus, immer noch lachend, doch der Stock traf ihn an der Schulter. „Ich möchte jedenfalls nicht in deiner Haut stecken.“

Gideon zog eine Grimasse. „Du redest zu viel.“ Er trank noch einen Schluck von dem Selbstgebrannten.

„Immer langsam, Gid.“ Charlie nahm ihm das Glas ab. „Jetzt bin ich an der Reihe!“

„Lass das, Charlie.“ Gideon lehnte sich zurück und spürte die Wärme, die sich in seinen Gliedern ausbreitete. „Du verträgst keinen Alkohol, das weißt du genau.“

Der Sechzehnjährige reckte trotzig das Kinn vor, griff nach dem Gefäß und nahm einen großen Schluck. Der Schnaps brannte in seinem Hals, und er hustete und rang nach Luft. „Ich bin kein Kind mehr“, sagte er aufmüpfig.

„Gib her.“ Hollis nahm Charlie den Schnaps weg und stellte das Gefäß auf den Boden zwischen seine Füße. „Das reicht, du Weichei.“

Charlie vergrub die Hände in den Jackentaschen, immer noch hustend.

Hollis wandte sich Gideon zu. „Und jetzt erzähl mal“, begann er.

„Ich habe keine Lust, darüber zu reden, falls du darauf hinauswillst.“ Gideon blickte starr geradeaus.

„Nun komm schon. Du hast als Erster von uns geheiratet.“

Gideon warf ein Blatt in die Luft. „Stimmt. Und warum hänge ich dann mit euch dummen Junggesellen herum?“

„Warum wohl“, murmelte Hollis und nahm einen weiteren Schluck, bevor er das Glas an Charlie weiterreichte. „Ich habe diese Leonie Sawyer gesehen.“ Er pfiff leise durch die Zähne, und Gideon spürte, wie Ärger in ihm hochstieg.

„Sie heißt O'Riley“, sagte er patzig und gab das Glas an Hollis zurück.

„Schade, schade.“ Hollis schüttelte den Kopf und fuhr mit dem Finger den Rand entlang. „Ein hübsches Ding, die Kleine.“

„Halt den Mund“, sagte Gideon scheinbar ohne Gefühlsregung, aber Hollis' Bemerkung ärgerte ihn mehr, als ihm lieb war. Er kreuzte die Beine und sah in die Ferne.

Hollis stellte den Branntwein ab und hob beschwichtigend die Hände. Ein unschuldiges Lächeln stand in seinem sommersprossigen Gesicht. „Ich habe nichts Böses dabei gedacht.“

„Das würdest du nie tun, ich weiß.“ Gideon versuchte, Leonie aus seinen Gedanken zu verbannen.

„Ah, jetzt wird mir alles klar“, sagte Hollis gedehnt. „Du warst ein echter Gentleman …“ Er grinste schief. Ein Sonnenstrahl verfing sich in einem hervorstehenden Zahn. „Deshalb hast du so schlechte Laune.“ Er tippte sich an den Hut und schob ihn aus der Stirn. „Es ist nichts passiert.“ Er beugte sich vor. „Das ist es doch, nicht wahr?“

Gideon zog die Brauen zusammen. „Das würde ich dir gerade auf die Nase binden."

Hollis sah Gideon an und studierte seinen Gesichtsausdruck. „Und ich habe immer gedacht, du wärst ein echter Frauenheld."

„Halt's Maul", antwortete Gideon gereizt und stand auf.

„Das ist kein Grund, gleich beleidigt zu sein." Hollis schraubte den Deckel auf das Glas.

„Es geht dich einen feuchten Dreck an." Gideon gab seinem Bruder ein Zeichen. „Wir gehen."

„*Meine* Braut würde mir in der Hochzeitsnacht nicht die kalte Schulter zeigen." Hollis lachte dröhnend.

Gideon ging nicht darauf ein, klemmte sich die Zeitung unter den Arm und drehte sich wortlos um. Charlie folgte ihm auf wackeligen Beinen, sodass Gideon ihn stützen musste.

„Der Mond sieht so schön aus von hier oben", lallte Charlie. Plötzlich kippte er rückwärts, fiel mit einem dumpfen Laut zu Boden und blieb auf dem Hosenboden sitzen.

Stöhnend beugte sich Gideon zu ihm hinunter. „Erstens bist du nicht da oben, sondern hier unten." Er legte sich Charlies Arm um die Schulter und half ihm auf die Füße. „Und zweitens: Das ist die Sonne." Seine Mutter würde ihm das Fell über die Ohren ziehen, wenn sie Charlie in dem Zustand sah.

Irgendwie schaffte er es, seinen Bruder, der neben ihm herstolperte, nach Hause zu bringen. In der Nähe der Farm setzte er ihn ins Gras und lehnte ihn an einen Baum, wo er seinen Rausch ausschlafen konnte. Die Sonne stand noch recht hoch, bis zum Abendessen mussten es noch einige Stunden sein. Gideon sah zum Haus hinüber. Eine schmale Rauchsäule stieg aus dem Schornstein. Dann öffnete sich die Tür, und Leonie kam heraus, einen Korb in der Hand, und ging damit Richtung Hühnerstall. Hollis' höhnische Worte hallten noch in Gideons Kopf, und er fuhr sich mit der Hand über den Nacken.

Er war noch nie zurückgewiesen worden. Kein einziges Mal.

Bis auf Leonies Faustschlag.

Er fuhr sich mit dem Handrücken über die Stelle. Zwei Tage lang hatte ihm der Kiefer wehgetan. Dieselbe Zurückweisung hatte er auch gestern Nacht erfahren. Nicht, dass er sich um Leonies Gefühle scherte, aber er spürte, wann ein Mädchen Angst hatte. Und Leonie hatte panische Angst gehabt. Sie hatte mehr als deutlich gemacht, dass sie nichts mit ihm zu tun haben wollte. Das alles hätte ihm egal sein können, aber Hollis' Anspielungen hatten seinem Stolz einen gehörigen Dämpfer versetzt.

Gideon zupfte an seinem Hemdkragen, bis er ordentlich saß. Dann kämmte er sich mit den Fingern durch die Haare und schlenderte zum Hühnerstall hinüber. Er hatte keine Ahnung, was er tun oder sagen sollte, aber er konnte Hollis' Sticheleien nicht auf sich sitzen lassen. Es musste sein. Je früher, desto besser.

9

Gideon?" Leonie blickte auf, als Gideon die schmale Tür aufstieß. Ein Dutzend braune Eier lagen in ihrem Korb, ein weiteres hielt sie in der Hand.

Er lehnte sich so beiläufig wie möglich an den Türpfosten. „Dachte ich's mir, dass ich dich hier finde." Als Leonie misstrauisch die Augenbrauen hob, wusste er, dass er zu anzüglich klang, und räusperte sich. Er musste es anders anstellen. „Ich habe gehofft, du hast vielleicht ein paar Minuten Zeit", sagte er und legte so viel Wärme und Freundlichkeit in seine Stimme wie möglich.

Frauen mochten das.

Mit dem Kopf deutete er Richtung Werkstatt. Sie folgte seiner Bewegung. In ihrem Blick lag Unsicherheit. Er konnte es ihr nicht verdenken. Warum sollte sie ihm plötzlich vertrauen? Gideon schluckte. Immerhin hatte er sie letzte Nacht nicht angerührt. Allein diese Tatsache, so hoffte er, müsste ihm eigentlich einen Vertrauensvorschuss einbringen. Wenigstens einen kleinen, mehr brauchte er nicht.

„Ich würde dir gern etwas zeigen."

„Mir?" Sie zog die Augenbrauen zusammen.

„Ja. Ich dachte, damit du weißt, was ich so mache." Er streckte den Arm aus und hielt ihr die Tür auf. „Komm mit."

Sie zögerte, immer noch verwirrt, doch sie stellte den Korb ab und folgte ihm ins Freie. Schweigend liefen sie durch die Spätnachmittagssonne. Gideon zog die schwere Tür auf, legte Leonie die Hand auf den Rücken und schob sie mit sanftem Druck hinein. Der Stoff ihres Kleides war weich unter seinen Fingern. Leonie trat in den dunklen Raum. Gideon folgte ihr und drehte den Docht der Petroleumlampe hoch. Ein warmes, gelbes Licht breitete sich aus, und er zog die Tür hinter sich zu.

Leonie hob den Blick und sah sich um. Er hörte, wie sie einen leisen Laut der Verwunderung ausstieß, und konnte sich ein Lächeln nicht verkneifen.

Gideons Werkstatt war bis in den letzten Winkel vollgestopft mit Möbeln, die fertig bearbeitet werden wollten. Ein würziger Duft nach frischem Holz erfüllte den Raum. Leonies Mund formte ein lautloses „Oh". Gideon griff nach dem Schaukelstuhl auf der Werkbank. Das Öl war vollständig eingezogen und verlieh dem Holz einen matten Schimmer. Leonie streckte die Hand aus und berührte die geschwungene Sitzfläche, die er in stundenlanger Arbeit glatt geschliffen hatte. Mit dem Zeigefinger strich sie zart über die gepunktete Maserung des harten, sehr seltenen Vogelaugenahornholzes. Gideon nahm einen kleinen Kinderstuhl aus dem Regal und hielt ihn ans Licht, damit Leonie ihn besser sehen konnte. Staunend wanderte ihr Blick über die kunstvollen Verzierungen und die spindelförmigen Stuhlbeine, an denen er so lange geschnitzt hatte.

„Das hast du alles gemacht?", fragte sie mit leiser Stimme.

„Ja, in meiner freien Zeit." Er lehnte sich an die Werkbank und betrachtete sie, aber Leonie errötete nicht unter seinem Blick wie die meisten Mädchen.

Ihre Gesichtszüge waren weich und entspannt, während sie die Umgebung in sich aufnahm. Das war gut. Gideon verschränkte die Arme vor der Brust. Er musste ihr Zeit geben, er durfte sie kein zweites Mal verschrecken. Leonie ging langsam um die Werkbank herum. Ihre nackten Füße hinterließen kleine Abdrücke auf dem mit Sägemehl bedeckten Boden. Gideon stand regungslos und beobachtete sie. Er kannte diesen Typ Frau. Solche Frauen waren unheilbar romantisch und warteten auf die Liebe ihres Lebens. Frauen, für die er eindeutig der falsche Mann war.

Leonies Blick blieb an einem irdenen Topf voller Holzlöffeln hängen. Sie nahm einen Löffel heraus und betrachtete ihn.

„Nein, nicht den." Gideon löste sanft ihre Finger von dem Löffel und suchte einen kleineren aus. „Nimm diesen hier." Der Löffel schmiegte sich in ihre Handfläche, als sei er für sie gemacht. Der Stiel aus Eichenholz war kühl und glatt wie Seide, das Ergebnis unzähliger Arbeitsstunden. Seine Mutter sagte immer, es sei die Mühe nicht wert. Für einen Löffel würde er ohnehin nicht viel kriegen, und er sei ein Narr, dass er so viel Zeit in diesem staubigen, alten Schuppen verbrachte. Aber Gideon konnte nie an einem Stück Holz vorbeigehen, ohne sich zu überlegen, was man daraus machen könnte.

„Er ist sehr schön", sagte Leonie leise und wollte den Löffel zurück in den Tontopf stellen.

„Behalte ihn ruhig." Gideon schloss ihre Finger um den Stiel. „Er gehört dir." Er blickte zu Boden. „Mein Hochzeitsgeschenk für dich." Nervös zupfte er an seinem Hemdkragen. „Jedenfalls, bis ich Zeit habe, etwas Besseres für dich zu machen. Einen Schaukelstuhl vielleicht. Oder etwas anderes – was immer du willst." Er wusste, dass er zu viel redete. Er musste sich zusammenreißen.

„Du kannst dir ja noch überlegen, was du gern hättest", sagte er.

Schweigend studierte Leonie den Löffel, und als sie es wagte, zu ihm aufzusehen, bemerkte Gideon die Zerrissenheit in ihrem Blick. Er stützte sich auf die Werkbank, sodass ihre Hände dicht nebeneinanderlagen. Mit den Augen folgte Leonie seiner Bewegung. Ihr Mund öffnete sich, als ob sie etwas sagen wollte.

„Leonie, bitte." Sein kleiner Finger berührte ihre Hand. „Ich weiß, ich kann das Geschehene nicht wiedergutmachen."

Sie schaute ihm ins Gesicht, und er sah den Funken Hoffnung in ihren braunen Augen. Etwas hielt ihn davon ab, noch mehr zu sagen. Er konnte es nicht. Alles Weitere wäre gelogen. Und wenn schon. Er hatte sich sonst nicht um Gefühle gekümmert. Plötzlich war er sich seiner Sache nicht mehr so sicher. Gideon schluckte. *Reiß dich zusammen.* Er räusperte sich. Jetzt oder nie. Außerdem war sie seine Ehefrau.

Mit dem Zeigefinger hob er ihr Kinn und suchte ihren Blick. „Aber ich würde es gern versuchen." Mit dem Mund näherte er sich ihrem Gesicht.

Er sah, wie sich ihre Kiefermuskeln spannten.

Gideon richtete sich auf und ließ seine Hand abwärtsgleiten und umfasste ihren Nacken. Ihr Herzschlag pulsierte in seiner Handfläche, als er sich langsam hinunterbeugte. Diese Rehaugen, die zu ihm aufschauten.

Er küsste sie auf die Stirn und wich etwas zurück, um ihre Reaktion zu prüfen. Ihre Augen flatterten, doch sie sah ihm forschend ins Gesicht. Er war froh, dass sie seine Gedanken nicht lesen konnte. Froh, dass sie nicht wusste, was der Auslöser für sein Verhalten war. Als sich leise Schuldgefühle in den Tiefen seines Gewissens regten, schob er sie entschlossen beiseite. Sacht bog er ihre Finger auf und legte den Löffel auf die Werkbank. Dann nahm er ihre Hände in seine. Als sie keine Anstalten machte, sich zu wehren, zog er sie an sich.

Der erste Stern glitzerte am violetten Himmel, als Leonie zum Haus zurückrannte. Halb erwartete sie, dass Gideon hinter ihr herrufen würde, aber er tat es nicht. Sie hätte es wissen sollen. Wie dumm war sie gewesen. Ihre Augen brannten, aber sie hielt die Tränen zurück, bis sie in ihrem Zimmer war.

Sie ließ sich auf die schäbige Matratze fallen, rollte sich auf die Seite, mit dem Gesicht zum Fenster, und zog die Knie an die Brust. Ihr Herz hämmerte, und sie presste die Hand dagegen, als wollte sie es beruhigen. Ihre Gefühle überrollten sie wie eine Welle und schnürten ihr die Kehle zu. Sie schloss die Augen. Was hatte sie erwartet? Dass sie Gideon trauen konnte? Sie spürte den Stoff seines Hochzeitshemdes im Gesicht und schluchzte auf. Dann warf sie das Hemd auf den Boden zu den anderen Kleidern.

Er hatte sie mit seinen Worten geblendet, um ihr Vertrauen zu gewinnen. Sie hatte sich sicher gefühlt. Fast hatte sie geglaubt, dass ihm wirklich etwas an ihr lag. Dass er tatsächlich so etwas wie Reue zeigte und ihr deshalb ein Geschenk machen wollte. Dass er ihr beweisen wollte, dass sie ihm nicht gleichgültig war. Stattdessen hatte er bewiesen, dass er noch genauso selbstsüchtig war, wie sie ihn kennengelernt hatte.

Er hatte sich genommen, was er wollte. Weinend presste sie das Gesicht gegen ihren Arm und zuckte zurück, als sie seinen Geruch auf ihrer Haut wahrnahm. Ihr ganzer Körper bebte vor Schluchzen.

Sie hatte noch nicht einmal Zeit gehabt, sich das Stroh aus dem Haar zu klauben, da war er schon an der Tür gewesen und hatte gemurmelt, er hätte noch zu arbeiten. Leonie saß auf dem Boden, spürte einen dumpfen

Schmerz in der Brust und wusste, dass er log. Er hatte nicht gewagt, ihr in die Augen zu sehen. Er wollte nur möglichst schnell das Weite suchen. *Was habe ich bloß getan?*

Die Dämmerung breitete sich wie eine graue Decke über das Bett. Leonie presste ihre Faust gegen den schmerzenden Leib und ließ ihren Tränen freien Lauf.

10

Leonie blickte auf. Ihre Schwiegermutter füllte zwei Schüsseln mit dünner Brühe. Dann nahm Ruth die erste Schüssel und trug sie zu dem Zimmer am Ende des Gangs, in dem Bill lag. Nach drei Tagen ging es ihm allmählich besser, doch nun klagte auch John über Übelkeit und Bauchschmerzen. Ruth versorgte die Kranken mit Brühe und linderte das Fieber mit kühlenden Wickeln.

Gedämpfte Stimmen drangen aus dem Schlafzimmer, und Leonie, die nicht den Anschein erwecken wollte, als würde sie lauschen, wandte sich wieder ihrer Arbeit zu. Sie selbst hatte ihr Frühstück kaum angerührt. Seufzend wischte sie sich mit dem Handrücken den Schweiß von der Schläfe.

„Alles in Ordnung mit dir?“, fragte Gideon. Er saß am Küchentisch und schmierte die eisernen Fallen mit Fett.

„Ich bin nur ein bisschen müde“, antwortete sie, ohne ihn anzusehen. Sie formte einen Kloß aus Kartoffelteig und legte ihn auf ein dickes Holzbrett.

Im Schaukelstuhl neben dem Fenster las Mary den Kleinen aus einem Märchenbuch vor.

Ruth kam aus dem Krankenzimmer und schloss leise die Tür.

„Wie geht es ihm?“, fragte Leonie und klopfte sich das Mehl von den Händen.

„Etwas besser.“ Ihre Schwiegermutter griff nach der zweiten Schüssel.

„Kann ich irgendetwas tun?“

Ruth gab keine Antwort, und Leonie beobachtete, wie sie mit der Brühe zu dem Anbau ging, in dem John auf einer Pritsche schlief. Auch wenn Ruth es nicht laut ausgesprochen hatte, wusste Leonie, was sie tun konnte.

Sie konnte dem armen John sein Zimmer zurückgeben, damit er in seinem Zustand nicht im zugigen Anbau schlafen musste. Wieder einmal plagte sie ihr schlechtes Gewissen, dass sie ihn aus seinem Zimmer vertrieben hatte. Dies war sein Zuhause. Sie war nur eine Fremde, ein Eindringling. Trotzdem – seit der Heirat war es auch *ihr* Zuhause, ob sie wollte oder nicht.

Leonie schob den Gedanken beiseite und konzentrierte sich auf ihre Arbeit. Vorsichtig ließ sie die Klöße in den großen Suppentopf gleiten. Als sie fertig war, wusch sie sich die Hände und beobachtete, wie die Klöße in der blubbernden Flüssigkeit schwammen.

Sie spürte Gideons Blicke. Das Metall klapperte, als er die Falle auf dem Tisch abstellte.

Leonie atmete tief durch. Sie brauchte frische Luft. Lautlos schlüpfte sie nach draußen. Ein Windstoß riss ihr die Klinke aus der Hand und schlug die Haustür mit lautem Knall zu. Haarsträhnen peitschten gegen ihre Wangen. Sie setzte sich auf die oberste Treppenstufe und verschwendete keinen Gedanken mehr an die Suppe. Sollte das Abendessen ruhig verkochen. Außerdem hatte Ruth den Haushalt bisher auch ohne ihre Hilfe geführt, da kam es auf eine Mahlzeit mehr oder weniger nicht an.

Sie spürte, wie die Kälte durch ihre Stiefel und durch den Stoff ihres Kleides drang, und schlang die Arme um ihre Taille. Eine bleierne Müdigkeit ergriff sie. Sie hätte viel darum gegeben, auf Tante Sarahs Gästebett zu sinken und einfach schlafen zu dürfen. *Sarah.* Leonie dachte an ihre Tante und wie sie ihr aus den Psalmen vorgelesen hatte. Bis zum 24. Psalm waren sie gekommen. Leonie wusste, wo Bill die Familienbibel aufbewahrte. Vielleicht durfte sie nach dem Essen ein wenig darin lesen. Sie brauchte dringend etwas Trost.

In dem Moment flog die Tür auf, und Ruth stand auf der Schwelle. „Nicht du auch noch“, sagte sie matt.

Rasch stand Leonie auf. „Mir geht es gut. Ich wollte nur etwas frische Luft schnappen.“ Sie beeilte sich, zurück ins Haus zu gehen. Mit der Hand versuchte sie, ihre vom Wind zerzausten Haare zu glätten, und wusste im selben Moment, dass es zwecklos war. Sie griff in den Korb mit den Putzlappen, riss einen Streifen Stoff ab und band die widerspenstigen Strähnen damit zurück. Auf dem Weg zum Herd ließ Ruths strenger Blick sie innehalten.

„Du solltest dich besser hinlegen."

Leonie wollte sich nicht vor der Arbeit drücken, aber in der Aussicht auf eine Ruhepause nickte sie gehorsam und lenkte ihre Schritte zu ihrem Schlafzimmer. Dankbar zog sie die Tür hinter sich zu. Im Halbdunkel des Zimmers lag sie auf dem Bett und starrte die Wand an. Aus der Küche nebenan drangen gedämpfte Geräusche und Stimmen.

Dann hörte sie, wie Gideon sagte: „Es wird höchste Zeit, dass wir gehen."

Leonies Herz tat einen Sprung.

„Und wohin willst du?", fragte seine Mutter.

Leonie drehte sich auf die andere Seite und zog die Decke hoch bis unters Kinn. Sie heftete den Blick auf die grob gezimmerte Tür. Ihre Gedanken überstürzten sich, und sie zwang sich zur Ruhe.

„Nach Stuart vielleicht. Je früher, desto besser."

Ein Paar Kinderfüße huschten an der Tür vorbei. Ein Topfdeckel klapperte. „Warum denn so weit? Die Allans haben eine kleine Hütte auf ihrer Farm. Die könntest du bestimmt …"

„Nein, danke." Gideon schnitt seiner Mutter mit solcher Entschlossenheit das Wort ab, dass Leonie verwundert den Kopf hob.

Damit schien das Gespräch beendet. Sie hörte nur noch die Küchengeräusche und das metallene Rasseln, als Gideon mit den Fallen hantierte. Ein Stuhl kratzte über den Boden. Vielleicht hatte sich Ruth zu ihrem Sohn an den Tisch gesetzt. „Ich kann mir schwer vorstellen, wie es sein wird, wenn du nicht mehr da bist." Ihre Stimme klang beinahe traurig.

Gideon sagte nichts dazu, und Leonie fragte sich, welche stumme Antwort er seiner Mutter wohl gegeben hatte. Sie faltete die Hände unterm Kinn, schloss die Augen und ließ sich vom Schlaf davontragen.

Sie schreckte hoch, als jemand sie an der Hand berührte. Gideon kauerte neben ihrem Bett, so nah, dass sie die Sommersprossen auf seiner Nase erkennen konnte. Als er sah, dass sie wach war, stand er auf.

„Es ist Zeit."

„Was denn?" Leonie setzte sich auf, noch halb benommen.

„Zeit, von hier fortzugehen."

Leonie blinzelte und rieb sich die Augen, immer noch unfähig zu sprechen.

„Fort aus Rocky Knob. Ich kann nicht länger hierbleiben. Hier gibt es zu vieles …" Er wandte den Blick ab und sah aus dem Fenster, wo die Strahlen der untergehenden Sonne den Himmel in ein warmes Orange tauchten. „Zu vieles, was ich gern hinter mir lassen würde."

Leonie strich sich das widerspenstige Haar aus der Stirn. „Was meinst du damit?"

Sie fühlte das kalte Metall des Ringes an ihrem Finger, und als Gideon nicht antworte, seufzte sie hörbar. Offensichtlich sprach er nur, wenn es sich für ihn lohnte.

Schweigend holte er einen großen Stoffbeutel unter dem Bett hervor und klopfte den Staub ab. Dann ging er zielstrebig zur Kommode, zog mehrere Schubladen auf und stopfte Socken und andere Kleidungsstücke in den Sack.

„Und ich soll wohl hierbleiben?" Leonie verspürte einen winzigen Triumph, als Gideon in der Bewegung innehielt und sie ansah. Überraschung machte sich auf seinem Gesicht breit. *Na also. Wurde auch Zeit.* Er hatte kein Recht, sie wie Luft zu behandeln.

Er zog ein weißes Hemd heraus und rollte den zerknitterten Stoff zusammen. „Unsinn", sagte er, ohne sie anzusehen. „Du kommst mit. Du bist schließlich meine Frau." In seiner Stimme schwang eine Bitterkeit mit, die Leonie einen Stich versetzte. „Du solltest besser deine Sachen packen."

11

Du wirst mir fehlen, mein Sohn."

Gideon wusste, dass sein Vater es ernst meinte. Sein Händedruck war fest und warm.

„Pass gut auf dich auf. Und auf deine kleine Frau auch." Bill warf Leonie einen beinahe väterlichen Blick zu. Seine Schultern waren gebeugt, seine Wangen durch die Krankheit eingefallen.

Gideon hatte die Augen auf den Boden geheftet. Tau bedeckte das welke Gras zu seinen Füßen. Er spürte die Kälte des Morgens an seinen bloßen Händen und schlug den Kragen seiner gewachsten Jacke hoch. Leonie stand neben ihm, blass und kurzatmig, obwohl sie zu der frühen Stunde noch keine anstrengende Arbeit verrichtet hatte. Gideon warf ihr einen Seitenblick zu, und für einen kurzen Moment fragte er sich, ob sie kräftig genug sein würde für den langen Fußmarsch, der vor ihnen lag.

Ruth stand auf der Veranda. Im blassen, grauen Licht der Morgendämmerung wirkte sie klein und zerbrechlich und wie um Jahre gealtert.

„Gute Reise." Ihre Stimme klang mürrisch wie immer, doch sie zitterte leicht.

„Danke." Leonie schluckte. „Und danke für eure Gastfreundschaft."

Gideons Mutter nickte stumm.

Seine Geschwister lagen noch schlafend in ihren Betten. Er hatte sich am Abend zuvor von ihnen verabschiedet, nachdem sein Vater die schwere Familienbibel beiseitegelegt hatte. Wenn sie aufwachten, würde er schon fort sein. Leonie trat verlegen von einem Bein auf das andere und strich sich mit ihrer schmalen Hand eine kastanienbraune Haarsträhne aus der Stirn.

Gideon warf einen letzten Blick auf die dunklen Fenster des Hauses und schob sich den Hut ins Gesicht. Es war besser so. Er war kein Mensch großer Worte, und je länger sich der Abschied hinzog, desto unwohler fühlte er sich. Er schulterte das Bündel, mit dem er sein zusammengerolltes Bettzeug verschnürt hatte. Mit der Hand befühlte er das glatte Holz seines Gewehres. Die Mandoline war sicher verstaut in ihrem Beutel, und der Gurt spannte sich quer über seiner Brust. Ohne ein weiteres Wort drehte Gideon sich um und schlug den Weg ein, der ihn fortführte von der elterlichen Farm. Fort von dem Haus, in dem er seine Kindheit verbracht hatte. Was würde ihn in der Ferne erwarten?

Ein eigenständiges Leben. Ein Leben in Freiheit. Seine Hände tasteten nach dem ausgeschnittenen Zeitungsartikel in seiner Jackentasche. Doch als er Leonies Schritte hinter sich hörte, wusste er: Die Freiheit war ferner denn je.

Auf Wiedersehen, flüsterte Leonie in ihrem Herzen, ein letzter, stummer Gruß an ihre Familie.

Wie gern hätte sie Addie noch einmal umarmt und sich von ihrer Tante Sarah verabschiedet. Sie spürte einen Kloß im Hals und schluckte die aufsteigenden Tränen hinunter. Bestimmt würden sie sich eines Tages wiedersehen. *Bitte, lieber Herr, schenk, dass wir uns wiedersehen.* Sie hatte Ruth einen Abschiedsbrief für ihre Familie gegeben und betete, dass sie ihr Versprechen halten und ihn überbringen würde.

„Wohin gehen wir?", fragte Leonie.

Gideon stieß gereizt die Luft aus und beschleunigte seinen Schritt.

„Wenn du weiterhin so tust, als ginge mich das alles nichts an, kannst du alleine gehen. Dann bleibe ich hier stehen und rühre mich nicht von der Stelle." Sie verschränkte die Arme vor der Brust und lehnte sich gegen einen Felsblock.

Gideon rollte die Augen und drehte sich um.

Trotzig sah sie ihm ins Gesicht.

Schließlich bröckelte sein Widerstand. Er griff in seine Tasche und zog mit einer ruckartigen Bewegung den Zeitungsausschnitt heraus, den er Leonie reichte. Sie las erst die Überschrift, dann den ganzen Text, wobei ihre Lippen stumm die Worte formten.

„Nach Stuart also?"

Gideon nickte kurz.

Leonie schürzte die Lippen und studierte den Zeitungsartikel. Gideon duckte sich unter einem Ast hindurch und blieb stehen. Erwartungsvoll hielt er den Ast hoch. „Kommst du jetzt oder nicht?"

Leonie sah ihn an, dann wanderte ihr Blick zurück zu dem Papier in ihrer Hand. Schweigend wog sie ihre Möglichkeiten ab. Mit Gideons Ring am Finger blieb ihr kaum eine andere Wahl.

„Was ist, wenn ich Nein sage?"

Gideon runzelte die Stirn. „Würdest du das?"

„Vielleicht." Unwillkürlich presste sie die Hände gegen ihren Bauch, als die Erinnerung an den Überfall in der Werkstatt sie heimsuchte.

Gideon seufzte leise. „Ist es wegen letzter Woche?"

Die Röte stieg ihr ins Gesicht, und sie ärgerte sich, dass es ihr nicht besser gelang, ihre Gefühle zu verbergen.

Die Härte schwand aus Gideons Gesichtszügen. „Du brauchst keine Angst zu haben", sagte er mit sanfter Stimme. „Ich werde dir nicht mehr zu nahe kommen."

Leonie lehnte immer noch unschlüssig am Felsblock. Sie war ein Mädchen vom Land, und der Gedanke, in einer Stadt zu leben, widerstrebte ihr zutiefst. Andererseits ... in der Stadt könnte sie vielleicht einen Beruf erlernen. Hinter gesenkten Lidern sah sie Gideon an. Auf keinen Fall würde sie zu ihrem Vater zurückgehen, so viel stand fest. Während sie die Vor- und Nachteile abwog und die beiden Männer verglich, die so viel Unglück über ihr Leben gebracht hatten, kam sie zu dem Schluss, dass ein Beruf eines Tages sicher nützlich sein würde.

Gideon wartete.

Seufzend faltete Leonie den Zeitungsausschnitt zusammen. „Also gut." Sie gab ihm das Papier zurück. „Und wie hast du dir das vorgestellt?"

Erneut hielt Gideon den Ast für sie hoch, sodass sie darunter durchschlüpfen konnte. „Wenn wir erst mal in Stuart sind", begann er, „werde ich mir eine Arbeit suchen. Ich habe gehört, dass immer mehr Leute nach Stuart gehen. Es gibt dort jede Menge Geschäfte und Jobs. Dort könnten wir erst mal bleiben. Es muss ja nicht für immer sein.“ Er machte einen Schritt über einen Baumstamm, der quer über dem Weg lag. Zögernd fuhr er fort: „Irgendwann könnte ich vielleicht ein Stück Land kaufen. Und mich als Zimmermann selbstständig machen, ein bisschen tischlern, Möbel schreinern oder so etwas, sodass es zum Leben reicht.“ Er drehte sich um und half ihr, über den Baumstamm zu klettern. Danach ließ er ihre Hand schnell wieder los.

Leonie tat einen tiefen Atemzug. Die kühle Morgenluft strömte in ihre Lunge und füllte ihr Herz mit neuer Hoffnung.

Eine Weile gingen sie schweigend hintereinander her. Zwischen den Bäumen ging die Sonne auf, und der Weg zeichnete sich nun deutlicher ab. Geschickt wich Leonie den Felsbrocken und knorrigen Baumwurzeln aus. Nur das Rascheln des trockenen Laubs unter ihren Füßen durchdrang die Stille des schlafenden Waldes.

„Bist du sicher, dass die Richtung stimmt?“, fragte Leonie. Sie hatte ihr ganzes Leben in den Bergen verbracht und kannte die Blue Ridge Mountains wie ihre Westentasche. Allerdings war sie nie so weit nach Süden gegangen. Schon gar nicht in der Absicht, den weiten Weg nach Stuart zu Fuß zurückzulegen.

Gideon ließ sein Bündel von der Schulter gleiten. Mit ein paar raschen Schritten erreichte er einen einzelnen Felsen und verschaffte sich von oben einen Überblick. „Da drüben ist die Farm der Shaws“, sagte er, mehr zu sich selbst. „Wir sind genau richtig.“ Mit einem Satz sprang er hinunter, wobei ihm das Gewehr in die Seite schlug und im Sonnenlicht aufblitzte.

„Alles in Ordnung mit dir?“, fragte er beiläufig. Dabei schaute er starr auf den Weg, als wollte er um jeden Preis vermeiden, sie anzusehen.

„Danke, es geht“, erwiderte sie. „Ich bin nur ein bisschen müde.“

Gideon ging unbeirrt weiter, als hätte er nichts gehört. Leonie richtete ihren Blick nach oben, blinzelte in die Morgensonne und fühlte sich klein und verloren. *Gott, wo bist du?*

Ihr Gefühl der Verlassenheit nahm zu, je weiter sie sich von Rocky Knob entfernten. Auf Höhe der Farm wehte ein vertrauter Frühstücksduft nach Eiern mit gebratenem Speck herüber. Leonie spürte, wie ihr die Tränen kamen. Plötzlich hatte sie Sehnsucht nach ihrer Mutter. Wie gern hätte sie sich von ihr verabschiedet. Und wie gern hätte sie Addie ein letztes Mal an sich gedrückt.

Gott ist bei dir. Er lässt dich nicht im Stich.

Verzweifelt klammerte sie sich an dieses Versprechen. Es war ein Hoffnungsschimmer, der ihr Mut gab. Wenn auch nicht genug, um weiterzugehen. Ihre Füße waren auf einmal schwer wie Blei. Ihr Kinn begann zu zittern.

Gideon drehte sich um. Die Mandoline schlug dumpf gegen seinen Rücken. „Was ist denn los?"

Leonie fasste sich an den Hals, der so zugeschnürt war, dass sie nichts erwidern konnte.

„Nichts", brachte sie schließlich heraus und schluckte die Tränen hinunter. „Ich musste nur kurz Atem holen."

„Wir dürfen nicht herumtrödeln. Wir haben noch einen langen Marsch vor uns", sagte Gideon scharf, und Leonie zwang sich zu einem schnelleren Schritt.

Als sich vor ihnen der Blick auf ein Tal öffnete, war sie wie verzaubert. Die Wolken lichteten sich und warfen tanzende Schatten, und die Sonnenstrahlen flossen über die Hügel wie flüssiges Gold. Der zuvor schwarze Wald verfärbte sich in ein rauchiges Grau. Bäume erwachten zum Leben. Nebelschleier hingen zwischen den Zweigen wie zarte Spitzenbordüren. In der Ferne entdeckte sie mehrere Farmhäuser. Dort, hinter dem Bergrücken, lag ihr Elternhaus.

Leonie musste lächeln, als sie an ihre Familie dachte. Es war, als hörte sie Addies fröhliches Kinderlachen. Sie stellte sich vor, wie Sid und Oliver aus ihren Betten krochen, gähnend und mit wirrem Haar. Als Nächstes würde ihr Vater aufstehen. Leonies Lächeln erstarb. Er würde wie immer „Ruhe!" brüllen und sie alle zum Schweigen bringen. Nach seinen durchzechten Nächten hatte er morgens meistens einen dicken Kopf und vertrug beim Frühstück keine Geräusche.

Leonie richtete den Blick auf den Weg und fragte sich, was die Zukunft bringen mochte. Nebelschwaden umwehten die Berggipfel wie ein Atem des Himmels. Sie schloss die Lider, spürte die wärmenden Sonnenstrahlen auf ihrem Gesicht und dachte an Gottes Versprechen. Vielleicht hielt er doch ein gutes Leben für sie bereit. Ein Leben voller Freude und Frieden.

Doch als Gideon ihren Namen rief, öffnete sie die Augen, und der Friede, den sie eben noch gespürt hatte, verflüchtigte sich so schnell wie der Wind.

12

Über ihren Köpfen zwitscherte ein kleiner Vogel in den morgendlichen Wald einen Gruß an das Leben. Gideon kniete auf dem weichen Boden und verschnürte das zerschlissene Bettzeug. Er hatte schlecht geschlafen, sein Hals war steif, und sein Rücken schmerzte. Die halbe Nacht nagten Angst und Zweifel an ihm und ließen ihn beim leisesten Geräusch hochfahren. Und das, obwohl er schon viele Nächte im Freien verbracht hatte.

Sein Blick fiel auf Leonie, die ihm hier in der Wildnis noch kleiner und zerbrechlicher vorkam als sonst. Er trug sein ganzes Hab und Gut bei sich – eine Tatsache, die ihm Unbehagen verursachte. Ärgerlich riss er an der Schnur, bis sich der Stoff seines Bündels gehorsam in Falten legte.

Leonie kauerte neben ihm und faltete ebenfalls ihre Decke zusammen. Als sie fertig war, kramte sie zwei kleine, altbackene Brötchen aus ihrem Gepäck, die sie daheim in ein sauberes Tuch eingewickelt hatte. Wortlos reichte sie ihm eines. Gideon spürte ihren Blick, doch er wollte seine Arbeit nicht unterbrechen und schob sich das ganze Brötchen auf einmal in den Mund, wobei er sich nicht um seine Manieren scherte. Es war hart und schwer zu kauen, und er hätte einen Becher heißen, starken Kaffee gut gebrauchen können. Wenn er bloß daran gedacht hätte, welchen einzupacken. Er räusperte sich und griff nach der Wasserflasche. Während er in gierigen Schlucken trank, hörte er im Hintergrund Leonies Stimme. Er setzte die Flasche ab und wischte sich mit dem Handrücken über den Mund. „Was hast du gesagt?“ Sie zog einen Schmollmund, genau wie seine Mutter, wenn sein Vater wieder einmal nicht zugehört hatte. „Ich habe gefragt, wie lange es noch dauern wird bis nach Stuart.“

„Eine Woche vielleicht.“ Gideon reichte Leonie die Feldflasche und ertappte sich dabei, wie er sie beim Trinken beobachtete. Er würde es niemals zugeben, aber er hatte schon immer gedacht, dass sie ein hübsches

Mädchen war. Die Morgensonne verlieh ihrem geflochtenen Haar einen warmen Schimmer, und über ihrer Nase und ihren Wangen verlief eine blasse Reihe von Sommersprossen. Ihre Augen waren von einem tiefen Braun und viel zu groß für ihr schmales Gesicht.

Sie warf ihm einen fragenden Blick zu, und Gideon räusperte sich, bevor er sich abwandte. Mit der Hand rieb er sich den Nacken. Die Luft war schwer und feucht, und trotz der frühen Stunde war seine Haut bereits mit einem dünnen Schweißfilm überzogen. „Blödes Wetter", fluchte er.

Leonie verdrehte die Augen. Mit einer raschen Bewegung öffnete sie ihre Tasche, zog ein zusammengeknülltes Taschentuch heraus und warf es Gideon zu. Als er ihren Blick sah, war er froh, dass es kein Stein war.

Er beobachtete den Himmel und fragte sich, ob sich die Wolken am Horizont verziehen würden. Dann klopfte er sich den Staub aus der Hose und deutete mit einer Kopfbewegung Richtung Bach. „Ich gehe mal Wasser holen." Mit der Feldflasche unter dem Arm ließ er sich mit müdem Seufzen am Ufer nieder, tauchte die Flasche ein und sah zu, wie das Wasser hineinströmte. Er hob das tropfende Gefäß hoch und schraubte den Deckel darauf. Dann tauchte er sein Taschentuch ein und fuhr sich damit übers Gesicht.

Langsam schlenderte er zurück zu der Stelle, wo sie die Nacht verbracht hatten. In seinem Kopf fuhren die Gedanken Karussell. Als er Leonie sah, die blass und müde und mit dunklen Ringen unter den Augen auf dem zusammengerollten Bettzeug saß, kamen ihm Zweifel, ob sie den langen Marsch weiter durchhalten würde. Vielleicht sollten sie langsamer gehen und öfter Pause machen.

Aber das aufziehende Gewitter drängte zum Aufbruch.

„Komm, wir müssen uns beeilen." Gideon warf sich sein Gepäck über die Schulter und marschierte los. Leonie folgte ihm mit einer Schrittlänge Abstand. Er drehte sich noch nicht einmal um.

Müde setzte Leonie einen Fuß vor den anderen, während in der Ferne der Donner grollte. Seit zwei Tagen waren sie in einem strammen Marschtempo unterwegs. Die feuchte Luft machte das Atmen schwer. Vergeblich fächelte sie sich mit der Hand etwas Kühlung zu. Sie blickte hoch zum Himmel, als der erste, kalte Regentropfen auf ihrer Haut landete.

Gideon deutete auf die aschgrauen Wolken. „Die nächste Gewitterfront. Bald wird es anfangen zu gießen." Ein Rascheln im Gebüsch ließ ihn herumfahren. Seine Hand fasste nach dem Gewehrlauf. Er legte die Waffe an die Schulter, den Finger am Abzug. In dem Moment huschte ein Wildkaninchen aus dem Gebüsch.

Leonie hielt sich die Ohren zu, bevor der Schuss krachte. Das Echo hing noch zwischen den Bäumen, während Gideon seine Beute holen ging. Als er zurückkam, schüttelte er enttäuscht den Kopf. „Das war wohl nichts."

Leonie schnaubte verächtlich. „Was hast du denn gedacht? Wer mit so einem Kaliber auf ein kleines Kaninchen schießt, ist selbst schuld. Vielleicht solltest du es mal mit einer Steinschleuder versuchen."

Er warf ihr einen ärgerlichen Blick zu, doch sie lachte bloß.

„Das ist überhaupt nicht lustig."

„Wie man es nimmt."

Die dunklen Wolken schluckten die Schatten auf dem Waldboden und tauchten die Landschaft in ein stumpfes, graues Licht. Eine Handvoll rote und gelbe Blätter wirbelten von der Erde auf, als hätten sie Angst vor dem nahenden Sturm, und taumelten vor Leonies Füßen zu Boden.

„Jetzt komm endlich." Gideon machte eine ungeduldige Kopfbewegung in die Richtung, in der ihr Ziel lag.

Leonie setzte sich in Bewegung und trottete gehorsam hinter Gideon her, den Blick auf seine ausgetretenen Stiefel geheftet. Er machte doppelt so lange Schritte wie sie, und es kostete sie einige Mühe, mit ihm Schritt zu halten. Sie fühlte die kühlen Regentropfen auf ihren Armen und betrachtete die Bäume, die ihre schlanken Äste im Wind wiegten.

Bald schon goss es in Strömen, und sie suchten Schutz unter einem überhängenden Felsen zwischen den Schwarzeichen. Leonie kauerte sich neben Gideon, zog die Knie an die Brust und seufzte. Ihr Kleid war völlig durchnässt und klebte ihr am Körper. Sie lehnte den Kopf an die Felswand und machte die Augen zu. Ihr trockener Hals brannte, und sie schluckte, doch der schale Geschmack im Mund blieb. Eine Träne machte sich selbstständig und kullerte ihr die Wange hinunter. Mit einer energischen Handbewegung wischte sie sie weg.

Gideon musterte sie von der Seite. „Alles klar?", raunte er leise. Leonie starrte in den Vorhang aus Regen. Ihr war heiß und kalt zugleich. Ihre Augen brannten. „Ich glaube schon. Mir ist nur so … so komisch."

Einen Moment lang studierte er sie schweigend. „Ich bin klatschnass", sagte er dann. „Und du?" Er blickte hinunter auf seine Hände. Regentropfen liefen in kleinen Rinnsalen an seinen Unterarmen hinunter.

„Ich auch."

Ein greller Blitz spaltete den dunklen Himmel, und beide zuckten gleichzeitig zusammen.

Gideon räusperte sich. „Hoffentlich ist das Gewitter bald vorbei." Er wischte sich mit seinem durchweichten Ärmel über das regennasse Gesicht.

Leonie drückte sich eng an den Felsen. Ihre Arme berührten sich, aber sie war so müde, dass es sie nicht störte. Erschöpft schloss sie die Augen.

„Wir bleiben einfach hier sitzen und ruhen uns aus", sagte Gideon plötzlich, als spürte er, dass sie zu kraftlos war, um weiterzugehen. „Sieht aus, als würde es nicht so schnell aufhören zu regnen."

Sie nickte schwach, die Augen immer noch geschlossen, und hörte, wie er in seinem Gepäck herumkramte. Wenig später vernahm sie, wie sich die melancholischen Töne der Mandoline in das Geräusch des Regens mischten.

Alles war nass, klamm und kalt, doch ihre Müdigkeit war stärker. Leonie ließ den Kopf auf die Brust sinken. Gideon sang ein Lied, das sie nicht kannte, aber seine leise Stimme war beruhigend und machte sie noch schläfriger. Sein Ellbogen stupste sie leicht in die Seite, während er die Saiten seines Instruments zupfte. Sie lauschte seiner sanften, kehligen Stimme, und für einen kurzen Augenblick spürte sie so etwas wie Ruhe und Frieden.

Doch selbst wenn sie die Kraft zum Mitsingen gehabt hätte, hätte sie es nicht getan. Er sollte sie nicht singen hören. Lieder waren mehr als vertonte Worte. Wenn sie sang, legte sie alle ihre Gefühle, ihre ganze Seele in ein Lied. Nur bei ihrer Tante Sarah hatte sie sich frei dazu gefühlt. Schaudernd dachte sie daran, wie ihr Vater sie gezwungen hatte, sich auf die Bühne zu stellen und vor all den fremden Leuten zu singen.

Gideons Lied war voller Melancholie. Sie mochte lieber fröhliche Musik, denn das Leben war oft traurig genug. Warum auch noch schwermütige Lieder singen? Gideon gegenüber würde sie so etwas natürlich nicht erwähnen. Er würde es sowieso nicht verstehen.

Leonies Kopf fiel zur Seite, und sie lehnte die Wange an Gideons Schulter. Sie war so müde, dass sie es nicht einmal bemerkte, und schlief sofort ein.

Als sie aufwachte, hatte der Regen nachgelassen, und der Wald verströmte einen modrigen Geruch. Gideon hatte sich nicht von der Stelle gerührt. Leonie hob den Kopf von seiner Schulter, und kühle Luft streifte ihre heiße Wange. Sie versuchte in seinem Gesicht zu lesen, ob es ihm unangenehm gewesen war, doch er hatte den Blick in die Ferne gerichtet, und seine versteinerten Züge verrieten nichts.

Die regennassen Bäume schienen die Äste noch höher in den Himmel zu recken, als wollten sie ihrem Schöpfer danken für den erfrischenden Trank. Vögel stimmten einen frohen Gesang an.

„Wir haben einige Stunden verloren." Gideon erhob sich und klopfte sich die Blätter von der Hose.

Leonie fragte sich, wie lange sie wohl noch gehen mussten, bevor sie ihr Nachtlager aufschlagen konnten. Sie hoffte, er würde nicht auf die Idee kommen, die ganze Nacht weiterzulaufen. Als Gideon sich streckte und sein Bündel über die Schulter warf, stand sie ebenfalls auf und kroch widerstrebend aus dem trockenen Unterschlupf.

Ihr Magen knurrte, und beim Gedanken an einen Teller heißen Eintopf und frisch gebackenes, dick mit Butter bestrichenes Maisbrot lief ihr das Wasser im Mund zusammen. Rasch schob sie den Gedanken beiseite.

Der Vorratsschrank bei den O'Rileys war so gut wie leer gewesen, und sie hätten unmöglich mehr mitnehmen können. Leonie nahm ein Stück trockenes Brot aus ihrem Beutel und brach es in zwei Teile. Sie gab sich einen Ruck und reichte Gideon das größere Stück. Sie aßen schweigend, setzten im Gleichschritt einen Fuß vor den anderen und waren einander dabei so nah und gleichzeitig so fern.

13

Gideon hatte das Blockhaus zuerst entdeckt. Aus dem Kamin stieg Rauch, den der Wind nach Osten blies.

„Glaubst du, dass jemand zu Hause ist?“, fragte Leonie, während sie an den Knöpfen ihrer Jacke herumnestelte.

„Hoffentlich.“ Er atmete tief durch und trat aus dem Schutz der Bäume ins Freie. Leonie folgte ihm. Das Laub knisterte unter ihren Stiefeln. Gideon blieb abrupt stehen, als die Haustür aufging. Ein junger Mann trat hinaus und hakte die Daumen in seinen Gürtel.

„Suchen Sie etwas?“ Er sah sie auffordernd an. Betont lässig und mit gekreuzten Füßen lehnte er am Türrahmen. Gideon musterte den Mann. Er musste ungefähr in seinem Alter sein, doch seine Überlegenheit ließ ihn älter wirken. Schließlich stand er auf der Veranda seines eigenen Hauses und hatte das Recht, fremde Eindringlinge von seinem Grundstück zu jagen, wann immer er wollte.

Gideon straffte die Schultern und suchte nach den richtigen Worten.

„Ja, Sir.“ Er machte Anstalten, den Hut abzunehmen, überlegte es sich aber im letzten Moment anders. „Wir … also meine Frau und ich … wollten fragen, ob wir vielleicht … also, ob Sie uns vielleicht … äh … mit etwas zu essen aushelfen könnten.“ Er räusperte sich. „Wissen Sie, wir kommen aus Rocky Knob und sind schon seit ein paar Tagen unterwegs.“

Sein Gegenüber zog die Augenbrauen zusammen. „Ach so.“ Er warf einen Blick ins Innere des Hauses und stieß hörbar die Luft aus.

Gideon verlagerte das Gewicht von einem Bein auf das andere und wartete.

„Na schön.“ Mit einer Geste verständigte sich der Mann mit jemandem im Haus, bevor er sich wieder Gideon zuwandte. „Wir haben noch ein bisschen übrig. Wollen Sie reinkommen?“ Er presste seine Hand gegen die Haustür, die sich mit einem Quietschen öffnete und mit einem dumpfen Laut gegen die Wand schlug.

Gideon sah, wie sich Leonies Gesicht aufhellte, und rang mit sich. Doch dann gewann sein Stolz die Oberhand. „Wir haben leider nicht viel Zeit, Mister. Wir müssen uns gleich wieder auf den Weg machen.“ Eigentlich hatte er an dem Haus vorbeigehen wollen, nur der nagende Hunger hatte ihn hierher geführt.

„Sind Sie auf der Flucht vor irgendwem?“, fragte der Mann misstrauisch.

„Nein, Sir, nur sehr in Eile.“ Es war nicht die ganze Wahrheit, aber auch keine Lüge. Außerdem hatte er es gründlich satt, noch viele Nächte unter freiem Himmel zu verbringen. Und je eher sie nach Stuart kamen, desto schneller würde er Arbeit finden und mit etwas Glück auch bald eine feste Bleibe. Er würde alles darum geben, endlich wieder in einem richtigen Bett zu schlafen.

Der Mann musterte sie neugierig. Sein Blick wanderte zwischen Gideon und Leonie hin und her. Dann verzog sich sein Mund zu einem gutmütigen Grinsen. „Mein Name ist Jonathan“, stellte er sich vor. „Wir geben Ihnen gern etwas zu essen mit. Wenn Sie wollen, können Sie auch reinkommen und sich ein wenig ausruhen. Meine Frau kocht einen fantastischen Bohneneintopf, und wir haben noch etwas von gestern übrig. Und sogar frisches Wildbret.“

„Bitte, Gideon, können wir nicht kurz hineingehen?“, flüsterte Leonie leise, sodass nur er es hören konnte.

Der Gedanke an eine warme Mahlzeit in einer gemütlichen Stube war verlockend, doch Gideon schüttelte den Kopf.

Jonathan zuckte die Achseln. „Wie Sie wollen. Dann hole ich etwas für Sie zum Mitnehmen. Warten Sie.“

Gideon warf Leonie einen raschen Blick zu, dann nickte er. „Danke, gerne. Das ist sehr freundlich von Ihnen.“

Jonathan verschwand im Flur. Eine Frauenstimme drang aus dem Haus durch die geöffnete Tür. Eine Gardine wurde zur Seite geschoben, und das Gesicht einer jungen Frau erschien am Fenster. Interessiert beäugte sie die Besucher. Gideon blinzelte und starrte dann unverhohlen zurück.

Jonathan kam die Verandastufen hinunter, mit einer Blechdose und einer Handvoll brauner Eier. „Hier, das ist für Sie. Meine Frau hat den Eintopf für Sie aufgewärmt."

Gideon nahm vorsichtig die Eier entgegen und reichte sie an Leonie weiter. Seine Hände umschlossen den Behälter mit der warmen Bohnensuppe. Der Duft von Zuckerrübensirup und Pfeffer stieg ihm in die Nase.

„Tut mir leid, dass es nicht mehr ist", sagte Jonathan. Dann verschwand er im Haus und kam mit einer Schüssel wieder. „Hier ist noch Apfelmus. Meine Frau besteht darauf, dass Sie es probieren."

Er gab Leonie die Schüssel und einen Löffel, den sie sofort in das köstliche Mus tauchte. Heißhungrig löffelte sie die Hälfte und reichte Gideon den Rest.

Gideon fühlte ihren Blick, und als er sie ansah, bemerkte er ihren gekränkten Gesichtsausdruck. Offensichtlich nahm sie es ihm übel, dass er nicht bleiben wollte. *Frauen.* Warum mussten sie immer alles so kompliziert machen? Dabei wollte er nur das Beste für Leonie, und je eher sie das einsah, desto besser.

Er löffelte hastig, und als er fertig war, wanderten seine Augen zum Fenster. „Sagen Sie Ihrer Frau, das war das beste Apfelmus, das ich je gegessen habe."

Jonathan grinste. „Das sage ich ihr gern."

Gideon tippte sich an den Hut. „Ich denke, wir sollten jetzt aufbrechen. Vielen Dank noch mal für Ihre Großzügigkeit."

„Sind Sie sicher, dass Sie nicht zum Abendessen bleiben wollen?" Jonathan deutete mit dem Daumen Richtung Haus.

Ein solches Angebot würden sie vielleicht so schnell nicht wieder bekommen. Und je öfter der Mann es wiederholte, desto schwerer fiel es Gideon, es auszuschlagen. „Danke, aber wir müssen wirklich weiter." Sein Blick schweifte wieder zum Fenster.

Jonathan nahm die leere Schüssel entgegen. „Wie Sie wollen." In dem Moment erschien seine Frau an der Tür.

Ihr frisch gewaschenes blondes Haar war zu einem straffen, glänzenden Knoten frisiert. Sie strich sich die Schürze über dem ausgeblichenen

Kleid glatt und lächelte, wobei sie eine Reihe gerader weißer Zähne zeigte.

„Guten Tag, Ma'am." Gideons Hand streifte die Hutkrempe, die immer noch nass war vom Regen. Er studierte ihr hübsches Gesicht länger als notwendig, bevor er den Blick senkte. Plötzlich bereute er, dass er das Angebot zum Abendessen ausgeschlagen hatte. Leonie räusperte sich. Er sah sie an und wünschte im selben Moment, er hätte es nicht getan, als er ihren verletzten Blick bemerkte. Dann hob er die Hand zum Abschied und wandte sich um.

Leonie ging hinter ihm. „Es war sehr nett von ihnen, dass sie uns frische Eier mitgegeben haben." Als er nicht antwortete, seufzte sie und fuhr fort: „Ich bin überrascht, dass du nicht reingehen wolltest. Ich dachte schon, du würdest deine Meinung ändern." Ihr Ton war schärfer als beabsichtigt.

Gideon warf ihr einen ärgerlichen Blick zu. Leonie starrte genauso ärgerlich zurück. Offenbar war sie eine Frau, der nichts entging. Das sollte er sich besser merken.

Sie schien bedrückt, aber er war entschlossen, sich nicht die Laune verderben zu lassen. Ein letztes Mal drehte er sich um und sah zur Veranda, den süßen Geschmack von Äpfeln auf den Lippen.

Seit mehreren Stunden waren sie nun unterwegs, und Gideon war nicht entgangen, dass Leonie kein einziges Wort mehr gesagt hatte. Als sie haltmachten, um ihr Nachtlager aufzuschlagen, sammelte er Holz und dünne Zweige zum Anfeuern und eine Handvoll trockener Eichenblätter. Es war nicht sehr kalt, aber ein Feuer konnte nicht schaden. Außerdem wurde er den Gedanken an gebratene Eier nicht los. Während er vor der Feuerstelle kniete, breitete Leonie ihr Bettzeug aus und rollte sich auf die Seite.

Gideon kramte eine kleine gusseiserne Pfanne hervor. „Sollen wir die Eier braten?"

Leonie zuckte die Achseln. „Ich habe sowieso keinen Appetit", murmelte sie mit geschlossenen Lidern. „Irgendwie ist mir das Essen vorhin nicht bekommen."

Gideon ahnte, worauf sie anspielte, doch er ging nicht darauf ein. Er biss die Zähne zusammen und schwieg. Unschlüssig drehte er die Eier in seiner Handfläche hin und her, wobei er aufpassen musste, sie nicht zu zerquetschen. „Dann eben nicht“, murmelte er Richtung Feuer.

„Wir können sie ja zum Frühstück essen“, schlug Leonie vor.

Gideon stieß hörbar die Luft aus. „Ja, warum nicht.“ Sorgfältig wickelte er die Eier wieder ein und verstaute das kostbare Bündel in seinem Gepäck. Wenn sie kaputtgingen, hätten sie überhaupt nichts davon. Ärgerlich zog er beim Gedanken daran die Brauen zusammen.

Leonie streckte die Beine aus und kreuzte die Knöchel. Sie legte eine Hand auf die Magengegend und schloss erneut die Augen. Gideon betrachtete ihr schmales, blasses Gesicht. Unterwegs hatte er bemerkt, dass ihre Schritte immer langsamer wurden und ihr Atem immer schwerer ging.

Sein Magen knurrte, und er kratzte den kalten Rest Bohneneintopf aus der Dose, bevor ihm klar wurde, dass er etwas für morgen hätte aufheben sollen. Aber der Hunger war größer gewesen als sein Verstand. Der Löffel klapperte gegen das Metall. Gideons Blick blieb an Leonie hängen, und er biss sich auf die Unterlippe. Ruhig atmend und mit geschlossenen Augen wirkte sie so entspannt und zufrieden. So wie er es seit Wochen nicht mehr gewesen war. Er ärgerte sich über sich selbst. Außerdem war er immer noch hungrig. Verdrossen starrte er in die Flammen.

Leonie blinzelte ins Sonnenlicht. Es war noch früh am Morgen. Langsam setzte sie sich auf und sah, dass Gideon fest schlief. Sein Kopf ruhte auf seinem ausgestreckten Arm. Vorsichtig stand sie auf, um ihn nicht zu stören. An der Feuerstelle stocherte sie in der Asche und pustete in die Glut, bis es ihr gelang, das Feuer wieder zu entfachen.

Sie warf einen Blick auf ihren schlafenden Mann und beschloss, zum Bach hinunterzugehen und die Wasserflasche aufzufüllen. Wie er es schaffte, täglich frisches Trinkwasser zu finden, war ihr ein Rätsel, doch es war ein Segen. Sie zog sein Hemd aus seinem Packsack und schüttelte seine schmutzigen Socken aus. Dann suchte sie ihre eigene Wäsche heraus und trug das ganze Bündel zum Ufer. Zuerst tauchte sie Gideons Hemd ins kalte Wasser und schlug es anschließend gegen einen großen Stein. Gründlich walkte sie den Stoff durch, bis ihre Finger ganz rot und taub waren. Ein Stück flussabwärts entdeckte sie eine sonnige Lichtung mit niedrigem Gebüsch und hängte das Hemd zum Trocknen darüber. Ein Lächeln umspielte ihren Mund, während sie die restlichen Kleidungsstücke wusch und dabei leise sang. Zufrieden betrachtete sie die frische, saubere Wäsche, die an der Sonne trocknete. Als Leonie fast fertig war, stieg ihr der Duft von gebratenen Eiern in die Nase. Ihr leerer Magen meldete sich, und sie beeilte sich, den letzten Strumpf auszuspülen. Rasch warf sie ihn über einen Busch, raffte ihren Rock und kletterte die Uferböschung hoch.

Gideon saß auf einem Stein, kehrte ihr den Rücken zu und starrte mit leerem Blick ins Feuer. Sein Flanellhemd war aufgeknöpft, sodass sie sein dünnes Unterhemd sehen konnte.

„Du hast schon Frühstück gemacht", sagte Leonie und trocknete sich die klammen Finger an ihrem Rock ab.

Er nickte kaum wahrnehmbar, den Blick immer noch in die Flammen gerichtet.

„Ganz unten in meiner Tasche sind zwei Gabeln." Leonie beugte sich hinunter und schlug die lederne Lasche zurück. „Ich habe sie dazugelegt, als ich die Pfanne eingepackt habe."

„Ich weiß", sagte Gideon mit ausdrucksloser Stimme. „Ich habe sie gefunden."

„Oh." Leonies Blick fiel auf die leere Pfanne neben dem Feuer. Fassungslos sah sie Gideon an. Ihre Augen weiteten sich. „Du hast sie *allein* gegessen?"

Gideon nickte kurz und schwieg. Leonie sog zitternd die Luft ein und stieß sie langsam wieder aus.

Ihre Blicke begegneten sich. „Du hast gesagt, du hättest keinen Hunger", sagte er entschuldigend, aber in seiner Stimme lag kein Bedauern.

„Also habe ich sie gegessen. Ich konnte ja nicht wissen, dass du plötzlich doch welche wolltest.“

Leonie öffnete den Mund, als ob sie etwas sagen wollte, schloss ihn aber gleich wieder. Als ihr die Tränen in die Augen schossen, hob sie den Blick zu den Baumkronen und blinzelte sie fort. Ihr Magen knurrte jetzt heftig.

Gideon saß noch immer regungslos und schaute unbeteiligt in die Flammen.

Leonie nahm die Bratpfanne und widerstand dem Drang, sie auf seinen Kopf niedersausen zu lassen. Stattdessen schleuderte sie ihm die Pfanne vor die Füße. „Denk bloß nicht, dass ich für dich auch noch den Abwasch mache!“

Dann drehte sie sich auf dem Absatz um und rannte zurück zum Bach. Sie wünschte, sie hätte seine Wäsche unter einem Baum aufgehängt, auf dem ein ganzer Vogelschwarm saß. Wütend riss sie die Kleidungsstücke von den Büschen und warf sie auf einen Haufen. Er würde sich noch wundern. Sie durfte sich so etwas nicht mehr zu Herzen nehmen. Sie sollte sich einen Eispanzer zulegen, damit sie nicht mehr so verletzlich war. Aber als die Landschaft vor ihren Augen verschwamm, wusste sie, dass sie es gar nicht erst zu versuchen brauchte.

14

Leonie zerrte an dem Bündel auf ihrem Rücken. Es schien schwerer als sonst, und mit jedem Schritt schlugen ihr wie mit leisem Spott die feuchten Socken gegen den Rücken, die sie außen festgebunden hatte. Die übrige Wäsche war inzwischen getrocknet und im Gepäck verstaut. Alles bis auf diese verdammten Socken. Mit gebeugten Schultern setzte sie einen Fuß vor den anderen. Ihr Magen krampfte sich vor Hunger zusammen, und sie versuchte, nicht an Essen zu denken. Als sich ihr Schnürsenkel löste, machte sie sich nicht die Mühe, ihn zu binden, sondern steckte ihn hastig in den Schuh und humpelte weiter. Das Bündel rutschte und brachte sie aus dem Gleichgewicht. Sie stolperte und rückte es wieder zurecht.

Der Weg wurde steiler, doch Gideon behielt sein unbarmherziges Tempo bei. Er war ausdauernd wie ein Pferd. Dagegen kam sich Leonie vor wie ein müder Esel. Mühsam kämpfte sie sich bergan und verlor mehrmals den Halt auf dem losen Geröll. Sie bekam einen Ast zu fassen und wollte sich daran hochziehen, doch ihre Hand rutschte ab und sie fiel auf die Knie.

Gideon drehte sich zu ihr um, als sie sich aufrichtete. „Komm schon, Leonie. Ich will über den Berg sein, bevor es wieder regnet. Wir müssen uns beeilen."

Mutlos blickte sie zum Himmel, wo sich dunkle Wolken zusammenbrauten, die rasch näher kamen. Sie flüsterte ein leises Gebet und bot alle ihre Kräfte auf. Unermüdlich gruben sich ihre Stiefel in den weichen Untergrund, und sie blieb dicht hinter Gideon, bis sie den Gipfel erreicht hatten. Oben angekommen, brach sie zu seinen Füßen zusammen.

Lieber Gott, ich kann nicht mehr.

Gideon fasste sie grob am Arm und zog sie hoch. Als er sie losließ, rieb sie sich die schmerzende Stelle und vermied es, ihn anzusehen. Stattdessen biss sie die Zähne zusammen und dachte an Gottes Versprechen.

Gott lässt mich nicht im Stich.

Der Gedanke war tröstlich, doch er füllte sie mit weniger Zuversicht als früher. Mit letzter Kraft zwang sie sich zum Weitergehen und klammerte sich an Gottes Zusage. Der Wind hatte gedreht und hielt die Regenwolken in Schach, und Leonie war erleichtert, als Gideon ankündigte, sie würden bald ihr Nachtlager aufschlagen.

Kurz nach Sonnenuntergang erreichten sie eine kleine Lichtung am Wegrand. Leonie bereitete ihr Schlaflager, und kaum hatte sie den Kopf auf die Matte gebettet, fielen ihr die Augen zu. Im Halbschlaf hörte sie, wie Gideon in seinen Sachen kramte und Feuer machte. Bald drang das vertraute Knistern und Knacken an ihr Ohr, und sie seufzte, als sie die wohlige Wärme durch ihre dünne Wolljacke spürte.

Nach einer Weile setzte Leonie sich auf und durchsuchte das Gepäck, bis sie ein kleines, in Käseleinen eingeschlagenes Päckchen fand. Sie sah Gideon flehend an.

„Ich habe gehofft, wir könnten es als Notration aufheben. Es ist das einzige Stück Fleisch, das wir haben."

Sie drehte das Päckchen in ihrer Hand. Gideon seufzte.

„Ich glaube, es hat keinen Zweck, es noch länger aufzuheben. Außerdem sterbe ich vor Hunger."

„Ich auch." Leonie holte die Bratpfanne heraus, und Gideon nahm sein Taschenmesser, schnitt das Fleisch in dünne Scheiben und stellte die Pfanne auf einen Stein nah am Feuer. Leonie schluckte. Es würde nicht lange dauern, und die Luft würde vom köstlichen Duft von gebratenem Schweinefleisch erfüllt sein. Dann waren ihre Lebensmittel so gut wie aufgebraucht.

Plötzlich fuhr Gideon zusammen.

Auch Leonie schreckte hoch. „Was war das?", flüsterte sie.

„Ich weiß nicht. Ich dachte, ich hätte irgendwas gehört." Er ging neben ihr in die Hocke.

Ein Zweig knackte.

Gideon umfasste den Gewehrlauf. „Wer ist da?" Er legte die Waffe an seine Schulter.

„Kein Grund zur Panik.“ Ein Mann trat aus dem Dunkel. Er hatte die Hände erhoben, und seine Handflächen leuchteten hell im Feuerschein.

Gideon atmete auf, ohne das Gewehr sinken zu lassen.

Der Mann kam näher, und sie sahen, dass er einen Leiterwagen hinter sich herzog.

„Ich heiße Bert.“ Seine Augen wanderten zwischen Leonie und Gideon hin und her. „Und ich habe hier einen erstklassigen Whiskey.“ Er grinste Gideon an und entblößte dabei seine schlechten Zähne. „Außer du bist ein Gesetzeshüter oder ein Priester.“

Leonie warf ihm einen missbilligenden Blick zu. Der Mann war ihr zuwider.

Gideon lachte leise, was ihr noch mehr missfiel.

„Dann setz dich zu uns, Bert“, sagte er und stellte das Gewehr neben sich auf den Boden.

Leonies Stimmung sank.

Der beleibte Mann nahm den ausgeblichenen Hut ab und warf ihn in seinen Wagen. Mit der Hand fuhr er sich durch das dunkle, verfilzte Haar.

„Wohnst du hier in der Nähe?“, wollte Gideon wissen. Er setzte sich auf einen Baumstamm am Feuer und stocherte in der Pfanne.

„Ja, sozusagen.“ Bert stemmte seine fleischigen Pranken in die Seiten. Dann hielt er einen Tonkrug hoch. Die glasierte Oberfläche schimmerte im Schein des Feuers.

Gideons Augen glänzten, und seine Hand wanderte zu seinem Hemdkragen. Bert setzte sich neben Leonie ans Feuer, näher, als es ihr lieb war.

Gideon deutete auf die Feuerstelle. „Möchtest du etwas essen?“, bot er dem Gast an. „Es gibt gepökeltes Schweinefleisch, frisch gebraten.“ Er bewegte die Pfanne hin und her, sodass das Fleisch zischend über das heiße Eisen tanzte.

Bert schüttelte den Kopf. „Lass mal, ich hab’ mein eigenes Essen dabei. Alles da drin.“ Er zeigte auf seinen Wagen. „Aber es ist nett, dass ihr mich an eurem Feuer sitzen lasst.“ Er stellte den Krug zwischen seine Füße und trommelte mit den Fingern auf den Korken. Seine Nägel waren so heruntergekaut, dass sie kaum noch sichtbar waren. „Kann ich dir was zu Trinken anbieten?“ Bert entkorkte das Gefäß mit einem dumpfen *Plopp*.

Gideon schluckte, und die Flammen tanzten auf seinem Halsansatz. „Gern.“ Gierig fuhr er sich mit der Zunge über die Lippen. Leonie beobachtete erstaunt, wie aus dem ernsten, wortkargen Mann, den sie geheiratet hatte, plötzlich ein anderer wurde. Ein Mann, auf dessen Bekanntschaft sie keinen Wert legte. Und der ihrem Vater erschreckend ähnlich war.

Bert hielt ihr mit einem schiefen Grinsen den Krug hin. „Und was ist mit dir?“

„Nein, danke.“

Er reichte den Krug an Gideon weiter, der ihn zum Mund führte, einen kräftigen Schluck nahm und zufrieden seufzte. „Wie unhöflich“, sagte er, „ich habe mich noch gar nicht vorgestellt. Ich bin Gideon, und das …“ Er wollte ihr nicht in die Augen sehen. „Das ist … Leonie.“

Sie schaute zu Boden und zerrieb ein trockenes Blatt zwischen den Fingern. *Das ist Leonie. Nicht „meine Frau Leonie“*. Sie ballte die Hand zur Faust, und die Krümel fielen zur Erde.

„Willst du nicht einen kleinen Schluck probieren, Leonie?“, versuchte es Bert erneut.

Sie blickte kurz auf. „Nein, wirklich nicht.“

Gideon führte den Krug zum Mund, länger als beim ersten Mal. Sein Adamsapfel tanzte in seinem Hals.

Trink nicht so viel, Gideon. Leonie zog die Knie an und stützte das Kinn auf. *Das ist … Leonie. Nur Leonie. Die kleine, naive, dumme Leonie.*

Das Fleisch zischte in der Pfanne. Gideon wickelte sich den Stoff seines Hemdes als Topflappen um die Hand und zog die Pfanne vom Feuer weg. Hungrig verschlangen sie ihr Essen. Es war so heiß, dass sie sich die Finger und die Zunge verbrannten, aber sie störten sich nicht daran.

„Kannst du spielen?“ Bert deutete mit einer Kopfbewegung auf die Mandoline, deren Hals aus dem Beutel herauslugte. Er sprach mit vollem Mund und kaute auf einem Stück Brot herum, das er aus seinem Handwagen zutage gefördert hatte.

Gideon nickte.

„Dann lass mal hören.“ Bert leckte sich den Daumen ab.

Gideon stand auf und griff nach seinem Instrument. Das geölte Holz schimmerte mahagonifarben im Licht der Flammen.

„Kannst du dazu singen, kleine Lady?“

„Ich …“

„Sie singt nicht gern vor Publikum“, kam Gideon ihr zuvor, und Leonie hatte den Eindruck, als suchte er ihren Blick.

„Du singst lieber für dich allein?“ Bert klang enttäuscht.

Leonie war zu verwirrt, um zu antworten. Woher wusste Gideon davon? Sie hatte es ihm nie erzählt. Sie bemerkte, dass Bert sie immer noch anschaute, und suchte nach den richtigen Worten. „Ehrlich gesagt, ja.“

„Schüchtern, was?“ Bert stach ihr mit seinem fleischigen Finger in die Seite, und Leonie hätte vor Schreck beinahe laut aufgeschrien.

Sie sah, wie Gideons Kiefermuskeln hervortraten. Die Röte stieg ihr ins Gesicht, und sie rückte unmerklich von Bert ab.

Gideon begann, die Mandoline zu stimmen, und seine große, kräftige Hand ließ den schmalen Hals aus Fichtenholz noch filigraner erscheinen. Die anfangs schiefen Töne wurden klarer.

Bert rieb sich erwartungsvoll die Hände. „Jetzt spiel schon. Was hast du denn so auf Lager?“

Gideon sog langsam die Luft ein und begann. Er spielte eine leise Melodie, den Blick auf den Boden geheftet. Bert ließ Leonie nicht aus den Augen. Sie versuchte sich ihr Unbehagen nicht anmerken zu lassen und starrte vor sich hin in die Glut. Er begann über die Schwarzbrennerei zu erzählen, doch Gideon hörte nur halbherzig zu. Bert redete sich richtig in Fahrt und machte nur Pause, um einen Schluck aus dem Krug zu nehmen, der zwischen den beiden Männern hin und her ging.

Bert rückte immer näher an Leonie heran, doch Gideon schien es nicht zu bemerken. Als er den Krug ansetzte, lag ein Schatten auf seinem Gesicht, und in seinen Augen stand ein Ausdruck, den Leonie nicht deuten konnte. Sie kreuzte die Beine und faltete die Hände in ihrem Schoß, als wollte sie sich so klein wie möglich machen.

Am liebsten hätte sie sich in Luft aufgelöst. Fast wäre sie aufgestanden und weggegangen, als sie Berts Ellbogen in ihrer Seite spürte, aber es wäre unvernünftig gewesen, allein in die pechschwarze Nacht hinauszulaufen.

Bei einem Witz, dessen Pointe sie nicht verstand, weil sie nicht zugehört hatte, stieß Bert sie anzüglich in die Seite. Leonie musste schlucken. Sie spürte Gideons Blick. Als sie ihn anschaute, wandte er sich wieder Bert zu, und Ärger blitzte in seinen grünen Augen auf.

Seine Reaktion überraschte sie. Doch dann konzentrierte er sich wieder ganz auf sein Instrument und spielte weiter.

Bert stand auf und tanzte eine Art Schuhplattler, klatschte sich auf die Knie und drehte sich juchzend und grölend im Kreis. Ein paar Vögel flatterten erschreckt aus ihren Schlafplätzen in den Büschen.

Der beleibte Mann wankte auf Leonie zu, griff nach ihrem Arm und zog sie mit einer schwungvollen Bewegung hoch. Seine Finger gruben sich schmerzhaft in ihr Fleisch, und sie stemmte die Füße in den Boden, damit er sie nicht an sich ziehen konnte. Doch Bert umfasste mit seinem freien Arm ihre Taille und umklammerte sie wie ein Schraubstock.

Plötzlich brach die Musik ab.

Gideon packte Bert von hinten am Hals und riss ihn zurück. Der betrunkene Mann schwankte und glotzte ihn mit ausdruckslosen Augen an, als wüsste er nicht, wie ihm geschah. Gideons andere Hand fasste Leonies Handgelenk. Sein Griff war fest, doch seine Finger zitterten.

„Lass mich", lallte Bert, „ich wollte mich nur ein bisschen mit der kleinen Lady amüsieren."

„Geh aus dem Weg, Leonie", zischte Gideon ihr zu, und sein Ton machte ihr Angst. Rasch bückte sie sich nach der Pfanne und lief damit zum Bach hinunter. Das Mondlicht schien hell auf den Waldboden. Sie warf einen Blick zurück und sah, wie Gideon Bert den Arm auf den Rücken drehte und ihn zu seinem Leiterwagen schob. Sie konnte nicht verstehen, was er sagte, aber die Geste war unmissverständlich.

Froh um die Ablenkung, tauchte sie die gusseiserne Bratpfanne in das kalte, dunkle Wasser. Es tat gut, hier in der Stille allein am Ufer zu sitzen, nur das Murmeln des Baches im Ohr. Und obwohl sie sich vorgenommen hatte, keine Gefühle mehr zuzulassen, keimte neue Hoffnung in ihr auf. Vielleicht war sie Gideon doch nicht ganz gleichgültig. Selbst wenn er nicht besonders viel für sie empfinden mochte, war dies vielleicht ein Anfang.

Das Mondlicht warf ihren Schatten auf den Weg, als Leonie zurück zur Feuerstelle ging. Gideon hatte sich bereits auf seinem Lager ausgestreckt, die Hände hinter dem Kopf verschränkt.

„Danke", sagte sie leise und setzte sich neben ihn. „Ich bin froh, dass du …" Sie brach ab, als sie seinen Gesichtsausdruck sah.

Ärgerlich stieß er die Luft aus. „Sieh zu, dass ich so was nicht noch mal machen muss", herrschte er sie an.

Leonie senkte den Blick.

„Du solltest besser aufpassen, wie du dich Männern gegenüber benimmst." Seine Stimme war kalt wie die Nachtluft, die ihr dünnes Kleid durchdrang.

„Und du solltest aufpassen, mit was für Männern du dich umgibst", entgegnete sie genauso kalt.

„Ich habe keine Probleme." Sein Atem roch nach Whiskey.

„Du hättest ihm sagen können, dass ich deine Frau bin." Leonie blickte hinauf zum sternenübersäten Himmel. „Auch wenn du es nicht wahrhaben willst, nicht wahr?" Sie ärgerte sich, dass ihre Stimme zitterte.

„Ich gebe mir die größte Mühe."

Gideons Worte versetzten ihr einen Stich. Leonie biss die Zähne zusammen und versuchte sich nichts anmerken zu lassen. Sie rollte sich auf ihrem Schlaflager zusammen. „Diese Heirat war nicht meine Idee", zischte sie.

Der zarte Hoffnungsschimmer verlosch mit der sterbenden Glut. Leonie schloss die Augen und spürte das Kratzen der rauen Unterlage an ihrer Wange. *Jetzt wären Sarah und ich bei Psalm fünfundzwanzig.* Gideon drehte sich auf die Seite, und sie hörte seine gleichmäßigen Atemzüge. *Wenn ich bloß eine Bibel hätte.* Sie wünschte, sie hätte die Psalmen auswendig gelernt.

15

Zitternd vor Kälte wachte Leonie auf. Sie lag auf einem Stein, der sich unter ihrer Schlafmatte befand. Halb benommen tastete sie nach ihrer Decke. Als sie mit der Hand in die Luft griff, setzte sie sich auf und strich sich das wirre Haar aus der Stirn. Das Feuer war längst erloschen, und sie starrte in die graue, kalte Asche.

Gideon war irgendwann in der Nacht aufgestanden und hatte sich auf die andere Seite der Feuerstelle gelegt. Er schlief mit angezogenen Knien, in die verdrehte Decke eingewickelt, sodass nur seine Schultern und seine Stiefel herausschauten.

„Gideon."

Er rührte sich nicht.

„Gideon", sagte sie lauter.

Seine Hand verscheuchte eine Fliege, dann hob er den Kopf und sah sie mit glasigem Blick an. „Was ist los?"

„Mir geht es nicht gut." Sie wünschte, sie bräuchte ihm das nicht zu sagen. Aber ihr tat alles weh. Sie fühlte sich kraftlos, ihre Hände und Füße waren taub, und sie zitterte am ganzen Körper. „Ich glaube nicht, dass ich aufstehen und weiterlaufen kann. Können wir vielleicht einen Tag hierbleiben und uns ausruhen?"

Gideon kam auf die Beine und stolperte zu ihr hinüber. „Was ist denn los mit dir?"

„Ich weiß nicht."

Er hockte sich neben sie und betrachtete sie mit zusammengezogenen Brauen. „Nein."

In seiner Stimme lag eine Schärfe, die jedes weitere Flehen zwecklos machte.

Zum Frühstück aßen sie ein paar wilde Blaubeeren. Gideon pflückte eine Handvoll für unterwegs und ließ sie in seine Tasche gleiten. Er schloss die Augen und massierte sich die Nasenwurzel. In seinem Kopf hämmerte es, und er sah alles durch einen leichten Nebelschleier. Eine Blaubeere rollte zu Boden, und als er in seine Hosentasche fasste, fand er das Loch. Er wickelte die prallen Früchte in ein sauberes Taschentuch und verstaute das Bündel in der anderen Tasche. Die Beere auf dem Boden ließ er liegen.

Mit den Fingern fuhr er sich durch die nach allen Seiten abstehenden Haare. Sein Blick fiel auf Leonie. Ihr Haarknoten hatte sich gelöst. Ihre ungekämmten Haare waren feucht vom Morgentau und hingen lose zur einen Seite. Ihr Kleid war verrutscht und legte eine Schulter bloß, und ihr linker Strumpf war bis auf den Knöchel hinuntergerutscht. Seit fast einer Woche wanderten sie schon durch die Wildnis, und die Ringe unter Leonies großen braunen Augen waren noch dunkler geworden, ihre Wangen noch eingefallener.

Gideon zog seinen Kragen glatt und strich mit der Hand über das frische Hemd. Es fühlte sich gut an. Ohne ein Wort drehte er sich um und marschierte los. Leonie war noch mit ihrem Gepäck beschäftigt.

„Ich komme gleich", rief sie ihm hinterher, aber er schien sie nicht zu hören.

Als er sich umdrehte, sah er, wie sie eilig einen losen Schnürsenkel festzurrte. Er kickte einen Erdklumpen zur Seite und wartete ungeduldig.

„Wie weit ist es denn noch?", fragte sie, als sie zu ihm aufschloss, bereits atemlos.

Als Gideon sah, wie schwach sie war, mischte sich Besorgnis in seine Ungeduld. „Nicht mehr weit. Nur noch ein paar Tage, dann sind wir da", sagte er und beschloss, die Sorgen beiseitezuschieben.

„Und dann kaufen wir ein Stück Land?", fragte sie zaghaft, und er hörte den Zweifel in ihrer Stimme.

„Klar, ganz nach Plan", antwortete er. Warum mussten Frauen immer alles anzweifeln? Es war immer dasselbe. Aber er hatte alles im Griff.

Gideon hörte, wie Leonie hinter ihm herkeuchte. Seine Beine waren viel länger als ihre, dennoch beschleunigte er seinen Schritt. Er hatte die

Gewitterwolken im Auge, die sich über ihren Köpfen zusammenzogen. „Los, los, beeil dich!", drängte er.

Leonie taumelte hinter ihm her, doch er machte keine Anstalten, auf sie zu warten.

Am Spätnachmittag setzte der Regen ein und prasselte in schweren Schauern auf sie nieder. Gideon wusste, dass Leonie dringend eine Pause brauchte, doch er hatte es satt, sich Sorgen um sie zu machen. Alles, was er wollte, war, die Strecke so schnell wie möglich hinter sich zu bringen. Trotz des rutschigen Lehmbodens behielt er das mörderische Tempo bei.

Leonie mühte sich verzweifelt, mit ihm Schritt zu halten. Über ihre Lippen kam kein Wort der Klage. Dabei hatte Gideon damit gerechnet, dass sie ihm die Ohren volljammern würde. Er kannte die Frauen. Er wusste, was er von ihnen zu erwarten hatte. Bis zu dem Tag, als man ihn gezwungen hatte, Leonie Sawyer zu heiraten. Wie er diesen Tag verwünschte!

Der Wind peitschte ihnen den Regen ins Gesicht, und die feinen Tropfen schmerzten wie Nadelstiche. Gideon zog sich den Hut tiefer in die Stirn und warf einen Blick über die Schulter. Er sah, wie Leonie sich mühsam vorankämpfte. Ihre nassen Haarsträhnen klebten an ihren Wangen. Sie strich sich eine Strähne aus den Augen und blinzelte durch den Regenvorhang. Ihr durchnässtes Kleid klebte an ihrem Körper. Ihre nackten Arme und Beine waren dem Regen schutzlos ausgeliefert.

Für den Bruchteil einer Sekunde hegte Gideon Schuldgefühle. *Gönn ihr eine Pause. Gib ihr wenigstens Zeit, eine Jacke überzuziehen.* Doch dann brachte das Rauschen des Regens die innere Stimme zum Schweigen. Er konnte sich kein Mitleid leisten. Mitleid würde alles nur noch schlimmer machen.

„Gideon!"

Er hörte, wie Leonie hinter ihm rutschte und das Gleichgewicht verlor.

„Kannst du aufstehen?", fragte er.

„Ich versuche es ja." Sie war den Tränen nahe. Der Regen tropfte von ihrer Nase herab und lief in Rinnsalen über ihre Wangen.

Gideon beugte sich zu Leonie hinunter und fasste sie beim Arm. Ihre nasse Haut war so rutschig, dass er Mühe hatte, sie festzuhalten. Als sie wieder auf den Beinen stand, ging er weiter.

Auch seine Stiefel fanden kaum noch Halt auf dem nassen Lehmboden, und jeder Schritt wurde zur Qual. Er wollte nur noch fort und diese Hölle hinter sich lassen. Warum mussten die Frauen immer versuchen, sein Leben zu ruinieren? Zuerst seine Mutter. Dann Cassie. Und jetzt Leonie.

Das Maß war voll. Er hatte ein für alle Mal genug. Er wollte so schnell wie möglich nach Stuart. Er sehnte sich nach einem trockenen Bett und einer warmen Mahlzeit. Ohne Leonie wäre er schon längst am Ziel.

Irgendwo in seinem Hinterkopf schlummerte die Vorstellung, dass ein Ehemann für das Wohl seiner Frau verantwortlich war. Aber in dem Moment, als ihm der Regen auf den Rücken prasselte und er frierend und hungrig durch die Landschaft stapfte, war ihm das ziemlich egal. Stuart war noch weit, und er hatte weder Arbeit noch Geld. Und jetzt hatte er auch noch Leonie am Hals. Als ob er nicht schon genug andere Sorgen hätte.

Ein umgestürzter Baum versperrte ihnen den Weg. Gideon kletterte darüber, und die raue Borke schrammte ihm durch die Hose das Bein auf. Auf der anderen Seite versanken seine Stiefel im tiefen Morast, und er sah, dass sich hinter dem Baumstamm eine steile Schlucht auftat. Er wartete, bis Leonie sich hochgezogen hatte. Als sie rittlings auf dem Stamm saß, verfing sich ihr loser Strumpf in den Ästen. Flehend blickte sie ihn an. Gideon biss die Zähne zusammen und beugte sich zu ihr, spannte die Armmuskeln an und zog sie unsanft hinüber. Sie rappelte sich auf, wischte sich die Rindenstücke vom Bein und betrachtete die frischen Kratzer.

Fast tat sie ihm leid, doch er wandte sich rasch ab und überlegte, wie sie den steilen Abhang hinunterkommen sollten. Leonie prallte gegen ihn, als er stehen blieb.

„Bist du sicher, dass wir da heil hinunterkommen?“, keuchte sie.

Gideon begann, den Abhang hinabzuklettern. „Kein Problem“, sagte er. Er sah nach oben. „Außerdem hat es aufgehört zu regnen.“ Zögerlich und mit steifen Fingern streckte er die Hand aus. „Komm schon. Wenn ich es schaffe, schaffst du das auch.“ Er wusste, dass sie sich kaum noch auf den

Beinen halten konnte und wie herzlos seine Worte in ihren Ohren klingen mochten.

Seine Stiefel rutschten auf den nassen Blättern, während er auf dem steilen Weg langsam einen Fuß vor den anderen setzte. Unten angekommen, blieb er stehen und wartete auf Leonie. Sie schlitterte bergab und klammerte sich zwischendurch verzweifelt an herabhängende Äste und dünne Bäume. Eine dicke Lehmschicht klebte an ihren Schuhen. Ihre nackten Waden waren von Schlamm und Erde bedeckt.

Ungeduldig winkte er sie zu sich. „Komm, du hast es gleich geschafft!"

Sie blickte ihn aus ängstlich geweiteten Augen an.

Gideon schluckte. Sie folgte ihm klaglos und vertrauensvoll, obwohl sie am Ende ihrer Kräfte war. *Und ich mute ihr diesen Gewaltmarsch zu.* Doch die leise Gewissensregung verlosch wie eine Kerze im Wind, als Bilder eines freien Lebens heraufzogen – des Lebens, das er ohne Leonie hätte führen können. „Jetzt komm schon!"

Leonie wischte sich mit dem Handrücken die Haarsträhnen aus den Augen und machte einen Schritt nach vorn. Das aufgeweichte Erdreich klebte wie Blei an ihren Füßen. Sie rutschte und fiel auf die Knie. Stöhnend richtete sie sich auf, blieb mit dem Knöchel hängen und stürzte erneut. Mit einem Aufschrei rollte sie den Abhang hinunter. Ihr Bündel rutschte von ihrem Arm und versank in einer schlammigen Pfütze.

Mit wenigen Schritten war Gideon bei ihr, fischte das Gepäckstück aus dem Wasser und warf es auf den Waldboden. Unsanft griff er nach Leonies Arm.

„Los, steh auf!"

Ihre Füße suchten vergeblich nach einem Halt auf dem glitschigen Boden, und als er sie losließ, fiel sie zurück in den Matsch. Ärgerlich riss er sie hoch.

Leonie schrie auf.

„Reiß dich zusammen!"

Er packte sie grob bei den Schultern und schüttelte sie, sodass ihr Kopf vor- und zurückwippte. Ihr Gesicht war schmerzverzerrt, und Tränen liefen ihr über die Wangen.

„Hör auf zu heulen“, zischte er.

Leonie schluchzte, ihr Kinn traf seine Brust, und ihre Schultern bebten.

Gideon sog scharf die Luft ein. Ein Gefühl ätzte sich wie Säure in seine Seele.

Langsam ließ der Regen nach, und nur noch einzelne Tropfen fielen auf Leonies klatschnasse Haare. Ihr Weinen war zu einem leisen Wimmern versiegt. Gideons Finger hinterließen schmutzige Spuren auf ihrer Haut, als er sie am Kinn fasste, um sie zum Schweigen zu bringen.

Sie sah ihn aus großen runden Augen an.

Gideons Ärger flammte auf, doch er zwang sich, seinen Griff zu lockern. Leonie wand sich, bis er auch ihr Handgelenk losließ. Was blieb, waren seine Fingerabdrücke auf ihrer elfenbeinfarbenen Haut.

„Alles nur wegen dir!“, schimpfte er.

Sie sah durch ihn hindurch, als sei er aus Glas. Als sie zum Himmel aufschaute, glaubte er, ihre stummen Gebete hören zu können, und er blickte ebenfalls empor, als sähe er sie zu den Wolken aufsteigen. Eines wusste er ganz sicher: Leonie hatte Gott an ihrer Seite. Wie zur Bestätigung zerriss ein Donnerschlag die düstere Stille.

Gideon riss Leonies Bündel auf. Das gewachste Tuch war von innen durchnässt, und das letzte bisschen Brot, das sie hatten, war vollkommen durchweicht. Gideon zerdrückte es mit der Hand und warf es Leonie vor die Füße.

„Schau, was du angerichtet hast!“

„Gideon, bitte. Hör auf!“ Sie strauchelte und fiel hin. Ihre Hände umklammerten sein Bein. „Bitte! Ich kann nicht mehr“, flehte sie. „Keinen einzigen Schritt!“ Sie presste ihre nasse Wange gegen sein Schienbein und murmelte etwas, das er nicht verstand.

Gideons Kiefermuskeln spannten sich. Wenn sie sich so aufführte, kam er sich vor wie ein Schuft. Er wollte sich aus ihrem Klammergriff befreien, doch sie ließ nicht los. Mit aller Kraft versuchte er, sie abzuschütteln, rutschte dabei nach hinten weg, und traf sie mit seinem Stiefel am Kinn. Im Fallen hörte er, wie ihre Zähne aufeinanderschlugen.

Mit einem Aufschrei stürzte auch Leonie hintenüber.

Schnell rappelte sich Gideon auf und wischte sich die schlammbeschmierten Hände an der Hose ab. Plötzlich schlug etwas Hartes auf seinen Hinterkopf. Ein stechender Schmerz durchzuckte ihn, bevor er zu Boden ging.

„Keine Bewegung", dröhnte eine tiefe Stimme hinter ihm.

Halb benommen rollte sich Gideon auf die Seite.

Im selben Augenblick hörte er ein Klicken, das ihm das Blut in den Adern gefrieren ließ.

16

Keine Bewegung, hast du gehört?"

Verwundert hob Leonie den Kopf und strich sich das wirre Haar aus der Stirn. Vor ihr stand breitbeinig ein älterer Mann in karierter Holzfällerjacke, das Gewehr auf Gideon gerichtet.

Sein barscher Tonfall wurde sanfter, als er sich ihr zuwandte. „Mit Ihnen alles in Ordnung, Miss?"

Leonie rieb sich den Kiefer und nickte. Blut sammelte sich in ihrem Mund.

Sie sah die Angst in Gideons Augen, doch gleichzeitig war sie dankbar und erleichtert, dass dieser Mann durch sein plötzliches Auftauchen ihrer furchtbaren Situation ein Ende bereitet hatte.

Gideon schluckte. „Kümmern Sie sich um Ihre eigenen Angelegenheiten."

Der Fremde lachte verbittert auf. „Das könnte dir so passen." Er hob das Gewehr höher. „Und wenn du das Mädchen nicht in Ruhe lässt, bekommst du es mit mir zu tun. Ich hätte die größte Lust, dir eine Ladung Schrot zu verpassen."

Als Leonie versuchte aufzustehen, machte der alte Mann einen Schritt auf sie zu, den Gewehrlauf immer noch auf Gideon gerichtet. Dann beugte er sich zu ihr hinunter, legte ihren Arm um seine Schulter und half ihr auf die Beine. Leonie bemerkte den aromatischen Geruch nach Pfeifentabak, der seinen Kleidern anhaftete. Er stützte sie, bis sie allein stehen konnte, und Leonie spürte vor Dankbarkeit einen Kloß im Hals.

Dies war das erste Mal seit Wochen – vielleicht das erste Mal in ihrem Leben –, dass sie aus einer starken Männerhand Freundlichkeit und Geborgenheit empfangen hatte.

Der Fremde klemmte sich das Gewehr unter den Arm, zog ein Taschentuch aus seiner Jacke und reichte es ihr. Leonie nahm das ordentlich gefaltete Baumwolltuch und tupfte sich das Kinn ab, wobei sie Schlamm und Blut auf dem weißen Stoff hinterließ.

Gideon saß noch immer ein paar Schritte weiter auf dem Boden und hielt sich den schmerzenden Kopf. Bestimmt sah er Sterne. Leonie verspürte eine leise Genugtuung.

Der alte Mann nickte Gideon zu. „Na schön, dann lasst uns gehen."

Gideon starrte ihn ungläubig an. „Was? Ich gehe nirgendwohin."

Der Fremde zuckte die Achseln. „Dann eben nicht." Er legte den Arm um Leonies Schulter. „Aber die junge Frau kann ich in ihrem Zustand nicht hierlassen." Ohne eine Antwort abzuwarten, wandte er sich zum Gehen. „Kommen Sie, Miss. Ich bringe Sie nach Hause. Meine Frau wird sich um Sie kümmern."

Leonie setzte vorsichtig einen Fuß vor den anderen, die Wange an den karierten Stoff gepresst. Das war die Rettung, um die sie gebetet hatte. Sie hätte nie gedacht, dass ein Engel nach Pfeifentabak riechen und ein Gewehr tragen könnte. Nie zuvor war sie jemandem so dankbar gewesen wie diesem Mann.

Als sie an Gideon vorübergingen, würdigte sie ihn keines Blickes. Insgeheim hoffte sie, dass er ihnen nicht folgen würde.

Der alte Mann passte sich Leonies langsamen Schritten an. Verstohlen betrachtete sie sein faltiges Gesicht, das zur Hälfte von seinem Jackenkragen verdeckt wurde. Dabei bemerkte sie kaum, dass Gideon sich mühsam aufgerappelt hatte. Als Leonie einen Blick zurückwarf, sah sie, wie er das Gepäck zusammenraffte und mit hängenden Schultern den Boden absuchte. Hastig blickten seine Augen umher. Plötzlich begriff sie: Der Mann neben ihr trug zwei Gewehre.

Mit einem Lächeln in seinen graublauen Augen wandte er sich ihr zu. „Ich heiße übrigens Jebediah Bennett. Aber die meisten Leute nennen mich Jeb."

Sie versuchte sein Lächeln zu erwidern, aber ihr Kiefer schmerzte. „Und ich bin Leonie Sawyer … äh, O'Riley. Sie können mich Leonie nennen."

Jebediah sah sie von der Seite an. „Frisch verheiratet also?"

Leonie nickte widerwillig und blickte in ein Paar freundliche, wissende Augen voller Lachfältchen. Sie hielt seinen Blick fest, als sei er ein Engel, der sich in Luft auflösen würde, sobald sie die Augen abwandte.

„Und wer ist der Kerl?", deutete Jebediah mit dem Kinn auf Gideon. „Etwa dein Mann?" Seine buschigen, grauen Augenbrauen zogen sich zusammen.

Leonie starrte zu Boden. „Ja, das ist Gideon. Wir haben vor ein paar Wochen geheiratet und sind unterwegs nach Stuart."

Der alte Mann blieb stehen und gab ihr Zeit zu verschnaufen. Nachdenklich und voller Mitleid sah er sie an. Dann drehte er sich zu Gideon um. „Ich trage das Gepäck", sagte er in einem Ton, der keine Widerrede duldete.

Gideon hob fragend eine Augenbraue, dann ließ er die Packsäcke zu Boden gleiten.

Jebediah ließ Leonies Arm los. „Die junge Frau hier ist völlig erschöpft, und es geht gleich ein gutes Stück bergauf. Sie schafft das nicht allein."

Leonie starrte ihn ungläubig an.

Aber Jebediah war wild entschlossen. „Ich würde sie ja selbst tragen, aber mein Rücken ist nicht mehr der beste." Sein Blick streifte Leonies schmale Gestalt. „Viel wiegen wird sie ja kaum. Sie ist ja nur noch Haut und Knochen. Habt ihr nicht genug zu essen gehabt?"

Gideon biss die Zähne zusammen. „Wir haben alles, was wir brauchen, Sir."

Jeb schnaubte verächtlich. „Für wie dumm hältst du mich eigentlich?" Sanft löste er sich von Leonies Arm. „Los, du wirst sie tragen. Ich nehme das Gepäck."

„O nein, ich kann gut allein laufen", zwang Leonie sich zu einem Lächeln und beschleunigte ihren Schritt. Jebediah schloss zu ihr auf, während Gideon ihnen missmutig folgte. Plötzlich merkte Leonie, dass ihr schwindelig wurde. Als sie stehen blieb, spürte sie, dass Jebs Arm sie hielt.

„Alles in Ordnung mit Ihnen?"

„Ja, mir geht es gut." Verbissen heftete Leonie ihren Blick auf den Weg. Sie wollte nicht, dass Gideon sie trug. Vermutlich würde er sie bei der erstbesten Gelegenheit in die Büsche werfen. Mit brennenden Sohlen lief sie weiter. Ihr Kiefer war taub, und sie fühlte sich merkwürdig schwerelos. Sie musste blinzeln, damit der Pfad nicht vor ihren Augen verschwamm. Wie aus weiter Ferne drang Jebediahs Stimme an ihr Ohr, doch sie verstand nicht, was er sagte. Sie taumelte. Dann hörte sie, wie er einen Befehl bellte, der nicht ihr galt. Sie spürte einen Arm unter ihren Kniekehlen. Dann wurde sie hochgehoben.

Die Arme, die sie hielten, waren zu lang und zu sehnig für Jebediah, und der Atem an ihrem Ohr nur allzu vertraut. Alles in ihr sträubte sich gegen Gideons Berührung, doch sie nahm sie nur noch durch einen Schleier wahr. Ihr Magen zog sich zusammen, als sich die Welt zu drehen begann. Leonie drängte die Übelkeit zurück und zwang sich, tief durchzuatmen. Ihre Glieder waren schwer vom tagelangen Laufen und Klettern, und ihre müden Lider zitterten. Sie sah, dass sie auf eine kleine Lichtung hinaustraten, und zwang sich, die Augen offen zu halten. Die blendende Helligkeit verursachte von Neuem ein flaues Gefühl im Magen. Gideons Brustkorb bewegte sich im harten Takt seiner Schritte. Leonie schloss die Augen, und ihr Kopf sank gegen seine knochige Brust.

Die heftigen Niederschläge waren einem feinen Sprühregen gewichen, was das Vorankommen etwas leichter machte. Doch Leonies Gewicht wurde von Schritt zu Schritt schwerer, denn auch Gideon war am Ende seiner Kräfte. Aber das schien niemanden zu interessieren. Trotzdem würde er seine Frau nicht diesem bärbeißigen Waldschrat überlassen. Sie waren bestens allein klargekommen, bis plötzlich, wie aus dem Nichts, dieser verrückte Alte mit seinem Gewehr aufgetaucht war. Gideons Hinterkopf schmerzte noch immer. Als Jebediah sich umdrehte, warf er ihm einen grimmigen Blick zu, aber der Mann stapfte unbeeindruckt weiter.

Ärgerlich stieß Gideon die Luft aus. Er hatte keine andere Wahl, als sich zu fügen.

Leonies Augen waren noch immer geschlossen. Ihre Wange lag an seiner Schulter. Er spürte ein Brennen im Hals, als er sie betrachtete. Sie bewegte sich im Schlaf, und er fasste sie enger, damit sie ihm nicht entglitt. Wenn sie aufwachte, würde sie verstört und ärgerlich feststellen, dass er sie trug, und er konnte es ihr nicht verdenken.

Der silberne Gewehrlauf unter Jebediahs Arm blitzte bei jedem Schritt wie eine stumme Warnung. *Dieser verrückte Alte. Ob er ein Landstreicher war?* Er musste ihnen aufgelauert haben. Was in aller Welt hatte er vor?

„Wir sind bald da", hörte er Jebediahs Stimme. „Wie geht es der kleinen Lady?" Das Regenwasser tropfte von seiner Hutkrempe, als er sich umdrehte.

Gideon verlangsamte seinen Schritt, darauf bedacht, den Abstand zwischen ihnen zu wahren. „Sie schläft."

Liebevoll, beinahe väterlich, ruhte Jebediahs Blick auf Leonie. An ihrem zerschrammten Kinn bildete sich ein Bluterguss. Schuldbewusst wandte Gideon seine Augen ab.

„Es ist nicht mehr weit."

Gideon kämpfte gegen den Drang an, sich einfach umzudrehen und mit Leonie fortzulaufen. Stattdessen setzte er weiter einen Fuß vor den anderen. Es widerstrebte ihm, dem Alten zu folgen, aber so wie es aussah, blieb ihm im Augenblick keine andere Wahl. Wieder betrachtete er seine Frau, die mit geschlossenen Augen an seiner Brust lag. Beim Anblick der Schrammen in ihrem Gesicht biss er die Zähne zusammen, dass seine Kiefermuskeln hervortraten.

Wie konnte ich ihr das antun?

Seine Beine taten ihm weh, sodass er seinen Schritt verlangsamte. In seiner Kehle formte sich ein Stöhnen, doch er unterdrückte es, um Leonie nicht zu wecken. *Was habe ich getan? Was bin ich für ein Schuft?* Das Gefühl verstärkte sich, als sie im Schlaf die Arme fester um ihn schlang und ihre Lippen seinen Hemdkragen streiften. Ihr Atem war schwach, aber gleichmäßig.

„So, da wären wir." Jebediahs Stimme riss Gideon aus seinen Gedanken. Er glaubte seinen Augen nicht zu trauen. Inmitten eines üppigen Gartens lag das größte Haus, das er je gesehen hatte. Eine weiß getünchte

Holzfassade erstreckte sich über zwei Stockwerke, gekrönt von einem Spitzdach mit einheitlichen Ziegeln. *Von wegen Landstreicher.*

„Elsie!", rief der alte Mann Richtung Haus. „Wir haben Besuch."

Quietschend öffnete sich die Verandatür. „Hallo!" Eine rundliche Frau in roter Schürze trat hinaus. „Wen haben wir denn da?" Sie lächelte Gideon freundlich zu, während sie die Stufen hinunterlief und auf ihn zukam. Dann fiel ihr Blick auf Leonie. „Du meine Güte!", entfuhr es ihr. Ihre leicht schräg gestellten Augen hatten die Farbe von poliertem Kupfer. Mit zusammengezogenen Brauen sah sie Gideon an. „Was ist mit ihr passiert?"

Gideon schluckte.

„Sie ist einen Abhang hinuntergestürzt", antwortete Jebediah an seiner Stelle. Mit den Augen dirigierte er Gideon zum Haus, eine stumme Warnung im Blick.

„Die Ärmste! Schnell, kommen Sie herein, bevor es gleich wieder regnet." Elsie ging voraus, ihre Schritte hallten dumpf auf der Verandatreppe. Gideon folgte ihr widerstrebend.

Im Haus setzte Elsie einen Kessel Wasser auf und band sich die Schürze fester. „Als Erstes muss ich die Wunde desinfizieren."

Sie dirigierte Gideon ins Wohnzimmer und bedeutete ihm, Leonie auf ein geblümtes Sofa zu legen. Elsie kniete sich neben sie und strich mit ihrer dicklichen Hand über Leonies schmutzverkrustete Stirn.

„Sie schläft noch immer. Wie heißt sie denn?"

„Leonie, Ma'am."

„Sie sieht nicht gut aus. Wie tief ist sie denn gestürzt?"

„Nicht sehr tief", knurrte Jebediah hinter ihm, bevor Gideon etwas sagen konnte.

Elsie schloss ihre Hand um Leonies Kinn und drehte ihren Kopf vorsichtig hin und her. Mit den Fingerspitzen strich sie sanft über die abgeschürfte Haut. „Jeb, holst du mal die Seife?", sagte sie, die Augen auf Gideon gerichtet, als wollte sie ihn an seinem Platz festnageln. „Ich muss das hier auswaschen."

Gideon trat verlegen von einem Bein auf das andere.

Elsie legte das Ohr an Leonies Brust, dann tastete sie an ihrem Handgelenk nach dem Puls und sah dabei zu der großen Standuhr. „Sie ist sehr schwach“, murmelte sie, während die Sekunden verstrichen. Nur das Ticken der Uhr war zu hören.

„Ihr ging es in letzter Zeit nicht so gut“, sagte Gideon in die Stille hinein und kniete sich ebenfalls neben das Sofa.

„Wie lange schon?“

Ratlos sah er in das Gesicht der alten Frau. „Ein paar Tage. Ein paar Wochen vielleicht.“

„Soso.“

„Sie war oft müde und hat viel geschlafen.“ Verlegen fingerte Gideon an seinem Ärmelaufschlag. „Wir sind unterwegs nach Stuart. Ein ziemlich langer Fußmarsch, wissen Sie. Es war wohl sehr anstrengend für sie“, fügte er erklärend hinzu und wunderte sich, dass ihm die Schamesröte in die Wangen stieg.

Elsie setzte sich auf ihre Fersen. „Warum haben Sie nicht öfter Rast gemacht, damit sie sich ausruhen kann?“

„Wir haben es eilig.“ Das Pendel der Uhr schwang hin und her, als wollte es ihn verspotten.

„Ich verstehe“, antwortete Elsie, doch der Ton in ihrer Stimme verriet das Gegenteil.

Gideons Fingerspitzen ruhten neben Leonies Hand auf dem Stoffbezug.

Elsie sah ihn an. „Warum gehen Sie nicht nach draußen und schauen, ob Jebediah Ihre Hilfe braucht? Leonie und ich kommen schon zurecht. Ich setze mich neben sie, bis sie wach wird.“ Lächelnd betrachtete sie die schlafende Gestalt auf der Couch. „Und dann mache ich uns etwas Schönes zum Abendessen.“

Leonie spürte eine warme Hand, die ihr über den Kopf strich. Sie lag auf etwas Weichem. Jemand rief leise ihren Namen, doch die Stimme war so zart, dass es unmöglich Jebediahs oder Gideons sein konnte. Als sie die

Augen aufschlug und eine unbekannte Frau erblickte, zuckte sie zusammen.

„Keine Angst."

Ein Paar freundliche Augen ruhten auf ihrem Gesicht. „Ich wollte Sie nicht erschrecken, Leonie. Ich bin Elsie, Jebediahs Frau."

Leonies ganzer Körper schmerzte, als sie sich aufsetzte. Elsie schob ihr sanft ein Kissen in den Rücken. Dankbar lehnte Leonie sich zurück. Sie schluckte, doch ihr Mund war trocken wie Pergament.

„Möchten Sie etwas trinken?"

„Ja. Ein Glas Wasser bitte", sagte Leonie heiser und räusperte sich.

Elsie tätschelte ihr die Hand. „Ich bin gleich wieder da." Leonie sah ihr nach, als sie in der Küche verschwand. Verwundert sah sie sich im Zimmer um und betrachtete den geblümten Stoff des Sofas, auf dem ihre Hand ruhte.

Mit einem kleinen Becher in der Hand kam Elsie zurück und setzte sich neben sie. „Möchten Sie vielleicht auch etwas essen? Sie müssen hungrig sein."

Leonie schüttelte den Kopf. Sie trank in kleinen Schlucken. Das Wasser kühlte ihren ausgetrockneten Mund. „Nein, danke", sagte sie, ohne aufzublicken.

Die alte Frau strich ihr die Haare aus dem Gesicht und drückte sanft ihren Arm. „Sie haben bestimmt einiges durchgemacht."

Leonie nickte. Plötzlich spürte sie wieder einen Kloß im Hals, gefolgt von einer Welle von Übelkeit.

„Sind Sie sicher, dass Sie nichts essen wollen?", fragte Elsie. Im selben Moment sah sie, wie Leonie die Hand auf den Mund presste. „Fühlen Sie sich nicht wohl?"

„Es geht schon wieder." Leonie nahm die Hand hinunter und atmete tief durch, aber ihr Magen rebellierte immer noch.

Elsie beugte sich zu ihr und sah ihr prüfend ins Gesicht. „Sie brauchen keine Angst zu haben, Liebes", sagte sie dann. „Ich möchte Ihnen gern helfen."

„Mir ist nur ein wenig übel."

Sie fühlte Elsies kühle Hand auf ihrer Stirn.

„Sie sind ein bisschen blass um die Nase. Warten Sie." Erneut verließ die Frau das Zimmer und kehrte mit einer Schüssel mit warmem Wasser zurück. In der anderen Hand hielt sie einen Teller, den sie Leonie auf den Schoß stellte. Darauf lag eine mit Butter bestrichene Scheibe Maisbrot.

Elsie nahm ein feuchtes Tuch und tupfte damit Leonies Gesicht ab.

Als sie die wunde Stelle berührte, zuckte Leonie zusammen.

„Entschuldigung, ich wollte Ihnen nicht wehtun."

Das Sofa war herrlich weich. Leonie lehnte sich zurück und schloss die Augen. Sie legte den Kopf auf das Kissen und seufzte. Ihr Körper wurde schwer, schien mit dem Sofa zu verschmelzen. Sie zwang sich, etwas von dem Butterbrot abzubeißen, doch ihr Magen wehrte sich dagegen. Elsie musste es bemerkt haben, denn sie sprang auf und kam mit einer Metallschüssel wieder, die sie Leonie reichte.

Leonie drückte die Schüssel gegen die Brust und zwang sich, langsam und gleichmäßig zu atmen.

Elsie zog die Augenbrauen zusammen. „Wie lange fühlen Sie sich schon so?"

„Ein paar Tage. Vielleicht eine Woche." Leonie fasste die Schüssel fester und presste sich die Hand in die Seite.

„Diese Übelkeit … Ist es möglich, dass Sie …?"

Leonies Kinn begann zu zittern, und sie wandte das Gesicht ab. Sanft ergriff Elsie ihre Hand. Leonies Schultern bebten in lautlosem Schluchzen. Sie rieb sich die Augen und sagte, den Blick auf die gegenüberliegende Wand gerichtet: „Ja, das wäre möglich."

„Gibt es noch andere Anzeichen?"

Leonie nickte, und Elsie drückte ihr erneut die Hand.

„Ein Kind ist ein Geschenk Gottes." Die Stimme der alten Frau war voller Wärme. Zaghaft sah Leonie zu ihr auf und las in dem Gesicht, das voller Güte und Freundlichkeit war.

„Für manche vielleicht", erwiderte sie.

Elsie streichelte Leonie sanft über den Kopf und strich ihr eine lose Strähne hinters Ohr. „Für Sie etwa nicht?"

Ihre Stimme war voll Mitgefühl und ohne den leisesten Vorwurf. Leonie fasste Elsies Hand so fest, als wollte sie sie nie wieder loslassen.

„Ich weiß nicht, wie es weitergehen soll", presste sie hervor. „Es ist so schon schwer genug, auch ohne Baby."

Elsie seufzte schwach und umschloss Leonies Hand mit ihren Fingern. „Eines nach dem anderen", sagte sie dann. „Ich schlage vor, Sie ruhen sich zuerst ein bisschen aus. Oben gibt es ein Gästebett, das werde ich für Sie beziehen." Sie schenkte ihr ein warmes Lächeln. „Und auf dem Herd habe ich einen Topf mit Brühe. Wenn Sie Hunger haben, bringe ich Ihnen eine Tasse. Sie und Ihr Mann können gern über Nacht bleiben. Sie brauchen jetzt dringend ein wenig Ruhe." Aufmunternd drückte sie Leonie die Hand. „Und wenn es Ihnen etwas besser geht, dann sehen wir weiter."

Leonie schluckte, doch sie konnte Elsies Angebot nicht widerstehen und nickte tapfer.

Ich werde es Gideon sagen müssen.

17

Vergeblich hatte Gideon nach Jebediah Ausschau gehalten. Der Mann war wie vom Erdboden verschluckt. Seit einer halben Stunde lief er suchend auf dem Gelände herum, sah noch einmal in der Scheune nach, und als er ihn dort auch nicht fand, gab er auf und schlenderte zum Haus zurück. Leise klopfte er an die Tür, und bald darauf erschien Elsies Gesicht hinter der Scheibe, und sie ließ ihn herein.

„Ihre Frau habe ich nach oben geschickt, damit sie sich ein bisschen hinlegen kann. Ich wollte ihr gerade eine Tasse Brühe hochbringen." Sie ging voraus in die Küche und blickte beim Reden über ihre Schulter. Ihre Schürzenbänder wippten bei jedem Schritt.

Gideon deutete auf die Brühe. „Darf ich …?"

Elsie sah ihm ins Gesicht und reichte ihm nach kurzem Zögern die Tasse. „Erste Tür links", sagte sie knapp.

Als Gideon ins Zimmer trat, sah er, dass Leonie fest schlief. Der Kragen eines frischen Nachthemdes berührte ihre Wange. Elsie eilte geschäftig hinter ihm her, in der einen Hand einen Krug heißes Wasser, in der anderen ein Fläschchen aus dunklem Glas. Sie goss das Wasser in eine Schüssel und prüfte mit dem Finger die Temperatur. Dann gab sie ein paar Tropfen aus dem Fläschchen auf ein sauberes Tuch und betupfte damit vorsichtig die Schrammen in Leonies Gesicht.

Als sie fertig war, wandte sie sich an Gideon. „Rufen Sie mich, wenn sie aufwacht."

Er stellte die Tasse mit der Brühe auf den Nachttisch und zog sich einen Stuhl heran. Elsie ging hinaus, ließ jedoch die Tür einen Spaltbreit offen.

Gideon saß da und betrachtete seine schlafende Frau. Er hasste es, untätig zu sein. Nervös wischte er sich mit den Handflächen über die Hosenbeine. Die Brühe dampfte auf dem Nachttisch.

Sein Blick fiel auf Leonies Hände. Lange waren sie nicht mehr so sauber gewesen, befreit von Schlamm, Erde und Schmutz der vergangenen Tage. Er betrachtete die Waschschüssel und das halb volle Wasserglas neben ihrem Bett, verschränkte die Arme vor der Brust und wartete. Unten hörte er Elsie, die in der Küche mit Töpfen und Pfannen hantierte. Beim Klang der großen Standuhr in der Stube schlug Leonie langsam die Augen auf und blinzelte. Als sie Gideon entdeckte, nahm ihr Gesicht einen ängstlichen Ausdruck an.

„Hab keine Angst." Er richtete sich in seinem Stuhl auf. „Alles wird gut." Sie sollte ihn ja nicht für einen Unmenschen halten. Gideon schluckte und hoffte, dass sie ihm eines Tages vergeben würde. Aber all seine Zukunftsträume waren zerplatzt wie ein Luftballon. Er wusste nicht mehr weiter. Er hatte sich die Lage, in der sie sich befanden, nicht ausgesucht.

Leonie tat einen tiefen Atemzug, dann sank sie erschöpft zurück in ihr Kissen.

„Ich habe dir etwas zu essen gebracht. Hast du Hunger?" Gideon deutete auf die Tasse mit der Brühe.

Auf Leonies Nicken nahm er sie vom Nachttisch und balancierte sie auf seinen Knien. Als er nach dem Löffel griff, zögerte er. Sollte er sie etwa füttern? Oder ihr einfach die Tasse in die Hand drücken und sich verziehen? Als er sah, dass Leonie sich nicht rührte, rutschte er etwas näher heran. Dann füllte er den Löffel und führte ihn zu ihrem Mund.

Erstaunen spiegelte sich auf Leonies Gesicht, und Gideon hielt in der Bewegung inne. Ein paar Tropfen kleckerten auf Leonies Nachthemd.

„Äh … das … kannst du bestimmt auch allein."

Sie nickte langsam, und er sah die Unsicherheit in ihrem Blick. Er spürte, wie ihm plötzlich heiß wurde. „Entschuldige."

Vorsichtig reichte er ihr die Tasse. Sie nahm sie entgegen, machte jedoch keine Anstalten zu essen.

Sein Blick wanderte zur Kommode, deren oberste Schublade offen stand, und weiter zur weißen Spitze auf Leonies Schlüsselbein. Überhaupt schien fast alles in diesem Haus leuchtend weiß zu sein. „Möchtest du … vielleicht etwas anderes essen?"

„Nein, danke. Ich glaube, ich habe doch keinen Hunger." Ihre Stimme klang matt und tonlos.

Gideon wünschte plötzlich, er wüsste, was in ihrem Kopf vorging. „Also, dann … dann gehe ich mal wieder", sagte er hölzern, und der Stuhl kratzte über den Holzfußboden, als er aufstand.

Leonie blickte zu ihm auf. „Warte, Gideon, ich …"

Sie brach ab und deutete mit dem Kopf auf den Stuhl. „Bitte setz dich."

Er saß so nah, dass seine Knie das Bettgestell berührten. Umständlich reichte Leonie ihm die Tasse mit der Brühe. Gideon stellte sie auf den Nachttisch zurück. Sie faltete die Hände im Schoß und blickte stumm an sich hinunter. Beide schwiegen. Nach einer Weile räusperte sich Gideon, und Leonie sah ihn an. Tränen standen in ihren Augen.

In Gideons Brust regte sich ein unbekanntes Gefühl.

„Ich muss dir etwas sagen", begann sie.

Er beugte sich vor und stützte seine Unterarme auf den Knien ab. „Ich höre."

Den Blick starr zu Boden gerichtet, zupfte er an seinem noch feuchten Hemd und scharrte mit den Füßen. Er zwang sich, ihr in die Augen zu sehen. Ungewohnte Schuldgefühle stiegen in ihm auf.

„Ich bin … ich meine, es sieht so aus, als ob …" Zitternd sog Leonie die Luft ein. „Ich glaube, ich bekomme ein Kind", presste sie hervor, ohne ihn anzusehen.

Gideons Augenlider flatterten. Er versuchte zu schlucken, aber sein Mund war zu trocken und blieb offen stehen. Seiner Kehle entfuhr ein unbestimmter Laut. „Ein … ein Kind?"

„Ja. Möglicherweise." Leonie presste sich die Hand gegen die Schläfe.

Möglicherweise? Gideon stöhnte. Was war er für ein Narr. Er stützte den Kopf in die Hände und schloss fest die Augen. Es durfte nicht wahr sein. Wie konnte ihm so etwas passieren? Ein Baby … das hatte ihm gerade noch gefehlt.

„Gideon?"

„Ich … ich …" Abrupt stand er auf und stürzte aus dem Zimmer.

Er konnte kein Baby gebrauchen. Weder jetzt noch später. Er spürte, wie sich sein Magen bei dem Gedanken schmerzhaft zusammenzog. Wütend stampfte er die Treppen hinunter und durch die Hintertür hinaus.

Auf der Veranda hob er den Blick zum grauen Himmel. Bald würde die Dämmerung hereinbrechen. Noch eine Stunde, schätzte er, dann würde es dunkel sein. Er setzte seinen Hut auf und sah, wie Jebediah eine Kuh in den Stall führte. Gideon betrachtete die Umgebung der Farm und wartete, bis der Alte zurückkam. Langsam schlenderte er auf ihn zu.

„Wie geht's deiner kleinen Frau?", fragte Jebediah.

„Besser."

„Das will ich hoffen." Jebediah zeigte auf einen Stapel Holz. „Siehst du den Stapel?"

„Ja, Sir."

„Na, dann fang schon mal an."

„Den ganzen Stapel? Ich weiß nicht, ob …"

„Ich meine es ernst." Mit einem Blick, der keine Widerrede duldete, streckte Jebediah ihm ein Paar Arbeitshandschuhe hin.

Gideon gab sich geschlagen und nahm die Handschuhe.

„Und wenn du fertig bist, solltest du mal nach Leonie sehen."

Gideon nickte und ging zu dem Holzstapel, konnte jedoch nirgends eine Axt entdecken. Fragend sah er Jebediah an.

„Die Axt ist da drin." Der alte Mann zeigte auf die Scheune. „Hängt an der Wand neben der Tür."

Gideon ging hinein, schnappte sich die Axt und zog die morsche Tür hinter sich zu. Als er sich umsah, war Jebediah verschwunden. Zähneknirschend legte er einen dicken Holzklotz auf den Spaltblock und trat einen Schritt zurück. Dann straffte er die Schultern, fasste die Axt fester, hob sie über seinen Kopf und ließ sie mit Schwung auf das Holz niedersausen. Krachend barst der Klotz in zwei Teile. Unwirsch hob er ein neues Scheit auf. Beim Bücken hämmerte es in seinem Kopf, und er rieb sich die schmerzende Beule. *Ein Baby.* Er wischte sich mit der Hand über die Augen. Es durfte einfach nicht wahr sein.

„Jebediah hat Sie zum Holzhacken verdonnert?"

Als er Elsies Stimme hörte, richtete er sich auf und räusperte sich. „Ja, Ma'am."

In der Hand hielt sie einen leeren Topf und ging damit quer über den Hof zur Scheune. Gideon ließ die Schultern sinken, doch er musste seinem Ärger Luft machen. Erneut hob er die Axt und spaltete den dicken Klotz mit einem einzigen Hieb, sodass die Teile nach allen Seiten flogen. Als Elsie aus der Scheune trat, hatte er bereits Dutzende von Holzscheiten gespaltet. Er sah, wie sie den Topf absetzte, der mit Milch gefüllt war, und sich mit der schweren Tür abmühte.

„Brauchen Sie Hilfe?", fragte er keuchend.

„Danke, es geht schon. Diese alte Tür klemmt schon seit Jahren." Sie lehnte sich mit ihrem Gewicht dagegen und drückte sie zu. Dann nahm sie den Topf und ging zur Veranda. „Kommen Sie rein, wenn Sie Hunger haben."

„Ja, Ma'am." Gideon sah sich nach Jebediah um. Der Alte wäre wenig begeistert, wenn er ihn drinnen gemütlich am Tisch sitzend antreffen würde. Vielleicht würde er später hineingehen. Sein Magen knurrte zwar, aber er wollte Jebediah nicht noch mehr verärgern. Er ging zur Scheune und sah sich die kaputte Tür genauer an. Sie hing schief in den Angeln und öffnete sich quietschend, wobei er kräftig ziehen musste, bis das Holz nachgab. Gideon fuhr mit seiner schwieligen Hand über die Scharniere und erfasste mit einem Blick, dass die Bennetts nicht nur beim Holzspalten Hilfe brauchten. Morgen wollte er sich diese Tür vornehmen. Nicht, um Jebediah einen Gefallen zu tun, sondern für Elsie. Am besten in aller Frühe, bevor er und Leonie sich wieder auf den Weg machten.

Er hatte keine Ahnung, wie Leonie reagieren würde, wenn er ihr sagte, dass sie nicht länger bleiben konnten. Aber sie würde es verstehen.

Jebediahs Brennholzstapel erinnerte ihn daran, dass der Winter vor der Tür stand. Und der Winter würde nicht warten. Vorher musste er dringend Arbeit finden und eine Bleibe. Und zu allem Überfluss würde er auch noch Vater werden. Er dachte an seinen eigenen alten Herrn, der zu viele hungrige Mäuler stopfen musste. Und er, Gideon, würde genauso werden wie sein Pa. Er dachte an die Last, die wie ein Mühlstein um seinen Hals hing. Fast hätte er der morschen Tür einen Fußtritt verpasst, doch er riss sich zusammen.

Dann kehrte Gideon zum Holzstapel zurück und arbeitete weiter. Die Axt lag gut in seiner Hand. Zwischendurch hielt er Ausschau nach Jebediah, konnte ihn jedoch nirgends entdecken. Sein Blick streifte das Fenster, hinter dem Leonie lag und schlief. Rasch wandte er sich wieder seinen Holzscheiten zu. Er wollte jetzt nicht an Leonie denken. Die körperliche Arbeit tat gut, und er spürte, wie seine innere Anspannung sich löste. Mit aller Kraft wuchtete er einen riesigen, runden Holzklotz auf den Spaltblock. Er zog sich das Flanellhemd aus und warf es auf den Stapel. Schweiß durchnässte sein Unterhemd bis auf die Haut. Langsam wurde es dunkel, und die Umrisse der Farm verschwanden. Unbeirrt arbeitete Gideon weiter. Erst als seine schmerzenden Schultern ihn zum Aufhören zwangen, erschien Jebediah. Der Boden war übersät mit Holzscheiten. Gideon begann, sie aufzuschichten, wobei er sich besondere Mühe gab. Wenn er seine Arbeit nicht ordentlich machte, würde ihm der Alte vermutlich noch in die Suppe spucken.

„Nicht schlecht." Jebediah verschränkte die Arme vor der Brust und besah sich Gideons Werk.

Gideon rieb sich das stoppelige Kinn und hätte beinahe stolz gelächelt. „Ich bin auch mit der Arbeit fertig. Also lass uns reingehen."

Gideon griff nach seinem Hemd und schob seine Hand in den Ärmel. Sorgfältig klappte er den Kragen um und schloss die Knöpfe, bevor er Jebediah zur Veranda folgte. An einem rostigen Nagel an der Wand hing ein kaputter Spiegel. Als er sich darin entdeckte, blieb Gideon erschrocken stehen. Mit den Fingern kämmte er sich notdürftig durch das verfilzte Haar, aber es hatte nicht viel Zweck. Was hätte er jetzt gegeben für ein schönes, heißes Bad.

Nachdem sie sich Gesicht und Hände gewaschen hatten, kippte Jebediah das trübe Wasser hinaus auf den Hof und stellte den leeren Eimer ab. Nachdenklich betrachtete Gideon den alten Mann. Am liebsten hätte er ihn ganz offen gefragt, warum er ihn nicht gleich erschossen hatte, anstatt ihm bloß mit dem Gewehrkolben eins überzubraten.

Er dachte an die hässliche Szene, deren Zeuge Jebediah gewesen war, und schämte sich. Gegen seinen Willen meldeten sich die Schuldgefühle wieder.

„Ich wollte Ihnen noch sagen …", begann er schwach, „dass das, was Sie gesehen haben, nicht so gemeint war."

Jebediahs Gesicht verfinsterte sich.

„Ich weiß nicht, was über mich gekommen war …"

„Ach, ja?", erwiderte Jebediah mit ausdrucksloser Stimme.

„Ich meine, ich wollte damit sagen, dass … es mir leidtut."

Der alte Mann zog die silbernen Augenbrauen hoch. „Du entschuldigst dich bei *mir?"* Er grunzte verächtlich. „Da bist du leider an der falschen Adresse." Der Blick aus seinen grauen Augen war hart.

„Ja, Sir." Gideon ließ den Kopf hängen.

„Aber wenn es dir wirklich leidtut, solltest du das der Person sagen, die es betrifft." Jebediah atmete tief ein und stieß langsam die Luft aus. Dann sagte er, den Blick in die Ferne gerichtet: „Lass dir das eine Lehre sein, junger Mann."

„Ja, Sir." Erschöpft rieb Gideon sich die schmerzende Schulter. Ein Paar graue Augen folgten seiner Bewegung. „Aber du hast deine Lektion noch nicht gelernt."

„Wie meinen Sie das, Sir?"

„Du hast noch einen weiten Weg vor dir, Junge, bis du der kleinen Frau dort oben das Wasser reichen kannst. Du hast sie nicht verdient."

Betreten starrte Gideon auf seinen zerschlissenen Stiefel, die Hände in den Taschen vergraben.

„Und ich hoffe, du änderst dich. Um ihretwillen."

Gideon wusste nicht, was er darauf antworten sollte. Mit einer Kopfbewegung bedeutete Jebediah ihm zu folgen. „Komm mit, es riecht nach Abendessen."

Elsie stellte gerade Becher auf den Tisch. Als sie die Männer hereinkommen hörte, drehte sie sich um und musterte Gideon von Kopf bis Fuß. „Wie ich sehe, haben Sie heute Nachmittag hart gearbeitet."

„Ja, Ma'am." Gideon konnte Leonie nicht entdecken und horchte, ob ein Geräusch von oben verriet, dass sie aufgewacht war.

„Setz dich doch." Jebediah reichte ihm ein Glas kalten Tee.

Gideon nahm es und ging damit zum Tisch. Die Küche war beinahe so groß wie die gesamte Fläche seines Elternhauses und ganz anders, als er es von zu Hause kannte. Weiße Spitzengardinen zierten die Fenster, und auf den Fenstersimsen standen Töpfe mit Kräutern oder Blumen. Der Fußboden war glatt und auf Hochglanz poliert. Nicht so wie bei seinen Eltern, wo man Splitter riskierte, wenn man barfuß über den Holzboden ging.

Elsie stellte einen Teller mit Essen vor ihn hin. Gideon nahm die Ellbogen vom Tisch. „Vielen Dank." Er starrte auf die große, dampfende Portion Bohnen mit einer frischen Scheibe Maisbrot. Dazu gab es eine Schüssel Brühe. Gideon konnte es kaum abwarten, bis Jebediah das Tischgebet gesprochen hatte. Heißhungrig verschlang er seine Portion und ließ seinen Teller ein zweites Mal auffüllen. „Wie geht es Leonie?", fragte er schließlich.

„Es geht ihr gut", sagte Elsie, und ein warmes Lächeln erhellte ihr Gesicht. „Sie hat sich heute endlich einmal richtig ausruhen können. Das arme Mädchen war völlig erschöpft." Sie stand auf, nahm Gideons Glas und wackelte damit – eine stumme Frage, ob er noch Tee wollte.

„Nein, danke."

„Vielleicht möchte Leonie noch eine Tasse Brühe. Würden Sie sie ihr bringen? Dann kann ich schon mal mit dem Abwasch anfangen." Elsie füllte die Tasse und lehnte die Schöpfkelle an den Rand des Topfes.

„Ja … ja, natürlich", sagte Gideon und hoffte, sie hatte das Zögern in seiner Stimme nicht bemerkt.

„Übrigens", fuhr sie fort, „habe ich mit Jebediah gesprochen, und wir hoffen beide, dass Sie und Ihre Frau noch ein paar Tage bei uns bleiben." Ihre Augen blickten ihn warm an. „Es hat keinen Sinn, etwas zu überstürzen."

Jebediahs Gesicht war hart und verschlossen, doch er nickte zustimmend.

Gideon wusste nicht recht, was er sagen sollte. Also willigte er ein. Vielleicht kam es auf ein paar Tage mehr oder weniger wirklich nicht an. Und so, wie Jebediah ihn angesehen hatte, hatte er keine Wahl.

18

Leonie knabberte an ihrem kalten Toast. Wenigstens hatte sie etwas Appetit, nachdem sie ein paar Stunden geschlafen hatte. Sie hatte in den letzten Tagen kaum etwas zu sich genommen und wusste, dass es so nicht weitergehen konnte. Als es an der Tür klopfte, zuckte sie zusammen. Sie versuchte ihr Erstaunen zu verbergen, als sie Gideon sah.

Sein Blick fiel auf ihren Bauch, als wollte er sich vergewissern, dass er in den vergangenen Stunden noch nicht dicker geworden war. Leonie schluckte den Bissen Toast hinunter und tupfte sich den Mund ab.

Sichtbar nervös setzte Gideon sich ihr gegenüber. Leonie verspürte plötzlich keinen Hunger mehr und legte den angebissenen Toast auf den Teller zurück. Anstatt ihn anzusehen, wischte sie die Krümel von der Bettdecke.

Gideon brütete schweigend vor sich hin. Sollte so etwas wie ein Gespräch zustandekommen, würde sie also den Anfang machen müssen.

„Du siehst besorgt aus", sagte sie schließlich. „Was ist denn?"

„Nichts", wehrte er ab. „Ich mache mir nur Sorgen um dich."

Leonie bezweifelte, dass das die ganze Wahrheit war. Außerdem war sie immer noch verletzt. „Das brauchst du nicht", antwortete sie kühl. „Mir geht es gut."

Gideon versank wieder in Schweigen, machte jedoch keine Anstalten zu gehen. Anscheinend hatte er irgendetwas auf dem Herzen.

Leonie strich mit dem Finger über den Rand des angeschlagenen Tellers, brach ein Stück Brot ab und zwang sich zum Essen. Sie kaute langsam und wartete.

„Leonie." Zaghaft kam ihr Name über Gideons Lippen. Seine Augen wanderten durchs Zimmer. „Ich … ich wollte dir sagen …, dass es mir leidtut. Ich möchte mich entschuldigen."

„Wofür denn?"

Gideon stieß die Luft aus. „Für meine Grobheit."

„Ganz allgemein oder dachtest du an einen bestimmten Vorfall?" Leonie sah ihm an, dass ihre Worte ihre Wirkung nicht verfehlt hatten.

„Na ja …" Gideon schwitzte plötzlich und merkte, wie er rot wurde. Verlegen rieb er sich die Handflächen. „Wegen heute. Ich wollte dir nicht wehtun. Und davor auch nicht." Sein Blick fiel auf die blauen Flecken an ihrem Arm, und Leonie zog hastig den Ärmel ihres Nachthemdes hinunter.

„Du hast allen Grund, mich zu hassen", sagte er zerknirscht. „Du hast es nicht verdient, dass jemand so mit dir umspringt. Niemand hat das verdient." Er machte eine Pause. „Trotzdem hoffe ich, dass du meine Entschuldigung annimmst."

Leonies Augen brannten. Mühsam hielt sie die Tränen zurück. Er hatte sie behandelt, wie kein Mann seine Ehefrau behandeln sollte. Aber war sie überhaupt eine richtige Ehefrau? Sie war ein Mädchen, das er kaum kannte, und man hatte ihn gezwungen, sie zu heiraten. Und nun trug sie ein Kind unter dem Herzen, das er nicht wollte. Hier saß er nun und brachte seine Entschuldigung vor. Er war ihr Ehemann, und sie hatte ihm vor Gott und der Gemeinde ihre Treue geschworen. Leonie nahm dieses Versprechen nicht auf die leichte Schulter. *Herr, ich möchte ihm noch eine Chance geben. Aber ich weiß nicht, ob ich die Kraft dazu habe.* Sie blickte aus dem Fenster in die Dunkelheit. Ihre Finger spielten mit dem Saum der Bettdecke. Vor ihrem inneren Auge zogen Bilder herauf, die sie nicht vergessen konnte.

„Geh jetzt, Gideon", flüsterte sie. Mehr brachte sie nicht heraus.

Wie sollte Gideon O'Riley wissen, was in ihr vorging? Er selbst war nie das Opfer häuslicher Gewalt gewesen, hatte nie am eigenen Leib Demütigungen und Unterdrückung erlebt wie sie. Die ständige Bedrohung durch jemanden, dem sie nicht entkommen konnte, egal, wie verzweifelt sie es versucht hatte. Er würde es nie verstehen.

Für ein paar Komplimente und ein gewinnendes Lächeln hatte sie ihr Leben weggeworfen in der Hoffnung, dass er sie vielleicht lieben würde. Nun musste sie für ihren Fehler bezahlen. Leonie presste ihre Finger auf die Augen. *Was habe ich bloß getan?*

Sie hörte, wie Gideon aufstand und den Stuhl zurückschob. Der Holzboden knarrte, als er hinausging und leise die Tür hinter sich zuzog.

Leonie schob den Teller von sich weg und ließ sich zurück in die Kissen sinken. Sie bedeckte die Augen mit ihrem Arm, als wollte sie sich vor der Welt abschirmen. Sie wollte nichts mehr sehen und an nichts mehr denken. Vor allem nicht an ihr zukünftiges Leben.

19

Gideon duckte sich unter der Tür durch und kam mit einem Eimer Wasser in die Küche. Es war schon gegen Mittag, und Leonie und Elsie saßen am Tisch und unterhielten sich. Ihre Gespräche verstummten, als Gideon eintrat. Er nickte einen kurzen Gruß und wollte sich wieder entfernen.

„Danke, Gideon.“ Elsie stand auf. „Bleiben Sie doch. Ich habe Sie heute bisher nur von hinten gesehen.“

„Jebediah hatte ziemlich viel Arbeit für mich.“

Gideon war vor Sonnenaufgang aufgestanden und hatte den ganzen Tag noch nichts gegessen. Dankbar nahm er die Suppenschale entgegen, die Elsie ihm reichte. Unschlüssig blieb er im Türrahmen stehen und löffelte die Suppe im Stehen. Er war müde und hätte sich gern hingesetzt, aber er wusste nicht, ob es Leonie recht war, wenn er sich zu ihr setzte. Vielleicht würde sie dann in Tränen ausbrechen. Oder ihm unterm Tisch gegen das Schienbein treten. Was auch immer Frauen taten, wenn sie verstimmt waren. Während Elsie das Wasser in den Kessel goss, nahm er sich eine gekochte Kartoffel und biss hinein.

„Möchten Sie noch etwas anderes, Gideon?“

„Nein, danke, Ma'am.“

Er hatte mehr als die Hälfte des Tages für Jebediah gearbeitet und nicht erwartet, dass Leonie am Küchentisch saß und Tee trank. Sie trug ein sauberes Kleid, und ihr Haar war frisch gekämmt und zur Seite frisiert. Gideon stürzte den Rest der Suppe hinunter und hatte es plötzlich sehr eilig, nach draußen zu kommen.

Im Hof machte er sich auf die Suche nach Jebediah, froh, der Küche entflohen zu sein. Bestimmt hatte der Alte noch Arbeit für ihn.

Jebediah schickte ihn zuerst in den Stall, um die Kuh mit frischem Heu und Wasser zu versorgen. Dann musste er den Eimer mit dem Schweinefutter holen. Der Metallgriff schnitt ihm in die Hand, als er den schweren

Eimer über den Hof schleppte und den Inhalt in den Trog kippte. Er hörte die Verandatür zufallen, und als er hochblickte, sah er Elsie mit Leonie zum Hühnerstall gehen. Wenig später kamen sie mit einem halben Dutzend brauner Eier zurück, die in Elsies Korb lagen. Leonie wirkte noch etwas schwach, aber Gideon war froh, dass sie sich wieder auf den Beinen halten konnte.

Die Sonne stand schon hoch am Himmel, und die Arbeit wurde nicht weniger. Gideon zog an dem rostigen Knauf der Scheunentür, die sich quietschend öffnete. Die Tür wollte er unbedingt noch reparieren, aber das musste bis morgen warten.

Nachdenklich fuhr er sich mit dem Knöchel über die Augenbrauen. Leonie schien sich gut mit Elsie zu verstehen. Und ein warmes, weiches Bett mit sauberen Laken war etwas anderes als ein hartes Lager im Freien in nasskalten Nächten. Der Abschied würde ihr schwerfallen.

Trotzdem – sie konnten nicht länger bleiben. Morgen würden sie weiterziehen.

Gideon hatte Brennholz aufgestapelt, bis der Tag sich geneigt hatte und die Schatten länger wurden. Er hatte die Kiste mit dem Kleinholz zum Anfachen gefüllt und fegte soeben die Veranda, als ihm der Duft von gebratenem Fisch in die Nase stieg. Jetzt dämmerte ihm, wo Jebediah den ganzen Nachmittag gewesen war. Leise fluchend warf er den Besen in die Ecke. Der Alte vergnügte sich beim Fischen und ließ ihn hier die ganze Arbeit allein machen. Doch das Essen duftete köstlich, und er schluckte seinen Ärger hinunter. Außerdem standen sie in Jebediahs und Elsies Schuld, und er durfte sich ruhig etwas nützlich machen nach all dem, was sie für ihn und Leonie getan hatten.

Besonders für Leonie. Finster starrte Gideon auf seine Hände. Er konnte noch immer nicht glauben, was er seiner jungen Frau abverlangt hatte. Er hasste die Wendung, die sein Leben genommen hatte, aber er hätte nie gedacht, dass ihm derart die Nerven durchgehen konnten. Wenn sie erst einmal in Stuart waren, würde alles besser werden. Wenn sie dort Fuß gefasst und ein bisschen Geld beiseitegelegt hatten, wäre die Last auf seinen Schultern nicht mehr so groß. Je eher sie weiterzogen, desto besser.

Beim Abendessen saß Gideon neben Leonie und bemühte sich vergeblich, an der Unterhaltung teilzunehmen. Lustlos schob er sein Essen auf dem Teller hin und her und hing seinen Gedanken nach. Die Bennetts würden kein Interesse haben, ihre ungebetenen Gäste noch länger zu beherbergen. Bestimmt waren sie froh, wenn sie das Haus wieder für sich hatten und ihren normalen Alltag aufnehmen konnten. Und wenn sie zwei Esser weniger am Tisch hatten. Leonie und er hatten ihre Gastfreundschaft lange genug in Anspruch genommen.

Leonie lachte leise über einen Witz von Jebediah. Gideon ließ seine Augen von einem zum anderen wandern und fühlte sich überflüssig. Die drei schienen sich bestens zu verstehen. Jebediah war regelrecht aufgeblüht, als er sich mit rosigen Wangen lachend aufs Knie schlug. *Sie brauchen mich nicht.* Er könnte morgen früh einfach verschwinden, und kein Hahn würde nach ihm krähen. Die Idee gefiel ihm, doch im selben Moment verwarf er sie wieder. Dann würde Leonie nach Hause rennen und allen erzählen, dass er sie geschwängert und sitzen gelassen hätte. Und dann hätte er Joel Sawyer am Hals. Ob er wollte oder nicht, er musste die Verantwortung für Leonie und das Baby tragen.

Die Erkenntnis war ernüchternd, doch sie drängte ihn zum Handeln. Zuerst galt es, so schnell wie möglich eine Arbeit zu finden und ein Haus, in dem sie leben konnten. Er würde seiner Familie nicht viel bieten können. In acht Monaten würde das Baby da sein, und bis dahin brauchten sie wenigstens ein Dach über dem Kopf. Später, in ein paar Jahren vielleicht, würde er für Leonie ein richtig schönes Haus bauen. Im Schweiße seines Angesichts würde er für seinen Fehler bezahlen, bis zum Ende seiner Tage. Offenbar waren Gott die Opfer, die er bereits gebracht hatte, nicht genug. Gedankenverloren spielte er mit seinem Glas. So hatte er sich sein Leben nicht vorgestellt.

Jebediahs ruhige Stimme holte ihn zurück in die Gegenwart. „Du siehst bedrückt aus, Junge. Woran denkst du?“

Gideon fühlte sich ertappt. „Nun“, sagte er langsam und lehnte sich in seinem Stuhl zurück. Er hatte von dem Fisch und Maisbrei mehr gegessen, als ihm zustand, und fühlte sich schuldig. Elsie stellte ihm eine Tasse schwarzen Kaffee hin, und Gideon nahm einen Schluck, um Zeit zu gewinnen. „Ich denke, dass wir uns morgen wieder auf den Weg machen sollten. Leonie und ich sind sehr dankbar für Ihre Gastfreundschaft, aber wir möchten Ihnen nicht länger zur Last fallen.“

Leonies Gesicht wurde ernst. Sie legte ihre Gabel auf den Teller und senkte den Blick. Gideon biss sich auf die Unterlippe.

Jebediah rührte mit langsamen Bewegungen einen Löffel Honig in seinen Kaffee. „So ist es nicht. Wir bedauern es sehr, dass ihr nicht länger bleiben könnt. Elsie und ich freuen uns über eure Gesellschaft. Und ihr wart uns eine große Hilfe.“ Ein Muskel trat unter seinem grauen Stoppelbart hervor, und er warf Elsie einen Blick zu.

Während Gideon diesen Blick zu deuten versuchte, nickte er und sagte: „Gern geschehen, das war selbstverständlich. Sie haben so viel für uns getan. Und danke, dass Sie sich so gut um Leonie gekümmert haben.“ Die Worte kamen ihm hohl und abgedroschen vor und klangen nicht so ehrlich, wie er gehofft hatte.

Jebediah quittierte seinen Dank mit einem kurzen Nicken.

Zufrieden wandte Gideon sich dem Apfelkuchen zu, den Elsie vor ihn hinstellte.

Nach dem Nachtisch half Leonie Elsie beim Geschirrspülen, und Jebediah fragte Gideon, ob er mit ihm draußen auf der Veranda eine Maiskolbenpfeife rauchen würde. Mit seiner wettergegerbten Hand hielt er einen dünnen Zweig ins Herdfeuer und entzündete seine Pfeife, bis kräuselnd eine kleine Rauchsäule aufstieg. Dann reichte er Gideon das behelfsmäßige Streichholz weiter. Gideon trat hinaus auf die Veranda, seine Pfeife zwischen den Zähnen, und schirmte die Flamme mit der Hand vom kalten Abendwind ab. Der würzige Tabakduft stieg ihm in die Nase.

Die beiden Männer setzten sich auf die oberste Treppenstufe. Gideon stützte die Ellbogen auf die Knie.

Jebediah zog an seiner Pfeife. „Du kannst dich glücklich schätzen, mein Sohn. Ein Kind ist das Beste, was einem Mann passieren kann."

Gideon betrachtete Jebediah von der Seite und schwieg. Sein Gesicht war zur Hälfte durch das Küchenlicht erleuchtet, das nach draußen fiel.

Mit der Pfeife im Mund redete er weiter. „Heiraten, hart arbeiten und eine Familie gründen, das ist es, was Jungen zu echten Männern macht." Jebediah paffte kleine Rauchwölkchen in die Luft. „Und was das Leben ausmacht." Er sah Gideon eindringlich an.

Gideon schluckte und starrte auf die Treppenstufe unter ihm.

Jebediah nahm die Pfeife aus dem Mund, und seine Worte waren auf einmal glasklar. „Wenn ein Mann jung und unverheiratet ist, braucht er nur für sich selbst zu sorgen. Wenn er heiratet, muss er für seine Ehefrau sorgen – und er selbst kommt an zweiter Stelle." Er machte eine ausladende Handbewegung mit seiner Pfeife, als wollte er ein ganzes Leben darin einschließen.

Gideon schwieg und blies den Rauch aus.

„Und wenn ein Kind geboren wird, kommt er an dritter Stelle."

An dritter Stelle. Gideon senkte den Kopf und sackte in sich zusammen. Die qualmende Pfeife in seiner Hand war vergessen. Musste Jebediah unbedingt so viel reden? Gideon war nicht in der Stimmung, über solche Dinge nachzudenken, geschweige denn zu sprechen. Er hatte noch nicht einmal gelernt, Leonie an die erste Stelle zu setzen. Und er sollte Vater werden? Überall in der Gegend gab es schlechte Väter und schlechte Ehemänner. Wollte Jebediah ihm unterstellen, dass er einer von ihnen war? Dass er so war wie Joel Sawyer? Ärgerlich kaute Gideon an seinem Pfeifenstiel herum.

Der Rauch mischte sich mit der kühlen Abendluft, doch der Tabakduft hatte das Tröstliche verloren. Was immer Leonie brauchte, er hatte nichts, was er ihr geben konnte.

20

Gideon nahm Jebediahs Zange, bog das rostige Scharnier auf und bearbeitete das flache Ende mit einem Hammer. Das Klirren des Metalls drang laut und klar durch die morgendliche Stille. Er besah sich das alte Scharnier, polierte es mit dem Saum seines Hemdes und hielt es prüfend an die Tür.

„Ja, so müsste es gehen“, sagte er zu sich selbst. Er war allein in der Scheune. Jebediah war mit dem Melken fertig und schleppte einen Armvoll frisch gespaltenes Brennholz über den Hof. Gideon sah ihm kopfschüttelnd hinterher. *Dieser verrückte Alte.*

Gideon war aufgestanden, noch bevor das erste Morgenlicht den kalten Fußboden streifte. Leise war er aus dem Zimmer geschlichen, während Leonie noch schlief.

Unter Aufbietung seiner ganzen Kraft und Geduld war es ihm gelungen, die alte Scheunentür aus den Angeln zu heben, die jetzt auf zwei Sägeböcken lag wie ein Patient auf dem Operationstisch. Er markierte die Stelle für das Scharnier, nahm eine Feile und entfernte verrottetes Holz und grobe Splitter. Mit einem abgenutzten Stück Sandpapier glättete er die Stelle.

Er bewegte das Scharnier hin und her, das mit aufdringlichem Quietschen nach Öl verlangte. In einer Ecke entdeckte er eine Dose Schmierfett und verteilte es großzügig auf dem rostigen Metall. Dabei bemerkte er den Schmutz unter seinen Fingernägeln und in den Furchen seiner rissigen Hände. Bevor er an Elsies Frühstückstisch erschien, würde er sich gründlich die Hände schrubben müssen.

Gideon rieb das Fett in die Ritzen des Scharniers, bis es sich wieder leicht und geräuschlos bewegen ließ. Dann wischte er sich die fettigen Hände an einem Lappen ab, der aus seiner Hosentasche hing, und hielt sich mit der immer noch schmutzigen Hand die Nase zu, um ein Niesen zu unterdrücken.

„Essen ist fertig“, hörte er eine Stimme hinter sich.

Gideon drehte sich um und sah Jebediahs kantige Gestalt im Türrahmen – ein dunkler Umriss, der sich gegen das helle Morgenlicht abhob.

„Ich komme gleich.“

Jebediah trat näher. Seine raue Hand glitt über das glatt polierte Holz. „Gute Arbeit“, sagte er anerkennend. „Diese alte Tür hätte schon vor Jahren repariert werden sollen. Leider bin ich nie dazu gekommen.“

Gideon zuckte die Achseln. „Nicht der Rede wert. Es ist das Mindeste, was ich tun kann, bevor Leonie und ich uns heute Nachmittag auf den Weg machen.“

Jebediah schwieg einen Moment. „Natürlich“, sagte er dann. „Geht es ihr besser?“

Gideon nickte halbherzig und starrte auf das Scharnier in seiner Hand, als sähe er es zum ersten Mal.

„Nun, dann werde ich schon mal frühstücken gehen. Elsie hat Pfannkuchen mit Speck gemacht“, sagte Jebediah.

Gideon legte das Scharnier beiseite und wischte sich die Finger erneut an dem Lappen ab, der so schmierig war, dass es nicht viel nutzte. „Ich komme mit.“ Sein Magen verlangte lautstark nach Essen, und die Arbeit konnte bis nach dem Frühstück warten. Außerdem war es kalt in der Scheune, und er sehnte sich nach Elsies warmer Küche.

Schweigend gingen sie nebeneinanderher zum Haus. Gideon tauchte die Hände bis zu den Ellbogen in den Eimer mit eiskaltem Wasser auf der Veranda, wusch sich die Arme und das Gesicht und griff zähneklappernd nach dem Handtuch. Dann hielt Jebediah ihm die Tür auf, und Gideon folgte ihm in die Küche.

Leonie stand am Herd und ließ die heißen Pfannkuchen auf einen Teller gleiten. „Kalt draußen, nicht wahr?“ Ihre Stimme klang fast ein wenig schadenfroh.

Die plötzliche Wärme ließ Gideons Wangen glühen. „Heute Morgen war es kälter als in den letzten Tagen.“

„Hier kühlt es sich schnell ab“, sagte Jebediah. „Wir sind von Bergen umgeben. Wir kriegen morgens Schatten von der einen Seite und abends von der anderen.“

Gideon beobachtete, wie Leonie eine Kelle Pfannkuchenteig in die heiße Pfanne gab, und hing seinen Gedanken nach.

„Setz dich doch“, sagte Leonie mit schwachem Lächeln, und er sah, dass es echt war.

Gideon schob seine Sorgen beiseite, und als Leonie ihren Platz neben ihm einnahm, bemerkte er den Duft frischer Seife auf ihrer Haut. Er ertappte sich dabei, wie er sie anstarrte.

Jebediah räusperte sich.

„Gideon.“ Leonie drückte ihm leicht die Hand.

„Hm?“

„Wir wollen beten“, flüsterte sie.

Rasch senkte er den Kopf, und das Blut schoss ihm in die Wangen, während Jebediah das Tischgebet sprach.

Elsie öffnete als Erste die Augen. „Es gibt Apfelmus dazu, und auf dem Herd habe ich noch warmen Ahornsirup.“ Sie stand auf und kehrte mit einem kleinen Kupfertopf zurück. „Bitte, bedient euch selbst. Und nehmt reichlich.“ Im Vorbeigehen legte sie eine Hand auf Leonies Schulter und drückte sie.

Gideon ließ sich nicht lange bitten, häufte sich einen Stapel warme Pfannkuchen auf seinen Teller und verteilte einen Klecks Butter darauf. Dann hob er für Leonie den Deckel der gusseisernen Pfanne, während sie sich von dem gebratenen Schinkenspeck nahm. Nachdem sich alle bedient hatten, spießte auch er sich ein paar knusprige Speckstreifen auf die Gabel. Elsie goss ihm reichlich Sirup über seine Pfannkuchen.

„Danke.“ Gideon verlor keine Zeit und machte sich über die warme, süße Köstlichkeit her. „Es schmeckt sehr lecker, Ma'am. Ich werde Ihr gutes Essen vermissen.“ Er kaute genüsslich und kümmerte sich nicht darum, dass er mit vollem Mund sprach. „Es ist gut, dass wir nicht mit leerem Magen aufbrechen müssen. Nicht so wie beim letzten Mal, nicht wahr, Leonie?“

Leonie sah ihn an. Etwas in ihrem Blick ließ ihn innehalten.

„Gid", sagte sie leise, und er merkte, wie sie ihren ganzen Mut zusammennahm. „Elsie und Jebediah haben uns angeboten, dass wir gern noch länger bleiben können. Sie sind der Meinung, dass es gut für mich wäre, wenn ich vorerst nicht zu reisen bräuchte. Nur so lange, bis ich wieder kräftig genug bin."

Jebediah nickte zustimmend. „Sie hat recht. Es hat keinen Sinn, etwas zu überstürzen."

Gideon verschluckte sich beinahe an seinem Bissen.

„Ich möchte gern noch bleiben." Leonie schaute ihn an, und er sah den entschlossenen Ausdruck in ihren Augen.

Jebediah kam ihr zur Hilfe. „Gideon, du solltest dir das gut überlegen. Ihr wisst doch sowieso nicht, wo ihr hinsollt." Er stützte die Ellbogen auf den Tisch und sah ihn erwartungsvoll an.

Das Essen in seinem Mund hatte den Geschmack verloren, und Gideon spülte es mit lauwarmem Kaffee hinunter. Er blickte von einem zum anderen. Warum hatten sich alle gegen ihn verschworen? Und warum hatten sie nicht eher etwas gesagt, sondern rückten erst jetzt damit heraus, wenige Stunden vor der Abreise? Er schluckte den aufsteigenden Ärger hinunter und bemühte sich um einen ruhigen Tonfall. „Nichts für ungut, Sir, aber ich weiß, wohin wir gehen."

Jebediah beugte sich vor. „Und wohin soll das sein?"

Gideon antwortete so sachlich wie möglich: „Nach Stuart. Nur noch ein paar Tage, schätze ich, dann sind wir am Ziel. Dort werden Leonie und ich ein Stück Land kaufen und ein Haus bauen."

Jebediahs silberner Schnauzbart zitterte, und ein Lächeln brach sich Bahn. „Ich würde sagen, da seid ihr ein kleines bisschen vom Weg abgekommen. Um nach Stuart zu kommen, müsst ihr ungefähr eine Tagesreise zurücklaufen. Ihr dürft nicht dem Berggrat folgen." Jebediah deutete mit dem Daumen über seine Schulter. „Stuart liegt in dieser Richtung. Es ist nicht allzu weit. Aber ihr müsst zuerst wieder ganz ins Tal hinunter."

Gideon war wie vom Donner gerührt. „Und wo sind wir jetzt?" Seine Stimme klang heiser.

„Ein gutes Stück weit von Rocky Knob. Da kommt ihr doch her, nicht wahr?“

Gideon wollte sich seine Enttäuschung nicht anmerken lassen, aber es gelang ihm nicht. „Aber wir sind tagelang gelaufen.“

„Wahrscheinlich im Kreis.“

Gideons Blick streifte Leonie, und er senkte beschämt den Kopf. Die meisten Männer in seinem Alter kannten sich besser aus in der Gegend als er. Mit seinen zweiundzwanzig Jahren war er kaum über die Grenzen der elterlichen Farm hinausgekommen. „Sie wollen also sagen, dass wir uns komplett verlaufen haben?“

Jebediah nickte. „Mehr oder weniger.“

Gideon seufzte und sackte in seinem Stuhl zusammen.

„Wir wissen nicht, wohin wir sonst gehen sollten“, sagte Leonie. Resigniert faltete sie die Hände in ihrem Schoß.

„Deshalb wollen wir nach Stuart.“ Gideon stand auf, lief zur Garderobe neben der Tür und zog die Zeitungsannonce aus seiner Jackentasche. Dann hielt er sie Jebediah unter die Nase.

Der alte Mann zog die Augenbrauen zusammen und studierte den Text. „Hm.“

„Was ist?“

„Die Zeitung ist schon zwei Monate alt.“

Gideon riss ihm das Papier aus den Händen. „Und wenn schon. Das heißt nicht, dass …“

„Mein Nachbar war vor drei Wochen in Stuart“, fiel Jebediah ihm ins Wort. „Die Banken sind geschlossen, und von den Geschäften macht eines nach dem anderen dicht. Er sagt, nach dieser Anzeige hier seien Hunderte von Arbeitssuchenden in die Stadt geströmt. Nach wenigen Tagen gab es schon keine Hotelzimmer mehr. Die Leute haben draußen vor der Stadt in Zelten geschlafen. Und Arbeit gibt es kaum noch.“ Er strich sich über den Bart. „Bestimmt wird sich das wieder ändern, wenn sich die Lage dort entspannt hat. Aber das wird eine Weile dauern.“

Niedergeschlagen sackte Gideon in sich zusammen. „Sie meinen …“, begann er, doch er verstummte, als er merkte, wie verzagt seine Stimme klang. Alle Augen waren auf ihn gerichtet, und er spürte, dass er heiße Ohren bekam. Er biss die Zähne zusammen und fragte Jebediah so sachlich wie möglich: „Wo sind wir hier genau?“

„In Fancy Gap. Netter kleiner Ort, mit einer Kirche, ein paar Läden, aber das war's auch schon. Wir gehen hin und wieder hinunter nach Mount Airy, das ist die nächstgrößere Stadt an der Eisenbahnlinie.“

„Und was haben Sie davon, wenn wir bleiben?“, presste Gideon hervor.

Jebediah lachte. „Da hast du aber einen misstrauischen Mann geheiratet, Leonie. Und einen guten Geschäftsmann.“ Er nahm einen Schluck Kaffee aus seiner Blechtasse. „Es gibt nichts umsonst im Leben, nicht wahr?“

„Ja, Sir“, antwortete Gideon, obwohl er das Gefühl hatte, dass Jebediah sich über ihn lustig machte.

Der alte Mann wurde wieder ernst. Einen Augenblick lang schien er sich zu sammeln, dann räusperte er sich und sagte: „Wir sind keine zwanzig mehr. Du kannst dir denken, dass Elsie und ich die Arbeit auf der Farm nicht mehr so gut allein schaffen.“ Er spielte mit dem Griff seiner Tasse. In seinem Blick lag Entschlossenheit, als er sagte: „Wir brauchen Hilfe. Hilfe von jungen, starken Händen. Und ihr braucht ein Dach über dem Kopf.“ Jebediah machte eine Pause und betrachtete seine Hände auf dem Tisch. „Wenn der Frühling kommt, müssen Mais und andere Pflanzen gesät werden. Im Sommer haben wir mit der Heuernte und dem Vieh alle Hände voll zu tun. Wir haben auch ein bisschen Weizen, der mit der Sense gemäht und zu Garben gebündelt werden muss.“ Er lehnte sich zurück und seufzte, als ob allein der Gedanke an die viele Arbeit ihn müde machte.

„Wäre es nicht schön, ein Dach über dem Kopf zu haben, ein warmes Bett und drei warme Mahlzeiten am Tag?“, fragte er, wobei er Leonie anschaute.

Leonie nickte. „Ja, Sir, das wäre sehr schön.“

Gideon starrte aus dem Fenster in die Ferne, wo sich der Weg zwischen den Bäumen verlor. Alles, was er wollte, war, so schnell wie möglich von hier zu verschwinden. *Und dann? Willst du wieder im Kreis herumlaufen,*

Gideon? Er seufzte. Im Frühling würde Leonie ihr Kind bekommen. Und sie hatten kein Geld, kein Land und kein Haus – ja, noch nicht einmal die Werkzeuge, um eines zu bauen.

Gideon warf einen Seitenblick auf Jebediah und zögerte. Er traute dem Alten nicht, aber hatte er eine Wahl? Außerdem war sein Angebot besser als das, was seine eigene Familie ihm jemals bieten könnte. Er sah Jebediah in die Augen und streckte ihm die Hand hin. „Abgemacht."

Leonie atmete auf. Ihr Gesicht strahlte.

Gideon dagegen zeigte sich weniger begeistert. „Aber ich will keine Almosen", sagte er. „Ich werde richtig für unseren Unterhalt arbeiten."

Jebediah schob seinen Kaffee beiseite, lehnte sich zurück und grinste. „Keine Sorge, das wirst du ganz bestimmt."

21

Die schwere Tür kippte und schlug gegen den Rahmen, als Gideon sich unter ihrem Gewicht beugte. Jebediah, der mit verschränkten Armen danebenstand und zugesehen hatte, fasste mit an, während Gideon ächzend in seiner Hosentasche nach dem Bolzen suchte. Endlich fand er das Metallstück und nahm es zwischen die Zähne. Die Tür neigte sich weiter zur Seite.

„Langsam." Der Schweiß rann ihm den Rücken hinunter. Er fädelte den oberen Bolzen ein und kniete sich hin. Die Tür rutschte ab.

Jebediah stemmte sich dagegen. „Ich hab sie … ich hab sie!"

Mit ein paar gezielten Hammerschlägen brachte er den ersten Bolzen in die richtige Position, ging in die Hocke und schlug den zweiten ein.

„Geschafft." Jebediah trat einen Schritt zurück. Er fasste den Türknauf. Die Tür ließ sich wunderbar leicht öffnen und schließen. „Gute Arbeit", sagte er anerkennend. Dann reichte er Gideon ein Paar Lederhandschuhe und deutete auf die Axt an der Wand.

Gideon rieb sich die schmerzenden Schultermuskeln und nickte wortlos.

„Kannst du das Holz neben der Veranda aufstapeln?"

„Dort drüben?" Gideon zeigte auf das Haus.

„Ja, genau. Ich habe das Feuerholz im Winter gern in der Nähe, damit man nicht so weit laufen muss." Jebediah hakte die Daumen hinter seine braunen Hosenträger.

Gideon hatte ein gutes Augenmaß. Bis zur Veranda waren es mindestens dreißig Schritte, wenn nicht mehr. Das Holzspalten und Stapeln würde ihn einen ganzen Tag kosten. „Hätten Sie vielleicht eine Schubkarre?"

„Ja, aber sie ist leider kaputt." Jebediahs Gesicht hellte sich auf. „Bei der Gelegenheit könnte sie auch mal wieder repariert werden."

Gideon rollte mit den Augen. *Natürlich.*

Er zog die Handschuhe an und lud sich die erste Ladung Holzscheite auf den Arm. Arm für Arm trug er sie über den Hof und schichtete die Scheite neben der Veranda auf. Ein schönes, großes Stück Ahornholz rettete er vor dem Spaltblock und legte es beiseite. Mit seiner feinen Maserung war es zu schade zum Verfeuern. Peinlich genau achtete Gideon darauf, die Scheite ordentlich aufzuschichten. Denn wie er Jebediah kannte, würde der ihn die ganze Arbeit noch mal machen lassen, wenn er nicht zufrieden war.

Irgendwann hörte er auf zu zählen, wie oft er hin- und hergelaufen war. Missmutig zog er die Handschuhe aus und gönnte seinen schwitzenden Händen eine Pause.

Er fand Jebediah im Stall. „Also, wo ist diese Schubkarre?"

Der alte Mann kratzte gerade einem Maultier den Huf aus. „Da drüben, hinter der Scheune", sagte er mit einer vagen Kopfbewegung. „Willst du sie jetzt gleich reparieren?"

„Ja. Ich könnte sie gut gebrauchen."

Jebediah grunzte, was Gideon als Zustimmung auffasste.

Die kaputte Schubkarre war halb verdeckt durch kniehohes Gras und Unkraut. Spinnweben spannten sich über das rostige Metall. Nachdem Gideon das modrige Wasser und eine Ansammlung von toten Käfern ausgeschüttet hatte, rollte er die Schubkarre hinüber zur Werkstatt.

Nach mehreren Anläufen gelang es ihm, mit einer Zange den abgebrochenen Griff abzuschrauben. Gideon warf den kaputten Stummel auf einen Stapel Holz und sah sich in der Scheune nach einem geeigneten Ersatz um. Er fand ein schönes, gerades Stück Eichenholz, schälte die Rinde ab und schnitzte die ungefähre Form mit dem Taschenmesser vor.

Als der Holzgriff nach langem Feilen und Glätten mit Sandpapier fertig war, tat Gideon der Daumen weh. Die Sonne stand schon hoch am Himmel, und bald darauf rief Elsie zum Mittagessen. Müde schleppte er sich ins Haus und verschlang heißhungrig die kalten Sandwiches, stürzte ein Glas Milch hinunter und ging wieder an die Arbeit. Sorgfältig passte er den Griff an und formte ihn so, dass er perfekt in seiner Hand lag. Als das Licht schwächer wurde, ging Gideon näher ans Fenster, um seine

Arbeit zu beenden. Der neue Griff sah fast so aus wie das Original. Zufrieden befestigte Gideon ihn an der Schubkarre und ging damit zu Jebediah, um ihm sein Werk zu zeigen.

„Und, was sagen Sie jetzt? Fast wie neu – damit wird die Arbeit wieder leichter sein“, sagte er nicht ohne Stolz, als er die Schubkarre vor Jebediahs Füßen zum Stehen brachte.

„Sieht gut aus.“ Jebediah strich mit den Fingern über den glatt polierten Griff. „Aber das ist nicht meine Schubkarre.“ Er trat einen Schritt näher. „Die gehört Gustav, meinem Nachbarn. Er hat sie mir geliehen, als meine kaputt war, aber dann ist mir der Griff abgebrochen.“

Gideon starrte Jebediah an.

„Danke fürs Reparieren“, sagte der Alte mit einem schiefen Grinsen. „Das wollte ich schon längst tun“, sagte er leicht zerknirscht. „Nach dem Abendessen könntest du ihm die Schubkarre gleich selbst rüberbringen, damit er sieht, wer sie repariert hat. Bestimmt möchte er sich gern persönlich bedanken.“

Gideon wusste nicht, was er sagen sollte. Sein Blick ruhte auf dem neuen Griff, mit dem er sich so viel Mühe gegeben hatte. „Das ist nicht Ihre Schubkarre?“, war alles, was er herausbrachte. Ein heißes Kribbeln kroch seine Wirbelsäule hoch.

Jebediah schüttelte den Kopf. „Meine ist die durchgerostete, die mit dem Loch in der Mitte. Sie muss hier auch irgendwo sein. Hat wohl letztes Jahr zu viel draußen im Regen gestanden. Zum Holzfahren kann man sie schon noch nehmen, bloß nicht für kleinere Sachen.“

Gideon biss sich so fest auf die Lippen, dass sie beinahe bluteten. Er hörte kaum, wie Elsie sie zum Abendessen rief.

Die Kerzen waren schon lange gelöscht, und der Geruch des Kaminfeuers war verflogen. Leonie umfasste ihr Kopfkissen fester, während sie Gideons Atemzügen lauschte. Er lag mit dem Rücken zu ihr und bewegte sich nicht, auch nicht, als ihre Hand versehentlich seine Schulter berührte. Nach dem Abendbrot hatte er im Wohnzimmer auf dem Sofa gesessen, seine Mandoline im Arm. Er hatte eine melancholische Melodie angestimmt und dann plötzlich abgebrochen und war wortlos nach oben gegangen. Im Halbdunkel sah sie das Instrument, das vom Mondlicht beschienen an einem Stuhl lehnte.

„Bist du noch wach?“, flüsterte Leonie.

Einen Augenblick lang war es still. „Hm.“

„Müde?“

Gideon grunzte.

„Du hast heute schwer gearbeitet.“ Leonie starrte an die Zimmerdecke und suchte in der Dunkelheit nach den richtigen Worten für das, was sie ihm sagen wollte.

Gideon drehte sich zu ihr. Sie tat dasselbe und zog die Knie an, wie um sich zu schützen. Im Dämmerlicht sah sie das Glänzen seiner Augen und spürte seinen Blick.

„Du wolltest nicht hierbleiben, nicht wahr?“ Leonie hielt den Atem an und wartete ängstlich auf seine Antwort.

Gideon blinzelte. Das Laken raschelte, als er die Arme vor der Brust verschränkte. „Weiß nicht.“ Er zögerte. „Vielleicht doch. Obwohl ich eigentlich andere Pläne hatte“, sagte er und seufzte. „Für Jebediah zu arbeiten ist kein Zuckerschlecken. Dagegen wäre jede andere Arbeit ein Kinderspiel.“

„Ist es so schlimm?“

„Schlimm? Schlimm ist gar kein Ausdruck. Immer, wenn ich denke, jetzt bin ich fertig, fällt ihm etwas Neues ein. So geht das den ganzen Tag, ohne Pause.“ Er senkte die Stimme. „Er lässt mich noch schuften, bis ich tot umfalle.“

Leonie konnte sich ein Lächeln nicht verkneifen und presste die Lippen zusammen. „Vielleicht wird es morgen besser“, sagte sie nur.

Wenn nicht, fürchtete sie, würde er seine Meinung ändern und zur Weiterreise drängen, bevor der erste Frost einsetzte. Und sie betete, dass dies nicht passieren würde. Instinktiv legte sie eine Hand auf ihren Bauch. Es war gut, hier zu sein. In diesem Haus fühlte sie sich geborgen. Es war ein Haus, in dem Gottes Liebe spürbar war. Kein Haus, in dem Alkohol und Gewalt die Wände beben ließ. Dies war ein Haus, in dem man ein Kind zur Welt bringen konnte.

„Ja, vielleicht", murmelte Gideon nach einer längeren Pause. Er verschränkte die Arme hinter dem Kopf, wobei sein Ellbogen aus Versehen Leonies Gesicht streifte. „Oh, entschuldige." Er setzte sich auf und beugte sich zu ihr hinüber.

Sie kicherte und rieb sich die Nase. „Macht nichts." Dann wurde sie wieder ernst und sah, wie Gideon schluckte. Er räusperte sich und drehte sich auf den Rücken.

Leonie hörte die große Standuhr im Wohnzimmer ticken und lauschte Gideons ruhiger werdenden Atemzügen. Sie wartete, bis sich ihr eigener Herzschlag beruhigt hatte.

„Gideon, ich …", begann sie und suchte nach den richtigen Worten. „Wenn du … wenn du dieses Baby nicht willst, dann sag es mir lieber gleich." Um jeden Preis wollte sie das Kind davor bewahren, dass es ein ähnliches Schicksal erleiden musste wie sie. Wenn Gideon das Kind ablehnte, dann musste er auch auf sie verzichten. Sie würde nicht bei ihm bleiben und zusehen, wie ihr Kind unter ihm litt.

Doch sie hörte nur seine langsamen, gleichmäßigen Atemzüge und wusste, dass sie bis morgen auf eine Antwort warten musste.

Als sie am nächsten Morgen Geräusche von draußen hörte, tappte Leonie auf Zehenspitzen zum Fenster und spähte hinaus. Sie entdeckte Gideon, der sich mit seinem ganzen Gewicht gegen eine haushoch mit Holzscheiten beladene Schubkarre stemmte. Mühsam kämpfte er sich im taunassen Gras Schritt für Schritt vorwärts. Er hatte den Kopf gesenkt, und seine Haare standen nach allen Seiten ab.

Leonie schlüpfte in ihr baumwollenes Arbeitskleid und band sich eine Schürze um. Rasch warf sie sich ein Dreiecktuch um die Schultern, bevor sie eilig die Treppen hinunterlief.

In der Küche kniete Elsie vor dem Herd und stocherte mit einem Schürhaken in der Glut. „Morgen!“

„Guten Morgen.“

„Tee oder Kaffee?“

„Tee, bitte, aber ich kann ihn mir selbst kochen.“ Leonie hoffte, der Tee würde ihren Magen beruhigen, da sie immer noch regelmäßig von morgendlicher Übelkeit geplagt wurde. Sie füllte den Kupferkessel mit Wasser und stellte ihn auf den Herd. Dann griff sie nach den Blechtassen auf dem Wandbrett, doch Elsie holte zwei zierliche Porzellantässchen aus dem Schrank und hielt sie hoch. Leonie lächelte.

Sie wartete, bis das Wasser in dem Perkolator-Kaffeebereiter blubberte und sich mit dem Pulver vermischte, und begann, die Blechtassen zu füllen.

„Wie trinkt Jebediah seinen Kaffee?“

„Nur mit Milch, ohne Zucker.“

Leonie gab einen Löffel Zucker in Gideons Tasse und goss Milch in beide. „Ich bringe den Kaffee nach draußen.“ Sie lehnte sich gegen die Verandatür, um sie zu öffnen.

„Dann nimm das auch mit.“ Elsie reichte ihr eine Schale mit getrockneten Apfelschnitzen, und Leonie klemmte sie in ihre Armbeuge und schlüpfte hinaus in die kühle Morgenluft.

Gideon trat gerade aus der Scheune und kam auf Leonie zu, als er sie entdeckte. Er nahm die vier Verandastufen mit zwei langen Schritten und zog sich die ledernen Arbeitshandschuhe aus. Dankbar griff er nach der Kaffeetasse und umschloss das warme Metall mit den Händen.

Leonie beobachtete, wie er mit kleinen Schlucken trank, und dachte an die Frage, die sie ihm gestern Abend hatte stellen wollen. Sie brauchte eine Antwort. Sie musste wissen, wie er dachte. Doch anstatt zu sprechen, hielt sie ihm die Schale mit den getrockneten Äpfeln hin. Gideon steckte eine ganze Handvoll auf einmal in den Mund und kaute schweigend. Sandfarbene Bartstoppeln sprossen an seinem Kinn, und seine langen Haare lugten unter seinem Hut hervor.

Leonie zog die Augenbrauen hoch. „Du brauchst dringend einen Haarschnitt.“

Gideon fuhr sich mit der Hand übers Kinn. „Und rasieren müsste ich mich auch mal wieder."

Sie verzog den Mund zu einem Lächeln. „Und, hat Jeb heute wieder so viel Arbeit für dich?"

Seine grünen Augen sahen sie über den Rand der Kaffeetasse an. Leonie senkte verwirrt den Blick.

„Ja, wie immer." Seine Worte hallten im Inneren der Kaffeetasse, und er nahm noch einen Schluck. „Es gibt viel zu tun hier."

Leonie ließ den Blick über den Hof schweifen, von dem schönen, großen Haus bis zu der stattlichen Scheune. Die Bennetts schienen wohlhabender als alle Familien, die sie kannte. Sie fragte sich, warum sie so ein beschwerliches Leben hier oben in den Bergen führten. Es wäre ein Leichtes, die Farm zu verkaufen und in die Stadt zu ziehen. Irgendwohin, wo sie sich in ihrem Alter nicht mehr um den Hof und das Vieh zu kümmern brauchten und ihre Einkäufe nicht meilenweit den Berg hinaufschleppen mussten.

„Ich frage mich, warum die beiden hier leben. Ich meine, was sie hier hält", sagte sie zu Gideon und merkte, dass er sie beobachtet hatte.

Er kniff die Augen zusammen. „Es ist ihre Heimat. Das Land … die Berge. Da geht man nicht einfach so weg." Er schüttete den letzten Rest Kaffee samt Kaffeesatz ins Gras und fuhr mit der Hand über das verwitterte Geländer. „Bestimmt ist das Jebediahs Elternhaus." Er betrachtete die Holzstäbe, als sei dort die Geschichte der Familie eingraviert. „Wahrscheinlich hat sein Vater es gebaut." Nachdenklich, beinahe zärtlich, strich er über das Holz, von dem an manchen Stellen die Farbe abblätterte. Leonie folgte seiner Bewegung mit den Augen.

Ganz in seine Erinnerungen versunken, blinzelte er plötzlich, als kehrte er in die Gegenwart zurück. „Wenn man sein ganzes Leben hier verbracht hat, ist man irgendwann so mit dem Land verwachsen, dass man nirgendwo anders hinwill. Dann will man da sterben, wo die eigenen Vorväter gelebt haben und gestorben sind."

„Und was ist mit dir?"

„Mit mir?"

„Du bist von Rocky Knob weggegangen. Du hast deine Heimat verlassen.“

„Das war keine Heimat.“ Seine Stimme klang auf einmal hart und kalt.

Leonie lehnte sich gegen den Geländerpfosten. Die Schüssel war leer, und sie stellte sie auf den Boden. „Gideon, ich wollte dich etwas fragen.“

Seine Augen weiteten sich kaum merklich. „Da bin ich ja gespannt“, sagte er mit leicht spöttischem Unterton.

Leonie holte tief Luft. „Du brauchst dich nicht über mich lustig zu machen.“ Sie kaute an ihrer Unterlippe. „Es geht um das Baby.“ Entschlossen hob sie das Kinn. „Wenn du unser Kind nicht willst, dann brauchst du dich nicht verpflichtet zu fühlen, bei uns zu bleiben.“ Die Schüssel kippte um, und die Krümel fielen auf die Erde. „Ich will nicht, dass du mich oder das Kind schlecht behandelst.“ Sie fingerte am Saum ihrer Schürze.

Gideon blickte über den Hof in die Ferne und hakte den Daumen in seinen Gürtel. „Also gut.“

„Also gut, ich gehe, oder also gut, ich bleibe?“

„Ich werde das Kind nicht schlecht behandeln.“ Er suchte ihren Blick. „Ich möchte, dass du das weißt.“

Aber Leonie war nicht überzeugt. „Na schön, wir werden sehen.“

„Okay.“

Jebediah kam über den Hof auf sie zu, und Gideon machte eine Kopfbewegung in seine Richtung. „Ich muss zurück an die Arbeit.“ Er zögerte, dann sagte er leise: „Du musst mir glauben. Ich werde das Kind niemals schlecht behandeln.“ Er starrte vor sich hin auf den Boden. „Auch wenn das noch lange nicht heißt, dass ich es lieben werde.“

Leonie spielte mit einer Haarsträhne. „Das kommt auf dasselbe heraus, oder nicht?“

„Ich glaube nicht.“ Sein Blick streifte ihre Schürze, dann sah er ihr ins Gesicht. „Oder wären wir beide sonst in dieser Situation?“

Leonie schoss das Blut in die Wangen. „Ich gebe dir Zeit, dich zu entscheiden, bis das Baby geboren ist“, sagte sie dann. „Nicht einen Tag länger.“

In dem Moment kam Jebediah die Treppe hoch. Leonie reichte ihm seinen inzwischen kalten Kaffee, doch er trank die Tasse in raschen Zügen aus, ohne sich zu beklagen. Dann legte er Gideon die Hand auf die Schulter und ging zurück zur Scheune, eine stumme Aufforderung, ihm zu folgen.

Leonie spürte, dass Gideon noch etwas sagen wollte, aber dann besann er sich anders, drehte sich um und ließ sie stehen.

Sie sah ihm eine Weile nach, wie er zu Jebediah aufschloss, dann trug sie das Geschirr ins Haus.

22

Und, geht es voran?“

Gideon blickte von seiner Arbeit auf und sah Jebediah im Türrahmen stehen. „Bin fast fertig“, keuchte er, während er das Heu mit ausladenden Bewegungen in die Futterraufe des Maultieres beförderte. Das nasse Hemd klebte ihm auf der Haut, und er wischte sich mit dem Ärmel den Schweiß vom Gesicht. Sein Blick fiel auf die zweite Heugabel, die sich in Reichweite von Jebediah befand, doch der Alte stand einfach nur da, verschränkte die Arme vor der Brust und schaute ihm bei der Arbeit zu.

Nur Gideons keuchender Atem und das Kratzen der Gabel auf dem Boden durchbrach die Stille.

„Sag Bescheid, wenn du hier fertig bist. Danach müssen wir für Elsie den großen Waschkessel hinaustragen. Morgen ist Waschtag.“ Ohne eine Antwort abzuwarten, wandte Jebediah sich ab und begann, in einer Werkzeugkiste herumzukramen.

Gideon lehnte die Heugabel an die Wand. Es machte ihm nichts aus, für seinen Unterhalt hart zu arbeiten, aber hier hatte er das Gefühl, nach Strich und Faden ausgenutzt zu werden. Schweißtropfen rannen ihm übers Gesicht und brannten in seinen Augen. „Sklaventreiber“, knurrte er halblaut, sodass der alte Mann es nicht hören konnte, und wischte sich mit dem Rücken seines Arbeitshandschuhs über die Augen.

Er hörte das Geräusch von aufeinanderschlagendem Metall, bis Jebediah fündig geworden war und eine Schachtel Nägel aus der Kiste hervorkramte. An seinem Gürtel baumelte ein Hammer. „Ich muss ein paar kaputte Holzschindeln ersetzen“, sagte er, während er aufstand. „Ruf einfach, wenn du so weit bist. Dann holen wir den Kessel.“

Gideon nickte, ohne aufzusehen. Bald darauf hörte er, wie sich Jebediah draußen an der Scheunenwand zu schaffen machte, und zuckte zusammen, als das Holz unter seinen Hammerschlägen ächzte und splitterte, als wollte er das ganze Gebäude niederreißen.

Durch einen Spalt fiel Licht herein, als Jebediah ein von der Sonne gebleichtes Stück Holz herausschlug. Kurz darauf zerbarst ein zweites Brett und fiel krachend zu Boden. In der düsteren Scheune wurde es plötzlich so hell, dass Gideon die Augen zusammenkniff. Er spähte durch die Lücke nach draußen, wo Jebediah mit kräftigen Hammerschlägen ein morsches Stück Holz nach dem anderen heraustrennte. Ein Windhauch kühlte sein Gesicht.

Der Alte kann tatsächlich arbeiten.

Unbeirrt von dem Lärm begann Gideon, den Stall auszumisten. Berta, die alte Maultierstute, bedachte ihn mit einem gleichgültigen Blick, unbeeindruckt von dem Fremden in ihrer Box. Er hielt ihr eine Handvoll Heu hin. „Hier, mein Mädchen."

Die Stute spitzte die langen Ohren, senkte den Kopf und schnupperte mit geblähten Nüstern am Heu. Dann schnaubte sie und blies Gideon den Heustaub entgegen.

„Das schmeckt dir, nicht wahr, Mädchen?" Unwillkürlich musste er schmunzeln. *Ich klinge schon wie mein Vater.*

Nachdem er frisches Stroh in die Box eingestreut hatte, ging er hinaus, um nach Jebediah zu sehen. Der war ganz auf seine Arbeit konzentriert, einen Kranz von Reservenägeln im Mund. „Halt das mal fest", befahl er mit geschlossenen Lippen, wobei die Nägel auf und ab wippten.

Das neue Holz zitterte unter Gideons Hand, als Jebediah es mit gezielten Hammerschlägen an seinem Platz befestigte. Langsam arbeitete er sich ans untere Ende der Schindel vor, wobei er immer eine Handbreit Abstand ließ, bevor er den nächsten Nagel einschlug. Gideon begutachtete anerkennend seine Arbeit.

„Noch ein paar Nägel, dann haben wir's geschafft", ächzte Jebediah.

Gideon musste seine ganze Kraft aufbieten, um ein schiefes Stück Holz festzuhalten, und wünschte, er könnte stattdessen den Hammer schwingen. Aber er schwieg und tat, wie ihm geheißen. Dafür durfte er dann, als sie fertig waren, den Hammer und die Nägel in die Kiste zurückbringen.

Der alte Mann gab ihm einen freundschaftlichen Klaps auf den Rücken. „So, und jetzt den Waschkessel."

Gideon biss die Zähne zusammen und nickte. Schweigend folgte er Jebediah über den Hof.

Mit geübter Hand schichtete der Alte Zweige und Holz auf die Feuerstelle, die von geschwärzten Steinen eingefasst war. Darüber befand sich ein Eisengestell mit einem Haken in der Mitte. Mit vereinten Kräften hängten sie den schweren Kessel über die Feuerstelle.

„Jetzt das Wasser einfüllen." Jebediah stieß Gideon mit dem Ellbogen in die Seite und deutete auf die zwei Eimer, die danebenstanden.

Gideon sog scharf die Luft ein und hielt den Atem an, bis seine Lunge brannte. *Und was als Nächstes?* Er hatte es gründlich satt, den ganzen Tag von Jebediah herumkommandiert zu werden. Außerdem spürte er noch immer den dumpfen Schmerz am Kopf. Zum wiederholten Mal betastete er seine Beule.

„Na los, worauf wartest du?" Jebediah hielt ihm die beiden Eimer hin.

„Ich allein?"

„Kannst du nicht zwei Eimer auf einmal tragen?"

„Doch, Sir, natürlich", stieß Gideon zwischen den Zähnen hervor.

„Na, also."

Gideon ging Richtung Bach, doch nach ein paar Schritten blieb er stehen und drehte sich um. „Einen Moment noch." Er straffte die Schultern. „Ich arbeite hier jeden Tag ziemlich schwer ..."

„Das wolltest du doch."

„Ja, Sir, aber ..." Gideon rieb sich den Nacken. „Aber Sie tun kaum etwas, um mir zu helfen. Ich muss das meiste ganz allein machen."

Die Falten auf Jebediahs Stirn glätteten sich, als er die Augenbrauen hob. „Ist das so?"

„Ja ... ich meine, ... nein, Sir."

„Ja, was nun? Ja oder nein?" Jebediah stellte sich breitbeinig vor Gideon hin und verschränkte die Arme vor der Brust. „Schließlich haben wir vereinbart, dass du für euren Lebensunterhalt arbeiten willst."

„Inzwischen habe ich doppelt so viel gearbeitet, als nötig gewesen wäre", entgegnete Gideon, entschlossen, Jebediah die Stirn zu bieten. Es war höchste Zeit, dass der Mann aufhörte, ihn zu schikanieren. Als ob er ihn noch nicht genug gestraft hätte. Trotzig hob Gideon das Kinn. Er hatte sich bei Leonie für sein Verhalten entschuldigt, wie es sich gehörte. War das etwa nicht genug? Elsie war ihm nicht mehr böse. Leonie auch nicht. Jedenfalls kaum noch. Was wollte der alte Kauz denn noch von ihm?

„So ist das also." Jebediahs raue Hände lösten Gideons Finger von den metallenen Griffen. „Dann gib mir die Eimer und geh rein. Ruh dich aus, leg dich aufs Sofa und mach dir einen schönen Nachmittag." Er wandte sich zum Gehen. „Vielleicht kannst du ja Elsie beim Strümpfestopfen helfen."

„Was?" Gideon machte einen Schritt hinter ihm her.

„Du hast mich genau verstanden", sagte Jebediah, ohne sich umzudrehen. Eine frische Brise kam auf und blähte seine karierte Jacke wie ein Segel.

Gideon beschleunigte seinen Schritt. Er konnte sich nicht länger beherrschen. „Was soll das ganze Theater eigentlich?"

Jebediah blieb stehen und drehte sich langsam um. „Wie bitte?"

Gideon stieß den alten Mann mit dem Zeigefinger in die Brust. „Sie haben mich genau verstanden!"

Jebediah ließ die Eimer los. Laut scheppernd fielen sie zu Boden, wobei sich ein Griff löste. Mit einer raschen Bewegung packte er Gideon am Hemd und zog ihn zu sich heran. Gideon rutschte auf dem matschigen Untergrund und kämpfte um sein Gleichgewicht. Jebediahs Gesicht war dicht vor seinem. „Jetzt hör mir mal gut zu, mein Junge." Seine grauen Augen funkelten. „Du hast großes Glück, dass ich dich nicht erschossen habe wie einen räudigen Hund." Er spuckte ihm die Worte ins Gesicht.

Gideon wich zurück und taumelte. Seine Hände ballten sich zu Fäusten, doch er wusste, dass er niemals die Hand gegen Jebediah erheben könnte.

„Hast du mich verstanden, Junge?" Der alte Mann starrte ihn aus schmalen Augen an. „Pass gut auf, was du sagst, hörst du?" Er deutete mit dem Kopf Richtung Haus. „Deine kleine Frau dort drin ist viel zu gut für dich." Dann machte er eine ausladende Armbewegung, die die ganze

Farm einschloss. „Das hier ist mein Zuhause. Und du kannst von *Glück* sagen, dass du hier sein darfst."

Gideon schluckte.

„Wo wärst du denn sonst, Gideon? Es gehört nicht viel Einbildungskraft dazu, sich vorzustellen, was aus dir und Leonie geworden wäre, hätte ich euch nicht zufällig gefunden!" Jebediah bückte sich nach einem Eimer.

Gideon krümmte sich innerlich. Trotzig schluckte er seinen Ärger hinunter.

Doch Jebediah war noch nicht fertig. „Wenn du nicht arbeiten willst, dann packst du besser deine Sachen und verschwindest." Sein Gesicht war rot vor Zorn. „Mein Vater hat dieses Haus gezimmert und die Farm aus dem Nichts erbaut. Wir haben hart dafür gearbeitet und unser Brot im Schweiß unseres Angesichts verdient. Ich habe die Farm mein ganzes Leben lang allein bewirtschaftet – auch ohne deine Hilfe!" Sein Blick war hart wie Stahl. „Ich brauche keinen arbeitsscheuen Jammerlappen, der sich beklagt, wenn er mal ein bisschen zupacken soll. Dann mache ich meine Arbeit lieber selbst." Jebediah holte tief Luft. „Und glaub ja nicht, dass du mir irgendeinen Gefallen tust, Gideon!"

Gideon blinzelte und senkte den Blick.

Jebediah nahm den abgebrochenen Griff des zweiten Eimers und klemmte ihn unter den Arm. „Das bisschen Arbeit ist nichts gegen das, was dich erwartet hätte, wenn ich euch nicht aufgelesen hätte. Wenn du das gekriegt hättest, was du verdienst." Er ließ Gideon stehen und ging zum Brunnen.

Wutentbrannt stürmte Gideon ins Haus. Die Verandatür fiel krachend ins Schloss. Es war niemand in der Küche, und Gideon stieß die Luft aus, die er so lange angehalten hatte. Dann rannte er nach oben ins Schlafzimmer, wobei er zwei Stufen auf einmal nahm, und schloss die Tür mit einem Tritt.

Er setzte sich aufs Bett und stützte den Kopf in die Hände. Wer war Jebediah Bennett, dass er sich anmaßte, so mit ihm zu reden? Dann stand Gideon auf und sah sich im Zimmer um. Das Maß war endgültig voll. Er hatte genug. Wild entschlossen zerrte er seinen Packsack aus dem Schrank und zog die oberste Schublade der Kommode auf. In Windeseile stopfte er seine Sachen in den Sack. Er war nicht sicher, ob er alles hatte. Er brauchte nur das Nötigste. Das Nötigste, um bis nach Stuart zu kommen.

Im Flur hörte er Schritte. Rasch griff er nach seiner Mandoline und warf sie sich über die Schulter. Von niemandem würde er sich vorschreiben lassen, wie er sein Leben zu leben hatte.

Die Tür öffnete sich quietschend, und Leonie streckte ihren Kopf herein. „Gideon?"

Mit einem Blick hatte sie die Lage erfasst.

„Mir reicht's."

„Dir reicht es womit?", fragte sie langsam, doch er sah, dass sie Bescheid wusste.

„Es ist das Beste für uns alle, und das weißt du", presste er hervor. Er fühlte sich unwohl. Herumstehen und diskutieren war das Letzte, was er wollte, und er drängte sich an ihr vorbei zur Tür hinaus.

„Gideon!"

Mit schweren Schritten stampfte er die Treppe hinunter. Leonie folgte ihm leichtfüßig. Im Flur blickte er sich suchend nach seiner Jacke um, setzte sich den Hut auf und riss die Verandatür auf.

Ihre Finger griffen nach seinem Ärmel. „Wo willst du hin, Gid?"

„Das ist jetzt auch egal." Draußen sah er, wie Jebediah Wasser aus dem Brunnen holte. Die Sonne blendete ihn, und er konnte ihn nicht genau erkennen. Gideon drehte sich um und lief in die entgegengesetzte Richtung. Seine langen Beine trugen ihn mit wenigen Schritten über den Hof und in den Wald.

Elsie, die vor dem Haus gekehrt hatte, kam um die Ecke gerannt, den Besen noch in der Hand. „War das eben Gideon, der durch die Hintertür hinausgerannt ist?"

Leonie nickte schwach. „Er ist weg. Ich weiß nicht, wie das passieren konnte."

Elsie legte ihr den Arm um die Schulter.

Leonie presste die Finger gegen das Fliegengitter der Verandatür. „Er hatte alles, was er brauchte." Ihre Stimme war kaum mehr als ein Flüstern.

Jebediah kam mit müden Schritten die Stufen hinauf, und seine raue Stimme drang durch das Drahtgeflecht. „Ich bin schuld. Ich habe ihn verärgert. Es tut mir leid, Leonie." Er schüttelte den Kopf. „Den Jungen sollte man übers Knie legen."

Leonie suchte seinen Blick. „Werden Sie ihn suchen gehen?"

„Ich weiß nicht. Nur, wenn ich ihn umstimmen könnte." Nachdenklich sah er in die Richtung, in die Gideon verschwunden war. „Aber er macht sowieso, was er will. Er würde nicht auf mich hören. Er würde auf niemanden hören." Gedankenverloren strich er sich über den Bart. „Der Junge muss noch viel lernen."

Leonie fröstelte und schlang die Arme um den Körper. Sie betrachtete den gewundenen Pfad, bis er in den Bäumen verschwand, und dachte an den Mann, der sie so fluchtartig verlassen hatte. „Dann können wir also nichts tun." Sie sah von Jebediah zu Elsie, und eine plötzliche Entschlossenheit spiegelte sich in ihrem Gesicht. „Vielleicht ist es besser so. Vielleicht kommt er ja freiwillig zurück." Sie dachte an das neue Leben, das in ihr heranwuchs. „Und wenn nicht, ist es auch gut." *Dann wird es das Beste für uns beide sein.* Doch bei dem Gedanken zog sich ihr Herz schmerzhaft zusammen.

23

Gideon verfluchte den mondlosen Himmel, während er ins Tal hinunterstieg. In der Schwärze der Nacht war es unmöglich, den Weg zu erkennen. Zu spät bemerkte er den Wasserlauf, der den Pfad kreuzte, und holte sich nasse Stiefel. Auf der anderen Seite blieb er stehen, um Atem zu holen. Fröstelnd schlug er seinen Hemdkragen hoch und vergrub die Hände in den Taschen. Die Nachtluft drang durch den dünnen Stoff, und langsam wurden seine Füße taub.

Was für eine dumme Idee war das gewesen.

Er hatte keine Ahnung, wie spät es war. Sein Magen knurrte, doch seine Taschen waren leer. Bei den Bennetts würde er jetzt nach einem reichlichen Abendessen neben seiner friedlich schlafenden Frau im Bett liegen. Plötzlich sah er Leonies Gesicht vor sich und fuhr sich mit dem Handrücken über die Augen, als wollte er ihr Bild fortwischen. Aber es war zu spät. In seiner Brust verspürte er ein Gefühl der Leere und der Sehnsucht, und er schalt sich einen Narr. Trotzig stapfte Gideon weiter.

Er fragte sich, ob Leonie an ihn dachte. Ob sie auf ihn warten würde, sich an die Hoffnung klammern würde, dass er zurückkam. Würde sie die Nacht wach liegen und warten, bis der Morgen anbrach? Unweigerlich verlangsamte er seinen Schritt und dachte an die Frau, die er verlassen hatte. Beinahe wäre er stehen geblieben, als er zum zweiten Mal ihr Gesicht vor sich sah. Bestimmt dachte sie an ihn. Vielleicht machte sie sich Sorgen. Immerhin war sie seine Frau.

Sein Zorn hatte ihn von ihr fortgetrieben. Sein Stolz verhinderte, dass er haltmachte und umkehrte.

Als er müde wurde und seine Füße ihn nicht mehr trugen, suchte er sich einen Platz zum Hinlegen. Aber er fand keinen Schlaf.

Am nächsten Morgen ging er schweren Herzens weiter. Er lief den ganzen Tag mit leerem Magen. Am Spätnachmittag fühlte er sich so elend, dass er sich hinsetzen musste. Dann entdeckte er einen Brombeerbusch, an dem noch ein paar halb vertrocknete Früchte hingen. Gierig pflückte er die Beeren und kümmerte sich nicht darum, dass ihm die scharfen Dornen die Hände zerkratzten.

Doch die wenigen Beeren konnten weder seinen Magen noch seine innere Leere füllen.

Er lehnte den Kopf gegen einen Baumstamm und sah zum Himmel hoch. *Geh nach Hause, Gideon.* Unschlüssig ließ er den Blick umherschweifen. Was sollte er tun? Sein Herz und sein Verstand rangen miteinander, und seine Gedanken schlugen mal in die eine, mal in die andere Richtung aus wie ein defekter Kompass.

Gefühle zulassen und erkennen, was er wollte, war nie seine Stärke gewesen, aber eines wusste er ganz genau: Er wollte nach Hause. Wo immer das sein mochte. Er wollte nach Stuart, aber ohne Leonie an seiner Seite war er sich auf einmal nicht mehr so sicher.

Was wollte er wirklich? Wenn er zurück zu den Bennetts ging, musste er über seinen Schatten springen und sich entschuldigen. Nachdenklich leckte er sich den Beerensaft von den Fingern. Vieles musste anders werden. War er bereit, sich zu ändern?

Er wusste nicht, wie lange er unter dem Baum gesessen hatte. Schließlich stand er auf, wischte sich die fleckigen Hände an der Hose ab und lenkte seine Schritte zurück zur Farm. Sein Herz und seine Beine waren auf einmal ganz leicht. Er wusste zwar immer noch nicht, was er Leonie und Jebediah sagen sollte, aber unterwegs würde ihm schon etwas einfallen. Dankbar sog er die frische Luft ein. Schon lange hatte er sich nicht mehr so frei gefühlt.

„Sieh mal an, wen haben wir denn da“, hörte er plötzlich eine bekannte Stimme.

Erschrocken drehte Gideon sich um. Ein Paar kleine schwarze Augen sahen ihn an, und eine fleischige Hand hob sich zum Gruß.

„Wenn das nicht der gute alte Gideon ist“, sagte Bert. Hinter ihm tauchten ein paar Männer auf.

Einer seiner Begleiter machte einen Schritt auf Gideon zu, der unwillkürlich zur Seite trat.

Berts Knopfaugen blickten ihn lauernd an. „Wo hast du denn deine hübsche kleine Frau gelassen? Wie war doch gleich ihr Name? Lydia?“

Gideons Kiefermuskeln traten hervor. „Sie ist nicht da.“

„Wo ist sie dann?“

Ein großer, vierschrötiger Mann trat neben Bert und musterte Gideon aus schmalen Augen. „Wer ist das?“

„Bloß ein alter Freund“, grinste Bert.

Der Große starrte Gideon feindselig an und sagte zu Bert: „Wir sollten uns lieber nicht mit jedem dahergelaufenen Fremden unterhalten.“

„Keine Sorge“, beruhigte ihn Bert. „Er ist in Ordnung.“

Gideon sah das Misstrauen in den Augen der Männer und bemerkte die Blicke, die sie tauschten. Um die Situation zu entschärfen, sagte er so beiläufig und arglos wie möglich: „Schön, dich wiederzusehen, Bert. Was führt dich in diese Gegend?“

Ein Mann mit dunklen, krausen Haaren mischte sich ein. „Das ist unser Revier.“ Er war klein und untersetzt wie Bert und hatte seinen Hut so tief ins Gesicht gezogen, dass man seine Augen kaum sah.

„Und du hast es unbefugt betreten“, sagte sein Komplize.

Gideon biss sich auf die Unterlippe und sah von einem zum anderen. „Unbefugt betreten?“ Am Fuß des bewaldeten Berghanges entdeckte er ein altes Holzhaus.

„Ich wusste nicht, dass hier jemand wohnt“, sagte er beschwichtigend. „Tut mir leid, dass ich euer Land betreten habe. Sagt mir, in welche Richtung ich gehen muss, und ich bin verschwunden.“

Ein höhnisches Gelächter echote durch die Reihen der Männer. „Das ist nicht unser Land. Das ist unser *Revier*“, wiederholte der Große.

Gideon dachte an Berts Schnapskrug und suchte mit den Augen das Unterholz ab. Die Männer bauten sich vor ihm auf, und er wich instinktiv einen Schritt zurück. Er konnte nichts erkennen, aber er war sicher, dass sie hier irgendwo ihr Versteck hatten. Wahrscheinlich brannten sie ihren illegalen Schnaps unten in dem alten Haus oder irgendwo in der Nähe. Für sie war er ein Eindringling, und die Art, wie sie ihn anstarrten, verhieß nichts Gutes.

„Also, ich wollte niemandem zu nahe treten", sagte er beschwichtigend und trat einen weiteren Schritt zurück. Er dachte an Leonie. Bestimmt würde sie auf ihn warten.

„Ist ja gut. Ich weiß, dass man dir vertrauen kann. Komm mit und setz dich ein bisschen zu uns." Bert gab Gideon ein Handzeichen. „Du siehst aus, als könntest du einen kleinen Schluck vertragen."

Gideon zögerte. Es kam ihm vor, als schwebte er zwischen zwei Welten, seiner Vergangenheit und seiner Zukunft.

Bert deutete mit einem Kopfnicken auf eine bewaldete Böschung, und seine Augen duldeten keine Widerrede.

Gideon folgte ihm langsam. Ein schmaler Pfad schlängelte sich durch Bäume und dichtes Unterholz den Berg hinauf.

Nach ein paar Hundert Metern blieb Bert stehen. „Da wären wir."

Durch die Blätter sah Gideon einen großen Kupferkessel, der zur Hälfte abgedeckt war.

„So etwas hast du noch nie probiert", prahlte Bert und ließ sich auf einem Stein in der Nähe des Kessels nieder. „Es gibt nichts Besseres auf der Welt."

Gideon nickte abwesend. Der durchdringende Schnapsgeruch stieg ihm in die Nase, und er spürte, wie trocken seine Kehle war. Dennoch wollte er standhaft bleiben, doch als Bert einen Glaskrug mit der goldenen Flüssigkeit in die Höhe hielt, war es um ihn geschehen. Gebannt starrte er auf die Kupferdestille – ein großer Kessel mit einem Deckel und einem kleinen Schlauch, der zu einem grünen Glas führte und von dort aus in einen verzinkten Topf.

Bert hielt ihm den Schnaps hin. Gideon rang mit sich, doch dann verlor sein Verstand den Kampf, und er griff nach dem Krug.

Bert grinste und zog seine Hand zurück. „Halt, nicht so gierig. Zuerst bezahlen."

Bezahlen? Gideon klopfte auf seine leeren Taschen. „Ich habe kein Geld bei mir."

Bert stellte den Krug ab. „Schade."

„Ich kann dir das Geld geben, wenn ich dich das nächste Mal sehe." Im selben Augenblick hasste er sich für seine Worte. *Lass die Finger davon, Gideon, und geh nach Hause.*

Bert schüttelte den Kopf. „Das sagen sie alle. Ich habe schon genug schlechte Erfahrungen gemacht."

Seine Männer feixten und lachten.

Gideon lief es heiß und kalt den Rücken hinunter. Er trat ein paar Schritte zurück und verschränkte die Arme vor der Brust. *Möglichst schnell weg von hier.*

Bert tat einen kräftigen Schluck, wobei er Gideon nicht aus den Augen ließ. Gideon starrte gebannt auf die goldene Flüssigkeit und wusste, dass es zu spät war. Er betastete seinen Ringfinger und spürte das runde Metall.

Bert folgte seiner Bewegung.

Gideon warf alle Bedenken über Bord und zog sich den Ehering vom Finger. Bert nickte seine Zustimmung, und Gideon händigte ihm das Schmuckstück aus.

Prüfend hielt der stämmige Mann den Ring ans Licht und grunzte missbilligend. Gideon wusste, dass der Ring nicht besonders viel wert sein konnte. Aber sicher genug, um die Zeche zu bezahlen.

Bert stellte sich den Krug aufs Knie. „Geht in Ordnung."

Gideon starrte auf seinen Ehering in der Hand dieses Mannes. Ein Gefühl der Scham durchzuckte ihn und schnürte seine Kehle zu. Er wandte den Blick von dem runden Metall ab – dem einzigen Geschenk, das Leonie ihm jemals gemacht hatte.

„Sicher?"

Bert rollte die Augen und reichte ihm den Krug. „Sag ich doch."

Der Glaskrug lag kühl und glatt in seiner Hand, und Gideon tat zaghaft einen Schluck. Die Flüssigkeit brannte in seiner Kehle wie Feuer, und statt einer wohligen Wärme breitete sich das Gefühl der Schuld in ihm aus.

„Stimmt was nicht?"

„Weißt du was, Bert? Ich hab's mir anders überlegt." Gideon gab ihm den Krug zurück. „Ihr könnt das Zeug selber trinken."

Bert verzog ärgerlich das Gesicht. „Ganz wie du willst." Er zögerte einen Moment, dann riss er Gideon ärgerlich den Krug aus der Hand.

Doch Gideon machte keine Anstalten zu gehen.

„Worauf wartest du?", bellte Bert. „Hau endlich ab!"

„Nicht ohne meinen Ring."

Bert grunzte. „So?" Seine Männer lachten. Bert ließ den Ring in die Jackentasche gleiten. „So hatten wir nicht gewettet."

Er stand auf und starrte ihn drohend an. Die Männer rotteten sich zusammen. „Abgemacht ist abgemacht."

Gideon biss die Zähne zusammen und stürzte sich wütend auf Bert. Im selben Augenblick packten ihn seine Männer von allen Seiten. Verzweifelt wehrte er sich, spürte ihre Arme und Fäuste, bis es ihm irgendwie gelang, sich aus dem Handgemenge zu befreien.

„Lasst ihn gehen", knurrte Bert. „Er ist es nicht wert, dass wir unsere Zeit mit ihm verschwenden."

In wahnwitzigem Tempo schlug sich Gideon durchs Gebüsch den Abhang hinunter, bis er den Weg erreichte. Sein Atem ging keuchend und stoßweise, doch er rannte weiter, ohne langsamer zu werden. Erst als er eine gute halbe Meile zwischen sich und die Schnapsbrenner gelegt hatte, blieb er stehen, um zu verschnaufen. Sein Mund verzog sich zu einem Grinsen. Er griff in seine Hosentasche, zog eine silberne Taschenuhr heraus und betrachtete sie. Dann ließ er sie rasch wieder in die Tasche gleiten. Er musste weiter, bevor einer von Berts Männern die Uhr vermisste. Zum Glück wussten sie nicht, wo sie nach ihm suchen mussten. Mit einem Blick über die Schulter vergewisserte er sich, dass ihm niemand gefolgt war. Der Wald war still.

Die Uhr würde sicherlich eine hübsche Summe einbringen. Aber er hatte eine bessere Verwendung für sie.

24

Leonie warf das feuchte Bettlaken über die Wäscheleine, stellte sich auf die Zehenspitzen und zog es glatt. Der Wind riss an dem Stoff. Leonie nestelte ein paar hölzerne Wäscheklammern aus ihrer Schürzentasche hervor und steckte sie fest. Dann beugte sie sich hinunter zu dem Weidenkorb, in dem zwei Kopfkissenbezüge lagen, und hängte sie daneben. Der nasse Stoff ließ ihre klammen Hände noch kälter werden.

Zufrieden trat sie zurück und betrachtete die Wäsche, die in der Nachmittagsbrise flatterte. Der Wind erfasste das große Laken und wehte es ihr gegen die bloßen Beine, sodass sie schauderte. Rasch zog sie sich ihren Rock über die Knöchel.

Die Bäume raschelten über ihrem Kopf. Ein paar Blätter wirbelten im Kreis herum und taumelten zu Boden. Fröstelnd rieb sich Leonie die Arme. Der Oktober war nicht mehr fern, und der Herbst folgte dem Sommer im ewigen Kreislauf der Jahreszeiten.

Leonie glaubte nicht, dass Gideon genug warme Kleidung dabeihatte, um sich vor der Kälte zu schützen. Sie hatte versucht, nicht den ganzen Tag an ihn zu denken, aber er schlich sich öfter in ihre Gedanken, als es ihr lieb war. Ihr Blick wanderte in die Ferne, wo das Farmland in den Wald überging. Sie wünschte, Gideon würde plötzlich aus dem Wald treten und auf das Haus zulaufen, mit reumütigem Gesicht und einem Lächeln auf den Lippen.

Sie seufzte und bückte sich nach dem Wäschekorb. Warum sollte er zurückkommen und sich entschuldigen?

Leonie stellte den leeren Korb auf die Veranda und blickte noch einmal zurück. *Gideon.* Vor ihrem inneren Auge sah sie seinen rotbraunen Haarschopf. Sein ernstes, verschlossenes Gesicht. *Wo bist du, Gideon?*

Einerseits konnte sie froh sein, dass er fort war. War es nicht für alle besser so? Sie sollte endlich aufhören, sich um ihn zu sorgen.

Trotzdem konnte sie es nicht lassen, mit den Augen den Waldrand abzusuchen. Ihre Finger waren eiskalt vom Aufhängen der Wäsche. Sie rieb sich die Hände, um sie zu wärmen. Der Wind frischte auf und ließ die Bettwäsche auf der Leine flattern. Leonie warf einen letzten Blick auf die Lücke zwischen den Eichen, dann drehte sie sich um und ging ins Haus.

Den Geschmack des Branntweins noch immer auf den Lippen, schritt Gideon im Schatten der Bäume kräftig aus. Wie gut, dass er nur einen einzigen Schluck getrunken hatte. Aber selbst dieser war einer zu viel gewesen.

Sein Schnürsenkel schleifte auf der Erde. Gideon bückte sich, band sich den Schuh neu und zog den Saum seiner Hose glatt. Mehr als ein Dutzend Mal hatte er zurückgeschaut, ob ihm jemand folgte, aber offenbar waren ihm die Männer nicht auf den Fersen. Er war überrascht, dass ihm der Ring so fehlte. Seine Hand fühlte sich seltsam nackt an ohne ihn. Wieder sah er Leonies Gesicht vor sich.

Sein leerer Magen meldete sich, und er sehnte sich nach einer Mahlzeit und Elsies warmer Küche. Bestimmt war sie schon dabei, das Abendessen vorzubereiten, Jebediah würde im Stall sein und die Tiere füttern, und Leonie …

Gideon blieb stehen, nahm den Hut ab und fuhr sich mit der Hand durchs Haar. *Ja, Leonie.* Was würde sie sagen? Er schloss für einen Moment die Augen.

Ob sie überhaupt auf ihn wartete?

25

Als Leonie zum wiederholten Mal zum Waldrand hinübersah, leuchtete der erste Abendstern bereits am Himmel, als ob er sie verspotten wollte. Sie saß vor dem großen Butterfass auf der Veranda und bewegte den Rührstab auf und nieder. Allmählich wurde es dunkel. Jeder weitere Blick über den Hof war vergeblich und so sinnlos wie der erste. Und dennoch …

Leonie lauschte aufmerksam.

Ein leises Geräusch drang an ihr Ohr. Es klang wie näher kommende Schritte. Sie ließ den Rührstab los und saß regungslos auf ihrem Hocker.

Die Fliegengittertür quietschte, als Jebediah auf die Veranda trat. Leonie stand auf und wischte sich die Hände an ihrer Schürze ab. Angestrengt spähte sie in die graue Dämmerung. Dann sah sie ihn. *Gideon.* Zuerst seinen Hut, dann seine Schultern. Er hob den Kopf und blickte zum Haus. Sein Gesicht.

Rasch trat sie in die Sicherheit des Türrahmens.

Die Sekunden kamen ihr vor wie eine Ewigkeit, bis Gideon die Veranda erreichte. Zitternd umschloss Leonies Hand den Knauf der Fliegengittertür.

Sie fing Gideons Blick auf, und der Ausdruck in seinen Augen traf sie bis ins Herz. Dann sah er zu Boden und ließ die Schultern hängen.

„Hallo, Gideon“, sagte Jebediah mit ruhiger Stimme.

Gideon nickte einen Gruß, und seine Augen suchten wieder Leonies Blick. Sie schaute in sein sonnengebräuntes Gesicht, sah die Bartstoppeln und seine Sommersprossen über der Nase. Leonie wusste nicht, was sie sagen sollte, und kaute nervös an ihrer Unterlippe.

„Dann lasse ich euch zwei erst mal allein“, sagte Jebediah leise. Im Vorübergehen streifte er Leonies Arm. „Und ruf mich, wenn du mich brauchst.“ Seine grauen Augen waren kalt und ernst. Sie wusste, er würde in der Nähe bleiben, um sie zu beschützen, falls es nötig war.

Erst als Jebediah im Haus verschwunden war, stieg Gideon die Verandastufen hinauf. Leonie stellte sich hinter die Gittertür und schob den Riegel vor. Verwirrt und verletzt sah Gideon sie durch das Drahtgitter an.

„Du bist heimgekommen", flüsterte sie leise.

Gideon tat einen tiefen Atemzug. „Ja." Seine Augen ruhten noch immer auf ihr. „Ich … ich weiß nicht, was ich mir dabei gedacht habe."

Sie roch, dass er getrunken hatte.

Leonie presste die Lippen aufeinander und starrte auf das Türgitter. Gideon zog an dem Griff, doch die Tür bewegte sich nicht.

Erstaunt weiteten sich seine Augen. „Was ist? Willst du mich nicht reinlassen?"

Leonie kreuzte die Arme vor der Brust. „Wo warst du?"

Er zuckte verlegen die Achseln. „Nirgends."

„Ganz offensichtlich." Gideons Silhouette hob sich gegen den dunklen Himmel ab. Was hatte er zu verbergen? Leonie spürte die kalte Luft an ihren bloßen Armen und bemerkte, dass er keine Jacke trug.

Die Stille zwischen ihnen lastete schwer. Leonie schwankte zwischen Enttäuschung, Sorge und Wut. Das letzte Band, das sie zusammenhielt, drohte zu zerreißen wie ein ausgefranstes Tau.

An einem Haken neben der Tür hing Jebediahs schwerer Mantel. Leonie nahm ihn und öffnete die Fliegengittertür einen Spalt, um das Kleidungsstück hindurchzuschieben. Gideon griff nach dem Mantel, und ihre Hände berührten sich kurz. Mit fragendem Blick sah er sie an.

Die Tür schnappte zu.

„Was soll ich mit dem Mantel?"

„Gute Nacht, Gideon." Leonie spürte ein Brennen im Hals.

Gideons Augen wurden schmal. „Was?"

„Ich sagte: Gute Nacht." Sie tastete nach dem Riegel.

„Das ist nicht dein Ernst." Sein Atem roch nach Alkohol, und Leonies Herz krampfte sich zusammen.

„Leonie, es tut mir leid! Wie oft soll ich das noch sagen?"

Sie sah seine flehenden Augen und hielt mühsam die Tränen zurück. Dann schob sie wieder den Riegel vor.

„Leonie!“ Verzweifelt hämmerte Gideon gegen die Tür. Seine junge Frau wich erschrocken einen Schritt zurück und presste die Hand auf den Mund. Wieder und wieder rief Gideon ihren Namen. Die Tür bebte, als er dagegentrat, und das Gitter klapperte so laut, dass sie fürchtete, er würde es aus dem Rahmen reißen.

Dann war es still.

„Bitte, Leonie.“ Seine Stimme brach.

Sie schüttelte den Kopf, obwohl er sie nicht sehen konnte, und verschwand im Hausinneren.

Jebediah kam ins Zimmer. „Was ist denn los?“

„Lassen Sie ihn“, flüsterte Leonie unter Tränen. „Wenn er gehen will, soll er gehen. Dann kann ich ihn nicht aufhalten.“

In dem Moment erschien Gideons Gesicht am Fenster. „Leonie!“ Seine Stimme klang gedämpft hinter der Scheibe. Seine Augen baten um Vergebung, und Leonie krampfte die Hände ineinander. Sie konnte das nicht. Wenn er bloß aufhören würde, ihren Namen zu rufen.

Er presste seine Hand gegen die Scheibe und hinterließ einen schmutzigen Abdruck.

Leonie floh aus der Küche und rannte die Treppe hinauf, verfolgt von Gideons Stimme. In ihrem Zimmer warf sie sich weinend aufs Bett.

O Herr, was soll ich tun?

„Leonie!“

Erschrocken fuhr sie hoch. Gideon stand unter ihrem Fenster. Hastig sprang sie auf, strauchelte und stürzte zu Boden. Zitternd kroch sie auf Händen und Knien aus dem Zimmer, um seiner Stimme zu entfliehen. Sie kauerte sich auf den Treppenabsatz und schluchzte leise. Erst dann bemerkte sie Elsie, die unten im Flur stand. Verlegen wandte Leonie den Blick ab. Die Situation war ihr zutiefst peinlich. Schweigend stand Elsie da, während Gideon draußen herumschrie und randalierte, dass man es meilenweit hören konnte.

Elsie wrang ein feuchtes Geschirrhandtuch in ihren Händen. „Es tut mir so leid, Leonie“, sagte sie. „Das hast du nicht verdient. Keine Frau hat so etwas verdient.“

„Das Leben ist nicht immer so, wie wir es uns wünschen." Leonie starrte auf die ausgeblichene Tapete, die so matt und deprimiert wirkte, wie sie sich fühlte.

„Ja, da hast du recht." Elsie stieg die Stufen hoch und setzte sich neben Leonie. „Aber du darfst das Gute im Leben nicht aus dem Blick verlieren. Und du kannst Böses mit Gutem vergelten." Sie legte ihre weiche Hand auf Leonies Knie.

„Ich weiß nicht mehr, was das Gute ist."

„Du hast das Richtige getan."

Tränen brannten in Leonies Augen. „Aber warum fühle ich mich dann so schrecklich?"

Elsie seufzte. „Weil Gideon dir wehgetan hat. Und das nicht zum ersten Mal." Mit dem Finger strich sie sanft über Leonies Kinn, wo die blauen Flecken langsam verblassten. Sie nahm ihre Hand. „Für ihn ist es das Einfachste, wenn er dir das Gefühl gibt, dass *du* diejenige bist, die *ihn* verletzt hat. Damit wälzt er die ganze Schuld auf dich ab."

Leonie lehnte den Kopf an die Wand und blickte zur Decke hinauf.

„Diesem jungen Mann müsste man mal die Ohren lang ziehen, damit er zur Besinnung kommt." Über Elsies Gesicht huschte ein winziges Lächeln. „Ich bin sicher, Jebediah würde diese Aufgabe gern übernehmen."

„Da muss er sich aber hinten anstellen", erwiderte Leonie und stützte das Kinn auf ihre Knie.

Elsies Lächeln wurde breiter. Sie legte den Arm um Leonies Schulter und wurde wieder ernst. „Gott weiß Bescheid. Er hält dich fest in seiner Hand." Ihr Griff verstärkte sich, als wollte sie ihren Worten Nachdruck verleihen.

„Aber ich habe Angst. Und ich weiß nicht mehr ein noch aus."

„Unser Haus steht dir immer offen, Leonie. Du bist uns jederzeit willkommen." Elsie strich ihr in kreisförmigen Bewegungen über den Rücken. „Im Augenblick sieht es so aus, als hätte Gott dir ein hartes Schicksal auferlegt, nicht wahr?"

Leonie nickte schwach. „Ich weiß nicht, warum das so ist." Ihre Anspannung legte sich, Elsies langsames Streicheln schien sie zu beruhigen. „Ich will mich nicht beklagen … es ist nur … als ob ich es nicht schon schwer genug gehabt hätte.“ Die Worte kamen stockend, und ihre Stimme war so leise, dass Elsie sie kaum hören konnte. „Mein ganzes Leben lang bin ich behandelt worden wie ein Hund. Immer musste ich um alles kämpfen – hat das denn nie ein Ende?“

Aus Elsies Brust kam ein tiefes Seufzen. Sanft küsste sie Leonie auf den Scheitel. „Fürchte dich nicht, denn ich habe dich erlöst“, zitierte sie. „Ich habe dich bei deinem Namen gerufen; du bist mein.“

Leonie nickte. Sie kannte die Bibelstelle gut.

Elsie legte ihre Wange an Leonies Schläfe. „Gott hat gesagt: ‚Wenn du durch tiefes Wasser oder reißende Ströme gehen musst – ich bin bei dir, du wirst nicht ertrinken.‘“ Ihre Stimme war sanft und beruhigend.

Leonie schniefte und schluckte tapfer die Tränen hinunter. Sie flüsterte die letzten Worte des Verses: „Und wenn du ins Feuer gerätst, bleibst du unversehrt. Keine Flamme wird dich verbrennen.“

Sie zog die Knie an die Brust und presste die Hände auf die brennenden Augen. Gott war bei ihr. Und er würde sie nicht verlassen. Sie war nicht allein.

Durchs Fenster glänzte ein Stern. Leonie saß im Flur, den Rücken an die kalte Wand gelehnt. Sie lauschte und wartete. Elsie blieb an ihrer Seite und fuhr ihr mit den Fingern sanft durchs Haar.

Leonie setzte sich auf und strich sich die von Tränen verklebten Haare aus dem Gesicht. Ihr Blick wanderte über den Treppenabsatz in den Flur zu dem kleinen Fenster, in dem sich das Licht der aufgehenden Sonne spiegelte. Es war ganz still. Es musste früh am Morgen sein.

Ihr Herz sank und tat gleich darauf einen Sprung. *Gideon.* Sie rappelte sich auf und lief auf Zehenspitzen die Treppe hinunter. Ihr schwarzes Baumwollkleid war zerknittert und staubig. Ihre nackten Füße huschten lautlos über den Küchenboden. Am Fenster blieb sie stehen und spähte hinaus. Das Glas beschlug vor ihrem Gesicht, und sie wischte die Scheibe mit ihrem Ärmel frei. Sie blickte hinaus auf die leere Veranda. Nirgends eine Spur von Gideon.

Er war fort. Die Erkenntnis traf sie wie ein Hammerschlag.

Sie presste die Stirn gegen ihren Arm. Mit der freien Hand suchte sie nach dem Türgriff. Plötzlich breitete sich ein warmes Gefühl in ihrem Inneren aus, pulsierte wie das Blut in ihren Adern und erfüllte sie mit der Gewissheit: Wo immer Gideon sein mochte, Gott war bei ihm. Gottes Verheißung galt auch für ihn.

Langsam schob sie den Riegel zurück und drückte die Klinke hinunter, doch die Tür ließ sich nicht öffnen. Sie stemmte sich dagegen, doch irgendetwas blockierte sie.

„He!"

Leonie erstarrte, als sie ein Paar lange Beine mit ungeschnürten Stiefeln sah. In dem Augenblick verschwanden die Beine, und Gideons Gesicht erschien im Türspalt.

Die Farbe wich aus Leonies Gesicht. Ihr Herz klopfte wild in ihrer Brust. „Gideon?"

„Ja, ich bin's. Das siehst du doch", knurrte er. Ächzend stand er auf, fuhr sich mit dem Ärmel übers Gesicht und beäugte sie mürrisch.

Leonie suchte nach den passenden Worten, aber es fiel ihr nichts ein. „Es war bestimmt kalt heute Nacht", sagte sie schließlich.

Gideon zuckte die Achseln. „Nicht kälter als gestern. Und heute hatte ich wenigstens einen warmen Mantel." Er hielt sich den Kopf. Mit der anderen Hand stützte er sich an der Wand ab.

Jebediah kam in die Küche geschlurft. „Morgen." Er ging an Leonie vorbei zur Tür und öffnete sie ganz.

Gideon blickte verwirrt von einem zum anderen.

„Und, was ist nun? Willst du bleiben oder nicht?" Der alte Mann trat auf die Veranda und ließ die Fliegengittertür hinter sich zufallen.

Gideon senkte den Blick. „Ja, Sir, ich meine … wenn ich darf." Seine Augen wanderten zu Leonie.

Jebediah stand da und musterte Gideon, dann sah er Leonie an, als wollte er um ihre Erlaubnis bitten, und sein strenger Gesichtsausdruck wurde weich.

Sie nickte langsam, immer noch sprachlos.

Der Alte ging einen Schritt auf Gideon zu und bohrte ihm den Zeigefinger in die Brust. „Dass du mir so etwas nicht noch einmal machst." Er sah ihn durchdringend an und presste zwischen den Zähnen hervor: „Keinen Alkohol mehr. Keinen einzigen Tropfen. Hast du das verstanden?"

Gideon beeilte sich zu nicken.

Jebediah kniff die Augen zu schmalen Schlitzen zusammen. „Sonst brauchst du dich hier nicht mehr blicken lassen. Leonie ist zwar nach dem Gesetz deine Ehefrau, aber so wie die Dinge liegen, fühle ich mich für sie verantwortlich. Und zwar so lange, bis du dich ihrer würdig erwiesen hast und die Verantwortung für sie übernehmen kannst. Egal, wie lange das dauert."

Gideon ließ den Kopf hängen. „Ja, Sir."

Jebediah wandte sich ab, und Gideon machte einen Schritt auf die Tür zu.

„Wo willst du hin?"

„Wie bitte?"

„So wie du stinkst, kommst du mir nicht ins Haus." Jebediah verzog angewidert das Gesicht. „Ich muss mir erst überlegen, was ich mit dir tun werde. In der Zwischenzeit" – er machte eine ausladende Armbewegung – „such dir hier draußen was zu essen und wasch dich am Brunnen."

26

Gideon starrte zum Haus hinüber und schlug den Kragen seiner Jacke hoch. Leonie weigerte sich immer noch, mit ihm zu sprechen. Und das schon seit vierzehn Tagen.

Zwei Wochen lang hatte sie ihn kaum angesehen und ihm nur einsilbige Antworten gegeben. Dabei gab er sich wirklich Mühe. Seit seiner Rückkehr suchte er immer wieder das Gespräch mit ihr, aber selten war ihr mehr als ein Ja oder Nein zu entlocken. Er konnte es ihr nicht verdenken. Warum sollte sie hören wollen, was er ihr zu sagen hatte? Gideon wischte sich die Hände an der Hose ab und ließ den Blick über den Hof schweifen. An der Scheunentür war bereits der Riegel für die Nacht vorgeschoben. Er ging zum Haus zurück und dachte an das Abendessen und an Leonie.

Er wurde einfach nicht schlau aus ihr. Falls sie bemerkt hatte, dass der Ring fehlte, ließ sie es sich zumindest nicht anmerken. Vor ein paar Tagen hatte er sie mit der Taschenuhr überraschen wollen – als eine Art Versöhnungsgeschenk. Natürlich wollte sie wissen, woher er die Uhr hatte, und er hatte nicht gewusst, was er antworten sollte. Und als er ihr die Wahrheit sagte, hatte sie ihm die Uhr wütend entgegengeschleudert. Er konnte sie gerade noch auffangen, bevor das harte Metall seinen Kopf traf.

Frauen. Nichts konnte man ihnen recht machen.

Elsie sah von ihrer Arbeit hoch, als Gideon die Küche betrat. Sie schob ein Holzscheit in den Ofen und schlug die schwere Klappe zu.

Gideon sah sich um. In so vielem erkannte er das Wirken seiner Frau, sodass sein Herz unweigerlich einen kleinen Sprung tat.

Elsie nahm ein Schneidebrett vom Regal. „Leonie ist kurz in den Keller gegangen, sie wird gleich wieder da sein."

„Ah, ja."

Jebediah kam hereingestürmt, die Zeitung unter dem Arm.

Langsam und umständlich rieb sich Gideon die Hände, als wollte er sie wärmen. „Ich mache mich vor dem Essen noch ein bisschen frisch“, sagte er dann. Ohne eine Antwort abzuwarten, ging er hinaus auf die Veranda. Unschlüssig starrte er auf den Waschbottich. Er konnte hören, wie Elsie und Jebediah sich unterhielten. Die beiden würden ihn nicht vermissen.

Er ging ums Haus herum, bis er die Falltür fand, wo es in den Keller hinunterging. Leonie hatte die Tür hinter sich zugemacht, was ihn nicht überraschte. Sie war so umsichtig. Auf keinen Fall sollten ungebetene Gäste wie Waschbären oder Füchse unbemerkt hineinschlüpfen und sich an Elsies Vorräten gütlich tun.

Ächzend hob er die schwere Falltür an. Während er die Leiter hinunterkletterte, überlegte er, was er sagen sollte.

„Gideon?“ Leonie blickte überrascht zu ihm hoch. Im Schein der Laterne sah er ihr erstauntes Gesicht. „Was machst du hier unten?“

Er schloss die Klappe über sich, bevor er die letzten beiden Stufen hinunterstieg, eingehüllt von der Stille des Raumes und dem Duft der Kräuter. „Elsie hat gesagt, dass du hier bist. Ich dachte, du könntest vielleicht Hilfe gebrauchen.“ Spinnweben kitzelten ihn an der Stirn. Gideon duckte sich darunter weg und sah zu, wie Leonie grob zugeschnittene Blöcke Seife auf die hölzernen Gestelle legte. „Was machst du da?“

„Die Seifenstücke zum Trocknen auslegen. Ich habe Seife gemacht für Elsie.“ Sie sah ihn an. In ihren Augen war Unsicherheit und etwas, das Gideon nicht deuten konnte. „Seife muss einige Wochen lagern und durchtrocknen, bevor man sie benutzen kann.“

„Ich weiß.“

„Ich wusste nicht, dass du dich im Seifensieden auskennst.“ Ein winziges Lächeln huschte über ihr Gesicht.

„Ich habe viele verborgene Talente.“

Leonie rollte mit den Augen und machte mit ihrer Arbeit weiter. Gideon trat näher. Fragend sah seine Frau ihn an. „Brauchst du irgendetwas aus dem Keller?“

Er stützte sich mit einer Hand an der irdenen Wand ab und spürte die kühle Erde auf seiner Haut. „Nein. Ich dachte nur, dass du mir vielleicht etwas sagen willst.“

Leonie schwieg. „Und wie kommst du darauf?“, fragte sie dann, ohne aufzublicken.

Gideon spielte mit einer Wurzel in der Wand. „Weiß nicht“, sagte er unbeholfen und räusperte sich. Normalerweise war es ihm nicht schwergefallen, sich mit Frauen zu unterhalten. Aber bei Leonie war das anders. „Ich dachte nur ... also, du bist ziemlich wortkarg in letzter Zeit, und da dachte ich, wir sollten vielleicht mal miteinander reden und ein paar Dinge klären.“

Leonie hielt den Blick auf ihre Arbeit gerichtet. „Und worüber sollen wir reden?“

„Na ja, über ... irgendwelche Probleme vielleicht.“

Die junge Frau schnaubte verächtlich. „Ach, ja?“ Sie reihte noch eine Lage Seifen auf, bevor sie ihm in die Augen sah. „Und, wo sollen wir anfangen?“

„Ich ... äh ... wollte dir vor allem sagen, dass es mir leidtut, dass ich einfach so gegangen bin.“

„Ich weiß, dass es dir leidtut.“

„Wirklich?“

Leonie tat einen ungeduldigen Atemzug. „Du hast es mir bereits gesagt.“

„Ja, richtig.“ Gideon kratzte sich am Kopf. „Aber warum bist du mir dann noch böse?“

„Ich bin dir nicht böse.“

„Dann versuchst du mir so, wie du mich behandelst, zu zeigen, dass du mich magst?“

„Wohl kaum.“ Leonie wischte sich die Hände an ihrer Schürze ab. „Gideon“, begann sie dann zögernd, „ich bin dir nicht böse. Und ich schätze es, dass du dich bei mir entschuldigt hast, wirklich. Aber ...“ Ihre Augen wanderten zur Kellerdecke, sodass das Laternenlicht auf ihrem Gesicht tanzte. „Ich kann nicht plötzlich ...“ Sie brach ab und seufzte. „Weißt du, es ist wie in dieser einen Bibelstelle.“ Sie hob einen Korb vom Boden auf und hängte ihn sich über den Arm. „Wann ist ein Dieb kein Dieb mehr?“

Gideon zuckte die Achseln und rieb sich seine Bartstoppeln. „Keine Ahnung. Wenn er aufhört zu stehlen, nehme ich an."

„Nicht ganz." Ihre Finger umschlossen den Griff des Korbes fester. „Es heißt, er soll nicht nur mit dem Stehlen aufhören, sondern sich eine ehrliche Arbeit suchen und anderen Gutes tun. Zum Beispiel, einen Acker bestellen und Getreide anbauen, damit er den Armen etwas abgeben kann."

„Du meinst, ich sollte Getreide anbauen?"

Leonie drehte sich um, um zu gehen. „Es hat keinen Sinn, mit dir zu reden."

„Warte." Gideon berührte ihren Ellbogen, und zog dann die Hand rasch wieder zurück. „Erkläre mir bitte, wie du das meinst. Ich möchte es wirklich verstehen."

Leonies Gesichtszüge wurden weicher. „Wenn du sagst, dass es dir leidtut, was du getan hast, dann ist das schön und gut. Aber es würde mir viel mehr bedeuten, wenn du dich wirklich ändern würdest."

„Wirklich ändern …"

Leonie nickte. „Ja. Denn, dass es dir leidtut, ist nicht genug." Sie nahm ein Glas Bohnen und legte es in den Korb. Suchend wanderten ihre Augen über das Regal. Aus einem Korb, der ganz unten stand, fischte sie ein paar Kartoffeln heraus und legte sie dazu. Gideon verfolgte ihre Bewegungen aus gewissem Abstand, als sei Leonie ein fernes Ziel, das er niemals erreichen konnte. Oder nicht erreichen wollte?

Er fragte sich, ob er die Verletzungen, die er seiner Frau zugefügt hatte, jemals wiedergutmachen konnte. Vielleicht würde auch die Zeit manche Wunden heilen. Aber was wollte er überhaupt? Sein Blick fiel auf Leonies Bauch. Dieses Baby war nichts als ein Klotz am Bein. Jedes Kind war ein weiterer Esser am Tisch, den man durchfüttern musste, hatte seine Mutter immer gesagt. Und die musste es ja wissen, denn sie hatte, weiß der Himmel, genug hungrige Mäuler zu stopfen. Warum sollte es ihm mit seiner eigenen Familie anders gehen? Es mochte ja sein, dass Leonie das Baby als Segen betrachtete. Er jedenfalls sah die Dinge realistisch und ohne diese Gefühlsduselei.

Leonie ging in die Hocke, sodass sich ihr Kleid über ihren Knien spannte. Ihr langer Zopf fiel über ihre Schulter. Gideon war unfähig, den Blick abzuwenden. Er verspürte plötzlich den Wunsch, ihr Haar zu berühren und das Zopfende um seinen Finger zu wickeln. Das Laternenlicht flackerte.

Wollte er, dass sie ihn hasste? Verdient hätte er es, nach allem, was er getan hatte. Mit einem Mal war ihm die ganze Tragik ihrer Situation bewusst. Nervös fuhr er sich durchs Haar. Es musste doch irgendwie möglich sein, die Wogen zu glätten. Irgendetwas, das ihm Zeit geben würde, bis sie seinen Beteuerungen glauben konnte. *Wie hübsch sie ist.* Manchmal, wenn sie ihn ansah mit diesem wissenden Blick, dann war ihm, als könnte sie ihm in die tiefsten Winkel seiner Seele schauen. Dann fühlte er sich auf eine Art zu ihr hingezogen, die er nicht beschreiben konnte und die ihn verwirrte. Es war ein Gefühl, das er nicht deuten konnte und das er nie zuvor gekannt hatte.

Gideon sah sie an, wollte sie festhalten mit seinem Blick. Wenn er jetzt noch etwas retten wollte, dann musste er sich beeilen. Leonie hatte bereits eine Hand an der Leiter und stieg die erste Sprosse hoch. Gleich würde sie die Falltür aufstoßen, und dann wäre sie fort. Und er würde immer noch mit offenem Mund hier stehen und ihr hinterherstarren.

„Leonie", flüsterte er.

„Hm?" Sie kletterte weiter, fand den Türgriff und hob die Tür an.

„Leonie, warte." Mit zwei Schritten war er neben ihr auf der Leiter. Die alten Holzsprossen ächzten unter dem Gewicht.

Mit einem Knall fiel die Tür zu. „Was ist denn?"

Gideon schlang einen Arm um ihre Taille und hielt sich mit der freien Hand fest. Da er eine Sprosse tiefer stand, waren ihre Köpfe auf gleicher Höhe und berührten sich fast.

„Gid …" Ihr Zopf schwang herum, als sie sich umdrehte.

Der Weidenkorb drückte gegen seine Rippen. Leonie wandte ihm jetzt das Gesicht zu. In einem letzten Versuch, irgendetwas Versöhnliches zu tun, beugte er sich vor und küsste sie.

Er fühlte, wie sich ihre Lippen bewegten. „Gideon, was machst du da?"

Rasch wich er zurück, ohne jedoch seinen Griff zu lösen.

Zu seiner Überraschung machte Leonie keinen Versuch, sich aus seiner Umarmung zu befreien. Nur ihre Augen blickten ihn fragend an.

„Entschuldige." Gideon senkte den Kopf und begann die Leiter hinunterzuklettern. „Ich wollte dich nicht aufhalten." Er vergrub die Hände in den Taschen und wagte es kaum, sie anzusehen.

Leonie zögerte einen Moment, doch dann stieß sie einen Seufzer aus und entschwand ohne ein weiteres Wort durch die Falltür hinaus ins Licht. Gideon ließ sich neben der Leiter zu Boden sinken und stützte den Kopf in die Hände. Was hatte er sich dabei gedacht? Sie liebte ihn nicht. Warum sollte sie auch? Er liebte sie ja auch nicht. Gideon hob die Laterne hoch und löschte das Licht.

27

Leonies Rocksaum schleifte über den laubbedeckten Boden, während sie zwischen den Blättern nach Kastanien suchte. Gideon ging neben ihr in die Hocke, spähte durchs Unterholz und blies warme Atemwolken auf seine kalten Hände. Fröstelnd rieb er die Handflächen gegeneinander, doch die beißende Kälte des Oktobermorgens ließ sich nicht vertreiben. Er beugte sich vor und kniff die Augen zusammen, als fixierte er durch die Büsche ein fernes Ziel.

Leonie trat hinter einer abgestorbenen Fichte hervor, deren spröde Nadeln einen rötlichen Ton angenommen hatten. Kaum einen Steinwurf entfernt entdeckte sie ein Wildschwein, das im Laub herumschnüffelte.

„He, was machst du da drüben?“ Jebediah richtete sich auf und warf eine Handvoll Kastanien in einen Jutesack. „Nur keine Müdigkeit vorschützen!“

„Er macht bloß Pause, um sich aufzuwärmen“, sagte Leonie augenzwinkernd und stellte ihren Sack auf den Boden.

Missmutig hob Gideon eine Kastanie auf. „Ich wünschte, ich hätte ein Gewehr“, murmelte er halblaut.

Jebediah folgte seiner Augenachse, und als er den Eber entdeckte, zuckten seine Mundwinkel nach oben. „Ah, du hast wohl Hunger. Aber wir sind heute nicht zum Jagen hier.“

„Ich weiß.“

Leonie bückte sich, und ihre Knie gruben sich in den kalten, feuchten Untergrund. Auf ihrem Kleid zeichneten sich nasse Flecken ab. Neben ihr hob Gideon drei pralle, glänzende Kastanien auf, rollte sie in der Handfläche und warf sie in ihren Sack.

„Machst du das eigentlich mit Absicht?“

„Was denn?“ Leicht zerstreut sah er sie an.

„Du hast noch fast gar keine gesammelt.“ Sie deutete auf seinen leeren Sack.

Er grinste leicht verlegen und zog die Schultern hoch.

Leonie konnte sich ein Lachen nicht verkneifen. „In der letzten halben Stunde hast du fast alle bei mir hineingeworfen. Nicht dass ich etwas dagegen hätte." Der kalte Wind hatte ihre Wangen gerötet, und sie strich sich mit dem Handrücken ein paar Haarsträhnen aus dem Gesicht. „Aber ich bekomme ein schlechtes Gewissen, wenn ich mich mit fremden Federn schmücke."

„Oh … wenn das so ist …" Gideon wandte den Blick ab.

„Kastanien sammeln ist wohl nicht deine Lieblingsbeschäftigung."

„Nicht unbedingt." Sein Mund verzog sich zu einem schiefen Lächeln. Als er sie ansah, bemerkte Leonie einen warmen Schimmer in seinen grünen Augen. Dann griff er seufzend nach dem leeren Sack, der hinter ihm stand, und warf ein paar Kastanien hinein. „Ich bin nun mal kein Sammler. Viel lieber würde ich Ackerbau betreiben und Getreide anbauen."

Leonie stieß ihn mit dem Ellbogen in die Seite.

Gideon grinste.

Sie las eine Handvoll Kastanien auf und fügte sie seinem armseligen Häufchen hinzu. Erstaunen zeigte sich auf seinem Gesicht, und sie errötete leicht. „Eine Hand wäscht die andere", sagte sie achselzuckend.

Das Grinsen auf seinem Gesicht wurde breiter, und der versteinerte Ausdruck, den sie so oft an ihm gesehen hatte, wich einem breiten Lächeln. „Heißt das, ich bekomme eine zweite Chance?", fragte er zögernd.

„Eine zweite?" Leonie schnalzte mit der Zunge. „Ich würde sagen, das ist mindestens die zwölfte."

Gideons Lächeln erlosch.

„Eine Chance wofür?", fragte sie dann, als sie sein ehrliches Bemühen sah. „Um zu beweisen, dass du kein kompletter Unmensch bist?"

Gideon starrte auf den Boden. „Ich fürchte, ich habe wenig getan, um das Gegenteil zu zeigen", sagte er zerknirscht.

Für einen winzigen Augenblick spürte Leonie so etwas wie Hoffnung in sich aufsteigen. Dann fiel ihr Blick auf seine Hand, und ihr Herz setzte einen Schlag aus.

Sein Lächeln hatte kaum seine Wangen erreicht, als es erstarb. Er stützte sich mit der Hand gegen einen Baum und richtete sich auf. Leonie sah zu ihm hoch und blinzelte in die tief stehende Sonne, unfähig, irgendetwas zu sagen.

„Leonie." Das Licht fiel durch das Blätterdach der Bäume und verfing sich in seinem Haar. Gideon ballte die Hand zur Faust und versteckte sie hinter seinem Rücken. Die Hand, an dem der Ehering fehlte. „Glaub mir, ich wollte dir nicht wehtun." Seine Stimme war kaum mehr als ein Flüstern. Unschlüssig stand er da und sah auf sie herab, als wollte er noch etwas sagen. Doch dann wandte er sich ab und machte eine vage Bewegung zu seiner Linken. „Ich glaube, da drüben sind noch mehr."

Leonie straffte die Schultern und machte sich wieder an die Arbeit. Schweigend las sie die Kastanien am Fuß des Baumes auf. Totes Laub klebte an ihrem Rock. Ihre Augen brannten, und sie blinzelte die Tränen zurück. *Es ist nur ein Ring. Nur ein Stück Metall.* Trotzdem tat es weh. Sie dachte an den Schmerz in Gideons Augen. Fast glaubte sie ihm, dass es ihm wirklich leidtat. Aber nur fast.

Obwohl sie Jebediah und Elsie nicht sehen konnte, hörte sie ihre Stimmen und wusste, dass sie drüben bei den jungen Eichen ihre Säcke füllten. Mehr als ein Mal drang aus Elsies Mund ihr eigener Name an ihr Ohr, warm und liebevoll. Leonie fragte sich, was das alte Ehepaar wohl von ihnen denken mochte. Aber mit jedem einzelnen Tag, den sie hier verbrachten, wuchs ihre Gewissheit, dass sie willkommen waren. Nie hatte sie zwei Menschen getroffen, die gütiger waren als die Bennetts.

Mit den Fingern durchkämmte Leonie das Laub und die kleinen Zweige. Nach und nach füllte sich der grobe Jutesack.

„Hast du deinen Sack bald voll?", hörte sie Gideons Stimme hinter sich.

„So gut wie", antwortete Leonie, ohne ihn anzusehen. Sie versuchte, aus der Hocke aufzustehen, doch ihre Beine waren steif und fast taub.

Als sie schwankte, fasste Gideon kurz ihren Ellbogen und stützte sie, zog jedoch die Hand gleich wieder zurück. Dann schulterte er seinen Sack, dass die Kastanien mit leichtem Klacken gegen seinen Rücken schlugen. Leonie spürte das Kribbeln, als das Gefühl in ihren Füßen zurückkehrte. Ächzend zog sie ihre schwere Last hinter sich her und hinterließ dabei eine Schleifspur im Gras. Sie umklammerte den rauen Stoff, um ihn sich ebenfalls über die Schulter zu werfen. Doch Gideon kam ihr zuvor, nahm ihr den Sack ab und schwang ihn sich selbst auf den Rücken.

Ihr Mund rundete sich in lautlosem Erstaunen. „Ich kann das selbst tragen."

„Das solltest du aber nicht. Dieser Sack ist fast so schwer wie du. Du solltest überhaupt nichts Schweres mehr heben." Beinahe schüchtern wanderte sein Blick zu Leonies Bauch, der sich unter ihrer Schürze wölbte.

„Lass uns zurück zu Jeb und Elsie gehen", sagte sie rasch und deutete in die Richtung, aus der sie die Stimmen gehört hatte.

Sie entdeckten Elsie einen Steinwurf entfernt, wie sie mit den Händen einen Laubhaufen durchsuchte.

„Ihr zwei seid schon fertig?" Sie schaute zu ihnen hoch, und ihre Augen tanzten, während sie von einem zum anderen blickte. Ohne auf ihre Hände zu sehen, warf sie ein paar Kastanien in ihren Sack.

Gideon ließ seine Last von der Schulter gleiten. „Ich wette, wir alle zusammen haben an einem einzigen Morgen fünf Scheffel Kastanien gesammelt. Mit vier Dollar pro Scheffel macht das ... eine ganze Menge Geld." Er rechnete mit den Fingern, ohne dass sich die Summe auf seinen Lippen formte, und errötete unter seinen Sommersprossen. Leonie tat so, als habe sie nichts bemerkt.

Gideon räusperte sich. „Wo ist Jebediah?", wechselte er das Thema.

Elsie zeigte auf den Rand der Lichtung, die in einer flachen Böschung zum Wasser abfiel. „Zuletzt war er dort drüben. Dieser Mann ist verrückt nach Kastanien wie ein wilder Truthahn!"

„Wenn ich ein Truthahn bin", lachte Jebediah, während er hinter einem Baum hervorkam, „dann bist du ein Waschbär, denn du magst Kastanien genauso gern wie ich." Er schob seine zusammengeflickte Schubkarre vor sich her, mit seiner glänzenden, rotbraunen Fracht in Elsies verzinktem Waschbottich.

„Dann lasst uns jetzt nach Hause gehen und ein paar Kastanien rösten", sagte Elsie und tätschelte Leonies Arm. „Wir wollen mal sehen, ob das Baby auch gern Kastanien mag."

Leicht beschämt wanderten Leonies Augen zu ihrem Bauch. Sie staunte immer wieder, wie schnell er sich rundete. Als sie Gideons Blick bemerkte, strich sie verlegen den Stoff glatt. Noch immer hatte sie seine Worte im Ohr. *Das heißt noch lange nicht, dass ich es lieben werde.*

Ächzend wendete Jebediah die schwere Schubkarre und schlug den Weg nach Hause ein. Elsie schloss zu ihm auf. Gideon stand unschlüssig da und wartete auf Leonie. Er ging neben ihr her und passte sich ihrem langsamen Schritt an. Sie konnte nur ahnen, wie schwer die Last der beiden Säcke auf seine Schultern drückte. Keiner von ihnen sprach. Leonie wusste nicht, was sie sagen sollte. Nicht nach dem, was im Keller zwischen ihnen gewesen war. Sie spürte noch Gideons Lippen auf ihrem Mund, sah diesen besonderen Ausdruck in seinen Augen, bevor er sie geküsst hatte. Als ob plötzlich eine neue Gefühlsregung in ihm erwacht wäre. Eine, die über bloßes Verlangen hinausging.

Bitte, lieber Herr, schenk, dass es so ist.

28

Gideon ließ den Stechbeitel fallen, der mit einem dumpfen Laut auf dem Boden landete. Mit der flachen Hand strich er prüfend über das Holz. Es fühlte sich rau und kantig an und war noch lange nicht glatt genug. Mit einem Stück Sandpapier begann er, die Oberfläche zu polieren. Er arbeitete langsam und stetig, die Zunge konzentriert im Mundwinkel. Zahlen und Buchstaben waren nicht sein Ding, aber mit Holzbearbeitung kannte er sich aus. Dafür brauchte er weder Zollstock noch Mathematik. Die Breite seiner Hand, die Länge seines Arms und sein gutes Auge genügten ihm als Werkzeuge.

Gideon fuhr mit dem Daumen über das Ahornholz. Immer noch nicht glatt genug. Was er hier baute, geschah aus Notwendigkeit, trotzdem wollte er seine Arbeit so gut wie möglich machen. Er stieß die Luft aus und bückte sich nach dem Beitel.

Vom Haus her hörte er Stimmen und schaute rechtzeitig aus dem Türrahmen, als Leonie über den Hof kam und auf die Scheune zuging. In der einen Hand trug sie einen Behälter aus Blech, in der anderen einen Becher. Ihr Kleid spannte sich straff über ihrer Mitte, und ihre Lippen bewegten sich, als ob sie sang. Gideon sprang auf und ließ sein Werk hinter einem Stapel alter Lattenkisten verschwinden. Flüchtig warf er ein Segeltuch darüber und setzte sich auf einen Schemel. Er griff nach einem weichen Stück Holz und begann, mit dem Taschenmesser daran herumzuschnitzen.

Als Leonie die Werkstatt betrat, blickte er auf. „Was bringst du mir Schönes?“ Er legte seine Schnitzerei beiseite und hoffte, sie würde keinen Verdacht schöpfen.

„Dein Mittagessen“, lächelte sie und stellte den Behälter auf die Werkbank.

Gideon wusste, dass Jebediah in der Küche beim Essen saß. Elsie hätte ihn rufen können, dann wäre er auch hineingegangen. Offensichtlich hatte Leonie ihm das Essen unbedingt bringen wollen. Bei dem Gedanken zuckten seine Mundwinkel leicht nach oben.

Er sah ihr zu, wie sie alles auspackte und vor ihn auf den Tisch stellte. Sie war jetzt im dritten Monat, und der Baumwollstoff über ihrem Bauch spannte sich deutlich. Jeden Abend saß sie über ihre Näharbeit gebeugt und nähte an ihrem neuen Kleid oder ließ die Nähte ihrer alten Kleider aus. Gideon wurde auf einmal bewusst, wie rasend schnell die Zeit verging. Bis nächstes Frühjahr war es nicht mehr lange. Er merkte plötzlich, dass er sie immer noch anstarrte.

„Was ist es denn?"

„Elsies Kanincheneintopf. Den haben wir dir zu verdanken." Sie lächelte wieder. „Und Maisbrot, Milch und …" – theatralisch hob sie mit spitzen Fingern ein Geschirrtuch an und enthüllte einen Kuchenteller – „ein Stück frischen Apfelkuchen."

Gideons Mund verzog sich zu einem breiten Lächeln. „Ein richtiges Festessen."

Er wickelte das goldbraune Maisbrot aus, biss hinein und spülte den Bissen mit einem Schluck Milch hinunter. „Es schmeckt herrlich." Als er sah, dass Leonie nichts aß, fragte er: „Und du? Hast du keinen Hunger?"

Sie schüttelte den Kopf. „Ich habe schon gegessen, drinnen bei Elsie. Wir haben auf dich gewartet, aber du hast bestimmt vor lauter Arbeit die Zeit vergessen." Sie rieb sich ihre mit Sommersprossen gesprenkelte Nase. Gideon zog sein Taschentuch heraus und hielt es ihr hin.

„Nein, danke", lachte sie. „Es ist nur die Kälte."

Ohne sich die Mühe zu machen, es zu falten, stopfte er das weiße Stück Stoff zurück in die Hosentasche und stellte einen Fuß auf die Strebe des Hockers.

Leonie spielte mit ein paar Hobelspänen. „Elsie hat gesagt, dass wir alle zu einer Hochzeit eingeladen sind."

Das letzte Stück Brot verschwand in Gideons Mund. „Würdest du gern hingehen?" Er sprach mit vollem Mund und wischte sich die Krümel von der Hose.

Sie zuckte die Achseln. „Eigentlich schon. Es wäre bestimmt nett, ein paar Leute aus der Gegend kennenzulernen."

Gideon hasste es, sich in Schale zu werfen. Krawatten und gestärkte Hemden waren ihm zuwider. Aber er sah Leonies leuchtende Augen. Und er wollte ihr gern beweisen, dass er durchaus ein zivilisierter Mensch war. Er hielt inne, während er einen Löffel Eintopf zum Mund führte, und sah seine Frau an. „Dann lass uns hingehen."

Ihren Augen weiteten sich. „Wirklich?"

„Wann ist denn diese Hochzeit?"

„Elsie hat gesagt, in ein paar Tagen." Ihre Stimme war voller Vorfreude.

„Gut." Ihm fiel auf, dass sie endlich wieder miteinander sprachen, und hatte plötzlich das Bedürfnis, den Faden nicht abreißen zu lassen. „Willst du dich hinsetzen?"

Als Leonie nickte, holte er schnell einen niedrigen Hocker aus der Ecke und hielt ihn fest, sodass sie sich setzen konnte. Ihr Rock rutschte ihr über die Knie und gab den Blick frei auf ein Loch in ihrem Strumpf. Gideon ertappte sich dabei, wie er sie anstarrte – was in ihrer Nähe schon fast zur Gewohnheit geworden war. Schnell lenkte er seine Aufmerksamkeit wieder auf das Essen.

Er führte die Schale zum Mund und trank die Brühe aus. „Das war sehr lecker, vielen Dank."

„Gern geschehen." Sie wollte ihm die Suppenschale abnehmen, aber Gideon wehrte ab. „Lass nur. Du brauchst nicht hinter mir herzuräumen. Ich kann das selbst zurückbringen."

„Aber ich mache es gern. Schließlich bin ich nicht bettlägerig."

Gideon sah ihre Augen funkeln. „Na schön", sagte er. „Danke."

Sie legte ihre Hand um den Griff des Blechgefäßes, und ihre Finger berührten sich. Er forschte in ihrem Gesicht nach einer Reaktion. Als er ihrem Blick begegnete, durchströmte ihn ein warmes Gefühl vom Scheitel bis zur Sohle. Offensichtlich war sie ihm nicht mehr böse. Er dachte an den Tag, als Jebediah sie beide gefunden hatte. Was für ein Schuft war er gewesen. Gideon sah hinunter auf seine Stiefel, und seine Wangen brannten vor Scham.

Leonie berührte ihn leicht am Arm und riss ihn aus seinen Gedanken. „Woran denkst du?"

Er hob den Blick. Sie stand vor ihm und sah ihn aus großen, fragenden Augen an.

Rasch überspielte er seine Verlegenheit und sagte betont beiläufig. „An nichts Besonderes." Durch die offene Tür sah er plötzlich kleine weiße Flocken. „Schau mal, es schneit!"

Sie drehte sich um und sog erstaunt die Luft ein. „Das gibt's doch nicht!"

„Komm mal her. Es ist zu kalt für dich hier draußen." Gideon nahm seine Jacke von der Werkbank und legte sie ihr um die Schultern.

„Aber frierst du denn nicht?", fragte sie besorgt, wobei sie ihre Hände in die mit Flanell ausgekleideten Taschen steckte.

Er schüttelte den Kopf. „Mir ist nicht kalt. Aber lass uns trotzdem reingehen." Ohne zu überlegen, hielt er ihr die Hand hin.

Leonie zögerte einen Moment, dann ergriff sie Gideons Hand, und er half ihr beim Aufstehen. So langsam wie möglich löste er seinen Griff. Noch lange spürte er die ungewohnte Berührung.

Seite an Seite gingen sie zum Haus zurück, und als ihre Arme sich zufällig streiften, wich Gideon aus und gab ihr mehr Raum. Er hatte keine Ahnung, wie er sich Leonie gegenüber verhalten sollte.

Er hatte noch nie eine feste Beziehung gehabt – darin hatte er keine Übung. Ein Hauch von Zimt stieg ihm von Leonies mehlbestäubter Schürze in die Nase. Er hatte Angst, dass er wieder das Falsche tun oder sagen würde.

Der Schnee fiel leise wie ein Flüstern, und der Novemberwind zerrte an seinem Baumwollhemd, doch er spürte nichts davon. Er hielt Leonie die Tür auf, und sie traten in die warme Küche, in der es nach frischem Apfelkuchen duftete.

Elsie stand am Herd und ließ geschnittene Karotten in einen Topf gleiten. Sie wischte sich die Hände an ihrer Schürze ab. „Na, ihr beiden? Habt ihr euch schön warm eingepackt?"

„Ich schon, aber Gideon nicht." Leonie drückte ihm den Arm. „Komm, setz dich ans Feuer."

Er freute sich zu sehr über ihre Geste, als dass er widersprechen wollte.

In dem Moment platzte Jebediah herein. „Kannst du mir mal zur Hand gehen?", keuchte er. „Frauen – dauernd wollen sie baden. Ich habe den Zuber schon mal in euer Zimmer gestellt. Aber ich kann das Wasser nicht allein nach oben schleppen."

Leonie zog unweigerlich den Kopf ein. „Es tut mir leid. Ich muss nicht unbedingt …"

„Jebediah Bennett!" Elsies Augen blitzten, als sie ihm mit dem hölzernen Kochlöffel drohte. „Wie kannst du es wagen! Leonie ist unser Gast!"

Jebediah grinste. „Ich weiß, ich weiß. Nun reg dich wieder ab – man wird doch noch einen Spaß machen dürfen." Er hob beschwichtigend die Hände und ging rückwärts zur Verandatür. „Es macht mir wirklich nichts aus, Leonie. Zu Hause hast du wahrscheinlich jeden Samstagabend gebadet, für die Kirche am Sonntagmorgen."

Leonie nickte, und Jebediah lächelte. Gideon sagte nichts dazu, doch er wusste, dass die Bennetts nicht zur Kirche gingen. Zu Fuß war es einfach zu weit, und sie besaßen keine Kutsche.

„Ich möchte wirklich keine Umstände machen", sagte Leonie.

„Das tust du auch nicht." Jebediah tippte Elsie ans Kinn. „Ich wollte bloß meine liebe Frau ein wenig necken."

Elsie hörte auf, in ihrem Topf zu rühren, und stemmte die Hände in die Hüften, sodass die Brühe vom Löffel auf ihre Schürze tropfte. Sie warf Jebediah einen Blick zu, worauf dieser sich schleunigst aus dem Staub machte, immer noch grinsend. Leonie reichte Gideon seine Jacke, und er folgte dem alten Mann nach draußen.

Jebediah schlug den karierten Kragen hoch. „Du weißt, dass ich nur Spaß mache? Das mit dem Badewasser macht mir wirklich nichts aus."

„Ich weiß."

Schweigend gingen sie nebeneinanderher. Jebediah deutete mit dem Daumen Richtung Haus. „So sind die Frauen. Halten einen den ganzen Tag auf Trab."

Gideon nickte. „Ständig haben sie irgendwelche Wünsche. Das ist manchmal ganz schön lästig."

„Ach, tu doch nicht so."

„Wie bitte, Sir?"

„Ich habe euch zwei beobachtet. Und so, wie du dich deiner Frau gegenüber benimmst, glaube ich, du tust es gern. Es macht dir nicht halb so viel aus, wie du behauptest."

Gideons Adamsapfel hüpfte auf und nieder. Sein Blick wanderte zum Haus, und er wusste nicht, was er darauf antworten sollte. Plötzlich sehnte er sich nach der Wärme des Kaminfeuers und nach Leonies Nähe.

29

Der Klang einer einzelnen Geige erfüllte die alte Scheune, und ein kalter Wind wehte herein. Der Geistliche wandte sich dem Bräutigam zu, und das Lächeln auf seinem faltigen Gesicht zeigte, dass er dem Brautpaar gewogen war. Die Musik verklang.

Leonies Hand lag dicht neben Gideons, sodass sich ihre Finger beinahe berührten. Sie blinzelte die Tränen weg und hob den Blick zu den mächtigen Deckenbalken. Verstohlen zog sie die Nase hoch und atmete dabei den süßen Duft von Heu und Stroh ein, das in der Scheune lagerte. Sie sah die Braut, wie sie in ihrem zarten, pastellfarbenen Kleid neben ihrem Bräutigam stand und vor Glück strahlte, als sie in die Augen des Mannes schaute, den sie liebte. Leonie zog ihr Taschentuch hervor und putzte sich die Nase.

So viel Glück. So viel echte, unbeschwerte Freude. Sie dachte an den Tag, als sie Gideon ihr Jawort gegeben hatte. Es war kein glücklicher Tag gewesen.

Gedankenverloren spielte Leonie mit ihren Fingern. Gideon hielt den Blick gesenkt. Schließlich faltete er die Hände im Schoß und lehnte sich vor. Leonie faltete ebenfalls ihre Hände und spürte, wie ihr Ehering sich erwärmte. Auch ohne einen Blick auf Gideons Hand zu werfen, wusste sie, dass er seinen schon lange nicht mehr besaß. Der Schmerz in ihrer Brust wurde stärker, und sie konzentrierte sich wieder auf die Trauung. Wie schön musste es sein, eine so glückliche Hochzeit feiern zu können. Ihre Augen brannten. Sie tat einen tiefen Atemzug und zwang sich, ihre Gefühle in Schach zu halten.

Gideon saß mit gebeugten Schultern und hängendem Kopf neben ihr und seufzte. Leonie wünschte, sie könnte seine Gedanken lesen und den Mann, den sie geheiratet hatte, besser verstehen.

Als sie sah, wie sich die Brautmutter mit einem spitzenumsäumten Taschentuch die Nase tupfte, musste sie an ihre eigene Mutter denken.

Rasch wandte sie den Blick ab. Es tat zu weh. Sie legte eine Hand auf ihren Bauch und schluckte die Tränen hinunter.

Sie würde alles darum geben, wenn sie ihre Mutter wiedersehen dürfte. Wenn sie ihre Stimme hören könnte. Sie sehnte sich nach ihrer Tante Sarah. Wie gern würde sie ihr alles erzählen und ihr ihre geheimsten Sehnsüchte anvertrauen.

Sie sehnte sich danach, geliebt zu werden.

Leonie rückte näher an Gideon heran. Er rührte sich nicht und ließ zu, dass ihre Schultern sich berührten. Eine Träne löste sich und rollte ihre Wange hinunter. Leonie beeilte sich, sie wegzuwischen. Gideon sah auf seine Hände und malte mit langsamen Bewegungen Kreise auf seinem Handrücken.

Der Pfarrer klappte seine dicke Bibel zu und schloss die Trauzeremonie mit einem Gebet für das jungvermählte Paar. Die Hochzeitsgäste applaudierten, und Leonie stimmte in den Beifall ein. Gideon klatschte zögerlich, als sei er nicht ganz bei der Sache. Leonie sah, wie eine junge Frau Gideon mit unverhohlenem Interesse anstarrte, und spürte, wie ihr die Hitze in die Wangen stieg. Sie warf einen Seitenblick auf Gideon, doch der brütete abwesend vor sich hin und schien nicht wahrzunehmen, was um ihn herum vorging.

Leonie berührte leicht seinen Arm, und als er sie anschaute, war sein Blick voller Schmerz. In seinen Augen las sie einen unbekannten Ausdruck, und ihr stockte der Atem. Sie wollte etwas sagen, aber im selben Moment hörte sie das Scharren der Stühle auf den nackten Holzbohlen, als die Leute aufstanden. Frauen drängten sich zu den Tischen mit dem Essen, schnitten Kuchen und Pasteten an und rührten in Töpfen mit Bohneneintopf. Die Männer beeilten sich, die bunt zusammengewürfelten Stühle aufeinanderzustapeln und an die Wand zu stellen. Bald darauf begannen die Musiker zu spielen, und die Leute stellten sich am Buffet an. Leonie stand neben Gideon in der Schlange. Der Junge hinter ihnen klopfte mit dem Fuß den Takt, und Leonie musste lächeln.

Auf Tischen mit rot karierten Tischtüchern reihten sich die Schüsseln mit Maisbrei und eingelegten Gurken und Platten mit aufgeschnittenem

Schinken. Es gab Teller mit Gebäck, Tonschüsseln mit Kartoffelsalat und geschmortem Weißkohl. Gideon schnitt zwei Scheiben Brot ab und bestrich die eine mit Apfelbutter, die andere mit Brombeermarmelade – Leonies Lieblingsmarmelade.

„Danke." Sie nahm ihren Teller und ließ ihre Augen über die Kuchen und Pasteten wandern. Vor sich sah sie einen breiten, schwarz befrackten Rücken und beobachtete, wie sich der Bräutigamsvater einen Keks in den Mund schob.

Gideon tat es ihm gleich, und als er merkte, dass Leonie ihm zuschaute, zuckte er die Schultern und grinste. „Es passt sowieso nicht alles auf den Teller", sagte er kauend.

Ein gefleckter Hund steckte die Nase unterm Tisch hervor und sah sie mit großen, goldbraunen Augen an. Gideon hielt ihm eine Scheibe Schinken hin, die sofort verschwand. Er räusperte sich, als Leonie ihn strafend ansah. Mit ihren gefüllten Tellern gingen sie hinüber zu den Bennetts, die auf einer der vielen Picknickdecken saßen, die auf dem Scheunenboden ausgebreitet waren.

Gideon rollte eine Scheibe Schinken zusammen und biss hinein. Er trank einen Schluck Apfelmost und rieb sich fröstelnd die Arme. „Es ist kalt hier drin." Er setzte den Teller ab und wärmte sich die Hände mit seinem Atem.

Leonie brach ein Stück von ihrem Brot ab. „Dann zieh deine Handschuhe an."

„Mit Handschuhen kann ich aber nicht essen." Ein schelmisches Grinsen huschte über sein Gesicht.

Leonie freute sich, ihn so unbeschwert zu sehen. „Ich hole dir eine Gabel", sagte sie. „Kann ich sonst noch jemandem etwas mitbringen?"

Jebediah hielt eine gebratene Hähnchenkeule hoch. „Eine Serviette wäre nicht schlecht."

„Kommt sofort." Leonie reihte sich lange genug in die Schlange am Buffet ein, um das Gewünschte zu holen. Als sie zurückkam, leckte sich Jebediah gerade die Finger ab. Leonie warf ihm die Serviette zu und reichte Gideon die Gabel. „Ihr haltet einen ganz schön auf Trab", scherzte sie.

Gideons Grinsen wurde noch breiter. Leonies Herz tat einen kleinen Sprung. Näher als notwendig ließ sie sich neben ihm auf der Decke nieder und überlegte, was sie noch sagen könnte, damit sein Lächeln nicht erlosch.

Hinter ihr hörte sie, wie sich jemand räusperte. „Entschuldigung, sind Sie Gideon O'Riley?"

Alle Köpfte wandten sich um, und Leonie sah einen bärtigen Mann mit einem kleinen, flachsblonden Mädchen auf dem Arm.

Gideon wischte sich den Mund ab. „Der bin ich. Warum?"

Der Mann deutete mit dem Kopf auf die improvisierte Bühne. „Würden Sie vielleicht einspringen und für uns spielen? Ein Bekannter hat Sie ein paarmal in Rocky Knob gehört. Er sagt, Sie seien wirklich gut." Er wechselte die Seite und fasste das Kind mit seinem anderen Arm. „Und ich bräuchte dringend eine Pause."

Gideon zog die Brauen hoch und ließ den Blick durch den Raum schweifen, als suchte er ein bekanntes Gesicht. „Ich weiß nicht, ob ich so gut bin", sagte er bescheiden.

Leonie gab ihm einen sanften Rippenstoß. „Komm schon, Gid. Spiel ruhig."

„Aber ich habe meine Mandoline nicht dabei", sagte er abwehrend.

Der Fremde klopfte ihm freundlich auf die Schulter. „Sie können meine nehmen. Ich leihe sie Ihnen, solange sie wollen." Er sah Gideon auffordernd an. „Bitte, Sie würden mir einen großen Gefallen tun. Ich bin müde, und ich würde mir gern etwas zu essen holen."

Gideon sah Leonie an. „Wäre das für dich in Ordnung?" Er leckte sich die Finger, und sie drückte ihm eine Serviette in die Hand.

„Aber natürlich."

Sein Gesicht erhellte sich. „Na schön. Aber nur ein paar Lieder. Und du hast wirklich nichts dagegen?"

Lachend stand Leonie auf und schob ihn Richtung Bühne. „Nun geh schon! Sie warten auf dich."

Gideon tauchte in der Menschenmenge unter. Er ging vorbei an Leuten, die er nicht kannte, an Gesichtern, die er nie zuvor gesehen hatte. Dann entdeckte er einen untersetzten Kerl, der seinen kräftigen Arm um die Taille eines dunkelhaarigen Mädchens gelegt hatte, und erschrak. *Bert?* Doch beim Näherkommen entpuppte sich der Mann mit den buschigen Augenbrauen und den weit auseinanderstehenden Augen als Fremder.

Erleichtert atmete Gideon auf. Im Vorbeigehen spürte er den Blick des Mädchens, doch er ließ das Pärchen unbeeindruckt hinter sich. Noch vor wenigen Monaten hätte er keine Gelegenheit zum Flirten ausgelassen, aber das war nun vorbei. Andere Frauen und ihre Reize ließen ihn kalt, und er fühlte sich auf einmal von einer schweren Last befreit.

Natürlich waren ihm die Blicke der Mädchen nicht entgangen, die mit ihrem Lächeln und ihrem Augenaufschlag versuchten, seine Aufmerksamkeit auf sich zu ziehen. Aber für ihn zählte nur das Mädchen, das auf der karierten Picknickdecke auf ihn wartete.

Gideon folgte dem Mann auf die Bühne. Er reichte ihm eine Mandoline und kratzte sich am Kopf. „Das ist sie. Nichts Besonderes, aber sie spielt sich gut und verstimmt sich nicht so leicht."

„Sie sieht besser aus als meine." Gideon fuhr mit dem Daumen über das glatte Fichtenholz.

Der Mann grinste. „Dann viel Spaß. Nur ein paar Lieder, dann bin ich zurück. Und vielen Dank." Er setzte seine kleine Tochter ab und ging mit ihr an der Hand davon. Gideon nahm die Mandoline und schlug prüfend ein paar Töne an.

„Was kannst du denn spielen?" Ein kurzbeiniger, blonder Mann mit einer Fiedel unterm Kinn sah ihn herausfordernd an.

„Alles, was ihr wollt." Gideon zog sich mit dem Fuß eine Kiste heran und setzte sich. Er hielt die Mandoline auf dem Schoß. Das Holz unter seinen Händen fühlte sich warm und vertraut an. „Ihr spielt die Melodie, ich die Begleitstimme."

„Ganz, wie du willst." Der Fiedler verzog den Mund zu einem schiefen Grinsen. „Das da drüben ist übrigens Tom Parson am Banjo. Nur zur Vorwarnung …" Er griff nach dem Bogen. „Na dann, viel Glück."

Gideon öffnete den Mund, schloss ihn jedoch gleich wieder. Er sah zu Tom hinüber, der sein Banjo hob, und fragte sich, welche Akkorde er wohl spielen würde. Seine Finger fühlten sich steif an, und er wünschte, er hätte Gelegenheit gehabt, sich aufzuwärmen. Der blonde Fiedler zupfte eine neckische Melodie, und die Zuhörer klatschten und johlten. Er beugte sich vor und ließ den Bogen immer langsamer über die Saiten gleiten. Die Töne stiegen zur Decke hoch und blieben in den Dachsparren hängen. Gideon holte tief Luft.

Tom verneigte sich und riss sich theatralisch den Hut vom Kopf, als würde er bei einem Duell den Säbel ziehen. Gideon nickte, und der Wettkampf begann. Tom gab das Tempo vor, und Gideon griff die Melodie des Banjos auf. Die Mandoline hielt mit und fand ihren Rhythmus. Der Applaus wurde lauter, und die Musik wurde noch schneller. Je mehr sich Gideons kalte Finger an das Instrument gewöhnten, desto sicherer wurde er.

Tom steigerte abermals das Tempo. Seine dicken, fleischigen Finger flogen nur so über das Griffbrett. Der Hut rutschte ihm vom Kopf, und Gideon versuchte erst gar nicht, seine Schadenfreude zu verbergen. Je schneller die Musik wurde, desto lauter johlte das Publikum. Ein junger Mann, der vor der Bühne stand, stieß einen schrillen Pfiff aus. Ein Lachen formte sich in Gideons Brust, und er spürte, wie sein Brustkorb vibrierte, wenn auch der Ton im Lärm der Menge unterging. Das Publikum klatschte im Takt, immer schneller, bis Tom – sehr zum Missfallen der Leute – sein Banjo sinken ließ und beide Hände hob. Erschöpft senkte Gideon den Kopf und applaudierte anerkennend.

„Wo hast du gelernt, so zu spielen?", rief Tom ihm quer über die Bühne zu.

Doch Gideon tat sein Kompliment mit einem Achselzucken ab. „Du hast mich ganz schön fertiggemacht. Kein Wunder, dass dein Kumpel eine Pause brauchte."

Sie spielten noch ein paar Lieder, von denen Gideon die meisten bekannt waren. Und welche er nicht kannte, waren einfach zu lernen. Nach einem Walzer machte die Band eine Pause, und Gideon war froh, als er die Mandoline an ihren Besitzer zurückgeben konnte.

„Komm mit.“ Tom legte sein Banjo beiseite und winkte Gideon zu sich in eine Ecke der Bühne. Er nahm eine Flasche Whiskey und goss ein Glas ein. „Das hast du dir verdient.“ Lächelnd hielt er ihm das Glas mit der bernsteinfarbenen Flüssigkeit hin.

„Danke, ich … äh …“ Gideon starrte auf das Glas, und sein Herzschlag beschleunigte sich.

Toms Augenbrauen zogen sich zusammen.

„Ich wollte sagen: Nein, danke“, hörte Gideon sich zu seinem eigenen Erstaunen sagen.

„Kein Problem.“ Tom leerte das Glas in einem Zug, dann klopfte er Gideon auf den Rücken. „Gut gemacht, Mann. Hat Spaß gemacht mit dir.“

„Danke, mir auch.“

Als sich die Musiker zu einem Umtrunk einfanden, verabschiedete sich Gideon und machte sich auf den Weg zurück zu Leonie. Sein Herz war leicht, doch sein Magen knurrte, und er dachte an seinen halb vollen Teller, den er stehen gelassen hatte. Unterwegs wurde er immer wieder aufgehalten, weil man ihm die Hand schütteln wollte.

„Das war fantastisch“, lobte ein kräftiger Mann. „Woher kommen Sie?“

Gideon nickte bloß und schüttelte stumm die vielen Hände. „Danke“ war alles, was er herausbrachte. Sein Kopf schwirrte. Er wollte nur noch zu Leonie. Endlich entdeckte er sie neben Elsie, zusammengerollt auf der Decke. In ihren Haaren klebte Stroh. Ihr Gesicht war friedlich, und ihre Hand ruhte auf ihrem Bauch. Elsie hatte sie mit ihrem dunklen Schultertuch zugedeckt.

„Wie lange schläft sie schon?“, fragte Gideon, kaum hörbar im Stimmengewirr um sie herum, und kniete sich neben Leonie auf den Boden.

„Noch nicht lange, und ich frage mich, wie sie bei dem Lärm überhaupt schlafen kann.“ Elsie reichte ihm eine Handvoll Kekse, die sie in eine Serviette eingewickelt hatte. „Ich gehe Jebediah suchen. Wir müssen Leonie nach Hause bringen.“ Damit verschwand sie in der Menge.

Gideon lehnte sich mit dem Rücken gegen einen Strohballen, aß einen Keks und beobachtete das bunte Treiben. Die Band begann wieder zu spielen, und die Paare strebten zur Tanzfläche. Am Rand tanzten einige Männer für sich allein und hüpften und stampften unter Einsatz von Knien und Ellbogen ausgelassen herum. Gideon konnte sehen, dass sie nicht mehr ganz nüchtern waren. Für einen kurzen Augenblick dürstete ihn nach einem Schluck Whiskey, aber dann fiel sein Blick auf Leonie, und er lächelte.

Vorsichtig klaubte er ihr einen Strohhalm aus den Haaren und strich mit den Fingerspitzen über ihre weichen Locken – was er nie gewagt hätte, wenn sie wach gewesen wäre. Ihr Haar fühlte sich seidig an. Er sah, wie sie atmete und sich unter dem Schultertuch rührte, und ein seltsamer Friede durchströmte ihn. Sein Kopf war klar und sein Herz leicht, und er wusste: Nicht für den besten Whiskey der Welt würde er dieses Gefühl eintauschen wollen. Es war ein guter Tag gewesen.

30

Gideon blinzelte ins Licht, das durch die Gardinen auf den Fußboden fiel. Er setzte sich auf und schüttelte den Kopf, erstaunt, dass die Sonne schon so hoch am Himmel stand. So lange geschlafen hatte er noch nie. Es war spät gewesen gestern, und er war erst nach Mitternacht ins Bett gekommen. Seine Augen suchten Leonie, doch ihr Platz war leer. Er stand auf, zog sich an und ging in die Küche hinunter. Schon auf der Treppe sehnte er sich zurück in sein warmes Bett.

Töpfe klapperten und Geschirr wurde klirrend auf den Tisch gestellt. Gideon fuhr sich mit den Fingern durch die wirren Haare, obwohl er wusste, dass er damit sein Erscheinungsbild kaum verbessern würde. An der Türschwelle blieb er stehen, rieb sich das Kinn und sah Leonie und Elsie beim Arbeiten zu. An der gusseisernen Pfanne klebte Teig, und auf dem Boden lag eine Eierschale.

„Guten Morgen." Leonie stellte sich auf die Zehenspitzen, holte einen Stapel Teller aus dem Schrank und ging damit zum Tisch. „Du hast bestimmt Hunger."

Gideon gähnte. „Hunger ist gar kein Ausdruck. Ich sterbe, wenn ich nicht bald etwas zu essen kriege."

„Dein Frühstück ist gleich fertig." Leonie zeigte auf seinen Stuhl. „Willst du dich nicht setzen?" Ihre gestreifte Schürze schwang herum, als sie sich umdrehte. Sie hatte sich die Haare frisch gekämmt und geflochten. Ein paar lose Strähnen rankten sich um ihr Gesicht, und er dachte daran, wie sich ihr Haar anfühlte.

Verlegen rieb er sich den Nacken. „Ich gehe besser erst nach draußen und helfe Jebediah."

In dem Moment kam Jebediah in die Küche, einen Eimer Milch in der Hand, und Gideon straffte bei seinem Erscheinen unweigerlich die Schultern.

„Die Frauen sollen wohl so lange auf die Milch warten, bis der gnädige Herr ausgeschlafen hat!“ Schnaufend stellte Jebediah den Eimer ab.

Elsie schnalzte mit der Zunge. „Jetzt lass doch den armen Jungen zwei Minuten in Ruhe, bevor du ihn wieder zum Melken, Holzspalten oder sonstwohin abkommandierst!“

„Danke, Elsie!“, lächelte Gideon und ließ sich auf seinen Stuhl fallen. Er stützte die Ellbogen auf den Tisch, verbarg das Gesicht in den Händen und rieb sich die brennenden Augen.

Etwas traf ihn am Arm, und er sah verwirrt auf.

„Ellbogen vom Tisch!“ Elsie stand neben ihm, eine Hand in die Seite gestemmt, in der anderen hielt sie einen Kochlöffel. Ihre Augen blitzten.

„Entschuldigung.“ Gideon rieb sich den schmerzenden Arm.

Leonie setzte sich neben ihn, die Wangen vom Kochen gerötet. Gideon knurrte der Magen, während er darauf wartete, dass Jebediah das Tischgebet sprach. Elsie häufte frische Pfannkuchen auf seinen Teller, und er goss Ahornsirup darüber und bediente sich aus der Schüssel mit dem Apfelkompott, die Leonie zu ihm hinüberschob.

„Weißt du, was wir heute machen?“, fragte Jebediah und legte seinen Arm auf Gideons Stuhllehne.

Gideon verneinte und tunkte seinen Pfannkuchen in den Sirup.

„Ich würde gern eine Wagenladung voll Sachen verkaufen.“

„Wo denn? In der Stadt?“ Gideon blickte von seinem Teller auf.

„Nein, Mount Airy ist zu weit. Nur hier in der Gegend, bei den Nachbarn. Die Farmer, die so abgelegen wohnen wie wir, sind immer gern zu einem Handel oder Tauschhandel bereit.“

Gideon wischte sich den Mund und legte die Serviette auf den Schoß. „Und womit wollen wir handeln?“

„Mit den Kastanien zum Beispiel. Manche Leute haben keine eigenen Kastanienbäume. Vielleicht werden wir einen ganzen Scheffel los.“ Jebediah trank einen Schluck Kaffee. „Und Elsie hat noch ein halbes Dutzend Gläser Eingewecktes übrig und ein paar Pfund Butter.“ Er zuckte die Achseln. „Vielleicht können wir auch gar nichts verkaufen, aber es ist immer einen Versuch wert. Man weiß nie, was die Leute gebrauchen können.“ Er stand auf, nahm den emaillierten Krug vom Wandbrett über dem Herd und zog einen Lederbeutel heraus. „Das nehmen wir mit." Er schüttelte den Beutel und ließ die Münzen klingeln. „Bei der Red-Pickler-Farm bauen sie viel Weizen an. Dort können wir ein paar Säcke Mehl kaufen."

„Darf ich mitkommen?", fragte Leonie. Freudige Erwartung stand in ihrem Gesicht, doch Gideon schüttelte den Kopf. „Ich glaube, es ist besser, wenn du hierbleibst. Es ist kalt draußen, und wir wissen nicht, wie lange wir unterwegs sein werden."

Leonies Lächeln erlosch. Warum musste er ihr die Freude verderben? Sie sah so enttäuscht aus, dass Gideon ein schlechtes Gewissen bekam. Rasch schlang er die letzten Bissen hinunter.

„Meine Damen, ich danke euch für das köstliche Frühstück." Jebediah stellte seinen Teller ins Waschbecken und griff nach seinem Hut. Gideons Stuhl kratzte über den Küchenboden, als er aufstand.

„Ich packe euch etwas für unterwegs ein", sagte Elsie, während sie von einem Laib Brot dicke Scheiben abschnitt und sie zusammen mit etwas Käse in die blecherne Dose stapelte.

„Danke, Elsie." Gideon zog sich die Jacke an und schob sich den Hut ins Gesicht. Seine Haare, widerspenstig wie immer, kräuselten sich hinter den Ohren, und er feuchtete die Fingerspitzen an, um sie glatt zu streichen.

Leonie räumte den Tisch ab und stellte das Geschirr zusammen. Gideon nahm ihr einen Stapel Teller ab und trug ihn zum Spülstein. „Ich wollte dir nicht den Spaß verderben", sagte er versöhnlich. „Es ist zwar ziemlich kalt, aber du kannst natürlich trotzdem gern mitkommen. Ich meine, wenn du willst."

Sie lächelte. „Das würde ich gern. Aber ich glaube, ich sollte wirklich lieber hierbleiben und Elsie helfen. Sie hat so viel zu tun." Ihre Wange streifte seine Schulter. „Trotzdem, danke."

Ein Gefühl heftiger, nie gekannter Zuneigung brandete in ihm auf, und Gideon wandte die Augen ab. Sein Blick blieb an ihrem kastanienbraunen Haar hängen. „Ist schon in Ordnung", sagte er, und seine Stimme klang rau.

„Grüß Gott, Jebediah. Wer ist denn der junge Bursche, den Sie bei sich haben?“ Eine grauhaarige Frau in einem schwingenden schwarzen Rock trat hinaus auf die Veranda ihres Hauses.

Jebediah brachte Berta zum Stehen. Der leichte Wagen, den das Maultier zog, hielt vor dem Haus, und Jebediah hob das ausgeblichene Segeltuch, damit die Frau die Waren begutachten konnte.

„Guten Tag, Mrs Krause.“ Er zog seinen Hut. „Das hier ist Gideon. Seine Frau und er wohnen eine Weile bei uns.“

„Ma'am.“ Gideon tippte sich an die Hutkrempe und nickte einen Gruß.

„Lassen Sie mal sehen, was Sie Schönes mitgebracht haben.“ Sie schob ein paar Felle auf dem Wagen beiseite. „Oh, ist das Elsies Apfelbutter? Wenn ja, hätte ich einen Topf Honig, den ich entbehren könnte.“ Um ihre Augen bildeten sich zahlreiche Fältchen, als sie sich lächelnd eine lockige Haarsträhne aus der Stirn schob.

„In der Tat, Ma'am.“ Jebediah nahm ein Glas heraus. „Das ist das letzte Glas. Die anderen fünf sind heute Nachmittag weggegangen. Auch die Kastanien sind leider alle, aber ich hätte noch ein halbes Pfund frische Butter für Sie.“

Die Frau drehte das Glas in ihrer Hand. „Danke, die Apfelbutter genügt. Lassen Sie mich den Honig holen.“

Sie eilte ins Haus, und während sie warteten, scharrte Gideon mit der Stiefelspitze in einem Haufen Laub. „Soso, *seine Frau und er wohnen eine Weile bei uns.*“

Jebediah warf ihm einen Seitenblick zu. „So ist es doch, oder? Die unschönen Details habe ich lieber weggelassen.“

„Danke.“ Gideon lächelte schwach. Der kalte Wind blies ihm ins Gesicht und drang durch seinen Mantelkragen.

„Und ich will den Nachbarn keine Angst einjagen“, sagte der alte Mann zwinkernd. „Sie sollen nicht denken, dass ich mir irgendwelche Landstreicher aufgehalst habe.“

Gideon schob seine Hände in die Taschen und musste lachen. „Das gilt höchstens für mich, nicht für Leonie.“

Jebediah grinste.

Die Tür quietschte, als die Frau aus der Haustür trat. „Hier ist der Honig."

Sie reichte Jebediah die Gläser. Er verstaute sie im Wagen, tippte sich an den Hut und klopfte Berta aufmunternd auf die Kruppe. „Wir müssen weiter. Die Sonne steht schon tief, und wir haben noch zwei Stationen vor uns."

„Dann will ich Sie nicht länger aufhalten. Auf Wiedersehen, und grüßen Sie Elsie von mir." Sie winkte zum Abschied.

Jebediah schwenkte seinen Hut.

Das Fuhrwerk rumpelte den ausgetretenen Pfad entlang, bis hinter einer Wegbiegung das nächste Farmhaus auftauchte.

„Hier wohnt der alte Odis", sagte Jebediah. „Er hat vor Kurzem seine Frau verloren, und ich wollte ihm gern einen Besuch abstatten." Er nahm seinen Hut ab und drehte ihn gedankenverloren in der Hand, während er in die untergehende Sonne blickte. „Vielleicht hat er sogar ein paar Briefe für mich. Odis fährt zweimal so oft in die Stadt wie ich und bringt mir immer die Post mit." Jebediah ging auf das bescheidene Haus zu. „Fahr du schon mal vor bis zur nächsten Farm, ich komme gleich nach."

Gideon nickte und nahm die Fahrleine, froh über die Aussicht, bald nach Hause zu kommen. Das Maultier gehorchte und trottete langsam vorwärts.

Wenig später klopfte Gideon an eine schwere Eichentür und stellte sich den Farmersleuten vor. Sie hatten keinen Bedarf an Butter oder anderen Dingen, gaben ihm aber frisch gebackene Plätzchen für unterwegs mit.

Mit der Hand fegte er sich die Krümel vom Ärmel, während er zu der Weggabelung marschierte, wo er auf Jebediah warten sollte. Er klopfte Berta den Hals und kraulte ihre struppige Mähne. „Bald geht's nach Hause, altes Mädchen." Der Gedanke an Leonie und ein knisterndes Kaminfeuer wärmte sein Herz.

Ein Geräusch drang an sein Ohr. Irgendwo knackte ein Ast.

„Jebediah?"

Gideon drehte sich um, doch er sah niemanden.

Dann hörte er die Schritte. Es waren zu viele für einen einzelnen Mann. Bevor er reagieren konnte, war er von drei Männern umringt. Abrupt blieb er stehen. Ein Muskel in seinem Gesicht zuckte. Er kannte die drei Gestalten.

„Hallöchen! Wen haben wir denn da?“ Bert trat vor und stellte sich ihm in den Weg. „Lange nicht gesehen, alter Freund.“ Seine Stimme triefte vor Sarkasmus.

Gideon bemühte sich krampfhaft um einen leichten Ton. „Guten Abend, Jungs.“ Lässig tippte er sich an die Hutkrempe, während sich die drei im Halbkreis vor ihm aufbauten. Sein Herz hämmerte in seiner Brust, und er hasste sich dafür. Er blickte von einem schmuddeligen, unrasierten Gesicht zum nächsten. Die Männer sahen aus, als hätten sie seit Tagen in ihren Kleidern geschlafen. Und sich mindestens doppelt so lange nicht mehr gewaschen.

„Wie schön, dich hier zu treffen.“ Bert fuhr sich mit der Zunge über die bemoosten Zähne.

Gideons Puls raste, während er Bertas Zügel fester fasste und sie näher heranzog. Sie rutschte mit dem Vorderhuf aus, fing sich jedoch gleich wieder.

Berts Kopf ruckte, als er seinen Kumpanen ein Zeichen gab, die Lücke zu schließen. Nervös sah Gideon sich um, doch die Männer hatten ihn eingekreist und starrten ihn feindselig an.

„Hast du es irgendwie eilig?“ Bert legte seine fleischige Hand auf Bertas Rücken. Das Tier zuckte zusammen und machte einen Satz zur Seite.

„Nicht direkt … ich würde nur gern nach Hause fahren und den Wagen abladen, bevor es dunkel wird.“

Berts Hand griff in die Zügel, und Gideons Faust schloss sich noch fester darum. „Die Sonne geht bald unter. Das schaffst du sowieso nicht mehr“, grinste Bert. „Da kannst du dich genauso gut ein bisschen zu uns setzen.“

Gideons Blick fiel auf Berts schmutzige Hände. „Danke, aber ich muss jetzt wirklich gehen.“ Er tat einen Schritt, wurde aber sofort von Bert aufgehalten.

Einer seiner Komplizen meldete sich zu Wort, ein baumlanger Kerl. „Ich glaube, er schuldet dir noch eine Uhr.“

Gideon holte tief Luft.

„So ist es." Bert umkreiste ihn lauernd, die Augen auf Gideons Taschen gerichtet. Er zog die Brauen hoch und sah ihn erwartungsvoll an.

„Ich habe sie nicht bei mir", gab Gideon sich geschlagen.

Bert kratzte sich am Kopf. „Dann haben wir ein klitzekleines Problem." Sein Blick blieb an der Wagenladung hängen, die unter Jebediahs Plane verborgen war. „Ich hoffe, du hast genug bei dir, um deine Schulden zu bezahlen." Er sah Gideon von der Seite an. „Oder etwa nicht?"

Gideon spürte, wie das Blut aus seinem Kopf wich. Seine Hand zuckte. Am liebsten hätte er Bert beim Kragen gepackt. Jebediah sollte nicht auch noch für seinen Fehler bezahlen.

Seine Faust fasste die Zügel so fest, dass seine Hand schmerzte.

„Zeig her, was du da auf dem Wagen hast."

Gideon straffte die Schultern und blickte in die Runde. Mit einem Mann könnte er es noch aufnehmen, vielleicht mit zweien. Aber nicht mit dreien.

Bert grinste, als ob er seine Gedanken lesen könnte. Er hob die Plane und schob die Felle beiseite. Gideon presste die Zähne aufeinander, als er die Gläser gegeneinander klirren hörte.

Eine schmutzige Hand warf die Felle wieder an ihren Platz. „Damit kann man ein paar Männer ein paar Wochen lang durchfüttern. Was glaubst du, wie viel die Ladung hier wert ist?" Bert grinste, und seine Leute brachen in Gelächter aus.

Gideon wusste, dass er allein gegen drei keine Chance hatte. Es war sinnlos, eine Schlägerei vom Zaun zu brechen.

„Weniger als die Uhr", sagte Gideon, obwohl er es bezweifelte.

Bert starrte ihn feindselig an.

„Ich habe die Uhr noch", beeilte sich Gideon zu sagen.

„Das will ich dir auch geraten haben." Berts Augen funkelten zornig. Er rieb sich das Kinn. „Und ich weiß, dass du sie mir zurückgeben willst. Nicht wahr?"

Gideon nickte stumm.

„Plus Zinsen." Bert ließ ihn nicht aus den Augen. Einer seiner Männer lachte meckernd. „Aber was machen wir jetzt?“ Er drehte sich zu seinem Gefolge um. „Habt ihr eine Idee, Jungs?“

Gideon starrte Bert ins Gesicht, bis dieser den Blick abwandte. Er wünschte, er wäre ihm nie begegnet.

Er zwang sich zur Ruhe und atmete tief ein.

Einer der Männer hustete. Gideon trat einen Schritt zurück. Er konnte sie unmöglich alle auf einmal im Auge behalten.

„Du kriegst sie zurück. Ich gebe dir mein Wort.“ Er würde die Sache in Ordnung bringen. Jebediah sollte nicht dafür bezahlen müssen.

Bert lachte höhnisch auf. „Dein Wort! Was dein Wort wert ist, habe ich gemerkt.“

Gideon verzog schmerzlich das Gesicht. „Du bekommst sie wieder. Ich verspreche es dir.“

Bert hakte die Daumen in seinem Gürtel ein. „Das erinnert mich an den Ring, den du mir gegeben hast.“ Grimmig schob er den Unterkiefer vor. „Der Mann, an den ich ihn verkauft habe, sagte, er sei schlappe zwei Pennys wert.“

Gideon stieß langsam die Luft aus bei dem Gedanken, dass sein Ehering so wenig Wert besaß, selbst in seinen Augen.

Auf ein Handzeichen von Bert trat der erste Mann vor und stellte sich Gideon in den Weg. Er kam näher und rempelte ihn an. Sein Brustbein stieß gegen Gideons Schulter. Gideon zog am Führstrick und machte ein paar Schritte ins Unterholz. Er würde sich kreuz und quer durch den Wald schlagen, wenn es sein musste. Alles, wenn er ihnen nur entkommen konnte.

Vor ein paar Monaten hätte er noch eine Schlägerei angefangen. Er hätte geflucht und getobt und notfalls die Konsequenzen getragen, doch das war vorbei. Jetzt wusste er, dass daheim jemand auf ihn wartete. Er hatte keine Lust, sich zu prügeln. Und seine zweite Reaktion war so ungewöhnlich wie die erste: Er sprach ein lautloses Gebet. Leonie hätte dasselbe getan.

Schritte näherten sich.

Mit gesenktem Kopf lehnte sich Gideon gegen das Maultier und drängte es zur Eile. Plötzlich schob sich das Karomuster einer Jacke in sein Blickfeld. Gideon schaute nach oben und entdeckte Jebediah, der wenige Schritte entfernt stand, unbeweglich und mit ernsten, stahlgrauen Augen.

„Lasst ihn laufen", knurrte Bert.

Als Gideon über seine Schulter zurückblickte, sah er, dass sich die Männer zurückzogen.

„Wir sehen uns wieder!", zischte Bert leise und nickte wie zur Bestätigung.

Gideon wandte den Kopf und bedeutete Jebediah weiterzugehen. Er gab Berta einen Klaps, der stärker ausfiel als beabsichtigt, sodass sie einen Satz nach vorn machte.

„Tut mir leid, dass Sie das miterleben mussten", sagte Gideon hinter der nächsten Wegbiegung zu Jebediah.

„Ich habe mir langsam Sorgen gemacht um dich." Jebediah brachte die Ladung in Ordnung, die sich verschoben hatte, und steckte eine Handvoll Briefe unter das Segeltuch. „Als du nicht an der verabredeten Wegkreuzung warst, musste ich doch mal nach dir sehen." Er warf Gideon einen raschen Blick zu. „Alles in Ordnung?"

„Ja. Ich habe nur ein paar alte Kumpels getroffen." Verachtung lag in seiner Stimme, doch er kümmerte sich nicht darum.

Der alte Mann sah ihn misstrauisch an. „Ich verstehe."

Langsam stapften sie im schwindenden Licht neben dem Wagen her. Gideon hielt den Blick auf den Boden gerichtet, dankbar um Jebediahs beruhigende Gegenwart. Er dachte an das Stoßgebet, das er zum Himmel gesandt hatte, und sah auf seine Hände hinunter, wo der Führstrick einen roten Striemen hinterlassen hatte. Erwartete Gott ein Dankeschön? Er hatte keine Ahnung, und so senkte er bloß den Kopf und hoffte, der Allmächtige würde in seinem Herzen lesen, was er nicht in Worte zu fassen vermochte. Er war kein undankbarer Mensch. Beklommen fühlte er seinen nackten Ringfinger und wünschte, er könnte seine Dankbarkeit auf irgendeine Art beweisen.

31

Leise ließ Leonie die Tür hinter sich zufallen und trat auf die Veranda hinaus. Sie sah, wie Gideon die Axt hoch über seinen Kopf schwang und mit einem Ächzen niedersausen ließ. Als das Fichtenholz splitternd nach allen Seiten flog, zuckte sie zusammen. Gideon griff nach dem nächsten Scheit und stellte es auf den Spaltblock. Er sah zu ihr hinüber. Für einen kurzen Moment trafen sich ihre Blicke. Der Ausdruck in seinen Augen gab ihr einen Stich ins Herz.

Mit voller Wucht hieb er das nächste Scheit entzwei. Er hätte kein Holz spalten brauchen. Sie hatten genug Vorräte für den Winter und darüber hinaus.

Leonie schluckte. So ging das schon seit Tagen.

Sie zog den Schal enger um die Schultern und setzte den Fuß auf die frostbedeckte Stufe. Worauf wartete sie eigentlich? Mit dem Kaffeebecher, der so heiß war, dass er ihr beinahe die Finger verbrannte, ging sie durch den Garten auf Gideon zu. Vertrocknete Pflanzenstiele und Ranken ragten braun und knorrig in die Luft, deren Früchte längst abgeerntet waren und in Einmachgläsern in Elsies Keller lagerten.

Leonie setzte sich auf einen hochkant stehenden Holzklotz. Ihre Füße baumelten dicht über dem Boden. Gideon lehnte die Axt gegen den Spaltblock und setzte sich neben sie. Ihre Schultern berührten sich, und sie spürte seine Wärme. Zu Leonies Erstaunen machte er keine Anstalten, von ihr abzurücken. Er nahm seinen Hut ab und drehte ihn in den Händen, dann lehnte er sich vor und stützte die Ellbogen auf seine Knie.

„Morgen schlachten wir den Eber", sagte er schließlich.

„So, morgen also", antwortete sie und hoffte, er würde weitersprechen. Sie dachte daran, dass im Frühjahr ein halbes Dutzend Ferkel auf dem Hof herumlaufen würden. „Dann wird er seine Kinder gar nicht mehr sehen."

„Nein, das wird er wohl nicht."

Leonie schlug die Augen nieder. „Das ist schade."

„Das gehört nun mal zum Leben", sagte Gideon leise und hob die Schultern, als wollte er sich dafür entschuldigen. Gedankenverloren schälte er die Rinde von einem Holzstückchen, bevor er es mit den Fingern ins Gras schnippte.

Leonie seufzte. Bald schon würde sie spüren, wie das Kind in ihrem Bauch strampelte. *Ich gebe dir so lange Bedenkzeit, bis das Baby geboren ist, und keinen Tag länger.* Sie dachte an ihre Worte und fragte sich, ob sie sich daran halten würde. Und ob sie bei Gideon irgendetwas bewirkt hatten.

Sie sah, wie er sich Mühe gab, sich zu ändern. Auch wenn es nur winzige Schritte waren. Eines Tages würde vielleicht etwas Größeres daraus entstehen. Von der Seite betrachtete sie sein Gesicht und wusste nicht, welche Gefühle er in ihr auslöste. *Mach dir nichts vor, Leonie.* Sie wusste genau, was sie fühlte. Neben Gideon aufzuwachen und nachts an seiner Seite zu liegen, war für sie ganz normal geworden. Mehr noch, sie konnte sich kein anderes Leben mehr vorstellen.

Gideon legte die Stirn in Falten und beobachtete das Schwein, das in einiger Entfernung im Schlamm wühlte.

„Woran denkst du?"

Er starrte düster vor sich hin.

„Gideon, was ist los mit dir? Ist irgendetwas passiert?"

Er schüttelte stumm den Kopf, ohne sie anzuschauen.

Sie berührte ihn am Arm. „Willst du es mir nicht sagen?"

Er fuhr sich mit der Hand übers Gesicht. „Es ist so schwierig."

„Was denn?"

Seine Augen suchten ihren Blick, und Leonie spürte, wie ihr das Blut in die Wangen schoss.

„Alles. Es ist alles falsch gelaufen."

„Wie meinst du das?"

„Was ich damit sagen will, ist: Ich wünschte, ich könnte die Zeit zurückdrehen und noch einmal von vorn anfangen."

„Wie denn von vorn?", fragte sie und merkte, wie verzagt sie dabei klang.

„Ich wünschte, ich hätte mich anders benommen." Sein Adamsapfel tanzte auf und ab. „Ich wünschte, es hätte zwischen uns anders angefangen. Ganz anders."

„Das wünschte ich auch." Sie sah, wie das Schwein sich grunzend über die Essensreste hermachte. „Aber irgendwie auch nicht."

Gideon runzelte die Brauen.

„Ich bereue vieles in meinem Leben. Es gibt einiges, was ich gern ungeschehen machen würde. Aber nicht alles." Sie spielte mit den Bändern ihrer Schürze, die sich über ihrer rundlichen Mitte spannte.

Er folgte ihrer Bewegung mit den Augen. „Nicht?"

Leonie schüttelte den Kopf und wünschte von ganzem Herzen, dass er eines Tages auch so empfinden würde.

Sein Brustkorb hob und senkte sich, und ihm entschlüpfte ein sorgenvolles Seufzen. „Ich muss jetzt weiterarbeiten."

Gideon entfernte sich mit gesenktem Kopf. Leonie hatte etwas Besseres verdient als das, was er ihr geben konnte. Oder geben wollte?

Er war kein Familienmensch und bestimmt kein guter Vater. Er hatte keine Kinder gewollt. *Nicht einmal von Leonie?* Er blickte zurück und sah sie immer noch auf dem Holzklotz sitzen, mit gekreuzten Füßen in ihren dunkelbraunen Stiefeln. Er fragte sich, wie das Baby wohl aussehen mochte. Im Geiste sah er ein Kind mit Leonies großen braunen Augen und spürte plötzlich einen Kloß im Hals.

Gideon hob die Axt vom Boden auf und ging zum Ende des Grundstücks. Heute Morgen hatte Jebediah etwas von einem umgestürzten Baum gesagt, der den Weg versperrte. Vielleicht konnte er das Hindernis bis zum Abend beseitigen.

Seine Stiefel hinterließen nasse Abdrücke im tauenden Schnee. Gideon fragte sich, ob Leonie wieder ins Haus gegangen war, drehte sich aber nicht mehr um. Wovor hatte er eigentlich Angst? Er wechselte die Axt von einer Hand in die andere. Er kannte die Antwort.

Leonie war zu gut für ihn. Sie hatte einen besseren Mann verdient. Und das Kind einen besseren Vater.

Er musste Bert die Uhr zurückgeben. Dann würde es ihm vielleicht gelingen, ein besserer Mensch zu werden und die Fesseln seines alten Lebens abzuschütteln.

Unweit der Farm entdeckte er den umgestürzten Baum. Wie ein toter Mann lag er quer über der Straße im Schnee. Aus der Ferne hörte er die Tür ins Schloss fallen und drehte sich um. Leonie war ins Haus gegangen.

Gideon trat mit dem Stiefel gegen den Baumstamm, doch der rührte sich nicht. Er nahm die Axt und machte sich an die Arbeit. Seine Arme schmerzten vom stundenlangen Holzspalten am Nachmittag, doch er gönnte sich keine Pause. Die Berghänge warfen das Echo der Axthiebe zurück, die durch den stillen Wald hallten. Als Gideon fertig war, ging er zur Farm zurück, holte die Schubkarre und lud die zerkleinerten Äste in das rostige Gefährt.

Er näherte sich dem Haus mit der letzten Fuhre, als er Jebediah vor der Scheune sah, der sich die Hände an einem Lappen abwischte. Ächzend kippte Gideon die Ladung Holz neben dem Spaltblock auf die Erde, wischte sich mit dem Ärmel über die Stirn und ging zur Scheune hinüber. Jebediah war verschwunden. Gideon trat hinein. Im warmen Stall empfing ihn der vertraute Geruch der Tiere und der Duft frischen Heus. Ein Geruch, der etwas Beruhigendes, Friedvolles an sich hatte.

„Ich sehe, du hast den Weg wieder frei gemacht“, sagte Jebediah, ohne von seiner Arbeit aufzublicken. Mit seinen kurzen, kräftigen Fingern hantierte er mit einer Falle und schmierte Fett auf das rostige Metall.

„Ja, Sir“, antwortete Gideon müde und wollte sich auf einen Hocker fallen lassen, besann sich jedoch im selben Augenblick eines Besseren. „Kann ich noch etwas tun?“

„Nein, ich bin gleich fertig. Wollte nur noch das letzte Tageslicht ausnutzen.“ Jebediah schraubte den Deckel auf die Dose mit dem Schmierfett und wischte sich die Hände sauber. „Setz dich doch.“ Er zog sich ebenfalls einen wackligen Schemel heran, der unter der Werkbank stand. Das Holz ächzte, als er sich niederließ. Eine Weile saßen die beiden Männer schweigend da.

Gideon wollte etwas sagen und formte Sätze in seinem Kopf, aber er wusste nicht recht, wo er beginnen sollte.

„Was hast du auf dem Herzen, Junge?“, fragte Jebediah.

Gideon knibbelte an seinem Daumennagel.

Jebediah hob den Kopf und sah zum Haus hinüber, das einen Steinwurf entfernt lag. „Deine Leonie ist ein feines Mädchen. Es ist eine Freude, sie um sich zu haben.“

„Ja, das stimmt.“ *Aber ich habe sie nicht verdient.*

„Und an dich könnte ich mich auch gewöhnen.“

Gideon sah auf und bemerkte die Lachfältchen um Jebediahs Augenwinkel. „Du kannst kräftig zupacken und hast gute Arbeit geleistet. Ich weiß das zu schätzen.“

„Danke, Sir.“

Jebediah wandte ihm das Gesicht zu, und sein grauer Bart streifte seinen Kragen. „Es dauert nicht mehr lange, dann wird ein kleiner Hosenmatz hier herumlaufen. Ich kann es kaum glauben, wie die Zeit vergeht.“

„Ich auch nicht.“ Gideon blickte zum Haus hinüber und stellte sich vor, wie Leonie mit dem Kind in der Stube saß. Sie würde es füttern, mit ihm spielen und mit ihm im Wald spazieren gehen. Das Kind würde auch seine Züge tragen, ob er es wollte oder nicht. Er stieß mit der Stiefelspitze gegen die Holzplanken und wünschte, dass er ein anderer wäre. Jemand, der mehr zu geben hatte. *Ich wünschte, ich wäre ein besserer Mensch.*

„Und – bist du bereit?“ Jebediah setzte sich aufrecht hin, und seine stahlgrauen Augen tanzten neugierig.

„Nein.“

„Das war ich auch nicht.“ Der alte Mann wandte den Blick ab.

„Sie hatten Kinder?“

Jebediah senkte die faltigen Augenlider und blinzelte. „Eine Tochter.“ Er stützte sich mit dem Ellbogen auf die Werkbank. „Vor vielen Jahren. Da warst du wahrscheinlich noch gar nicht auf der Welt.“

Gideon starrte ihn mit offenem Mund an. „Und, was …?“

„Sie starb mit drei Jahren.“ Jebediah fuhr mit dem Daumen über eine raue Stelle auf der Tischplatte. „Das Fieber.“

„Tut mir leid."

Der alte Mann blickte zu Boden und schien sich zu sammeln, bevor er weitersprach. „Das braucht es nicht. Zuerst war es sehr schlimm, vor allem für Elsie. Sie war noch sehr jung. Sie ist beinahe auch am Fieber gestorben."

Gideon wusste nicht, was er sagen sollte. Aber er spürte, wie sich sein Herz vor Mitleid zusammenzog. Die Bennetts hatten so ein hartes Schicksal nicht verdient.

Jebediah legte die Stirn in Falten. „Es sollte wohl nicht sein. Gott hatte andere Pläne für unser Leben. Aber er hat immer einen Plan."

„Das sehe ich anders."

„Das ist dein gutes Recht."

Gideon sah den alten Mann von der Seite an.

„Das Leben ist kurz, Gideon." Jebediah stellte seinen Fuß auf die Querverstrebung, und der alte Stuhl knarrte. „Zu kurz, um es mit Kummer und Sorgen zu verschwenden. Und zu kurz, um ständig davonzulaufen."

„Ich laufe nicht davon."

„Oh, doch. Du warst schon auf der Flucht, als ich dich das erste Mal gesehen habe. Und wahrscheinlich schon vorher." Er legte Gideon die Hand auf die Schulter. „Und je eher du damit aufhörst und dich der Sache stellst, die dir Angst macht, desto besser. Desto eher wirst du merken, wie du deine Zeit verschwendest."

Gideon ließ den Kopf hängen.

Jebediah beugte sich zu ihm hinunter und zwang ihn, ihm in die Augen zu sehen. „Ich weiß genau, dass es dir keine Ruhe lässt. Es wird Zeit, dass du über deinen Schatten springst. Du musst deinen Stolz überwinden, Gideon."

Gideon verschränkte die Arme vor der Brust und kaute an seiner Unterlippe. Dann nickte er langsam. Er wusste nur zu gut, dass Jebediah recht hatte.

„Und ich weiß, dass du lieber heute als morgen mit Leonie von hier abhauen und weiterziehen würdest. Aber bald werdet ihr zu dritt sein.

Und du musst entscheiden, was für deine Frau und dein Kind am besten ist. – Ich würde mich freuen, wenn ihr noch eine Weile bei uns bleibt." Mit einem müden Seufzen erhob sich Jebediah von dem wackligen Schemel und schob ihn mit langsamen Bewegungen zurück an seinen Platz. „Ich wollte dir nur sagen, dass wir euch gerne bei uns haben."

32

Der Geruch von geräuchertem Schweinefleisch hing in der Luft, als Gideon mit einem Armvoll duftendem Zedernholz am Küchenfenster vorbeiging. Durchs Fenster sah er Leonie, die sich über eine Schüssel beugte und Teig rührte. Ihr Haar kräuselte sich im Nacken und war noch feucht vom Baden. Die leere Wanne wartete auf ihn, doch da Leonie noch beschäftigt war, legte Gideon das Holz auf der Veranda ab und ging zur Werkstatt hinüber. Vielleicht konnte er vor dem Abendessen noch ein Stück mit seiner Arbeit weiterkommen.

Er zog das schwere Möbelstück aus dem Versteck hervor und begann, das raue Holz mit Sandpapier glatt zu schmirgeln. Zwischendurch fuhr er prüfend mit der Hand über die Oberfläche. Es dauerte länger, als er gedacht hatte, aber die hölzerne Wiege nahm langsam Gestalt an. In diesem Bettchen würde sein Kind schlafen. Und Leonie würde danebensitzen, den nackten Fuß auf der Kufe, und es sanft in den Schlaf schaukeln.

Die Wiege war groß genug, dass das Baby das ganze erste Lebensjahr darin schlafen konnte. Kniend strich er mit dem Daumen über das seidenglatte Holz und bearbeitete die letzten rauen Stellen. Er machte keine halben Sachen. Sein Werk sollte vollkommen sein. Während er arbeitete, summte er eine leise Melodie. Er pustete den Staub von der Kante, und das Holz enthüllte seine feine Maserung wie ein Geheimnis.

Elsie hatte ihm letzte Woche zugeflüstert, dass Leonie in ein paar Tagen Geburtstag hatte, am einundzwanzigsten Januar. Gideon war aus allen Wolken gefallen. Und er schämte sich immer noch, dass er nicht einmal wusste, wann seine Frau geboren war und sie auch nie danach gefragt hatte. Seine Finger glitten über das kühle Holz. Eigentlich hatte er mit der Wiege noch Zeit, aber er wollte Leonie unbedingt schon zu ihrem Geburtstag damit überraschen. Nur noch ein paar Tage, dann konnte er seinem Geschenk mit Holzöl den letzten Schliff verpassen. Und er hoffte, es würde Leonie nichts ausmachen, dass es noch nicht ganz fertig war.

Sicherlich saß sie gerade im Wohnzimmer, die Babyschuhe auf dem Schoß, an denen sie seit dieser Woche strickte. Fast jeden Nachmittag sah er sie mit Nadeln und Wolle hantieren. Und wenn sie nicht strickte, verbrachte sie die ruhigen Abendstunden damit, Briefe nach Hause zu schreiben. Gideon versuchte sich zu erinnern, wie lange sie nun schon bei den Bennetts wohnten. Irgendwann hatte er aufgehört, die Monate zu zählen.

Die Schatten im Hof wurden länger, und es war höchste Zeit, zurück ins Haus zu gehen. Gideon versteckte sein Geschenk wieder unter der Plane, räumte die Werkbank auf und legte Jebediahs Werkzeuge zurück an ihren Platz. Er rieb sich die kalten Hände und vergewisserte sich, dass alles so aussah wie vorher. Die Wiege stand, verborgen vor neugierigen Blicken, in einer Ecke.

Er trat hinaus in die kalte Abendluft. Schnee knirschte unter seinen Sohlen. Er schob den Riegel vor die Scheunentür und rüttelte noch einmal am Griff. Ein Blick zum dunklen Himmel sagte ihm, dass noch mehr Schnee kommen würde.

Gideon schaute nach, ob noch genügend Feuerholz da war, und ließ den Blick über den Hof schweifen. Alles war friedlich und still. Er legte den Hut auf den Waschtisch, krempelte die Ärmel hoch und füllte den Krug mit kaltem Wasser. Elsie stellte vor dem Abendessen immer einen Krug warmes Wasser hin, und Gideon schaute durchs Fenster in die Küche und fragte sich, ob die anderen schon auf ihn gewartet hatten.

„Warte, Gideon!“ Mit der Hüfte stieß Leonie die Tür auf, in der Hand einen Eimer. „Das ist noch warm. Ich habe es für dich auf den Herd gestellt.“ Das Wasser schwappte über den Rand, als sie den Eimer vor ihn hinstellte.

„Danke. Aber das wäre nicht nötig gewesen.“

„Ich weiß. Ich dachte nur, bei dem Wetter ist es angenehmer. Dann musst du dich drinnen nicht erst neben den Herd stellen und dich aufwärmen.“ Sie wischte sich die nassen Hände an der Schürze ab. Über der Haustür hingen Tannenzweige, und ein paar trockene Nadeln hatten sich in Leonies Haaren verfangen. Gideon widerstand der Versuchung, ihr die Nadeln aus dem Haar zu zupfen.

„Trotzdem, vielen Dank.“ Er wandte die Augen lange genug von ihr ab, um den Eimer hochzuheben.

„Beeil dich, sonst wird das Wasser kalt.“ Sie griff nach dem Eimer, als wollte sie ihm helfen.

Gideon schaute auf. Ihre Blicke trafen sich. Er brauchte einen Moment, um sich zu besinnen, was er eigentlich tun wollte. *Waschen. Ja, das war es.* Er spritzte sich Wasser ins Gesicht und fuhr sich mit einem Waschlappen über den Nacken. Leonie stand noch immer da und beobachtete ihn.

„Du passt wohl auf, ob ich mich auch hinter den Ohren wasche?“ Er lächelte sie an, und seine Augen blitzten. Wassertropfen rannen von seinem Gesicht.

„Mag sein.“ Sie hielt ihm ein Handtuch hin. „Nötig wäre es jedenfalls.“

Gideon lachte laut auf. „Was sagst du da?“ Er tauchte seine Hände ins warme Wasser und spürte, wie seine steif gefrorenen Finger langsam auftauten. Er schrubbte seine Unterarme und sah, wie sich das Wasser dunkel verfärbte. Dann schüttelte er seine Hände, dass die Tropfen flogen. „Meinst du, ich könnte vor dem Abendessen noch ein richtiges Bad nehmen?“

„Aber natürlich!“ Sie stand da, die Hände in die Hüften gestemmt, den Kopf leicht schräg, und lachte ihn an. „Ich bestehe darauf.“

„Ja, wenn das so ist … dann werde ich gleich Wasser auf den Herd stellen.“

„Ist schon passiert.“ Lächelnd öffnete sie die Verandatür und verschwand im Haus, bevor Gideon irgendetwas erwidern konnte.

Er folgte ihr in die warme Küche.

„Das Wasser ist schon heiß.“

Mit einem Topflappen hielt Leonie den Griff des Wasserkessels, und Gideon folgte ihr die Treppe hoch mit einem schweren Topf, der so groß war, dass er seine eigenen Füße nicht sah und zweimal beinahe gestolpert wäre.

„Lass mich die Tür öffnen.“ Leonie drückte sich an ihm vorbei, was schwierig war mit ihrem Bauchumfang, und stieß ihn dabei in die Seite.

„Entschuldigung.“ Sie schlüpfte ins Zimmer und hielt ihm die Tür auf.

Dampf stieg auf, als sie das Wasser in den hölzernen Badezuber gossen. Sie mussten noch mehrmals hin- und herlaufen, um den Zuber zu befüllen. Als sie fertig waren, schloss Leonie leise die Tür und ließ Gideon allein. Er hörte das Klacken ihrer Absätze auf der Treppe.

Das Wasser ging ihm kaum bis zur Wade, als er hineinstieg. Er setzte sich, benetzte seine Arme und spürte, wie die Wärme seine verspannten Muskeln lockerte. Ein Klopfen an der Tür ließ ihn zusammenzucken.

„Ich bin es“, hörte er Leonies Stimme. „Ich habe die Schere. Ruf mich, wenn du fertig bist.“

„Die Schere?“

„Ja, zum Haareschneiden. Und versuch bloß nicht, dich zu drücken.“

Lachend tauchte Gideon den Waschlappen ein und ließ sich das Wasser über den Kopf laufen. Er blieb in der Wanne, bis das Wasser kalt war und ihm der Duft von gebratenem Schweinefleisch in die Nase stieg.

Dann trocknete er sich ab und kramte in der Kommode herum, bis er ein sauberes Hemd fand. Als er es angezogen hatte, betrachtete er sich im Spiegel. Mit der Hand fuhr er sich durch die Haare. Sie waren seit Monaten nicht mehr geschnitten worden.

Dann kippte er das Badewasser aus, stellte den Zuber an seinen Platz zurück und machte sich auf die Suche nach seiner Frau.

„Leonie wollte mir die Haare schneiden. Wissen Sie, wo sie ist?“

Elsie blickte von ihrem Kochtopf auf, in dem sie gerade rührte. Ihr Gesicht erhellte sich. „Sie wollte rasch einen Hocker aus dem Schuppen holen.“

Gideon warf einen Blick nach draußen und sah, wie Leonie einen Stuhl über den Hof schleppte. Schneeflocken tanzten um ihre schmale Gestalt. In ein paar Sätzen war er bei ihr und nahm ihr die Last ab. „Lass mich das tragen. Du sollst doch keine schweren Sachen heben.“

Eine leichte Röte überzog ihre Wangen, und er musste lächeln. Auf dem Weg durch die Küche griff Leonie nach dem Besen, während Gideon den Stuhl nach oben trug und in ihr Schlafzimmer stellte. Leonie lehnte den

Besen an die Wand und zog eine kleine Schere aus ihrer Schürzentasche. „Dann wollen wir mal. Es wird auch langsam Zeit."

„Ist es so schlimm?" Gideon fuhr sich durch die Haare, auf denen kalte, feuchte Schneeflocken saßen.

„Zieh dein Hemd aus."

Er beeilte sich, das Hemd aufzuknöpfen, und warf es aufs Bett, bevor er sich setzte.

Leonie fuhr mit dem Kamm durch seine nassen Locken, und Gideon bemühte sich, still zu sitzen. „Schneide mir bloß nicht ins Ohr", murmelte er.

„Ich werde mir Mühe geben." Ihre Stimme war nah an seinem Ohr.

Gideon spannte die Halsmuskeln an, als sich die Schere in seinen Haarsträhnen verhakte. *Schnipp, schnapp.* Locken in der Farbe des Herbstlaubs fielen zu Boden.

Er warf einen Blick auf den Haarteppich zu seinen Füßen. „Ist das nicht ein bisschen viel?"

„Psst! Sei still, und lass mich in Ruhe arbeiten." Leonie hob sein Kinn an und zwang ihn, geradeaus zu sehen. „Ich bin gut im Haareschneiden. Du kannst mir vertrauen."

Gideon musste an die warnenden Worte seines Vaters denken. *Trau keiner Frau, die sagt, dass du ihr vertrauen kannst.* Er seufzte.

Leonies Hände fuhren im Takt mit dem Kamm durch seine Haare. Das gleichmäßige Kämmen ließ seine Lider schwer werden, doch er richtete seine ganze Aufmerksamkeit auf Leonies Finger, die ihn berührten. Als sie um ihn herumging, streifte ihr gewölbter Bauch seinen Rücken, und er fragte sich, wie es sich wohl anfühlte, mit der Hand über den Stoff ihres Kleides zu streichen.

„Halt still", flüsterte sie, legte ihre Fingerspitzen an seine Schläfen und hielt seinen Kopf fest.

Gideon schluckte. „Entschuldigung."

Ruhig und ohne zu sprechen arbeitete sie weiter. Er hörte ihren leisen Atem. Als sie ihm mit einer geschmeidigen Bewegung eine Strähne hinters Ohr strich, spürte er einen leichten Schwindel.

„Wie sieht es von hinten aus?", fragte er. Seine Stimme klang heiser, und er räusperte sich. Er brachte es nicht über sich, die Augen zu öffnen.

„Gut." Leonie fuhr prüfend durch die Haare an seinem Hinterkopf. „Wir sind gleich fertig."

Mit der Hand bürstete sie die abgeschnittenen Locken von seinen Schultern. „Mach noch mal die Augen zu." Ihre Finger berührten seine Schläfen.

Gideon schloss gehorsam die Augen und spürte, wie sie ihm sanft mit den Fingern die Haare von der Nase und von den Wangen wischte. Sein Herz klopfte auf einmal wie wild. Nervös fuhr er sich mit der Zunge über die Lippen. Dann beugte sich Leonie auch noch vor und pustete ihm ins Gesicht. Gideon hielt die Luft an und vergaß zu atmen.

„So, jetzt kannst du die Augen wieder aufmachen", hörte er sie sagen und schaute zu ihr hoch. Sie hielt einen Handspiegel vor der Brust und ging damit um ihn herum, bevor sie ihn ihm reichte.

„Und, wie findest du es?"

Gideon starrte sein Spiegelbild an. Er erkannte sich selbst kaum wieder. „Du kannst ja wirklich Haare schneiden." Prüfend drehte er den Kopf nach links und rechts.

„Du siehst gut aus."

Er fing ihren Blick im Spiegel auf. „Danke", antwortete er verlegen.

33

Gideon fegte die Haare vom Boden auf und lehnte den Besen an die Wand. Als er aus dem Fenster sah, fiel sein Blick auf eine Baumgruppe am Rand des Grundstücks. Hatte sich dort ein Schatten bewegt? Angestrengt spähte er in die Richtung. Ein schwarzer Mantel tauchte zwischen den Bäumen auf. Gideons Nackenhaare stellten sich auf, doch im selben Moment erkannte er Gustav, Jebediahs Nachbar. Erleichtert stieß er die Luft aus. Doch das schlechte Gewissen blieb. Noch immer nagte die Schuld an ihm, und während er Gustavs Umrisse in der Ferne verschwinden sah, wusste er, dass Bert und seine Männer nicht lange auf sich warten lassen würden.

Er hatte geschworen, dass er Bert die Uhr zurückgeben würde. Aber die Uhr würde ihm nicht genügen. Berts Worte hallten in Gideons Kopf wider, und er ließ mutlos die Schultern sinken. Er hatte das Geld nicht. Wie sollte er jemals seine Schulden bezahlen?

Gideon trat vom Fenster zurück. Wie in aller Welt sollte er zu Geld kommen? Er arbeitete hier für Kost und Logis, und das zu Recht. Jebediah und Elsie teilten großzügig alles mit ihnen, was sie besaßen. Er würde sich etwas anderes überlegen müssen.

Der Duft von Schweinebraten mit Soße zog ihn unwiderstehlich in die Küche. Er setzte sich ans Tischende neben Leonie, und Jebediah sprach das Tischgebet. Gideon wartete, bis Leonie sich ein Stück Brot genommen hatte, bevor er sich bediente. Bei jeder Schüssel oder Platte, die herumgereicht wurde, ließ er ihr den Vortritt. Er hörte ihr glockenhelles Lachen, als Jebediah einen Witz machte. Kaum konnte er die Augen von ihr abwenden.

Als Elsie den letzten Rest von ihrer Schweinshaxe abnagte, lehnte sich Gideon in seinem Stuhl zurück und fuhr sich mit der Hand über den Bauch. „Sie kochen einfach zu gut", sagte er anerkennend. Er streckte sich, ging zum Korb mit dem Brennholz und suchte sich einen dünnen

Splitter. Dann hielt er ihn ins Herdfeuer, zündete damit seine Pfeife an und reichte die Flamme an Jebediah weiter. Die beiden Männer setzten sich ins Wohnzimmer.

Leonie saß am Schreibtisch und schrieb einen ihrer Briefe. Gideon zog an seiner Pfeife und sah, wie sie nach hinten fasste und sich das Kreuz massierte. Ihr blecherner Ring klickte gegen die Stuhllehne.

Sie drehte sich um und ertappte ihn dabei, wie er sie anstarrte. „Versprich mir, dass du diesen Brief bald mit zur Post nimmst, ja?"

Er räusperte sich. „So bald wie möglich." Bis nach Mount Airy waren es über fünfzehn Meilen, und es gab kaum einen Tag, an dem er so viel Zeit übrig hatte. Doch es drängte ihn, den Besuch in der Stadt nicht zu lange aufzuschieben.

Ihre Lippen formten ein stummes „Danke". Leonie faltete den Brief zusammen, stand auf und ging hinüber zum Schaukelstuhl. Gideon legte die Pfeife auf den Kaminsims und holte seine Mandoline. Er hatte noch nicht alle acht Saiten gestimmt, als Leonie einen Liedwunsch äußerte.

„Das kenne ich nicht", sagte Gideon und nahm sein Instrument auf den Schoß.

„Es ist ein sehr altes Kirchenlied."

Er presste die Mandoline an die Brust. „Fang einfach an zu singen, und ich stimme ein."

Leonie spielte nervös mit dem Saum ihrer Schürze. „Na gut", nickte sie zögernd.

Sanft setzte sie den Schaukelstuhl mit ihrem Fuß in Bewegung. Dann tat sie einen tiefen Atemzug und begann zu singen. Ihre Stimme war leise, und die ersten Worte waren kaum mehr als ein Flüstern.

Gideon legte die Hand an das Griffbrett und lauschte. Sein Mund verzog sich zu einem Lächeln. Leonie sang. Für ihn.

Ihre Stimme wurde immer sicherer, und die Töne verdichteten sich in Gideons Kopf zu einer Melodie. Seine Finger bewegten sich wie von selbst, als er leise zu spielen begann. Auch Elsie stimmte mit ein. Jebediah lehnte sich zurück, faltete die Hände und schloss die Augen. Sein Kopf nickte im Takt. Als das Lied zu Ende war, schlug Elsie das nächste vor, und so ging es den ganzen Abend. Elsie hatte eine sehr schöne Sopranstimme. Leonies Stimme klang weich, mit einem leichten Timbre, das ihr, wie beim Holz die Maserung, eine besondere Note verlieh. Gideon konnte die Augen nicht von ihr abwenden. Sie hatte den Blick in die Flammen gerichtet und wirkte so heiter und unbeschwert, wie er sie noch nie gesehen hatte.

Als die letzten Takte verklungen waren, schlug die große Standuhr neun Mal. Leonie blinzelte, als ob sie aus einem fernen Traum erwachte. Als sie Gideons Blick begegnete, lächelte sie verlegen. Elsie beugte sich zu ihr hinüber und tätschelte ihr das Knie. „Das war sehr schön. Du solltest öfter singen, Leonie."

Gideon legte die Mandoline beiseite und blinzelte seiner Frau zu. „Das sehe ich auch so."

Sie errötete.

Jebediah blickte über seine Schulter zur Uhr. „Ist es schon so spät? Ich sollte seit einer Stunde im Bett liegen. Morgen müssen wir früh aufstehen."

„Und ich mache uns ein besonders leckeres Geburtstagsfrühstück." Elsie strahlte Leonie an.

Der Schaukelstuhl kam zum Stillstand. „Oh, Elsie. Mach dir bitte meinetwegen keine Umstände."

„Unsinn. Du hast Geburtstag, und das soll gefeiert werden."

„Sie hat recht", bekräftigte Gideon.

Leonies Wangen glühten.

Lächelnd stand Gideon auf und reichte ihr den Arm. Sie zögerte einen Moment, dann hakte sie sich bei ihm unter. Schweigend stiegen sie die Treppe hinauf in ihr Schlafzimmer. Als Gideon sein Hemd aufknöpfte, schlüpfte Leonie schon unter die Decke. Er legte sich neben sie ins Bett, obwohl er überhaupt noch nicht müde war. Leonie drehte sich auf die Seite, und er hörte, wie ihre Atemzüge ruhiger wurden. Als er den Kopf hob, sah er, dass sie schon eingeschlafen war.

Seine Hand lag auf der Matratze, dicht neben ihrem eingeflochtenen Haar, und er strich mit dem Finger ganz leicht über eine seidige Strähne, die sich aus ihrem Zopf gelöst hatte.

Er war hellwach und beschloss, noch einmal aufzustehen. Sacht deckte er seine schlafende Frau zu, bevor er sich die Stiefel anzog. Im Zimmer war es jetzt so dunkel, dass er ihre Umrisse kaum noch sehen konnte. Das Schneetreiben war heftiger geworden und dichte Wolken verhüllten den Mond. Gideon zog die Tür hinter sich zu und ging so leise wie möglich die Treppe hinunter. Bis zu Leonies Geburtstag waren es nur noch wenige Stunden, und wenn er mit der Überraschung fertig werden wollte, musste er sich beeilen.

Der erste helle Sonnenstrahl fiel auf Leonies Gesicht, und sie öffnete die Augen. Jetzt war sie achtzehn Jahre alt. Alt genug, um ihre eigenen Wege zu gehen. Wenn sie jetzt noch zu Hause wohnen würde, wäre sie zu Tante Sarah gezogen. Doch ihre Träume und Pläne von damals schienen ihr auf einmal ganz weit weg. Sie drehte sich auf die Seite. Als sie sah, dass Gideon nicht da war, zogen sich ihre Augenbrauen zusammen.

Aus der Küche hörte sie vertraute Geräusche. Rasch stand sie auf und zog sich an. Es war kalt im Zimmer. Leonie nahm den wollenen Schal vom Haken neben der Tür und legte ihn sich um die Schultern. Dann warf sie einen kurzen Blick aus dem Fenster und ging hinaus, um Gideon zu suchen.

An der Küchentür blieb sie stehen. „Guten Morgen, Elsie."

„Herzlichen Glückwunsch, meine Liebe!" Elsie machte die Ofentür zu und strahlte sie an. „Du siehst so frisch und munter aus – und dein Mann verschläft deinen Geburtstag!"

„Aber … ich dachte, er ist schon auf."

„Ich habe ihn heute noch nicht gesehen." Elsie leckte den Kochlöffel ab, bevor sie ihn ins Waschbecken warf. „Und ich war schon auf, als Jebediah rausging, um nach den Fallen zu sehen."

Leonie biss sich auf die Unterlippe und trat ans Fenster. „Ich komme gleich wieder." Sie hauchte die Worte gegen das kalte Glas. Draußen zog sie ihren Schal fester und starrte in die wirbelnden Schneeflocken. Die

Scheunentür war geschlossen, und sie konnte auch keine Fußspuren im Schnee entdecken.

Plötzlich spürte sie einen dumpfen Schmerz im Kreuz. Sie stöhnte auf und massierte sich die Stelle. Ihr Leib schien von Tag zu Tag dicker und schwerer zu werden, und sie legte eine Hand unter ihren Bauch, als ob sie das Baby stützen wollte.

Sie beschloss, trotzdem in der Scheune nachzusehen. Ihre Stiefeletten versanken im tiefen Schnee, und ihre Strümpfe waren bald völlig durchnässt. Sie hob den Rock bis zu den Knien hoch und stakste weiter durch die Kälte, bis sie vor der Scheunentür stand. Mit klammen Fingern griff sie nach dem vereisten Riegel. Die Tür klemmte, und sie musste sich mit aller Kraft dagegenstemmen. Dann blinzelte sie in die Dunkelheit hinein, und es entschlüpfte ihr ein Laut des Erstaunens.

Vor der Werkbank saß Gideon und schlief, das Kinn auf der Brust. Ein Arm hing auf der Stuhllehne, der andere über einer hölzernen Wiege. Ein Stück Sandpapier lag auf dem Boden in der Nähe seiner schlaffen Hand.

Leonie legte die Hand auf ihr Herz.

Gideon hob den Kopf, und als sie näher trat, öffnete er die Augen.

„Leonie?" Schlaftrunken blinzelte er sie an.

Sie ging neben ihm in die Hocke. „Du warst nicht da, und ich wollte nachschauen, wo du bist."

Sein Blick wanderte von ihr zur Wiege, und er sprang auf die Füße. „Aber … es sollte eine Überraschung sein! Das darfst du nicht sehen – erst an deinem Geburtstag!"

„Aber heute *ist* mein Geburtstag", lachte sie.

Gideon runzelte die Stirn. „Aber … aber doch nicht hier, in der Scheune. Jetzt ist es keine Überraschung mehr."

„Das hast du gemacht?" Leonie ging um ihn herum und kniete sich neben die Wiege. „Sie ist wunderschön", staunte sie und fuhr mit dem Finger über das glatte Holz.

Hinter ihrem Rücken hörte sie Gideons leise Stimme. „Sie ist für dich – und für das Baby."

„Das Baby", flüsterte sie und drehte sich zu ihm um. Tränen verschleierten ihren Blick.

„Gefällt sie dir?"

Leonie nickte, unfähig, irgendetwas zu sagen.

„Ich … äh … ich arbeite schon eine ganze Weile daran."

„Wann hast du die Zeit dafür gefunden?"

„So zwischendurch." Er ging neben ihr in die Hocke und setzte die Wiege mit seiner großen Hand in Bewegung. „Ein Kind braucht schließlich einen Platz zum Schlafen."

Leonie verspürte Schmerz und Hoffnung zugleich. Vielleicht sah er in ihrem gemeinsamen Kind doch mehr als eine Last?

„Leonie, ich … ich wollte dir sagen, dass ich vieles in meinem Leben bereue. Vor allem das, was ich dir angetan habe." Er umschloss mit der Hand leicht ihr Kinn und fühlte ihre samtige Haut unter seinen rauen Fingern.

Leonies Hals war wie zugeschnürt.

„Wenn ich die Zeit zurückdrehen könnte, ich würde es tun." Gideon stand auf.

Verzagt blickte sie zu ihm hoch. Dann hätte er sie nicht geheiratet. War es das, was er damit sagen wollte?

„Wenn ich noch einmal von vorn anfangen könnte, würde ich alles anders machen. Und der Mann sein, den du verdienst."

Ein Hoffnungsstrahl fiel in ihr Herz. „Und du glaubst, dafür sei es nun zu spät?" Wie konnte sie ihm begreiflich machen, dass es nicht so war?

Gideon stand auf. Seine Augen hatten einen verräterischen Glanz. Unschlüssig stand er neben ihr, und sie rechnete damit, dass er sich jeden Augenblick umdrehen und weglaufen würde wie immer. Seine Schultern hoben und senkten sich. In seinem Gesicht bildeten sich tiefe Furchen. Dann trafen sich ihre Blicke, und sie sah dieselbe Hoffnung in seinen Augen. Er streckte seine Hand aus, und Leonie betrachtete die geschwungenen Linien seiner Handfläche, bevor sie sie zögernd ergriff.

34

Die Feder kratzte über das Papier. Leonie saß im Schaukelstuhl in ihrem Schlafzimmer und schrieb. Der Brief an ihre Tante war fast fertig. Davor hatte sie an ihre Mutter geschrieben, und der versiegelte Umschlag lag auf dem Tisch und wartete darauf, dass jemand ihn mit in die Stadt nahm. Sie las das Geschriebene noch einmal durch, und es wurde ihr schmerzlich bewusst, wie sehr sie ihre Familie vermisste. Vor ihrem inneren Auge sah sie, wie ihre Tante Sarah diesen Brief lesen würde, und spürte, wie ihr Kinn zu zittern begann.

In dem Moment klopfte es leise an die angelehnte Tür, bevor Gideon sie vorsichtig mit dem Fuß aufstieß. In seinen Armen trug er das schwere Geschenk, das Leonie vor zwei Wochen in der Scheune entdeckt hatte. Jetzt war die Wiege fertig und bereit für die Stube.

Als er ins Zimmer trat, warf Leonie den Briefumschlag aufs Bett und sprang auf.

„Wohin soll ich sie stellen?", keuchte Gideon unter der Last.

„Hierher am besten." Rasch schob sie einen Stapel Bücher beiseite und deutete auf eine Zimmerecke. Sie wischte sich den Staub von den Händen und sah Gideon erwartungsvoll an. Ihre Augen strahlten vor Freude.

Vorsichtig setzte Gideon das Möbelstück ab. „Gut so?" Er richtete sich auf und schüttelte die Handgelenke aus. Die Wiege schaukelte hin und her, und er brachte sie zum Stehen.

„Perfekt." Leonie strich bewundernd über das glatte Holz.

„Freut mich, dass sie dir gefällt." Gideon fuhr mit dem Daumen über einen eingetrockneten Klecks Holzbeize.

Leonie zog die Nase kraus. „Entschuldigung. Du hättest mir den Pinsel nicht geben dürfen."

„Du wolltest ja unbedingt helfen", sagte er ernst, doch sie sah das Lächeln in seinen Augenwinkeln.

„Sie ist wunderschön."

Gideon bürstete sich den Staub von der Schulter. „Hmm."

„Und stell dir vor", sagte sie atemlos und nahm auf dem Schaukelstuhl Platz, „schon bald wird ein kleines Baby da drin schlafen. Unser Baby." Sie suchte Gideons Blick. Doch er starrte nur auf die Wiege und brachte kein Wort heraus.

Leonies Lächeln erstarb.

Gideon kniete sich auf den Boden, streckte die Hand aus und schubste die Wiege an, sodass sie sanft hin und her schaukelte. „Ja, es ist unglaublich", sagte er leise. „Aber irgendwie schön." In seiner Stimme schwang Ehrfurcht und Erstaunen.

Leonies Herz tat einen kleinen Sprung. „Meinst du das wirklich?"

Er antwortete mit einem kurzen Nicken, und als er sie anschaute, lag ein Ausdruck in seinen Augen, den sie nie zuvor an ihm gesehen hatte. Ihre Gefühle überwältigten sie so heftig, dass sie beinahe vom Stuhl gerutscht wäre. Sie stand auf und kniete sich neben ihn. „Gideon."

„Ich weiß nicht, ob ich jemals ein guter Vater …"

„Sprich nicht weiter." Sie berührte leicht seinen Arm. „Es ist gut so." Sie legte ihre Hand auf die seinige und drückte sie. „Es ist alles gut."

Mit schmerzerfülltem Blick sah er sie an, und sein Mund öffnete sich, als ob er widersprechen wollte.

„Glaub mir." Leonie beugte sich hinunter und küsste seine Hand.

Gideon schluckte, die Augen weit geöffnet.

„Alles wird gut." Sie war dankbarer, als sie es jemals in Worte fassen könnte.

Gideons Blick fiel auf ihren Bauch. Seine Finger zuckten, als er die Hand ausstreckte. Leonie hielt den Atem an und wartete. Sie spürte ein Kribbeln auf der Haut wie einen morgendlichen Frosthauch.

Die Sekunden verstrichen, doch Gideon wagte es nicht, die Hand auf den karierten Stoff ihres Kleides zu legen.

Seine grünen Augen forschten in ihrem Gesicht. Er räusperte sich. „Ein Name." Sein Adamsapfel bewegte sich auf und ab. „Hat das Baby schon einen Namen?"

„Ich wüsste einige." Leonie spielte mit einem Faden, der sich vom Saum ihres Kleides gelöst hatte. „Ich würde unserem Kind gern einen Namen geben, der eine Bedeutung hat."

„Eine Bedeutung?" Gideon legte die Stirn in Falten. „Du meinst … wie zum Beispiel George Washington?"

„Nicht direkt." Leonie konnte sich ein Lächeln nicht verkneifen. „Eher ein Name, mit dem man etwas Persönliches verbindet. Wie etwa der Name eines verstorbenen Verwandten oder ein biblischer Name."

„Ein biblischer Name", echote Gideon.

„Wie *dein* Name zum Beispiel. Er stammt aus der Bibel."

Immer noch neben ihr auf dem Boden kauernd, dachte er über ihre Worte nach. „Ist Leonie auch ein biblischer Name?", fragte er dann, seine Augen groß und unschuldig wie die eines Kindes.

Sie musste lachen. „Leider nein."

Er schien noch immer nachdenklich. „Wir sollten zwei Namen aussuchen, einen für einen Jungen und einen für ein Mädchen … da man ja nicht wissen kann, was es wird."

„Ja, das wäre gut."

Gideon schwieg und presste die Knöchel auf die Erde. „Jakob gefällt mir gut. So hieß mein Großvater."

Leonies Blick ruhte auf der Wiege. Mit dem Zeigefinger zeichnete sie die Maserung des Ahornholzes nach. „Ja, das ist ein schöner Name."

Gideon erhob sich langsam und klopfte sich den Staub aus der Hose. „Ich muss weiterarbeiten." Seine Finger streiften ihre Schulter, dann war er fort.

Leonie blieb sitzen und rührte sich nicht. Gideons Worte hallten noch in ihrem Kopf und füllten sie mit neuer Hoffnung. Hatte Gott ihre Gebete erhört? Sie richtete den Blick zur Zimmerdecke und presste die Lider zusammen. *Bitte, Herr, schenk, dass es so ist.* Ihre Hand berührte die Wiege und setzte sie in Bewegung.

Sie würde das nackte Holz mit weichen Decken auspolstern, unter denen bald ein kleines Gesicht hervorschauen würde. Als junges Mädchen hatte sie sich nie vorstellen können, einmal Mutter zu werden, und nun würde es bald so weit sein. Sie konnte es kaum abwarten, bis sie ihren kostbaren kleinen Schatz in den Armen halten würde.

In dem Moment strampelte das Baby in ihrem Bauch.

Leonie hielt den Atem an. Sie legte ihre Hand auf die Stelle, wo sich das neue Leben so deutlich bemerkbar gemacht hatte, und lächelte. Es war nicht das erste Mal, dass sie spürte, wie sich das Kind bewegte, und jedes noch so zarte Strampeln ließ ihr Herz höherschlagen. Mit geschlossenen Augen versuchte sie sich vorzustellen, ob es ein Händchen war oder ein kleiner Fuß, aber das Baby lag wieder still. Stattdessen fühlte sie plötzlich etwas anderes. Es begann in ihrem Rücken als leichtes Ziehen im Kreuz, das stärker wurde und sich wellenförmig nach vorn und nach unten ausbreitete. Leonie rang nach Luft und umklammerte die Armlehnen des Schaukelstuhls. Der Schmerz nahm zu und fühlte sich an, als würde jemand mit eiserner Faust ihr Innerstes wie einen Lappen auswringen.

„Gideon!" Leonie schrie auf. Als sie glaubte, ohnmächtig zu werden, ließ der Schmerz plötzlich nach, und ihre Muskeln entspannten sich. Erschöpft ließ sie sich in den Schaukelstuhl sinken. Ihr Puls raste, und die Zimmerdecke bewegte sich mit jedem Atemzug auf sie zu.

Elsie kam die Treppe heraufgestürmt und blieb im Türrahmen stehen. Ihr faltiges Gesicht war von Sorge zerfurcht. „Gideon ist draußen. Was ist passiert?"

„Ich weiß nicht." Elsies Züge verschwammen, als sich Tränen in Leonies Augen sammelten. Die alte Frau kniete sich neben sie und nahm sie in den Arm. „Es wird alles gut", sagte sie leise und streichelte Leonie beruhigend über den Rücken. „War es das Baby?"

Leonie schluckte. „Ich weiß nicht genau."

Eine kühle Hand legte sich auf ihren Bauch und befühlte ihn von allen Seiten. „Wahrscheinlich eine Wehe. Hast du noch Schmerzen?"

„Ein bisschen, aber nicht so schlimm wie vorher. Was ist mit dem Baby? Geht es ihm gut?"

„Ich glaube schon. Aber ich kenne mich leider nicht so gut aus in diesen Dingen." Elsie stand auf. „Soll ich Gideon losschicken, damit er Tante Orla Bescheid sagt?"

Leonie wischte sich über die Stirn. „Wem?"

Elsie strich ihr eine Haarsträhne aus dem Gesicht und steckte sie zurück in den Zopf wie eine Mutter. „Die Hebamme. Er könnte sie holen und wäre im Handumdrehen wieder da."

Leonie starrte auf die leere Wiege und schüttelte den Kopf. „Es ist noch zu früh. Und es geht mir schon wieder besser."

„Dann ist es ja gut. Wahrscheinlich ist alles in Ordnung." Elsie stockte, und Leonie hatte den Eindruck, sie wollte noch etwas sagen. „Aber manchmal kommt es vor, dass …" Sie zögerte. „Wenn Blut kommt …"

Leonies Augen weiteten sich vor Schreck.

„Du solltest besser nachsehen." Elsie tätschelte ihr die Hand. „Ich mache dir inzwischen einen Tee mit Kräutern zur Muskelentspannung, und du legst dich hin und ruhst dich aus. Am besten wäre es, du würdest heute das Bett hüten."

Als Elsie gegangen war, zog sich Leonie mit zitternden Fingern aus und schlüpfte in ihr Nachthemd. Erleichtert sah sie, dass alles in Ordnung war, und sandte ein stummes Dankgebet zum Himmel.

Bald darauf kam Elsie zurück, eine Teetasse in der Hand und mit ernstem Blick. „Und?"

„Nichts."

„Gott sei Dank. Das ist ein gutes Zeichen." Sie reichte Leonie die Tasse. „Und jetzt trink und versuch, ein bisschen zu schlafen. Du solltest auf keinen Fall aufstehen. Soll Gideon nicht doch lieber die Hebamme holen?"

Leonie nippte an dem heißen Getränk. „Danke. Aber mir geht es schon besser."

„Also dann …" Elsie hob die Augenbrauen. „Wenn es noch mal vorkommt, dann sag mir Bescheid."

„Versprochen." Leonie trank noch einen Schluck Tee.

„Und nun ruh dich schön aus."

„Ja, Ma'am."

Bevor sie ging, zog Elsie noch Leonies Decke glatt und schlug die Enden unter. Sie schüttelte ihr das Kopfkissen auf, holte eine Extradecke aus dem Schrank und vergewisserte sich, dass das Fenster fest zu war.

„Bist du sicher, dass ich nicht doch lieber …?“

Leonie schüttelte tapfer den Kopf. „Ganz sicher.“

Sie umklammerte ihre Teetasse und hoffte, dass Elsie nicht sah, wie ihre Hände zitterten.

35

Wolkenberge türmten sich am Himmel und verschluckten die letzten Sonnenstrahlen, als Leonie schwerfällig über den Hof zum Hühnerstall ging. Frierend schlang sie die Arme um den Körper und wünschte, sie hätte etwas Wärmeres angezogen als ihr dünnes Schultertuch. Als sie am Scheunentor vorbeikam, winkte Gideon ihr zu, und sie winkte zurück. Ein warmes Gefühl breitete sich in ihr aus, ein Gefühl, das von Tag zu Tag stärker zu werden schien. Sie duckte sich durch die niedrige Tür ins Innere des Stalles, in dem ein halbes Dutzend Hühner herumliefen. Flatternd machten sie ihr Platz, als sie sich bückte und die Nester nach Eiern absuchte. Sie fand nur zwei Stück, aber bei dem kalten Wetter war dies eine gute Ausbeute.

Die morsche Tür ließ sich schwer schließen, und Leonie drückte sie ächzend zu. Ein beißender Wind färbte ihre Wangen und peitschte ihr die Haare ins Gesicht.

Als Gideon sie kommen sah, stellte er seine Schubkarre ab, damit er ihr nochmals zuwinken konnte. Beinahe wäre sie gestolpert, als er ihr ein entwaffnendes Lächeln zuwarf.

Die Haustür fiel ins Schloss, und Leonie trat in die Küche, immer noch außer Atem. Elsie schaute von ihrer Arbeit auf und beäugte sie neugierig.

„Hier sind die Eier", sagte Leonie und legte sie vorsichtig neben das Schneidebrett. „Das Essen riecht gut. Kann ich irgendetwas helfen?" Sie wärmte sich die klammen Hände über dem Herd.

Elsie machte mit ihrer mehlbestäubten Hand eine Bewegung. „Setz dich einfach und plaudere ein wenig mit mir." Sie strich sich eine graue Locke aus der Stirn und hinterließ eine weiße Mehlspur auf ihrer runzligen Wange. Ihre kupferbraunen Augen sprühten.

Leonie tat, wie ihr geheißen, und zog sich einen Stuhl heran. Im selben Augenblick entdeckte sie einen Stapel Briefe auf dem Tisch. Auf dem obersten sah sie ihren Namen in der krakeligen Schrift ihrer Mutter, und es entfuhr ihr ein Ausdruck des Erstaunens.

„Überraschung!“ Elsie war neben sie getreten und wischte sich die mehligen Hände an ihrer Schürze ab. „Jebediah hat die Post schon vor Wochen abgeholt. Dann hat er sie irgendwo in der Scheune abgelegt und vergessen.“ Sie lachte und schüttelte den Kopf. „Typisch Mann.“

„Und ich habe mich schon gewundert, warum meine Mutter nicht antwortet und ob sie meine Briefe überhaupt bekommen hat.“ Leonie beeilte sich, den Umschlag aufzureißen.

„Sie wird dich sicher sehr vermissen.“ In Elsies Stimme lag ein Anflug von Sorge.

Leonie entfaltete das Papier und sah, dass ihre Mutter auch einen Brief von Tante Sarah beigelegt hatte. Ihr Herz tat einen Freudensprung. Sie überflog die beiden Briefe, die sie in den kommenden Wochen wieder und wieder lesen würde.

Elsie knetete ihren Brotteig zu Ende und stellte drei Laibe zum Aufgehen beiseite. Leonie faltete die Briefe und steckte sie zurück in den zerrissenen Umschlag. Dann sah sie die anderen Briefe auf dem Stapel durch. Einer war für Gideon, und sie erkannte die gestochen scharfe Druckschrift seiner Mutter. Sie entdeckte einen weiteren Brief, der an ihn adressiert war, in schöner, gleichmäßiger Schrift mit elegantem Schwung. Auf dem Umschlag befand sich kein Absender. Während sie den Brief befühlte, kämpfte sie gegen die Versuchung, ihn gegen das Licht zu halten.

„Alles in Ordnung?“ Elsie sah sie fragend an.

„Ja, natürlich.“ Leonie räusperte sich. „Ich wollte gerade Gideon suchen gehen und ihm seine Post bringen.“

Elsie wandte sich wieder ihrer Teigschüssel zu. Durch das Fenster sah Leonie, wie Gideon mit einem Armvoll Feuerholz auf das Haus zukam. In der kalten Luft bildeten sich weiße Atemwolken, und der Wind zerrte an seiner offenen Jacke.

Rasch stand sie auf, stibitzte ein Stückchen Teig von Elsies Knetbrett und steckte es in den Mund, bevor sie ihr wollenes Schultertuch überwarf.

Ein scharfer Wind biss ihr ins Gesicht und trieb einzelne Schneeflocken vor sich her. Der Himmel war düster und unheilvoll. Die Briefe fest an die Brust gepresst, ging sie Gideon entgegen, so schnell ihre Leibesfülle es erlaubte.

„Was hast du denn Schönes für mich?"

Leonie reichte ihm die Briefe, und der Wind drohte, sie ihr aus der Hand zu reißen. „Post von zu Hause." Sie lächelte ihn an.

Gideon streifte sich die Arbeitshandschuhe ab. „Soso." Seine Augenbrauen zogen sich zusammen, als er den ersten Umschlag studierte. „Dem Datum nach haben die Briefe schon länger hier gelegen. Warum hat Jebediah sie so lange versteckt?" Ein Grinsen erhellte sein stoppeliges Gesicht. Dann betrachtete er den zweiten Umschlag. Sein Lächeln erlosch, als er die zierliche, verschnörkelte Frauenschrift sah. „Hm." Nervös leckte er sich die Lippen.

Leonies Neugier siegte, und sie trat näher und legte ihre Hand auf Gideons Arm. „Was ist denn?"

Er blinzelte und drehte den Umschlag um, doch die Rückseite war leer.

„Es steht kein Absender darauf", sagte Leonie, unschlüssig, wie sie seine Reaktion deuten sollte. Der Wind riss an ihren Haaren, und mit kalten Fingern strich sie sich einzelne Strähnen aus dem Gesicht. Der Schnee fiel jetzt dichter.

„Offensichtlich", sagte Gideon fast unhörbar und wie zu sich selbst. Er suchte Leonies Blick, und in seinen Augen lag ein seltsam dringlicher Ausdruck. Erst jetzt schien er den Wind und das Schneegestöber zu bemerken und zeigte auf die Scheune. „Komm mit." Sie flüchteten sich unter den Dachvorsprung, und Gideon öffnete für Leonie die Tür. Er wartete, bis sie drinnen war, und folgte ihr ins Innere. Sie standen nah beisammen. Gideon lehnte mit dem Rücken an einem Türpfosten. Draußen zog die Abenddämmerung herauf.

„Dieser Brief", begann er, und seine Augen suchten ihren Blick, „hätte mir früher etwas bedeutet. Aber das ist vorbei." Er hielt ihr den Umschlag entgegen, als wollte er damit die Lücke zwischen ihnen überbrücken.

Leonie schluckte und wusste nicht, was sie sagen sollte.

„Jetzt ist alles anders." Auf Gideons Stirn bildeten sich Falten, als er den Brief betrachtete. „Ich weiß auch nicht, von wem er ist", sagte er leise. „Und es spielt auch keine Rolle mehr." Er hielt den Kopf gesenkt, sodass sein Kinn fast seine Brust berührte. „Es tut mir leid, dass ich dir das sagen muss, aber es gibt vier oder fünf Mädchen, von denen er sein könnte. Aber ich will es gar nicht wissen." Er trat näher und hielt ihr den Brief hin. Das Abendlicht erhellte sein Gesicht. „Denn jetzt … habe ich dich."

Leonie sog langsam die Luft ein und hielt den Atem an, bis ihr die Lunge brannte. „Mich?", flüsterte sie.

Gideon nickte.

Sie nahm den Brief.

„Ich will nicht mehr der Mann sein, der ich war." Er berührte sie leicht am Ellbogen. „Um deinetwillen." Er blickte zu Boden. „Und für das Baby."

Leonies Herz pochte wie wild. In seinen Augen lag die Zukunft, und in ihrer Hand hielt sie seine Vergangenheit. Sie fühlte sich hin und her gerissen. „Und dein altes Leben?" Forschend sah sie ihn an. Sie brauchte Gewissheit.

„Das ist vorbei. Ein für alle Mal."

Ein Lächeln formte sich tief in ihrem Inneren und breitete sich auf ihrem Gesicht aus. Leonie streckte Gideon den Briefumschlag hin. „Dann will ich auch nicht zurückschauen."

Er nahm den Umschlag an sich und sah sie einen Moment nachdenklich an, bevor er den Brief entzweiriss. Als nur noch winzige Schnipsel übrig waren, warf er sie aus der Scheunentür hoch in die Luft und ließ sie vom Wind davontragen. Dann nahm er Leonie bei der Hand und zog sie vom Eingang weg in die Scheune hinein, wo es wärmer war. „Es tut mir leid, dass ich so lange gebraucht habe, um zu merken, was ich an dir habe." Sein Handrücken streifte ihren Bauch. Er drehte die Hand um und strich über den karierten Stoff, der sich über ihrem runden Leib spannte.

Leonie schloss die Augen und hatte das Gefühl, ihre Knie würden gleich nachgeben. Sie öffnete den Mund, um zu sprechen, doch Gideon schüttelte den Kopf.

„Bitte nicht. Ich muss dir zuerst etwas sagen." Er holte tief Luft und zwang sich, ihr in die Augen zu sehen. „Ich habe dich so oft enttäuscht und verletzt, angefangen bei der Nacht, in der ich dich nach dem Konzert nach Hause gebracht habe." Er ließ den Kopf hängen und sackte in sich zusammen, als ob die Schuld jener Nacht ihn zu Boden drückte. „Ich habe dir wehgetan. Ich hätte das niemals tun dürfen." Seine Stimme versagte, und als Leonie den Schmerz in seinen Augen sah, brachte sie kein Wort heraus. „O Leonie, ich habe so viel falsch gemacht."

Seine karierte Jacke öffnete sich einladend, und Leonie presste die Stirn gegen seine Brust. „Gideon."

Er stöhnte auf, trat einen Schritt zurück und sah ihr ins Gesicht. „In jener Nacht, als wir Bert das erste Mal getroffen haben …" Gideon stockte und spürte einen Kloß im Hals. „Und ich habe dich nicht in Schutz genommen, habe nicht gesagt, dass du meine Frau bist und …" Er brach ab und schüttelte langsam den Kopf, tiefe Furchen auf der Stirn. „Ich bin deiner nicht würdig, Leonie. Wie kann ich das jemals wiedergutmachen?" Er umfasste sanft ihren Kopf und presste seinen Mund auf ihr Haar.

„Ich verzeihe dir, Gideon." Ihre Augen suchten seinen Blick, doch sein Ausdruck war immer noch düster. Sie legte ihre kühle Handfläche auf seine Wange. „Aber vielleicht brauchst du mehr als meine Vergebung."

36

Gideon überprüfte die letzte Falle und sah, dass sie leer war. Es spielte keine Rolle, denn zwei tote Wildkaninchen lagen schon über seiner Schulter. Seine Gedanken wanderten zu dem Abend davor. Zu dem Brief, den er zerrissen hatte. Er dachte daran, wie seine Frau ihn angesehen hatte, als er die Frage beantwortete, von der er wünschte, sie hätte sie nie zu stellen brauchen. Und zum ersten Mal seit Langem wurde es ihm plötzlich ganz leicht ums Herz. Er freute sich auf eine Zukunft an Leonies Seite. Und bald schon würden sie zu dritt sein – und jemand würde ihn Papa nennen. Er konnte es sich immer noch nicht vorstellen, aber es erschien ihm nicht mehr wie eine Last. Fast freute er sich darauf.

Ein Kind mit durchzufüttern, konnte doch nicht so schwer sein. Er würde hart arbeiten und dafür sorgen, dass es seinem Kind an nichts mangelte. Hatte sein Pa nicht dasselbe auch für ihn getan? Auch wenn er es damals nicht zu schätzen gewusst hatte. Er näherte sich dem Bach und kletterte die Böschung hinunter. Seine Stiefel hinterließen Spuren im frischen Schnee. Ein Seufzen entfuhr seiner Brust. Die Welt erschien auf einmal in einem anderen Licht. Jebediahs Worte klangen noch in seinen Ohren, wie so oft in den vergangenen Monaten.

Wenn ein Kind geboren wird, kommt der Mann erst an dritter Stelle.

War er bereit dafür? Er ging in die Hocke und tauchte eine Hand ins eiskalte Wasser. Aber es ging um noch viel mehr. Darum, Leonies Herz zu gewinnen, und um ihre gemeinsame Zukunft. Er durfte nicht noch einmal riskieren, sie zu verlieren. Dass sie noch bei ihm war, grenzte ohnehin an ein Wunder. Warum hatte er trotzdem so ein ungutes Gefühl? Mit raschen, routinierten Bewegungen nahm er die Kaninchen aus und säuberte das Messer im fließenden Wasser.

Bald würde das Baby unter dem Dach der Bennetts zur Welt kommen. Elsie hatte gesagt, dass sie so lange bleiben konnten, wie sie wollten und wie es nötig sei. Auch Jebediah hatte mehr als einmal seine Gastfreundschaft beteuert. Gideons Beine waren steif, als er aufstand. Er wollte so schnell wie möglich nach Hause. Mit der einen Hand umklammerte er die schlaffen Läufe, mit der anderen zog er sich die Uferböschung hoch. Die kalte Morgenluft biss in seine feuchten Hände. Er schaute hoch zum Himmel, wolkenlos nach dem Schneesturm der vergangenen Nacht. Die Landschaft lag in strahlendem Weiß, das so hell war, dass ihm beinahe die Augen wehtaten. Auf den Zweigen der Bäume glitzerte eine neue Schicht Schnee. Die Luft war frisch und klar, und kein Windhauch störte die Stille. Gideon blickte sich um, und wieder beschlich ihn ein beklemmendes Gefühl. Er machte eine unwillige Kopfbewegung, wie um es abzuschütteln.

Hinter der Wegbiegung sah er das Haus, das mit der weißen Umgebung verschmolz. Als er näher kam, entdeckte er Leonie auf der Veranda. Sie hielt eine Hand schützend über die Augen und blickte in die Ferne. Vor ihr stand ein Korb mit Wäsche. Im hellen Morgenlicht wirkte ihr runder Bauch noch praller. Gideon spürte ein warmes Gefühl in der Brust. Entschieden schob er das ungute Gefühl beiseite, das sich in ihm ausbreitete, und ging auf Leonie zu.

„Wie geht es dir heute?" Beschämt stellte er fest, dass er sie zum ersten Mal nach ihrem Befinden fragte.

„Ziemlich gut", antwortete sie, doch ihr Blick sagte das Gegenteil. Sie musste es gespürt haben, denn sie räumte ein: „Bis auf die Schmerzen zwischendurch. Sie kommen und gehen."

„Ist das normal?"

„Vielleicht. Ich weiß es nicht."

Das beunruhigende Gefühl, das er die ganze Zeit schon hatte, verstärkte sich. „Du musst jetzt gut auf dich aufpassen. Versprichst du mir das?"

Leonie nickte, und er sah, dass sie sich über seine Worte freute.

„Ich muss Elsie die Hasen bringen." Er hielt die zwei Wildkaninchen hoch. „Dann mache ich mich frisch und komme gleich wieder."

Leonie bückte sich nach dem Wäschekorb, stellte ihn sich umständlich auf die Hüfte und ging damit zur Wäscheleine. Gideon stieg die Verandatreppe hoch und nahm zwei Stufen auf einmal.

Elsie und Jebediah saßen am Tisch und blickten auf, als er eintrat, und ihre Gespräche verstummten.

„Sie haben wohl gerade von mir gesprochen, nicht wahr, Jeb?", grinste Gideon. „Glauben Sie ihm kein Wort, Elsie."

Elsie warf ihm aus ihren kleinen Augen einen warmen Blick zu, und als sie ihre Teetasse ansetzte, blitzte hinter dem weißen Porzellan ein Lächeln auf.

„Du kümmerst dich sowieso nicht darum, was er sagt." Sie machte eine Kopfbewegung in Jebediahs Richtung. „Aber ich mag dich trotzdem."

„Soso." Jebediah stützte den Arm auf die Stuhllehne. „Deinetwegen werde ich noch Ärger kriegen, Frau." Er zwinkerte Gideon zu und musterte ihn mit väterlichem, fast zärtlichem Blick. Und Gideon wusste, dass er in Jebediah mehr als nur einen guten Freund hatte.

Auch wenn es ihm immer noch unbegreiflich war, warum das so war. Er hatte es nicht verdient, dass Jebediah ihn so freundlich und nachsichtig behandelte.

Gideon ließ die Kaninchen für Elsie in der Küche liegen und ging nach oben, um sich zu waschen. Er knöpfte sein verschmutztes Hemd auf und warf es aufs Bett. Das Wasser in der Waschschüssel war kalt, doch er tauchte die Arme bis zu den Ellbogen ein und seifte sich ein, dann fuhr er sich mit der nassen Hand durchs Gesicht und trocknete sich mit einem harten Handtuch ab. In der Kommode fand er ein sauberes Hemd. Er zog es an und war dabei, den obersten Knopf zu schließen, als er ganz unten in der Schublade etwas glitzern sah.

Er fasste hinein und zog Berts Taschenuhr heraus. Schwer lag sie in seiner Hand. *Diese verdammte Uhr.* Die Erinnerung traf ihn wie ein Schlag. Er hatte die Uhr in die Schublade gestopft, wo sie nach unten gerutscht war. Wie konnte er so dumm sein? Er dachte an Bert und seine Komplizen und was sie über Leonie gesagt hatten.

Seine Nackenmuskeln versteiften sich bei dem Gedanken, dass sie kommen und nach ihm suchen würden. Und wenn sie ihn fanden …

Nein. Das durfte nicht geschehen. Er legte die Uhr auf die Kommode und griff nach seiner Jacke. Er zog sie an und schlug den Kragen hoch, und es war ihm, als verströmte der Flanellstoff einen Hauch von Leonies Duft. Nie würde er vergessen, wie sie ihn gestern Abend angeschaut hatte. Und nie würde er das Versprechen vergessen, das er ihr gegeben hatte. Sein altes Leben – das war vorbei.

Während er nach der Taschenuhr griff, traten seine Kiefermuskeln hervor. Zögernd klappte er die Uhr auf. Nachdem sie monatelang niemand mehr aufgezogen hatte, standen ihre Zeiger still. Rasch klappte er sie wieder zu. Ein Überbleibsel aus seinem alten Leben, das er vergessen wollte. Die Uhr musste verschwinden. Und er hatte Bert versprochen, dass er sie zurückgeben würde. Gideon sah aus dem Fenster, wo das Licht der Morgensonne durch die Wipfel der Bäume fiel. Es wurde Zeit, dass er sein Versprechen einlöste.

37

Gideon schaute sich um, um sicherzugehen, dass ihn niemand beobachtete. Vor dem Herd blieb er stehen. Seine Augen wanderten zu dem Emaillekrug auf dem Wandbrett. Noch einmal sah er sich verstohlen um, dann nahm er den Krug und griff hinein. Seine tastenden Finger fanden den Lederbeutel mit den Münzen. Geräuschlos ließ er ihn in seiner Tasche verschwinden. Er fühlte sich schuldig und seine Hand zitterte.

Es ist ja nur geliehen.

Doch er brauchte eine Rückversicherung, wenn er Bert gegenübertrat. Dann würde es endlich vorbei sein, und er würde Bert für immer den Rücken kehren und seinem alten Leben ebenso. Gideon tastete nach der Uhr in seiner Brusttasche und atmete tief durch.

Sobald er in die Stadt kam, würde er die Felle verkaufen, die er eigenhändig gegerbt hatte – das Ergebnis ehrlicher, harter Arbeit. Er würde Jebediahs Geld bis auf den letzten Taler zurückzahlen. Gideon klopfte mit der Hand auf seine Tasche, sodass die Münzen leise klingelten. Vorläufig brauchte er sich keine Sorgen zu machen.

Ein grauer Morgen zog herauf, als Leonie die Augen aufschlug. Das Laken neben ihr war kalt. Ein Blatt Papier lag auf Gideons Kissen. Mühsam setzte sie sich auf, hielt das Blatt ins schwache Morgenlicht und versuchte, das undeutliche Gekritzel zu entziffern.

Muss noch etwas erledigen. Komme bald wieder.

Leonie runzelte die Stirn. Das Klappern von Geschirr drang an ihr Ohr und scheuchte sie aus dem Bett. Langsam zog sie sich an und ging hinunter in die Küche. Elsie saß schon am Tisch, ein Schälmesser in der Hand. Zu ihren Füßen stand ein Korb mit Äpfeln. „Guten Morgen."

„Guten Morgen, Elsie. Hast du Gideon aus dem Haus gehen sehen?"

„Ich dachte, er schläft noch.“

„Nein. Er hat mir einen Zettel geschrieben. Darauf stand nur, dass er irgendetwas erledigen muss und bald wiederkommen will. Hast du irgendeine Idee, was das sein kann?“

„Nicht die geringste.“ Eine rote, verschrumpelte Apfelschale fiel auf den Tisch. „Aber wenn er schreibt, dass er bald wiederkommt, dann wird es wohl so sein. – Wie wär's mit einer schönen Tasse Tee?“

„Lass mich die Tassen holen.“ Leonie nahm zwei Becher vom Wandbrett.

Ohne Gideon war es seltsam still im Haus.

„Was machst du?“

„Apfelmus.“ Elsie warf ein Kerngehäuse in eine Schüssel. „Diese Äpfel haben schon bessere Tage gesehen.“

Leonie schenkte Tee ein, dann holte sie sich ein Messer und half Elsie beim Schälen. Als sie sich zwischendurch die schmerzenden Lendenwirbel massierte, fing sie Elsies besorgten Blick auf.

„Fühlst du dich nicht gut?“

Leonie nahm den nächsten Apfel und schnitt ihn mittendurch. „Es geht schon, danke.“ Sie zuckte die Achseln. „Ich weiß ja nicht, wie ich mich in meinem Zustand fühlen sollte. Ich meine … was normal ist und was nicht.“

Elsie lächelte schwach. „Ich fürchte, ich bin dir keine große Hilfe. Ich weiß gar nicht mehr, wie es bei mir damals war …“ Ihr Blick ruhte auf Leonie. „Es ist schon so lange her.“ Sie zupfte ein Blatt von einem Apfel. Ein weicher, mütterlicher Ausdruck lag auf ihrem Gesicht.

Leonie warf eine Handvoll Apfelschnitze in den großen Topf. „Du warst bestimmt eine wunderbare Mutter.“

Elsie schürzte nachdenklich die Lippen, während sich ihre wechselnden Gefühle in ihren hellbraunen Augen spiegelten. „Danke.“ Ein Apfel rollte vom Tisch und fiel in ihren Schoß. „Ich wünschte nur, ich …“ Sie legte den Apfel zurück auf das Schneidebrett. „Ich wünschte, es wäre uns mehr Zeit vergönnt gewesen.“

Leonie lehnte den Kopf an Elsies Schulter. „Es tut mir so leid“, sagte sie leise.

Elsie presste die Wange gegen Leonies Scheitel. Eine Zeit lang saßen sie schweigend da. „So geht das nicht", sagte Elsie plötzlich und tupfte sich mit dem Schürzenzipfel die Augen. „Da sitze ich mitten am Tag herum, und die Arbeit bleibt liegen." Entschlossen griff sie zum Messer und schnitt den nächsten Apfel entzwei.

„Du bist eine so starke Frau", sagte Leonie. „Die stärkste, die ich kenne."

Elsie stand auf und tippte Leonie mit dem Finger gegen das Kinn. „Danke für die Blumen", lächelte sie. „Aber das ist nicht mein Verdienst. Es gibt jemanden, der mich trägt. Ohne ihn würde ich keinen einzigen Tag bestehen."

Leonie nickte wissend. „Das spürt man dir ab. Ich wünschte, ich hätte einen so starken Glauben wie du. Vielleicht ... eines Tages."

Elsie rührte mit einem langen Holzlöffel in dem Topf auf dem Herd. „Den hast du bereits." Ihre Augen leuchteten. „Du bist stärker, als du glaubst, mein kleines Fräulein."

Leonies Mundwinkel hoben sich zu einem Lächeln. Sie sog die Luft ein, als der Schmerz wiederkam, und rieb sich erneut den Rücken.

„Warum legst du dich nicht wieder hin?", schlug Elsie vor. „Hier gibt es ohnehin nichts mehr zu tun. Das Mus kocht von allein."

Während Elsie die Weckgläser aus dem Keller holte, ging Leonie ins Wohnzimmer, um sich ein wenig auszuruhen. Sie schnürte ihre Stiefel auf, befreite ihre geschwollenen Füße und streckte die müden Fußgelenke, bevor sie es sich mit untergeschlagenen Beinen auf dem Sofa bequem machte.

Sie nahm das Strickkörbchen auf den Schoß und zog ein winziges Mützchen heraus, das noch fertig werden sollte. Während der gelbe Wollfaden durch ihre Finger glitt, summte sie leise eine namenlose Melodie im Takt der klickenden Nadeln. Von Zeit zu Zeit hob sie den Kopf und sah aus dem Fenster. Wo Gideon nur blieb? Sie wünschte, er hätte sich wenigstens verabschiedet. Sie sandte ein lautloses Gebet zum Himmel und sagte sich, dass er bestimmt zum Mittagessen wieder da sein würde.

Als sie eine Reihe zu Ende gestrickt hatte, waren ihre Beine eingeschlafen, und sie musste sich anders hinsetzen. Außerdem taten ihr der Rücken und die Schultern weh. Gab es denn keine bequeme Sitzposition mehr? Leonie ließ das Strickzeug sinken, massierte ihre schmerzenden Muskeln und rollte den Kopf von einer Seite zur anderen. Dann nahm sie den Wollfaden wieder auf, und die Nadeln klapperten weiter. Auch ihre Finger waren leicht geschwollen und spannten und kribbelten, was die Sache nicht leichter machte. Prüfend betrachtete sie die letzten paar Reihen. Sie waren schief und ungleichmäßig. Seufzend zog Leonie sie wieder auf. Auch beim zweiten Anlauf wurde es nicht besser. Sie legte das Strickzeug in den Schoß und lehnte sich erschöpft zurück. *Es hat keinen Zweck.*

Resigniert stellte sie den Strickkorb auf den Boden und schob ihn beiseite. Das Babymützchen würde warten müssen, bis sie sich ausgeruht hatte. Sie schob sich ein Kissen unter den Kopf, streckte sich auf dem Sofa aus und schloss die Augen. Die morgendliche Stille lullte sie ein. Erst beim Geräusch eines Holzscheits, das in den Ofen geschoben wurde, wachte sie auf. Sie drehte sich auf die Seite und blinzelte in die Küche, konnte aber nur den Tisch sehen. Die Verandatür fiel quietschend ins Schloss. Leonie sah zum Fenster hinaus. Die Mittagssonne stand hoch am Himmel. Der Duft von Äpfeln und Zimt lockte sie in die Küche. Im Türrahmen blieb sie stehen und gähnte.

„Na, gut geschlafen?“ Elsie nahm einen Laib Brot aus dem Ofen.

Leonie rieb sich die Augen und nickte. „Ist Gideon da?“

„Leider noch nicht.“ Elsie sah sie forschend an. „Geht es dir gut?“

Leonie starrte aus dem Fenster und wünschte, Gideon würde den Pfad entlangkommen und auf das Haus zugehen. Ihre Worte klangen wie aus weiter Ferne, als sie antwortete. „Ja, danke. Nur ein bisschen schwindelig.“

„Hmm.“ Elsie berührte Leonie leicht am Arm und holte sie zurück in die Gegenwart. „Setz dich doch“, sagte sie, während sie weiter in ihrem Apfelmus rührte. „Du kannst mir ein wenig Gesellschaft leisten.“

„Ich sollte dir lieber helfen.“ Mit langsamen und unsicheren Schritten trat Leonie näher. „Ich bin so schwerfällig und träge geworden. Und in letzter Zeit immer müde. Ich weiß nicht, wie ich die letzten paar Monate überstehen soll.“

Elsie nickte verständnisvoll. „Das ist normal. Aber es dauert nicht mehr lange, dann ist es Frühling, und das Baby ist da."

Leonie sog vor Erstaunen die Luft ein, als sie plötzlich spürte, wie sich das Kind bewegte. Sie nahm Elsies kleine, kräftige Hand und legte sie auf ihren Bauch.

Elsie lächelte, und ihre Züge wurden weich. „Er strampelt, der kleine Schatz. Ich kann es kaum glauben, wie schnell er gewachsen ist."

„Ich auch nicht." Leonie strich über ihren prallen Leib, als könnte sie nicht fassen, dass dort ein Baby hineinpasste. Sie begann, den Tisch zu decken, doch als sie die letzte Serviette gefaltet hatte, zwang sie ihr schmerzender Rücken wieder zur Ruhe. Sie ging nach oben, um sich hinzulegen. Mit leisem Stöhnen sank sie auf die Matratze und faltete die Hände unter ihrer Wange. *Herr, bitte beschütze Gideon.* Betend fiel sie in einen unruhigen Schlaf. Doch die Sorge blieb.

38

Gideon pfiff ein Lied, während er durch den frischen Schnee stapfte. Das Pfeifen machte die Einsamkeit erträglicher, doch seine Schritte waren langsam und schleppend. Ein Blick zum Himmel sagte ihm, dass es schon später war, als er gedacht hatte, und er seufzte. Er hatte noch ein weites Stück Weg vor sich, und die Sonne stand schon hoch am Horizont. Vielleicht sollte er sich sicherheitshalber schon mal nach einer Übernachtungsmöglichkeit umsehen.

Aus alter Gewohnheit vergrub er die Hände in seinen Taschen, obwohl er Handschuhe trug. Er ging ein paar Schritte weiter, bevor er sein Gepäck von der Schulter gleiten ließ und darin herumkramte. Vor Tagesanbruch hatte er schnell die Brotreste vom Vortag eingepackt und eine Flasche Apfelmost. Es war eine karge Mahlzeit, aber schließlich wollte er wieder zurück sein, bevor die Sonne unterging. Hungrig riss er ein Stück Brot ab und warf sich das Bündel wieder über die Schulter.

Seine Fußabdrücke waren die einzigen im Schnee, außer ein paar Spuren von Wildtieren und Vögeln. Hier draußen war er allein auf weiter Flur. Er schüttelte den Kopf über sein unsinniges Unterfangen. Wie in aller Welt sollte er Bert finden? Doch wie er den Mann kannte, war er bestimmt nicht weit. Leute wie Bert vergaßen nichts. Vielleicht war er schon auf dem Weg zu den Bennetts und zu Leonie. Bei dem Gedanken wurde Gideons Schritt schneller. Das musste er um jeden Preis verhindern.

Als sich der Weg gabelte, zögerte er einen Augenblick. Er wusste noch ziemlich genau, wo Berts Camp lag, schlug jedoch den Weg in die Stadt ein. Zuerst wollte er die Felle verkaufen. Dann würde er sich auf die Suche nach Bert machen, seine Schulden bezahlen und ihm die Uhr zurückgeben. Er tastete nach dem Geldbeutel in der Jackentasche. Bestimmt würde er Jebediahs Geld nicht brauchen.

Leonie sank zurück in die Kissen und presste sich die Hand gegen den Kopf, doch ihre Stirn fühlte sich kalt an. Warum war ihr auf einmal so heiß? Fieber hatte sie offensichtlich keines. Sie öffnete die Augen und blinzelte zur Zimmerdecke hoch. Sie schlang die Arme um ihren Bauch, drehte sich auf die Seite und ließ die Augen zufallen. Doch selbst bei geschlossenen Augen schien sich alles um sie herum zu drehen.

Wie aus weiter Ferne hörte sie Elsies Stimme.

Leonie setzte sich auf und schob die Beine über die Bettkante. Ihre Füße waren wie Bleigewichte. Stöhnend erhob sie sich und ging mit schleppenden Schritten aus dem Zimmer zur Treppe. Jede einzelne Stufe war eine Qual. Auf halbem Weg nach unten musste sie stehen bleiben und sich an der Wand abstützen. Plötzlich war ihr so schwindelig, dass sie fürchtete, sie würde gleich ohnmächtig werden. Sie ließ sich auf die Stufen sinken und stützte den Kopf in die Hände. *Komm schon, Leonie.* Sie zwang sich zum Aufstehen und ging mit wackligen Schritten weiter.

Unten im Flur spürte sie auf einmal ein leichtes Ziehen im Kreuz. Der Schmerz wurde stärker. Leonie sog scharf die Luft ein und stieß sie kurz darauf wieder aus, als er so plötzlich nachließ, wie er gekommen war. Minutenlang stand sie regungslos da, bis sich ihr Puls wieder beruhigt hatte. Überrascht, wie schnell es vorüber war, ging sie weiter.

„Bist du das, Leonie?"

Sie drehte sich um und sah Elsie, die im Schrank unter dem Treppenabsatz wühlte.

„Was suchst du denn da unten?"

Elsie zupfte sich die Spinnweben aus ihrem ordentlichen Haarknoten und machte die Schranktür zu. „Ich habe noch ein paar Babysachen. Sie müssen hier irgendwo sein. Ich weiß genau, dass ich sie aufgehoben habe. Wenn ich nur wüsste, wo …" Gedankenverloren fuhr sie sich übers Haar. „Ich bin so vergesslich geworden mit den Jahren."

„Kann ich dir suchen helfen?", bot Leonie an. „Ich bin es gewohnt, Sachen zu suchen." Sie rückte einen Stapel Bücher gerade, die auf dem Flurtisch lagen, und wischte mit dem Schürzenzipfel den Staub von einem Gedichtband. „Ich habe vier Geschwister, die ständig ihre Sachen verlegt oder verloren haben." Auf ihrer Stirn bildeten sich Schweißperlen, und sie wischte sie verstohlen mit dem Handrücken weg. Aber Elsies wachsamem Blick war nichts entgangen.

„Ist dir nicht gut?"

Leonie fächelte sich mit der Hand Luft zu. „Doch, nur etwas warm. Es ist so heiß hier drin." Um irgendetwas zu tun, nahm sie einen Besen, der in der Ecke stand, und begann zu fegen. Ein Blick aus dem Fenster sagte ihr, dass die Sonne schon tief am Himmel stand. Sie wünschte, Gideon würde bald heimkommen.

„Ich habe vorhin das Feuer angemacht." Eilig lief Elsie zum Fenster und öffnete es. „Damit es schön warm ist, wenn die Männer von draußen reinkommen." Ein kühler Windstoß wehte herein, und Leonie schloss erleichtert die Augen. Elsies Gewissheit tröstete sie. Gideon würde bald wieder da sein. Wenn sie nur wüsste, was er so Wichtiges zu erledigen hatte.

„Es ist wieder sehr kalt heute", stellte Elsie fest und schaute aus dem Fenster. Sie drehte sich um und betrachtete Leonie mit sorgenvollem Ausdruck. „Hast du schon Wehen?"

„Ein bisschen. Aber keine sehr starken."

Elsie runzelte die Stirn. „Dann solltest du dich auf keinen Fall übernehmen. Leg dich lieber noch ein bisschen hin."

„Es geht schon, danke. Ich will nicht den ganzen Tag herumliegen und dir zur Last fallen." Leonie ging zur Verandatür und spürte Elsies Blick in ihrem Rücken. „Ich habe mich schon den ganzen Vormittag lang ausgeruht."

Elsie seufzte. „Na schön. Aber versprich mir, dass du dich nicht zu sehr anstrengst."

Dankbar lächelte Leonie ihr über die Schulter zu. „Versprochen." Sie trat auf die Veranda und atmete die kühle Luft ein. Mit einer Hand umfasste sie den Besenstiel, die andere legte sie auf ihren Bauch und fühlte, wie das Baby strampelte. Mit kreisenden Bewegungen strich sie über die Bauchdecke, als wollte sie das Kind beruhigen. „Hallo, Kleines. Du kannst es wohl kaum abwarten, wie?" Schwerfällig ging sie zum Rand der Veranda und hielt sich am Geländer fest. „Du bist genauso ungeduldig wie dein Papa. Aber du musst noch warten. Es ist noch nicht so weit."

Leonie sandte ein verzweifeltes Gebet zum Himmel, dass sich das Kind noch Zeit lassen würde. Der Weidenbesen kratzte über die verwitterten Holzplanken, als sie die oberste Treppenstufe zu fegen begann. Sie kam nicht oft auf die vordere Veranda. Fast jeder benutzte die Hintertür, denn es war der direkte Weg in die Küche, wo Elsie meistens zu finden war. Ihre Augen schweiften in die Ferne, und sie nahm die karge Schönheit der Landschaft in sich auf. Ihre Gedanken kreisten um das Baby. Wie sollte sie es nennen? Einen Mädchennamen zu finden, war einfach, und ihre Lieblingsnamen waren Maddy und Sarah. Schwieriger war es, wenn es ein Junge wurde. Verschiedene Namen gingen ihr durch den Kopf, aber nur zwei kamen in die engere Wahl: Adam gefiel ihr am besten, und Gideon hatte Jakob vorgeschlagen. Der Name war ihr im Gedächtnis haften geblieben.

Durch die Fensterscheibe sah sie Elsie, wie sie das Glas polierte. Der Weidenbesen kratzte über die Holzplanken.

Plötzlich wurde ihr Körper von einer Hitzewelle erfasst. Leonie presste die Hand auf den Bauch. Im selben Moment durchfuhr sie ein schmerzhafter Stich. Ihre Augen weiteten sich. Sie ließ den Besen fallen und lief Hals über Kopf ins Haus und die Treppe hinauf in ihr Zimmer. Kaum war die Tür hinter ihr ins Schloss gefallen, riss sie sich die Schürze vom Leib und zog sich bis auf den Unterrock aus.

Voller Panik rief sie nach Elsie, die ihr hinterhergestürzt war und die Treppe hinaufpolterte.

Die Zimmertür flog auf. „Um Gottes willen, Kind! Du hast mich zu Tode erschreckt. Was ist denn?"

„Ich glaube, es geht los!" Leonie schwankte und hielt sich an den Messingstäben des Bettgestells fest.

Elsie wurde blass. „Bist du sicher?"

„Ich weiß es nicht." Sie sah Leonies angstvollen Blick. „Aber ich habe Blut verloren."

„Wie viel Blut?"

„Nicht so viel.“ *Wie viel war zu viel?* Leonies zitternde Hände krampften sich vor der Brust zusammen. „Mein Baby“, presste sie lautlos hervor.

„Ist das schon mal vorgekommen?“

„Nein.“ Auch der Schmerz war ein anderer gewesen, stärker als je zuvor. Aber es war viel zu früh. Würde sie jetzt ihr Baby verlieren? Gideons Kind. Die Angst schnürte ihr die Kehle zu, sodass sie kaum sprechen konnte. „Elsie, was bedeutet das?“

Ihre alte Freundin antwortete nicht sofort. Und je länger ihr Schweigen dauerte, desto kleiner wurde Leonies Hoffnung.

„Ich weiß es nicht genau“, sagte Elsie schließlich. „Ich bin bei vielen Geburten dabei gewesen, aber mit den Anzeichen davor kenne ich mich nicht so aus.“

Eine Träne löste sich aus Leonies Augen und lief ihr über die Wange. „Aber was soll ich denn machen?“

Elsie schüttelte ratlos den Kopf. „Lass dir Zeit“, sagte sie dann. „Je länger du das Baby halten kannst, desto besser, würde ich sagen.“

„Aber ich habe nicht mehr viel Zeit, nicht wahr, Elsie?“ Leonie wandte sich ab, sie wollte die Antwort nicht hören. Das leise Ticken der Uhr drang an ihr Ohr, während die Sekunden verstrichen. Kostbare Sekunden, in denen ihr Kind noch am Leben war. *Ich flehe dich an, Gott. Halte deine schützenden Hände über dieses Kind. Nur noch eine kleine Weile. Bitte, nimm es nicht von mir.*

Sie sah, wie Elsies Gesicht immer besorgter wurde. „Wir sollten die Hebamme rufen.“

„Gideon …“, wimmerte Leonie.

„Ich weiß.“ Elsie legte ihr den Arm um die Schulter. „Er wird bestimmt bald kommen. Und das Baby wird solange auf ihn warten.“ Sie drückte ihr aufmunternd die Hand. „Ich muss Jebediah Bescheid sagen. Er soll die Hebamme holen. Und du legst dich solange schön ins Bett und wartest, bis ich wiederkomme.“

Elsie eilte aus dem Zimmer. Leonie stand da wie gelähmt. Sie hörte nur das Ticken der Standuhr und starrte wie gebannt auf das große Pendel, das gleichmäßig hin- und herschwang.

39

Vorsichtig trat Leonie zum Fenster. Sie sah, wie Jebediah über den Hof ging und sich raschen Schrittes entfernte. In ein paar Stunden würde er an die Tür der Hebamme klopfen, und sie würden so schnell wie möglich den Rückweg antreten. Leonie fröstelte. Der Gedanke an die Hebamme und das, was kommen mochte, ließ sie schaudern vor Angst. Ihre Fingerspitzen berührten das Glas. *Wo bleibst du, Gideon? Bitte, komm nach Hause.*

Sie ging zum Bett zurück und bückte sich. Unter Anstrengung zog sie ihre wollenen Strümpfe aus. Stöhnend richtete sie sich auf. Ein dumpfer Schmerz im Unterleib durchzuckte sie, der ihr beinahe den Atem nahm. Als sie die Stelle massierte, ließ der Schmerz etwas nach. Ihre Wangen brannten, als sie versuchte, sich gerade hinzustellen. Mit einer Hand stützte sie ihren Bauch, mit der anderen hielt sie sich am Bettgestell fest. Ächzend setzte sie sich aufs Bett. Im selben Moment schrie sie auf. Derselbe durchdringende Schmerz. Sie biss die Zähne zusammen und lehnte sich gegen das Kopfkissen, die Füße noch immer am Boden, und starrte an die Zimmerdecke.

Lieber Gott, bitte noch nicht.

Sie zwang sich zur Ruhe, aber der Schmerz kehrte zurück, stärker als zuvor, und erneut entfuhr ihr ein gellender Schrei. Das Zimmer verschwamm vor ihren Augen. Leonie presste ihren Handrücken gegen die Stirn. Mit letzter Kraft hob sie die Beine aufs Bett und schlüpfte unter das kühle Laken. Seufzend drückte sie ihr Gesicht in das Federkissen. *Ich muss mich ausruhen. Dann wird es besser werden.* Wenn sie das Kind behalten wollte, musste sie liegen bleiben. Wenn sie bloß schlafen könnte. Sie deckte sich mit der Steppdecke zu und versuchte, ruhig und gleichmäßig zu atmen und sich zu entspannen. *Bleib bei mir, Kleines.*

Minutenlang lag sie ganz still, bis es ihr zu unbequem wurde. Gab es denn keine Position, in der sie es aushalten konnte? Leonie rollte sich zur

Seite und umschlang Gideons Kopfkissen. Durch die halb geschlossenen Lider blinzelte sie zum Fenster. *Wo bist du, Gideon?* Sie drückte ihr Gesicht in das Kissen und betete, dass Gott ihn beschützen möge.

Elsies Klopfen ließ sie zusammenzucken. „Wie geht es dir?"

„Danke, gut", antwortete Leonie schwach.

Elsie setzte sich zu ihr und begann ihr behutsam die Haare aus dem Gesicht zu streichen. „Jebediah sollte noch vor dem Dunkelwerden zurück sein." Ihr Blick wanderte zum Fenster. „Und Gideon hoffentlich auch." Sie hielt in der Bewegung inne. „Hat er irgendetwas geschrieben, warum er ..."

„Nein. Nur, dass er bald wiederkommen würde." Leonie umklammerte das Kissen fester.

Elsie strich das Laken glatt und zog die Decke hoch bis unter Leonies Kinn. „Probier ein bisschen zu schlafen, und mach dir keine Sorgen. Ich werde nach unseren Männern Ausschau halten."

Leonie schloss die Augen und versuchte, auf die Signale ihres Körpers zu hören. Der Schmerz hatte nachgelassen, kam jedoch in regelmäßigen Abständen wieder. Ein krampfartiges Ziehen, wie sie es nie zuvor erlebt hatte. Sie atmete tief durch und rechnete nach, wie viele Wochen sie das Baby schon unter ihrem Herzen trug. Wieder krampfte sich ihr Inneres zusammen, und sie öffnete die Augen. Das Ziehen wurde stärker. Leonie keuchte und rang nach Luft. „Elsie", wimmerte sie. Der dumpfe Schmerz schwoll an wie eine Woge und nahm ihr den Atem. Als er langsam verebbte, setzte sie sich auf. „Elsie!", schrie sie so laut sie konnte.

Dann hörte sie Schritte auf der Treppe. „Was ist passiert?"

Hastig schlug Leonie die Bettdecke zurück und starrte entsetzt auf ihr nasses Nachthemd.

„Du lieber Himmel! Haben die Wehen wieder eingesetzt?"

Leonie nickte heftig. Ihr Zopf hatte sich gelöst und das Haar fiel ihr wirr über die Schultern. „Es tut so weh, und ich weiß nicht, was ich machen soll!" Sie versuchte aufzustehen, doch Elsie hielt sie zurück.

„In welchen Abständen kommen die Wehen?"

„Ich weiß es nicht."

„Schon gut. Du darfst jetzt auf keinen Fall aufstehen und umherlaufen." Ihr Griff um Leonies Ellbogen verstärkte sich. „Aber wenn das Baby jetzt kommen will, dann können wir es nicht aufhalten."

„Wird es sterben?"

Unbeantwortet blieben Leonies Worte in der Luft hängen. Sie schluchzte auf.

Elsie strich ihr beruhigend über den Kopf. „Wir werden tun, was in unserer Macht steht. Bald wird die Hebamme hier sein."

Leonies Augen weiteten sich, als die nächste Wehe einsetzte, stärker als zuvor. In dem Moment, als der Schmerz so groß war, dass sie dachte, es würde sie zerreißen, ließ er wieder nach. Erschöpft ließ sie sich an Elsies Brust sinken. *Gideon, wo bleibst du? Ich brauche dich.*

„Werden die Wehen stärker?"

Leonie nickte. Sie sah den sorgenvollen Ausdruck in Elsies Gesicht und fürchtete das Schlimmste. Die alte Frau nahm Leonies zitternde Hand und küsste sie. Dann straffte sie die Schultern und sagte mit festem Blick: „Ich bleibe bei dir. Ich werde nicht von deiner Seite weichen, bis Orla kommt."

„Aber was kann sie schon tun?"

Elsie biss sich auf die Unterlippe und schwieg. Sie setzte sich aufs Bett, und Leonie spürte Elsies kühle Hand auf ihrer. Sie wollte nicht weinen, aber sie konnte die Tränen nicht zurückhalten. Elsie faltete ihre zitternden Hände zum Gebet, und als Leonie sich zurücklehnte, fühlte sie sich so kraftlos, als sei alles Leben aus ihr gewichen.

Sie brauchten sich nichts vorzumachen. Sie wussten beide: Es war zu früh.

40

Gideon schob die Hände in die Jackentaschen. Auf seinem Gesicht lag ein zufriedenes Grinsen. Sein Besuch in der Stadt war erfolgreich gewesen. In weniger als zwei Stunden hatte er Leonies Briefe aufgegeben und sein ganzes Bündel Felle verkauft. Er befühlte die harten Münzen. Ganze zweieinhalb Dollar hatte er verdient. Kein Vermögen, aber es war ein Anfang. Bald schon würde er seine Schulden bezahlen können.

Zügig schritt er aus und sog die klare Bergluft ein, als er sich der Stelle näherte, wo er Bert zuletzt gesehen hatte. Er aß im Gehen, wischte sich die Brotkrümel von der Jacke und fuhr sich mit der Hand über den Mund.

Aus der Ferne wehte eine Melodie herüber, und hinter der nächsten Wegbiegung sah er eine armselige Hütte, die ihm bekannt vorkam. Sie musste in der Nähe des Waldes liegen, in dem Bert seine Schnapsbrennerei betrieb. Auf der morschen Veranda saß ein alter Mann pfeifend über eine Schnitzarbeit gebeugt, den Hut als Schutz vor der Nachmittagssonne tief in die Stirn gezogen. Gideon wollte ihn nicht erschrecken und räusperte sich, bevor er näher trat.

Der grauhaarige Mann sah auf. „Wenn du mich ausrauben willst, bist du an der falschen Adresse“, knurrte er. „Ich habe selber nichts.“ Er griff nach seinem Stock.

Beschwichtigend hob Gideon die Hände. „Ich bin kein Räuber, Sir. Ich bin nur ein Wanderer auf der Durchreise.“

Der Alte murmelte etwas Unverständliches von der Dummheit der Jugend und schob sich den Hut in den Nacken. „Es gibt nur wenige Leute, die sich hierher verirren.“ Feindselig starrte er Gideon an und zeigte mit dem Stock auf ihn. „Nur die, die etwas Bestimmtes suchen.“

„Ich bin auch auf der Suche, Sir.“

„Siehst du den Weg dort, Junge?“ Der Mann deutete mit dem Stock auf den Waldrand.

Gideon nickte.

„Er endet oben im Wald. Nur wer Ärger sucht, geht dorthin."

Gideon sah einen schmalen Trampelpfad im Schnee, der im Unterholz verschwand. Er tippte sich an den Hut und wandte sich zum Gehen.

Der Alte beäugte ihn misstrauisch. „Soll keiner sagen, ich hätte dich nicht gewarnt."

Gideon stieg bergan, und wenig später umfing ihn das Dunkel des Waldes. Die Zweige hingen über den Weg, und ein Ast schlug ihm ins Gesicht. Unbeirrt kämpfte er sich weiter voran, bog die Äste eines Lorbeerbaums auseinander und erreichte schließlich eine kleine Lichtung. In der Mitte sah er die Feuerstelle. Das Feuer war erloschen, aber aus der grauen Asche stieg noch Rauch. Bert und seine Leute hatten offenbar die Destille aufgegeben. Ratlos sah sich Gideon um. Die Lichtung war leer und verlassen, und eine beinahe gespenstische Stille lag über dem Ort. Vielleicht waren sie weitergezogen. Aber wohin?

„Trink das, das hilft gegen die Schmerzen." Elsie hielt Leonie den Becher mit der dampfenden Flüssigkeit an die Lippen. „Vorsicht, es ist noch heiß."

Leonie nahm einen winzigen Schluck und ließ sich schwer atmend in die Kissen sinken. Die Wanduhr schlug zwei Mal.

Jebediah war immer noch nicht zurück, und Leonie befürchtete, dass er die Hebamme nicht angetroffen hatte. Vielleicht war sie zu einer anderen Geburt gerufen worden.

Durch einen Tränenschleier sah sie Elsie fragend an. „Wo ist Gideon?"

„Ich weiß es nicht, Liebes." Sie tupfte ihr mit einem kühlen Lappen die Stirn. „Er kommt bestimmt, so schnell er kann."

Leonie starrte Richtung Fenster. Ungeweinte Tränen der Wut und Enttäuschung brannten in ihrem Hals. Eine weitere Woge des Schmerzes überrollte sie. Die junge Frau krümmte sich zusammen und klammerte sich so fest an die Messingstäbe des Bettes, dass ihre Knöchel weiß hervortraten. „Elsie", stöhnte sie und fühlte die kühle Hand ihrer alten Freundin auf ihrer

Stirn und Wange. Dann ließ der Schmerz nach. Elsie zog die Vorhänge auf und spähte seufzend in den Garten hinaus. Dann drehte sie sich um und nahm Leonies Hand. „Du bist so tapfer. Es wird bald vorüber sein."

Leonies Kinn zitterte, und die Angst griff wie eine kalte Faust nach ihrem Herz. *Bald vorüber.* Es war zu früh. Das Kind würde nicht kräftig genug sein, um zu überleben. Oder vielleicht doch? Sie richtete den Blick zur Zimmerdecke, als könnte sie dort oben die Antwort finden.

„Es wird bestimmt nicht mehr lange dauern. Bald ist es vorbei", hörte sie Elsie flüstern. Die Worte, die tröstlich gemeint waren, bohrten sich wie Dolche in Leonies Herz.

Unten fiel eine Tür ins Schloss. Elsie ging auf den Flur hinaus. Eine Sekunde später kehrte sie aufgeregt zurück. „Sie sind da!"

„Aber sie ist ja selbst noch ein halbes Kind!" Eine kühle Stimme mit schleppendem Akzent riss Leonie aus ihrem Dämmerzustand. Über sich sah sie ein faltiges Gesicht mit tief liegenden Augen hinter einer Nickelbrille. Die Hebamme zog die Brauen zusammen. „Sie sieht aus wie ein Schulmädchen, kaum älter als dreizehn."

„Das ist Tante Orla", stellte Elsie vor und tätschelte Leonies Arm.

Leonie stöhnte erneut auf.

Sie spürte Orlas tastende Hände auf ihrem Bauch und blickte in ihr nachdenkliches Gesicht. „Das Baby kommt, so viel ist sicher."

Leonie nickte widerstrebend.

„Wie alt bist du?" Die Hebamme nahm ihre Brille ab und musterte sie.

„Achtzehn."

„Immerhin. Das ist alt genug." Orla nahm ihre Hebammentasche und stellte sie neben das Bett. „Ich habe schon jüngere Mütter gesehen."

„Wie geht es dem Baby?" Elsies Stimme zitterte. „Kommt es viel zu früh?"

Orla ließ sich auf dem Bett nieder und setzte sich beinahe auf Leonies Beine. „Wie lange bist du schon in anderen Umständen?"

Leonies Blick wanderte zwischen den beiden Frauen hin und her. „Über sieben Monate."

Die Hebamme stellte ihre Tasche auf den Nachttisch. „Mach dir keine

Sorgen. Ich habe Kinder erlebt, die mit sieben Monaten zur Welt kamen, und bei denen alles gut ging. Und soweit ich sehe, liegen hier keine Komplikationen vor."

Leonie lehnte sich zurück und sah zu, wie Orla eine Flasche mit einer goldbraunen Flüssigkeit auf den Nachttisch stellte. „Apfelbrand", sagte sie zu Elsie und nahm eine Schere und eine Rolle mit starkem Bindfaden aus der Tasche und reichte sie ihr. „Das bitte auskochen." Elsie nahm beides mit in die Küche.

Als eine neue Wehe kam, krümmte sich Leonie zusammen und schrie auf. Orla hielt ihre Hand und sprach leise und beruhigend auf sie ein. Als der Schmerz nachließ, zog sie Leonies Bettdecke glatt und beugte sich über sie. Sie blickte auf, als Elsie eintrat. „In welchem Abstand kommen die Wehen?"

„Alle paar Minuten." Elsie stellte mehrere Kerzenhalter auf die Kommode. „Und die Abstände werden kürzer."

Orla legte die Stirn in Falten. Leonie versuchte, in ihrem Gesicht zu lesen, als hoffte sie, dort die Antwort zu finden, die sie so dringend brauchte. Die Hebamme wirkte müde, ihre Wangen unter den hohen Wangenknochen waren eingefallen. Aber aus ihren klaren, wachen Augen sprach eine Weisheit, die tröstlich war und Leonie mit Zuversicht erfüllte.

Als ob sie ihre Gedanken lesen könnte, sagte Orla: „Ich habe mehr Kindern auf die Welt geholfen, als ich zählen kann. Bei mir bist du in guten Händen." Sie rückte die Brille zurecht und krempelte die Ärmel ihres schwarzen Kleides hoch.

„Hast du die Schere und den Faden schon ausgekocht?", fragte sie. Elsie nickte, dass ihr grauer Haarknoten wippte.

Orlas Blick wanderte wieder zu Leonie. „Wo ist dein Mann?"

„Gideon ist noch unterwegs … Er wollte heute Abend zurück sein oder …" Leonie stöhnte auf. Ihre Hände krallten sich in das Bettlaken. Sie zählte die Sekunden. Als die Wehe vorüber war, sah sie zu Orla auf. „Kommt das Baby jetzt?", keuchte sie.

„Das werden wir gleich feststellen. Versuch einmal, ganz ruhig liegen zu bleiben, damit ich dich abhören kann."

Die Hebamme zog ein kleines Hörrohr aus ihrer Tasche und steckte sich das dünne Ende ins Ohr. Das breitere, trichterförmige Ende setzte sie auf Leonies Bauch. Leonie spürte das kühle Metall auf ihrer Haut, während Orla konzentriert horchte. „Es ist noch nicht ganz so weit. Wir haben noch ein bisschen Zeit." Sie nahm zwei kleine Medizinfläschchen aus der Tasche und stellte sie auf die Kommode, bevor sie die Kerzen anzündete.

Leonies Augen füllten sich mit Tränen, und sie spürte Orlas knochige, raue Hand auf der ihrigen. „Weiter so, kleines Fräulein. Und hab keine Angst. Ich weiß genauso gut Bescheid wie jeder Arzt aus der Stadt. Kaum jemand hat so vielen Babys auf die Welt geholfen wie ich."

41

Als Gideon die Waldlichtung verließ, merkte er, wie kalt es geworden war. Er rieb sich die Finger und wärmte sie mit seiner Atemluft. Dann ging er den verschneiten Pfad zurück, den er gekommen war, und stand bald wieder vor der baufälligen Hütte. Vielleicht wusste ja der alte Mann etwas über den Verbleib von Bert und seinen Komplizen.

Als er ums Haus herumging, saß der Alte immer noch da und schnitzte. „Da bist du ja schon wieder. Was willst du überhaupt hier?", knurrte er und blickte von seiner Arbeit hoch.

„Ich habe ein paar Schulden zu begleichen."

Der Mann fuhr fort, das weiche Holz mit dem Messer zu bearbeiten. „Das sagen sie alle, die hier vorbeikommen." Er musterte Gideon aus listigen, braunen Augen.

„Das glaube ich gern."

„Und, willst du den ganzen Abend hier herumstehen?"

„Wenn es sein muss, ja." Gideon hockte sich hin und lehnte sich mit dem Rücken gegen einen Baum. Die Ränder seiner Hosenbeine waren vom Schnee durchweicht. Er blickte hoch in das runzlige Gesicht des Alten. „Ich will das einfach hinter mich bringen."

„Verstehe." Der Mann zog eine Tabakpfeife aus der Hosentasche und steckte sie in den Mund, machte jedoch keine Anstalten, sie anzuzünden.

Beide Männer schwiegen. Gideon kramte in seinem Packsack und riss noch ein Stück Brot ab. Sein Magen rebellierte, als er auf der trockenen Kruste herumkaute. Er sah zum Himmel auf, und sein Blick verfinsterte sich. Selbst wenn Bert zurückkehrte und er ihn am Abend antreffen würde, wäre es stockdunkel, bis er den Heimweg antreten könnte. Enttäuschung machte sich auf seinem Gesicht breit. Aber es war nicht mehr zu ändern.

Plötzlich wünschte er, er hätte Leonie eine ausführlichere Nachricht hinterlassen. Er hätte ihr schreiben sollen, wohin er ging. Aber dafür war es jetzt zu spät. Während er die dunklen Wolken am grauen Himmel studierte, wurde ihm klar, dass seine Decke nicht lange trocken bleiben würde. Unterwegs war er an einer leer stehenden Trapperhütte vorbeigekommen und hoffte, er würde es bis dorthin schaffen, bevor es dunkel war.

„Wissen Sie vielleicht, wann sie zurückkommen?"

Der alte Mann zuckte seine knochigen Schultern. Gideon bemerkte sein schäbiges Hemd und seine langen, sehnigen Arme. „Keine Ahnung. Sie wollten irgendeinen Kerl suchen gehen. Das habe ich zufällig mitbekommen, als sie sich im Vorbeilaufen darüber unterhalten haben."

Gideon blieb beinahe der Bissen im Hals stecken.

„Diese Typen machen nur Ärger. Und dauernd schuldet ihnen jemand Geld." Der Mann nahm die Pfeife aus dem Mund. „Sie tyrannisieren die ganze Umgebung." Der Wind zerrte an seinem silbernen Haar, das ihm bis auf die Schultern reichte.

Gideons Herz begann plötzlich heftig zu klopfen. Rasch stand er auf. Wenn das stimmte, was der Alte gesagt hatte, dann war er, Gideon, ganz sicher der Mann, den sie suchten.

Er griff nach seinem Bündel, murmelte einen Abschiedsgruß und stürzte davon. Heftiger als zuvor drang der kalte Wind durch seine dicken Kleiderschichten und trieb ihn zur Eile. Er wollte nur noch nach Hause, zu Leonie, und rannte, als hätte er Feuer unter den Sohlen.

Elsie kam rechtzeitig mit einer Öllampe ins Zimmer, als die erste Kerze heruntergebrannt war und in einer Wachspfütze erlosch. „Wie geht es ihr?"

„Sie ist ein tapferes Mädchen." Orla strich sanft über Leonies Bauch.

Leonie hörte die beiden Frauen kaum. Sie stöhnte laut auf und wischte sich den Schweiß von der Stirn. Orla stützte sie und schob ihr ein Kissen unter den Rücken.

„Sie verliert zu viel Blut", murmelte sie. Elsie kniete sich neben das Bett. Die Hebamme schüttelte den Kopf. „Viel zu viel Blut. Das gefällt mir nicht."

Leonie war schwindelig, und sie versuchte sich aufzusetzen. Eine weitere Wehe ließ sie aufschreien.

„Ich weiß, es ist schwer, aber du musst versuchen ruhig zu bleiben. Wenn du dich entspannst, geht es auch dem Baby gut."

„Es gibt Komplikationen, nicht wahr?", fragte Elsie scharf.

Orla antwortete nicht und schob sich mit dem Handrücken die Brille nach oben.

Leonies Kinn sank auf ihre Brust, als die nächste Presswehe kam. Sie keuchte vor Anstrengung, und ihr Gesicht lief dunkelrot an. Ihr Mund fühlte sich taub an.

„So ist es gut. Du bist sehr tapfer." Orla drückte ihre Hand. „Versuch, ruhig und gleichmäßig zu atmen."

Leonie tat ihr Bestes, konnte jedoch einen Aufschrei nicht unterdrücken, bevor sie sich erschöpft auf die Matratze zurückfallen ließ. Elsie drückte ihr einen nassen Waschlappen in die schweißnasse Hand. Die nächste Wehe kam so schnell, dass Leonie kaum Zeit hatte, ihre Finger um den Lappen zu schließen. Ein rasender Schmerz durchbohrte ihren Körper, stärker als alles, was sie zuvor erlebt hatte, und sie schrie gellend auf. Dann ebbte die Wehe ab, und das zerknüllte Stück Stoff fiel zu Boden.

Das war der Moment, in dem Leonie die Fassung verlor. „Es tut weh!", schrie sie, und es war ihr völlig egal, was die beiden Frauen von ihr dachten. „Es tut so weh!"

„Du musst dich zusammennehmen, Leonie." Orlas Stimme war streng. „Ganz ruhig, es ist bald vorüber." Sie wischte sich die Schweißperlen von ihrer runzeligen Stirn. „Du hast es gleich geschafft."

„Wie lange noch?", stöhnte Leonie.

Orlas Augenlider flatterten hinter den Brillengläsern. „Ich kann das Baby schon sehen", sagte sie, und Leonie entging nicht, dass ihre Stimme leicht zitterte.

In dem Moment ahnte Leonie, dass etwas nicht in Ordnung war. Sie biss die Zähne zusammen.

„Gleich kommt es!" Die Hebamme wies Elsie an, ihren Arm um Leonie zu legen und sie zu stützen, damit sie sich aufsetzen konnte.

Leonie stemmte ihre Füße gegen das Fußende und presste mit letzter Kraft.

„So ist es gut." Orla lehnte sich über die Messingbrüstung. Bei jeder neuen Wehe versprach sie, dass das Ende in Sicht war. Leonie stöhnte und rang nach Luft. Ihre Fingernägel gruben sich durch das dünne Laken in ihre Handflächen. Dann, ganz plötzlich, war der Widerstand verschwunden und stattdessen durchflutete sie ein zaghaftes Gefühl der Erleichterung.

Elsie schlug die Hände vor den Mund, und Leonie sank schwer atmend zurück aufs Bett. Das ganze Zimmer schien sich zu drehen. Sie glaubte, ersticken zu müssen in dem heißen Raum, warf den Kopf hin und her und japste nach Luft.

Orla unterhielt sich halblaut mit Elsie. Ihre Stimmen klangen angespannt. Leonie versuchte, den Kopf zu heben, damit sie ihr Kind sehen konnte, aber sie war zu schwach. Die Sekunden dehnten sich endlos. Sie lauschte angestrengt, konnte aber kein Wort verstehen.

Dann verstummten die beiden Frauen, und es war still im Zimmer. Kein Wort mehr, kein Flüstern, kein Babyschreien.

Leonie gelang es endlich, den Kopf zu heben. Eine Hand legte sich auf ihre Schulter, und sie sah, dass Elsie neben dem Bett kniete. „Es ist vorbei, Liebes. Du hast es geschafft. Du warst so tapfer." Sie küsste sie auf die Stirn – mit leeren Armen. In ihren Augen standen Tränen.

„Wo ist mein Baby?" Die Angst schnürte ihr die Kehle zu.

„Elsie, ich brauche deine Hilfe", hörte sie Orla sagen.

Sie sah das erschöpfte, traurige Gesicht der Hebamme, und ihr Herz krampfte sich zusammen. Orla wickelte das Baby in eine Decke und reichte Elsie das kleine Bündel.

Leonies Mund formte ein stummes *Nein*.

Die Hebamme rückte ihre Brille zurecht und sah sie mit ernstem Blick an.

„Tun Sie doch etwas!", schrie Leonie. „Können Sie denn nichts tun?"

Elsie trat zu ihr, den kleinen, reglosen Körper im Arm – so klein, dass er kaum ihre Armbeuge ausfüllte. Viel zu klein.

„Es tut mir so leid, Leonie. Das Baby lebt nicht mehr." Orlas Stimme versiegte zu einem Flüstern. „Es muss schon vor einiger Zeit gestorben sein."

Leonie presste sich die Hände vor die Augen. „Mein Baby", wimmerte sie. Sie fühlte einen Schmerz in ihrer Brust, als würde ihr das Herz herausgerissen. Doch die Tränen wollten nicht kommen. Sie bedeckte ihr Gesicht mit dem Arm.

Im selben Moment durchzuckte sie der wilde, brennende Schmerz in ihrem Leib von Neuem.

„Leonie?"

Elsie reichte ihr die Hand und half ihr, sich aufzusetzen. Wenige Sekunden später ließ der Schmerz nach, und Leonie sah, dass Elsie ihr das Bündel reichte.

„Es ist ein Mädchen."

Leonie sah das winzige Gesicht. Der Kloß in ihrem Hals war so groß, dass sie zu ersticken glaubte. *Mein kleines Mädchen. Mein Kind.* Ihre Hand bebte, als sie den Stoff beiseiteschob. Stumm betrachtete sie die winzige Nase, die Augen und das Mündchen. Mit zitternden Fingern streichelte sie über die kühle, wächserne Stirn. Sie wischte sich eine Träne aus dem Augenwinkel, unfähig, die ganze Tragweite des Geschehens zu begreifen. Sie sah nur ihr totes Kind.

„Es tut mir so leid", sagte Elsie leise.

Leonie sank kraftlos aufs Bett, von Schluchzen geschüttelt, und überließ sich ihrer Trauer. Die Minuten verstrichen. Nichts war mehr wichtig. Dann, ganz plötzlich und ohne Vorwarnung, krampfte sich ihr Bauch erneut zusammen, und sie schrie auf.

„Warum hat sie immer noch solche Schmerzen?", hörte sie Elsies aufgeregte Stimme. „Ist das normal nach einer Geburt?"

Leonie machte die Augen zu und umklammerte Elsies Hand. Wenn sie jetzt auch sterben sollte, sie war bereit. Mit der anderen Hand hielt sie ihr Baby fest und betete, dass sie bald bei ihm im Himmel sein würde.

Wie aus weiter Ferne vernahm sie die Stimme der Hebamme. „Ich dachte mir schon …" Leonie fing ihren wachsamen Blick hinter den

Brillengläsern auf. „Ich wollte ja nichts sagen, bevor ich nicht ganz sicher war."

„Was ist denn?", fragte Elsie ungeduldig.

Orla deutete auf das Bündel in Leonies Arm. Elsie streckte die Hand aus, doch Leonie drückte das Kind fest an sich. Doch die Hebamme legte ihr die Hand aufs Bein und nickte ihr aufmunternd zu. „Gib Elsie das Kind, Liebchen." Ihr Gesicht war immer noch ernst, aber in ihren alten weisen Augen glomm ein Funke Hoffnung. „Da kommt noch ein Baby."

42

Keuchend kletterte Gideon den steilen Hang hinauf. Der Schnee durchnässte seine Hosenbeine und drang in seine Stiefel, aber er kämpfte sich weiter bergan, bis er oben ankam. Er entdeckte seine Fußstapfen vom Vormittag und war erleichtert, dass er auf dem richtigen Weg war.

Unbeirrt lief er weiter, so schnell der hohe Schnee es erlaubte. Die Sonne war bereits hinter den Bäumen verschwunden, und die Dämmerung tauchte die Landschaft in ein fahles Grau. Gideon stemmte sich gegen den eisigen Wind. Sein Herz hämmerte laut in seiner Brust, und seine Schritte wurden immer schwerer. Er stieß einen ärgerlichen Laut aus, als er das Gleichgewicht verlor und bäuchlings im Schnee landete. Mit nassen Ärmeln rappelte er sich wieder auf. Trotz der Kälte rann ihm der Schweiß den Rücken hinunter. Er musste so schnell wie möglich nach Hause. Er musste wissen, wie es Leonie ging. Er brauchte die Gewissheit, dass ihr nichts zugestoßen war. Erschöpft blieb er stehen und stützte die Hände auf die Knie. Sein Atem ging rasch und stoßweise. Um ihn herum kroch die Dunkelheit herauf. Nur noch wenige Minuten, dann würde es stockfinster sein.

In der Ferne entdeckte er ein Haus, das nicht viel mehr war als eine windschiefe Hütte, und war erstaunt, dass er in einer Stunde so weit gekommen war. Dort würde er sich ausruhen, nur für eine kleine Weile, und sich vor Sonnenaufgang wieder auf den Weg machen.

Leonie hatte keine Zeit zum Trauern. Die Schmerzen konnten ihr nichts mehr anhaben. Eine neue Wehe kam, die sie zu zerreißen drohte, aber Leonie hatte beschlossen, dass dieses Kind leben würde.

„Es kommt schnell.“ Tante Orlas Augen tanzten, und etwas in ihrem Blick gab Leonie die Kraft durchzuhalten.

Hoffnung. Sie sah die Hoffnung im Gesicht der Frau und klammerte sich an ihre Worte. Elsie zündete eine weitere Lampe an und stellte sie auf den Nachttisch. Ein warmer Schein erhellte den Raum.

Ohne dass die Hebamme etwas sagen musste, nahm Elsie ein weiches Tuch und hielt es für das Baby bereit. Orla stieß mit der Hüfte gegen den Nachttisch, sodass eine Flasche herunterfiel. Sie machte sich nicht die Mühe, sie aufzuheben, sondern warf einen Stapel frischer Handtücher aufs Bett. Eine silberne Locke löste sich aus ihrem Haarknoten. Leonie hatte den Blick auf die Hebamme geheftet, als könnte sie nicht glauben, dass dieser Moment Wirklichkeit war.

Orla hatte sich einen Lappen um die Hand gewickelt und griff nach Leonies Knie. „Hier kommt es."

Plötzlich ließen die Schmerzen nach, und Leonie spürte eine Woge der Erleichterung.

Doch als sie die Augen schloss, sah sie nur ein einziges Gesicht – das Gesicht ihrer Tochter. Sie zwang sich, das Bild zu verdrängen, und biss sich auf die Lippen, um nicht zu weinen.

Die Hebamme drehte das Neugeborene herum und öffnete mit dem Finger vorsichtig seinen Mund. Als sie die Hand zurückzog, gab das Baby einen gurgelnden Laut von sich, gefolgt von einem kräftigen Schrei. Leonie hob den Kopf.

„Es ist ein Junge." Orla strahlte.

Leonie blickte in das winzige Gesicht ihres Sohnes. Seine kleine, schrumpelige Stirn war der schönste Anblick, den sie sich vorstellen konnte.

Elsie umarmte sie beide. „Er ist wunderschön."

„Er lebt!", sagte Leonie atemlos. Mit dem Finger strich sie vorsichtig über die winzige Faust, dann strahlte sie Elsie an.

Die Hebamme nahm ein sauberes Leinentuch und half Leonie, sich aufzusetzen. Sie wickelte das Baby hinein und knotete den Stoff über Leonies Schulter zusammen. Dann legte sie ihr das Kind auf die Brust und schloss die Knöpfe von Leonies Nachthemd über ihm. Als sie das samtige Köpfchen auf ihrer Haut spürte, entfuhr ihr ein Laut des Erstaunens.

„Er ist noch sehr schwach“, sagte Orla und knotete das Tuch fester. „Es ist wichtig, dass du ihn dicht an deinem Körper trägst, bis er kräftiger ist.“

Leonie schob ihre Hand unter das kleine warme Bündel. „Wird er es schaffen?“

„Er ist noch sehr klein. Die nächsten Tage sind entscheidend. Er braucht jetzt ganz viel Körperwärme, um nicht auszukühlen.“ Ein warmes Lächeln erhellte ihr Gesicht. „Und er kann deinen Herzschlag hören. Babys mögen das, besonders die neugeborenen.“ Sie streichelte dem Kleinen mit ihrem knotigen Finger über die Wange. „So braucht er sich nicht viel bewegen, selbst wenn er trinken will. Er fühlt sich fast wie im Mutterleib. Je ruhiger und wärmer du ihn hältst, desto besser.“

Leonie nickte. „Das werde ich.“ Sie blickte auf ihren kleinen Sohn hinunter. Er hatte aufgehört zu weinen und schmiegte sich an ihre Brust. „Ich glaube, er schläft gleich ein.“

„Das ist gut. Er braucht jetzt viel Ruhe.“

„Ist er nicht hungrig?“

„Noch nicht.“ Die Hebamme griff nach ihrer Tasche. „Ich gebe ihm noch ein paar Kräuter zur Kräftigung.“ Sie reichte Elsie ein kleines Säckchen. „Kochst du daraus bitte einen Tee?“ Elsie verschwand damit in der Küche. Orla kramte weiter in ihrer Tasche und förderte ein kleines Glasfläschchen zu Tage. „Augentropfen.“ Mit ruhiger Hand träufelte sie davon je einen Tropfen in die Augen des Babys. „Das genügt.“

Elsie kam mit einer dampfenden Tasse zurück. „Der Tee muss noch eine Minute ziehen.“

„Hast du etwas Zucker hineingetan?“ Orla hatte das Hörrohr in der Hand und setzte dem Kind das breite Ende auf die Brust.

„Nein. Soll ich welchen holen?“

„Gern. Dann schmeckt ihm der Tee besser.“ Ihre Augen starrten ins Leere, während sie konzentriert horchte. Dann nahm sie das Hörrohr aus dem Ohr. „Sein Herz schlägt kräftig, und die Atmung ist gut.“ Sie lächelte zufrieden. „Das ist sehr gut.“

Elsie kam mit der Zuckerdose zurück und gab davon einen Löffel in den Tee, während sich Orla um Leonie kümmerte.

„Hast du schon einen Namen für ihn?"

Leonies Blick ruhte auf dem kleinen Gesicht, dessen Züge sie so sehr an Gideon erinnerten. „Er heißt Jakob."

„Ein schöner Name."

Leonie schluckte. „Und das Mädchen …" Ihre Augen füllten sich mit Tränen. „Das Mädchen soll Sarah heißen."

„Jedes Kind braucht einen Namen." Elsies Stimme war dunkel vor Schmerz.

Als sie das Bett gemacht hatte, deckte Orla sorgfältig die Decke über Leonie und das Baby. „Ja, auch die Kinder, die es nicht geschafft haben", sagte sie traurig. Sie wusch sich die Hände in der Waschschüssel neben dem Fenster, dann nahm sie die Teetasse und setzte sich auf die Bettkante. Sie tauchte den Zeigefinger in den Tee und schob ihn vorsichtig zwischen Jakobs Lippen. „Mal sehen, ob ihm das schmeckt. Wenn es klappt, kannst du gleich weitermachen."

Orla hielt Leonie die Tasse hin. Leonie tauchte ihren Finger in die warme Flüssigkeit, und das Baby begann zu saugen. „Er trinkt." Ihr Herz wurde auf einmal ganz weit, als sie ihren Sohn betrachtete – ein kleines Wunder, lebendig und vollkommen. Doch das winzige Bündel, das reglos in Gideons Krippe lag, brach ihr das Herz.

„So ist es gut." Die Worte der Hebamme rissen sie aus ihren Gedanken. „Ein bisschen noch, dann kannst du ihn stillen." Dann sagte sie halblaut etwas zu Elsie, die stumm nickte und daraufhin mit hängenden Schultern zur Wiege ging und das tote Kind heraushob.

Leonie unterdrückte ein Schluchzen. „Bitte … kann ich sie noch einmal halten?"

„Natürlich." Elsie brachte ihr das Baby. Es war schwierig mit Jakob vor ihrem Bauch, doch Leonie nahm ihre kleine Tochter und drückte beide Kinder an sich – das eine warm und voller Leben, das andere kalt und steif.

„Meine beiden", flüsterte sie zärtlich. „Ihr seid euch so vertraut. Die ganze Zeit über wart ihr zusammen in meinem Bauch." Dann schnürte ihr die Trauer den Hals zu. Sie beneidete Jakob darum, dass er Sarah gekannt hatte. „Du kannst dich glücklich schätzen“, flüsterte sie. Sie küsste ihren Sohn auf den Kopf, danach ihre Tochter und fühlte ihre kalte Haut an den Lippen. „Ich habe dich so lieb.“ Ihr Kinn bebte. *Und dein Vater hat dich auch lieb. O Gideon, wo bist du?* Sie brauchte ihn so sehr. Seine ganze Familie brauchte ihn.

Elsie wollte ihr das Baby abnehmen, aber Leonie ließ nicht los.

Eine kühle Hand legte sich auf ihren Arm. „Wir sollten nichts aufschieben und sie bald beerdigen“, sagte Orla sachlich. „Es ist nur ihr toter Körper. Sie ist längst im Himmel bei Jesus.“

In dem Augenblick fing Jakob an, leise zu wimmern.

„Jetzt hat er bestimmt Hunger. Du solltest ihn stillen.“ Die Stimme der Hebamme war sanft und eindringlich.

Leonies Arme schlossen sich fest um ihre tote Tochter, doch Jakobs Protest wurde lauter. Durch einen Tränenschleier sah sie, wie Elsie die Hände nach Sarah ausstreckte.

„Ich weiß, es tut so weh.“ Elsie küsste sie zärtlich auf den Scheitel. „Glaub mir, ich weiß, wie dir zumute ist.“

Leonie nickte, unfähig zu sprechen, und zwang sich, ihren Griff zu lockern. Elsie nahm ihr behutsam das kleine Bündel ab.

An der Tür flüsterte Orla mit Elsie und bat um eine kleine Kiste. Dann waren sie mit Sarah verschwunden.

Leonie presste die Lider zusammen und klammerte sich schluchzend an Jakob.

43

Leonie erwachte, als Elsie auf Zehenspitzen ins Zimmer kam und ein klirrendes Tablett balancierte. „Ich habe dir etwas zu essen gebracht", sagte sie leise und kniete sich neben das Bett. „Wie geht es dem Kleinen?"

„Er schläft noch."

Elsie küsste seine Fingerspitzen und streichelte ihm über das winzige Ohr. „Er ist so süß." Leonie bemerkte ihre geröteten Augen. „Ich war die ganze Nacht auf und habe nach euch beiden gesehen", sagte Elsie. „Ich habe mir solche Sorgen gemacht."

„Wirklich?"

„Du hast tief und fest geschlafen. Immer wieder habe ich dich mit Kissen gestützt, damit du dich nicht zur Seite rollen und das Kind erdrücken würdest." Elsie stellte das Tablett aufs Bett. Auf einem Teller dampften heiße Pfannkuchen mit Sirup und einem Klecks geschmolzener Butter, dazu kleine Bratwürstchen.

„Hast du ein bisschen Appetit?"

Leonie nickte und nahm sich ein Würstchen. Vorsichtig angelte sie nach der Gabel, wobei sie versuchte, das schlafende Baby so wenig wie möglich zu stören. „Er ist so klein und zerbrechlich."

„Das ist er, aber du machst das sehr gut. Jakob hat Glück, dass er eine Mama hat, die so gut auf ihn aufpasst", sagte Elsie und drehte den Henkel der Teetasse zu Leonie. „Und nun lass es dir schmecken. Du musst doch einen Bärenhunger haben. Und ich will, dass du wieder zu Kräften kommst."

Leonie leckte sich den Sirup von den Fingern. „Mmh, lecker." Sie wischte sich den Mund ab, schlug die Bettdecke zurück und betrachtete den kleinen Jakob. „Er hat Haare am ganzen Körper."

„Sie werden mit der Zeit verschwinden, wenn er ein paar Wochen älter ist. Bald wird er rund und rosig aussehen wie jedes andere Baby. Wo ist eigentlich sein Mützchen?"

Leonie zeigte auf die Kommode, und Elsie fand es in der obersten Schublade.

„Es ist ihm viel zu groß." Leonie sah Jakobs Köpfchen unter der Mütze verschwinden und musste lachen.

Elsie stellte einen Korb mit schmutzigen Betttüchern in den Flur und stapelte zwei leere Wasserschüsseln ineinander.

Mit vorsichtigen Bewegungen verteilte Leonie den Sirup auf ihren Pfannkuchen, während Elsie das Zimmer aufräumte. Als sie die leere Wiege an die Wand schob, zitterten ihre Hände, und ihr Lächeln erlosch. Sie spürte Leonies Schmerz, den sie tapfer unterdrückte, so deutlich, als sei es ihr eigener.

Elsies Hand glitt über das helle Holz. „Es tut mir so leid."

Leonie schluckte und fasste den kleinen Jakob fester. Sie spürte ein Brennen im Hals, wenn sie an ihre winzige Tochter dachte. Nie würde sie in ihrer Wiege schlafen.

Auch Elsies Augen waren feucht, und sie nahm ihr Taschentuch und schnäuzte sich. „Möchtest du vielleicht ein frisches Nachthemd anziehen?", fragte sie dann. „Und ich würde gern dein Bett neu beziehen."

„Ja, gern." Leonie bemühte sich, das Zittern in ihrer Stimme zu verbergen. Kurze Zeit später saß sie am Fenster im Schaukelstuhl und wiegte Jakob in den Schlaf, während Elsie die Bettwäsche wechselte und frische Leintücher und Decken holte.

„Jetzt das Nachthemd."

Vergeblich mühte sich Leonie mit den Knöpfen ab, und Elsie eilte ihr zu Hilfe. Bis sie sich aus dem Nachthemd geschält hatte, hatte Elsie schon eine Schüssel mit warmem Wasser gefüllt. Jakob schlief fest und rührte sich nicht, und bald schon lag Leonie gewaschen und umgezogen in ihrem frischen Bett. Elsie deckte sie und das Baby vorsichtig zu. „Wo bleibt Gideon bloß so lange?", fragte Leonie.

Elsie seufzte. „Den ganzen Vormittag habe ich nach ihm Ausschau gehalten – leider vergeblich." Sie nahm den Korb mit den schmutzigen Leintüchern. „Jetzt ist erst mal die Wäsche dran. Dann komme ich wieder und sehe nach dir und dem Kleinen." Auf der Schwelle blieb sie noch einmal stehen. „Übrigens, ich habe etwas Stoff zurechtgeschnitten für die Windeln. Sie sind zwar noch nicht gesäumt, aber sie tun es fürs Erste."

„Elsie?"

„Ja, Liebes."

„Was passiert jetzt mit …"

Ein trauriges Lächeln huschte über das Gesicht der alten Frau. „Jebediah hat heute Nacht eine kleine Holzkiste gezimmert."

„Und … wird er sie beerdigen?"

„Der Boden ist hart gefroren." Elsies Stimme war kaum mehr als ein Flüstern. „Aber er wird es versuchen."

Tränen schossen Leonie in die Augen. Sie senkte den Kopf und drückte einen Kuss auf Jakobs weichen Haarflaum. Einmal mehr wünschte sie, Gideon wäre hier. Ihr Blick wanderte zum Fenster, doch die Vorhänge waren zugezogen.

Elsie verstand sie auch ohne Worte, ging zum Fenster und ließ das Licht herein. „Jetzt kannst du sehen, wenn er nach Hause kommt."

Die Weggabelung kam ihm bekannt vor. Gideon folgte dem Pfad, der sich bei den jungen Eichen nach links schlängelte. Während der Himmel heller wurde, behielt der junge Mann seinen strammen Schritt bei. Wenn er in dem Tempo weiterlief, konnte er in ein paar Stunden zu Hause sein. Die Nacht hatte er in der alten Hütte verbracht und schalt sich, weil er länger geschlafen hatte als beabsichtigt. Als das erste Morgenlicht durch die blinden Fensterscheiben fiel, war er aufgewacht und hatte sich mit schmerzenden Gliedern hinaus in die Kälte gewagt.

Er bückte sich, um mit steif gefrorenen Fingern seinen Schuh neu zu binden.

„Sieh mal an, wen haben wir denn da?", hörte er plötzlich hinter sich eine raue Stimme.

Auch ohne sich umzudrehen, wusste er, wer es war. Betont langsam und sorgfältig band er sich den Schuh zu Ende. Dass Bert und seine

Komplizen in die Nähe seines Zuhauses vorgedrungen waren, erfüllte ihn mit Wut und Angst, doch er ließ sich nichts anmerken. Langsam richtete er sich auf.

„Wenn das nicht Gideon O'Riley ist." Bert hatte die Krempe seines ramponierten Strohhutes ins Gesicht gezogen und starrte ihn feindselig an. Die Schatten auf seinem Gesicht ließen seinen Ausdruck noch bedrohlicher wirken. „Was führt dich in unsere schöne Gegend?"

„Die Suche nach dir, wenn du's genau wissen willst." Gideons Blick streifte die vier Männer.

Bert machte eine Handbewegung und deutete mit dem Kopf auf Gideon. „Gordy."

Der Größte von ihnen trat einen Schritt vor. Sein dicker Bauch hing ihm über die Hose, sodass die Hosenträger spannten.

Gideon wich zurück und zog die Uhr aus seiner Tasche. Sein Blick blieb an Gordys Armen hängen, die kräftig waren wie Baumstämme. Auf ein Zeichen von Bert nahm der Hüne die Uhr an sich.

„Und der Rest?", fragte Bert.

„Ich habe alles dabei", sagte Gideon rasch.

Bert nannte eine Summe, die so unverschämt war, dass man dafür noch ein halbes Dutzend Uhren hätte kaufen können.

Gideon blieb der Mund offen stehen. „Das ist nicht dein Ernst."

„Schon mal was von Zinsen gehört? Ich bin Geschäftsmann." Bert entblößte seine gelben Zähne. „Aber wenn du das Geld nicht hast, können wir auch anders abrechnen."

Sein Geld würde niemals reichen. Gideon schluckte seine Wut hinunter und zog widerstrebend Jebediahs Lederbeutel heraus. Er löste die Schnüre und tastete nach den Münzen, als seine Finger einen Geldschein berührten.

Er spürte, wie ihm das Blut aus dem Gesicht wich.

In dem Beutel sollten nur Münzen sein, keine Scheine. Vorsichtig zog Gideon ein paar Münzen heraus, sorgsam darauf bedacht, den wahren Inhalt des Beutels zu verbergen. Doch als er ihn in die Tasche zurückstopfte, blitzten Berts Augen gierig auf. Gideon trat vor und legte sein ganzes

Geld und einen Teil von Jebediahs Ersparnissen in Berts ausgestreckte Hand.

Bert machte sich daran, das Geld möglichst langsam und umständlich zu zählen, und ließ die Münzen in seine Hosentasche gleiten. Dann sah er auf, mit einem Gesichtsausdruck, der Gideon unweigerlich einen Schritt zurücktreten ließ. Seine Hand schloss sich um Jebediahs Beutel.

„Ich habe meine Schulden bezahlt wie abgemacht", sagte er.

„Wirklich?" Bert klopfte auf die Uhr in seiner Brusttasche. „Und woher weiß ich, dass du uns nicht wieder hereinlegen willst?" Berts Blick verdüsterte sich. Auf ein Kopfnicken von ihm rückten seine Männer näher.

Gideon sah von einem zum anderen und wusste, dass Flucht seine einzige Chance war. Wenn er das Überraschungsmoment ausnutzte, konnte er sich links in die Büsche schlagen und sie abschütteln, wenn er schnell genug lief.

Bevor er es sich anders überlegen konnte, rannte er los.

Er war noch nicht weit gekommen, als sich ein Arm um seinen Hals legte und ein Mann gegen seinen Rücken prallte. Jemand stellte ihm ein Bein, und Gideon landete bäuchlings im Schnee. Starke Pranken griffen nach ihm. Er versuchte sie abzuschütteln, und es gelang ihm sogar, einen der Männer vors Schienbein zu treten, bevor er zu Boden ging und mit dem Gesicht im Schnee liegen blieb. Er hustete und rang nach Luft.

Drei Paar kräftige Arme packten ihn und warfen ihn auf den Rücken. Gideon starrte in den wolkenlosen Himmel, bis Berts grinsendes Gesicht über ihm auftauchte. Der Halunke zog eine kleine Flasche aus der Jackentasche und nahm einen Schluck. „Vergiss es, Mann. Du kommst nicht weit." Tropfen der goldbraunen Flüssigkeit rannen ihm übers Kinn und fielen in den Schnee.

Gideon spürte, wie seine Halsader anschwoll, als er sich aus der Umklammerung befreien wollte.

„Stellt ihn auf die Füße."

Ein Paar stählerne Arme rissen ihn vom Boden hoch.

„Dumm gelaufen, was, Gideon?" Bert tat einen weiteren Schluck aus der Flasche. „Selber schuld, kann ich nur sagen. Das hast du nun davon."

Der Arm umklammerte Gideons Hals immer noch wie ein Schraubstock, und der Mann hinter ihm lachte auf. Jemand riss seine Handgelenke hinter dem Rücken hoch. Gideon starrte Bert ins Gesicht, während er sich verzweifelt gegen den Klammergriff um seinen Hals wehrte.

Bert ging vor ihm auf und ab. „Sag mal, Gideon, wie geht's eigentlich deiner kleinen Frau?"

Gideon spuckte aus.

Bert fuhr sich mit der Zunge über die Lippen. „Sie ist ein hübsches junges Ding." Er pfiff durch die Zähne.

Gideons Kiefermuskeln spannten sich, und er machte einen Satz nach vorn. Ein stechender Schmerz in den Schultergelenken ließ ihn zurückweichen. Für einen kurzen Moment verschwamm alles vor seinen Augen, als sich der Arm enger um seinen Hals legte.

„Schön hierbleiben, hörst du?", zischte jemand in sein Ohr, und eine Alkoholfahne stach ihm in die Nase.

„Wo war ich stehen geblieben?" Bert rollte theatralisch die Augen nach oben. „Ach ja, Leonie … so hieß sie doch, nicht wahr?" Sein Mund verzog sich zu einem Grinsen. „Übrigens, ich habe gehört, dass man bald gratulieren darf …"

„Woher weißt du …" Gideon warf sich mit aller Kraft nach vorn, bis er wieder vom Schmerz zurückgehalten wurde, als ihm jemand die Arme hinter dem Rücken hochriss.

„Oho, da habe ich wohl ins Schwarze getroffen." Bert rieb sich genüsslich die Handflächen, ein böses Glitzern in den Augen. „Ich habe da so meine Quellen. Und man muss kein Genie sein, um sich auszurechnen, wo ihr abgeblieben seid."

„Wage es nicht, in ihre Nähe …" Gideon biss sich auf die Zunge, als ihn eine Faust in die Seite traf. Er krümmte sich und spuckte Blut in den Schnee.

Bert kratzte sich am Kinn. „Eigentlich ist es üblich, dass der Vater in der Nähe ist, wenn das Kind geboren wird."

Gideon stürzte sich auf Bert und riss die drei Männer mit nach vorn, bevor sie die Absätze in den Boden gruben und ihn zurückschleiften.

„Ich habe mir schon Gedanken gemacht. Wenn es so weit ist, solltest du mich lieber holen lassen …"

Die drei Paar Arme konnten Gideon nicht mehr halten.

Er stürmte auf Bert zu und rammte ihm mit aller Kraft den Kopf gegen die Brust. Bert fiel hintenüber. Gideon holte aus und verpasste ihm einen saftigen Kinnhaken, bevor die stählernen Arme ihn wieder festhielten. Bert schrie auf. Blut tropfte aus seiner Nase. Gideon wurde zurückgerissen, immer noch um sich tretend.

Berts Männer schlugen und traten auf ihn ein. Verzweifelt versuchte er, sein Gesicht zu bedecken, aber es war zwecklos. Als ihn ein Tritt am Kopf traf, wurde ihm schwarz vor Augen. Dann wurde er an den Haaren gepackt und hochgerissen, bis er vor Bert stand und ihm in die Augen starrte.

„Schön, dich kennengelernt zu haben."

Eine Faust traf ihn an der Schläfe. Gideon sackte zusammen. Sein letzter Gedanke, bevor Schmerz und Kälte ihn betäubten, galt Leonie. Er musste zu ihr. Aber er würde es nicht mehr schaffen.

Jemand fasste ihn an der Schulter und schüttelte ihn.

Mühsam öffnete Gideon ein zugeschwollenes Auge und sah, dass Bert über ihm stand, die Flasche in der Hand. Er nahm einen letzten Schluck, dann kippte er den Rest in Gideons Gesicht. Raues Gelächter folgte.

„He, haben wir noch Nachschub?", grölte Bert.

„Du willst den guten Whiskey doch nicht verschwenden!", widersprach jemand.

„Los, bring schon her!"

Gideon versuchte aufzustehen, doch eiserne Hände drückten ihn zu Boden. Ein stechender Schmerz durchzuckte seinen Körper und lähmte ihn. Warmes Blut tropfte von seiner Schläfe in die Haare.

Bert entkorkte eine neue Flasche. „Haltet ihn fest."

Ein Arm fixierte seinen Kopf, während ein schmutziger Finger sich zwischen seine Lippen schob. „Mund auf!" Gideon biss zu. Der Mann schrie auf.

„Ich sagte, haltet ihn fest!", schrie Bert.

„Er hat mich gebissen!"

„Dann lass dir von den anderen helfen."

Unbarmherzige Hände drückten Gideon hinunter und hielten ihn fest. Er rang verzweifelt nach Luft, als Bert ihm den Branntwein in den Mund goss. Hustend und spuckend gelang es ihm, den Kopf zur Seite zu drehen, sodass der Whiskey ihm übers Kinn rann und sein Hemd tränkte. Die Kälte durchdrang seine Haut wie Nadelstiche, und Gideon zitterte am ganzen Körper. Seine Lippen bebten.

„Weiter festhalten", befahl Bert und schüttelte die Flasche.

„Was hast du vor?", fragte einer der Männer.

„Er hat immer noch nicht genug." Der Alkohol rann in Gideons Mund. Dann verkorkte Bert die leere Flasche und warf sie in den Schnee. „Das sollte ihm den Rest geben. Und jetzt lasst ihn liegen."

Gideon stöhnte und rührte sich nicht mehr.

Als er wieder in der Lage war, den Kopf zu heben, waren die Männer längst fort.

44

Leonie war so müde, dass sie nicht lange wach bleiben konnte. Tagsüber schlief sie viel. Wenn Jakob aufwachte, um zu trinken, konnte sie die Augen lange genug offen halten, um ihn zu stillen, dann nickte sie wieder ein. Sie war unendlich dankbar für Elsies Hilfe.

Als sie ihr schlafendes Kind betrachtete, wurde ihr warm ums Herz. Seine kleine Wange lag an ihrer Brust, sein winziger Mund war gespitzt und zart wie eine Rosenknospe. Er hatte die Ärmchen und Beinchen in seiner Decke angewinkelt, die ihm Schutz und Geborgenheit gab. Leonie hielt sich strikt an Orlas Anweisungen und sorgte dafür, dass er viel Ruhe hatte und sich so wenig wie möglich bewegte.

Wenn nur Gideon hier wäre. Sie hatte gehofft, dass er zum Frühstück wieder da sein würde oder spätestens zum Mittagessen. Doch die Mittagszeit war verstrichen ohne irgendeine Spur von Gideon. Leonie blickte zum Fenster, doch sie konnte nichts erkennen außer der Spiegelung der tief stehenden Nachmittagssonne.

Elsie brachte ihr einen Teller mit Schinkenbroten und ein Glas kalte Milch. Wachsam stand sie neben ihr und wartete so lange, bis Leonie ein paar Bissen gegessen und die Milch ausgetrunken hatte.

Leonie wusste, dass es Zeit war für Jakobs nächste Mahlzeit, denn er hatte seit mehreren Stunden nichts getrunken. Sanft kitzelte sie seine Wange, bis er wach wurde. „Wo ist denn mein Süßer?“ Leise sprach sie auf ihn ein, während sie ihn stillte.

„Du machst das so gut“, sagte Elsie, die mit einem Stapel frischer Bettwäsche um die Ecke kam. „Jakob könnte sich keine bessere Mutter wünschen.“

Leonie lächelte und pustete einen Zipfel des Leintuchs fort, der Jakobs Mund bedeckte. Sie betrachtete ihren Sohn, warm und geborgen in seiner Trageschlinge, und dachte an Sarah in dem winzigen hölzernen Sarg. Schwer schluckte sie die Tränen hinunter. „Ich wünschte nur, Gideon wäre hier", sagte sie mit erstickter Stimme. „Er weiß noch nichts von all dem."

Elsie hob den Kopf, die Augen voller Kummer. Leonie schluchzte auf. Die Sorge um Gideon brach ihr das Herz.

Er sollte längst zu Hause sein.

Jakob wurde schläfrig. Satt und zufrieden sank sein Köpfchen an Leonies Brust. Seine Mutter betrachtete ihn zärtlich. Das Wunder, dass er lebte, würde ihr helfen, jeden weiteren Tag zu überstehen. Sie küsste den zarten Flaum auf seinem Kopf und atmete seinen Duft ein.

Als es an die Zimmertür klopfte, zupfte Leonie rasch ihr Nachthemd zurecht und schloss die Knöpfe. Elsie wartete, bis ihre junge Freundin fertig war, bevor sie öffnete.

Auf leisen Sohlen trat Jebediah ein. „Wie geht es dem Kleinen?"

„Gut." Leonie hob sanft Jakobs Kopf an, sodass Jebediah sein Gesicht sehen konnte. Das Neugeborene reckte sich und gab einen winzigen Laut von sich. Jebediah zog sich einen Stuhl heran.

„Ein hübscher kleiner Kerl." Er beugte sich vor und strich mit seiner schwieligen Hand behutsam über Jakobs Decke. „Er sieht aus wie Gideon."

Leonie lächelte. „Das stimmt."

Jebediah strich sich über seinen Schnurrbart, den Blick zu Boden gerichtet. „Leonie, ich habe die leise Ahnung, dass etwas nicht in Ordnung ist." Er schüttelte den Kopf. „Es gibt bestimmt einen guten Grund, dass Gideon noch nicht zurück ist." Als er Leonies ängstlich geweitete Augen sah, legte er ihr beruhigend die Hand auf den Arm. „Mach dir keine zu großen Sorgen, bitte." Er wischte sich mit den Handflächen über die Knie. „Aber ich glaube, ich sollte mal nachsehen, wo er bleibt. Nur zur Beruhigung."

Leonies Finger krallten sich in die Bettdecke. *Und wenn er nicht gefunden werden will?* Das Herz schlug ihr plötzlich bis zum Hals. Aber dann schob sie ihre Angst beiseite und klammerte sich an die Hoffnung, dass es bestimmt eine einfache Erklärung gab und Gideon irgendwie aufgehalten worden war. Und dass er sein Versprechen halten würde. Er hatte ihr hoch und heilig beteuert, dass sein altes Leben vorbei und er ein neuer Mensch geworden sei.

Sie blickte in Jebediahs ernstes, faltiges Gesicht. „Wenn du das für mich tun könntest …" Ihre Augen füllten sich mit Tränen. Leonie drehte den Kopf zur Wand. „Wie kann ich dir jemals danken?"

Elsie berührte ihren Mann an der Schulter. „Willst du jetzt etwa noch los? Es wird bald dunkel."

„Wenn Gideon etwas zugestoßen ist, dann braucht er meine Hilfe so schnell wie möglich. Ich muss sofort los."

Bevor er aufstehen konnte, ergriff Leonie Jebediahs Hand. „Danke, Jeb, dass du das für mich tust. Es bedeutet mir sehr viel."

Er räusperte sich, doch seine Stimme klang belegt, als er sprach. „Der kleine Junge hier braucht seinen Papa. Und ich werde ihn finden."

Gideon drehte sich auf den Rücken und sah den tiefroten Himmel über sich. Er blinzelte mehrmals und versuchte sich zu erinnern, wo er war. Aber erst als er sich aufsetzte und vor Schmerz zusammenzuckte, wusste er wieder, was passiert war. Sein Kopf dröhnte, und sein Blick war verschwommen. Stöhnend stellte er sich auf die schwankenden Füße. Es gab kaum eine Stelle an seinem Körper, die nicht wehtat. Berts Männer waren alles andere als zimperlich gewesen.

Doch er hatte genug Zeit verschwendet. Strauchelnd taumelte Gideon ein paar Schritte vorwärts. Ihm war übel, und er hatte das Gefühl, die Bäume drehten sich im Kreis. Er verzog das Gesicht, betastete seinen Kopf: getrocknetes Blut. Als er sich den Schnee von der Jacke klopfte, spürte er einen stechenden Schmerz in der Rippengegend. Außerdem war er bis auf die Haut durchnässt. Als er sich umsah, entdeckte er seinen Hut im Schnee, zerdrückt und zertrampelt. In der Nähe lag sein Packsack und daneben, auf dem Boden verstreut, der gesamte Inhalt, auch seine letzten Essensvorräte. Nun waren sie ungenießbar. Gideon bückte sich und sammelte seufzend seine Habseligkeiten ein. Dann stopfte er alles zurück in den Sack. Etwas fehlte.

Fieberhaft suchte er den Boden ab, dann schaute er nochmals im Gepäck nach. Doch es war umsonst. Er konnte den Lederbeutel nicht finden. Jebediahs Geld war fort.

Gideon machte die Augen zu und wünschte, es wäre alles nur ein böser Traum. Er merkte, dass er zitterte und hätte nicht sagen können, ob es vor Wut oder vor Kälte war. Am Himmel glänzten schon die ersten Sterne. Bald würde es dunkel sein. Er stieß einen zornigen Laut aus, sodass ein Vogel erschrocken aus dem Gebüsch flatterte.

Er wusste nicht, wie lange er im Schnee gelegen hatte. Es spielte keine Rolle. Nur eines wusste er: Er musste nach Hause. Der Gedanke an Leonie trieb ihn vorwärts.

Das Hämmern in seinem Kopf wurde lauter. Gideon stolperte. Die Sterne verschwanden aus seinem Blickfeld, und der kalte, nasse Boden kam näher. Dann landete er der Länge nach im Schneematsch. Er hustete Blut. Spitze Dolche durchbohrten seinen Brustkorb. Keuchend stützte er sich auf Hände und Knie und wischte sich mit dem Handrücken den Mund. *Nach Hause.*

Seine Arme zitterten, als er sich aufrichtete. Seine Beine gaben wieder nach, und der Wald verschwamm vor seinen Augen. Dann war alles schwarz.

45

Gideon hatte das Gefühl zu schweben. Immer wieder verlor er das Bewusstsein. Sein Körper wurde von unkontrolliertem Zittern geschüttelt, das nicht aufhören wollte, auch wenn er die Jacke enger um sich zog. *Ich sollte ein Feuer machen.* Aber wie? Er konnte keinen klaren Gedanken fassen.

Als er den Kopf bewegte, spürte er, dass er auf dem kalten, blanken Boden lag. Die Hütte fiel ihm wieder ein. Er wusste nicht mehr, warum er sie aufgesucht hatte, aber mit seinen vom Schnee durchnässten Kleidern war er froh, dass er sie gefunden hatte. Die beißende Kälte drang durch seine nasse Jacke, aber drinnen war es wenigstens trocken, und die Wände hielten den Wind ab. Er fragte sich, wie lange er hier schon gelegen hatte.

Der Wind pfiff durch die Ritzen im Dach, und durch seine zugeschwollenen Augen sah er das Mondlicht schimmern. *Leonie.* Sie würde sich Sorgen machen um ihn. Oder war sie dabei gewesen? Seine Muskeln spannten sich, als er versuchte, den Kopf zu heben. Nein. Sie war zu Hause, in Sicherheit.

Plötzlich musste er an Jebediah denken. Es war, als hörte er von fern seine Stimme, die nach ihm rief.

Er betastete seine geschwollenen Lippen. *Jebediah.* Gideon wusste, Jebediah würde alles für Leonie tun. Er würde sie beschützen. Der Gedanke tröstete ihn und wärmte ihn von innen. Er zitterte nicht mehr ganz so heftig. Seine Muskeln entspannten sich, und es überkam ihn ein seltsamer Friede. Die Wange gegen die rauen Holzplanken gepresst, merkte er, wie seine Lider schwerer wurden. Der Schlaf breitete sich über ihn wie eine Decke und lockte ihn in ein Land, in dem es keine Schmerzen mehr gab.

In dem Moment quietschte die Tür. Ein eiskalter Windstoß folgte. Kräftige Hände packten ihn an der Schulter. Gideon zuckte zusammen.

„Keine Angst, ich werde dich schon nicht umbringen“, dröhnte Jebediahs Stimme, und seine Finger gruben sich in seine Jacke. „Obwohl ich große Lust dazu hätte.“

Gideon zwang sich, die Augen zu öffnen. „Jeb?“ Sein Blick schweifte suchend durch den Raum und blieb an Jebediah hängen. „Ich …“ Die Kälte und das Zittern waren wieder da. Er wollte etwas sagen, doch Jebediah schnitt ihm das Wort ab.

„Komm mit nach Hause. Du bist ja halb erfroren.“

Langsam setzte Gideon sich auf. Seine Füße waren taub und fühlten sich an wie Bleigewichte. Er starrte die gegenüberliegende Wand an und machte keine Anstalten, sich zu rühren.

Jebediah musterte Gideon mit zusammengekniffenen Augen. Dann schüttelte er den Kopf und griff nach seinem Arm. „Ich habe mir die halbe Nacht um die Ohren geschlagen, um dich zu suchen. Lass uns gehen.“ Er verstärkte seinen Griff. „Was ist eigentlich passiert?“

Gideon antwortete nicht und starrte durch eine kaputte Fensterscheibe den Mond an.

„Kannst du aufstehen?“ Unsanft zog Jebediah ihn hoch, und Gideon schrie auf vor Schmerz.

„Komm schon.“ Jebediah packte ihn an der Jacke und schob ihn durch die Tür nach draußen. „Ich kann nicht die ganze Nacht hier herumsitzen und warten, bis du deinen Rausch ausgeschlafen hast.“ Er knallte die morsche Tür so heftig zu, dass sie fast aus den Angeln fiel.

Im Licht von Jebediahs Laterne sahen sie den grauweißen Pfad und die verschneiten Bäume.

Gideon schwankte. Noch immer hatte er das Gefühl, sein Kopf würde zerspringen. Nach ein paar unsicheren Schritten blieb er stehen, doch eine kräftige Hand schob ihn energisch vorwärts. Unter seiner Jacke tastete er nach seinen Rippen, und von Neuem durchzuckte ihn ein Stechen. Mehrere Rippen mussten gebrochen sein. Was hatte er bloß getan? Jebediah hob die Laterne. In ihrem Schein sahen sie ein Reh, das sich in die Dunkelheit flüchtete.

Gideon hörte den alten Mann hinter sich leise fluchen. Er konnte es ihm nicht verdenken. Wie sollte er ihm erklären, dass das Geld weg war?

Und was würde Leonie sagen? Er wollte lieber nicht daran denken. Er musste es Jebediah sagen, doch die Worte kamen ihm nicht leicht über die wunden Lippen.

„Es gibt etwas …", begann er, „etwas, das ich Ihnen sagen muss." Gideon schluckte und verzog das Gesicht, als er das geronnene Blut schmeckte.

„Ich höre." Jebediahs Stimme klang scharf.

Gideon krümmte sich innerlich. „Bevor ich losging, habe ich …" Er verlangsamte seinen Schritt, doch Jebediah schubste ihn weiter. „Habe ich etwas Geld geborgt … das heißt, mitgenommen … nein, warten Sie …" Seine Lider flatterten, und er rang nach den richtigen Worten. „Und da habe ich Ihren Lederbeutel mitgenommen, den mit den Münzen. Also, ich dachte, es seien nur Münzen drin … Ich wusste nicht …" Gideon wagte einen Blick zu Jebediah. Das Gesicht des alten Mannes war wie versteinert. „Ich habe es nur geliehen, nur für den Notfall … Ich wollte es ja zurückzahlen." Gideon merkte, wie unglaubwürdig er klang und dass Jebediah ihn für den Dieb und Lügner hielt, der er war.

„Ich pfeife auf deine faulen Ausreden." Jebediahs Gewehr blitzte im Mondlicht. „Da gibt es ganz andere Dinge, über die du dir Sorgen machen solltest. Nicht nur über mein gestohlenes Geld."

Gideon wollte stehen bleiben, doch Jebediah stieß ihn unbarmherzig weiter.

„Deine Frau sitzt zu Hause und wartet auf dich, und du hast nichts Besseres zu tun als …" Er spuckte in den Schnee.

Gideons Herz krampfte sich zusammen. Er wollte alles erklären, doch es war unmöglich, die Wahrheit zu sagen. Jebediah hätte ihm ohnehin nicht geglaubt. Und wenn schon. Er war ein Dieb und ein Lügner, und das, was er getan hatte, war durch nichts zu entschuldigen.

46

Eine Träne fiel auf das Fensterbrett. Mit dem Zipfel ihres Nachthemdes wischte Leonie sie fort. Jakob lag in seinem Tragetuch an ihrer Brust und schlief. Durch die Scheibe sah sie Elsie, die innerhalb der kleinen, umzäunten Grabstelle kniete. Im trüben Licht der Morgendämmerung hackte sie die gefrorene Erde auf.

Immer wenn der Stahl auf den unnachgiebigen Boden traf, zuckte Leonie zusammen. Tränen verschleierten ihren Blick, doch sie zwang sich, weiter zuzusehen.

Schließlich warf Elsie Hacke und Schaufel beiseite und grub mit den Händen weiter. Zwischendurch hielt sie inne und strich sich mit dem Ärmel das wirre graue Haar aus dem Gesicht, den Mund zu einem stummen Schrei verzerrt. Neben ihr stand die winzige Holzkiste. Mit brennenden Augen beobachtete Leonie das Geschehen. Ihre Finger berührten das kalte Glas.

Die Kiste war so klein. Viel zu klein.

Leonie presste die Stirn gegen die Scheibe, die Hand schützend um ihren Sohn gelegt. Eine Kiste aus Kiefernholz. Das war alles, was ihr von ihrer Tochter geblieben war. *Oh, Sarah.*

Wie durch einen Nebelschleier sah sie Elsie neben dem Grab knien, die Wange auf den kalten Boden gepresst. Leonie fürchtete, an den ungeweinten Tränen zu ersticken, und ließ ihnen freien Lauf. Neben der frisch ausgehobenen Grube stand ein verwittertes Holzkreuz, das schon viele Winter gesehen hatte, und sie wusste, dass Elsie nicht nur um Sarah trauerte.

Gott, warum? Sarahs Leben wurde ihr genommen, bevor es begonnen hatte. Es würde keine Zopfspangen geben, keine Schleifen, keinen Teig an den kleinen Händen nach dem Plätzchenbacken. Ihr weiches Mädchenhaar würde niemals nach Sonne duften. Leonie wurde von Schluchzen geschüttelt, so heftig, dass Jakob wach wurde und sich zu rühren begann. Erst dann trat sie vom Fenster zurück.

Sie sank in den Schaukelstuhl und lehnte sich erschöpft zurück. Während ihre Füße den Stuhl in gleichmäßigem Rhythmus hin und her bewegten, starrte sie die Wand an, unfähig, das Bild der winzigen, hölzernen Kiste aus ihrem Kopf zu verbannen. Viel zu klein für einen Sarg. Und viel zu endgültig.

Gideon sah die vertrauten Umrisse – die knorrigen Eichen, die schneebedeckten Felsen, die sanfte Biegung des Weges. Bald würden sie zu Hause sein. Mit letzter Kraft schleppte er sich vorwärts. Die aufgehende Sonne stach ihm in die Augen, und ihm war schwindelig vor Hunger. So sehr er sich nach einer warmen Mahlzeit und einem Bad sehnte, so sehr fürchtete er die Begegnung mit Leonie.

Sie würde nicht auf der Veranda stehen und ihm zuwinken, wie er es sich ausgemalt hatte. Was würde sie sagen, wenn sie ihn so sah, als hätte er sich nach einem Trinkgelage geprügelt – verwahrlost und nach Alkohol stinkend?

Sie würde fragen, wo er so lange gewesen sei. In düstere Gedanken versunken, setzte er einen Fuß vor den anderen und betrachtete seine weißen Atemwolken in der kalten Luft. Er würde ihr die Wahrheit sagen. Dass es nicht seine Schuld war. Dass man ihm den Whiskey gegen seinen Willen eingeflößt hatte. *Nicht seine Schuld? Und der gestohlene Geldbeutel?* Gideon stöhnte und betete, dass Leonie ihm glauben würde.

Er hörte Jebediah, der die ganze Zeit schweigend hinter ihm hergelaufen war. „Warte, Gideon."

Gideon drehte sich um und sah einen Ausdruck in Jebediahs Augen, den er nicht deuten konnte.

„Ich muss dir noch etwas sagen." Der alte Mann räusperte sich und wandte den Blick ab. „Das Baby …", begann er, und Gideon hörte an seiner Stimme, dass etwas nicht in Ordnung war.

Jebediah fuhr sich mit der Hand über den Nacken. „Das Baby … ist schon da."

Gideon stieß ungläubig die Luft aus. „Was?“

„Das Baby wurde geboren.“

Gideon trat einen Schritt auf ihn zu. „Und … ist es … gesund?“

Jebediah hob leicht die Brauen und nickte schwach. „Es scheint so, ja.“

Gideon wurde erneut von Schwindel ergriffen. „Aber … aber es ist viel zu früh. Was ist passiert?“ Sein Atem war flach und stoßweise. „Bitte, sag mir die Wahrheit!“ Seine Worte hallten durch den stillen Wald, und seine Augen hatten einen flehenden Ausdruck.

Das Morgenlicht fiel auf Jebediahs zerfurchte Stirn.

„Was ist mit meinem Kind?“ Gideon packte Jebediah bei den Schultern. „Und was ist mit Leonie?“

„Leonie ist wohlauf. Und dein Sohn auch.“ Die Stimme des alten Mannes war heiser, und Gideon sah, dass seine Augen feucht waren.

„Aber was …?“

„Du hattest auch eine Tochter.“ Jebediah wandte den Blick ab und starrte zu Boden. „Es waren Zwillinge.“

„Zwillinge?“ Gideon war wie vom Donner gerührt. Seine Beine gaben nach, und er sank auf die Knie.

„Ja, Zwillinge.“ Jebediah trat näher und kniete sich ebenfalls hin. „Ein Junge und ein Mädchen.“

Gideons Fäuste hämmerten auf den gefrorenen Boden, dann fiel er vornüber und presste das Gesicht in die Hände. „Was ist passiert?“, fragte er mit erstickter Stimme.

„Das Mädchen …“, Jebediahs Stimme brach, „… hat es nicht geschafft.“

Gideons Hals brannte. „Und Leonie?“

„Ihr geht es gut … den Umständen entsprechend. Aber sie ist sehr stark.“

„Und der Junge?“

„Er ist noch sehr klein. Aber er ist ein Kämpfer.“

Gideon richtete sich auf und wischte sich über die Augen. „Wann war …?“

„Gestern. Die Babys kamen kurz nacheinander. Es war eine schwere Geburt, aber Leonie war sehr tapfer. Elsie kümmert sich um sie. Und um das Kind.“

„Das Kind … Wie geht es ihm?“

„Nun, der Kleine muss noch viel wachsen. Aber das wird schon. Leonie trägt ihn Tag und Nacht am Körper.“

Gideon schluckte. „Und … hat er schon einen Namen?“

„Jakob.“ Jebediah drückte ihm den Arm. „So heißt dein kleiner Sohn.“

Gideons Hals war immer noch wie zugeschnürt. „Und das Mädchen?“, fragte er heiser. *Hatte sie auch einen Namen? Wie sah sie aus? Trug sie die Züge ihrer Mutter?*

„Sarah.“

Gideon schloss die Augen. Bilder zogen herauf. Bilder, wie es hätte sein können. Ein kleines Mädchen mit Sommersprossen, das seine warme Hand in seine schob. Das lachend über eine Wiese lief, den Schmetterlingen hinterher. Das mit großen Augen zu ihm aufsah, während er ihm eine Gutenachtgeschichte vorlas.

Schweigend wandte er sich ab und weinte.

47

Elsie kam aus dem Garten herein. Die grauen Locken fielen ihr wild ins Gesicht, und auf ihren Wangen glänzten Spuren getrockneter Tränen. Wortlos setzte sie sich aufs Bett, umfasste mit ihren kalten Fingern Leonies Hand und begann zu beten.

Leonie blinzelte, als sich eine Träne löste und ihr über die Wange lief, und zog die Nase hoch. Elsie betete für das kleine Mädchen, das jetzt bei Jesus im Himmel war, und schloss mit den Worten: „Und bitte bring unsere Männer heil nach Hause."

Mit gefalteten Händen auf ihrer feuchten, schmutzigen Schürze flüsterte sie: „Amen."

Dann öffnete sie die Augen und strich Leonie sacht über die Wange. „Möchtest du etwas essen, Liebes?"

Leonie hauchte einen Kuss auf Jakobs Schläfe. Sie mochte es nicht zugeben, aber sie verspürte wirklich Hunger. „Gern. Kann ich dir etwas helfen?"

„Auf gar keinen Fall." Elsie lächelte schwach. „Ich habe einen Topf mit Suppe auf dem Herd. Bis sie fertig ist, kannst du ein paar Plätzchen knabbern."

Dann schlüpfte sie durch die Tür hinaus auf den Flur. Leonies Blick wanderte zum Fenster. Sie schalt sich für ihren Kleinglauben und wandte sich wieder Jakob zu. Er war ihre ganze Freude, und ihn zu betrachten, erfüllte sie mit Frieden und Dankbarkeit. Sie wiegte ihn leicht hin und her. Das Baby seufzte zufrieden, streckte die Ärmchen und öffnete die Augen.

„Hallo, mein Süßer." Mit ihrem Daumen strich sie sanft über das samtweiche Ohr ihres Jungen und über das winzige Näschen. „Mein kleiner Schatz." Sie hielt ihn ans Licht, um ihn von der Sonne bescheinen zu lassen, denn Elsie hatte gesagt, das würde ihm guttun. Dabei sprach sie leise mit dem Baby. „Du musst jetzt viel schlafen und immer schön deine

Milch trinken, damit du groß und stark wirst. Damit du eines Tages mit deinem Papa spielen kannst." Sie nahm seine kleine Faust und küsste die winzigen Finger.

Elsie brachte die Plätzchen und ein Glas Milch. „Hier ist schon mal eine kleine Stärkung." Sie selbst nahm sich auch einen Keks, biss hinein und wischte sich die Krümel von ihrem grauen Kleid.

Leonie brachte Jakob in eine bequeme Position, dann hob sie plötzlich den Kopf und lauschte. „Hast du das gehört?"

Elsie reckte den Hals und legte den Finger an die Lippen. Von draußen kamen leise Geräusche. Dann fiel die Haustür ins Schloss.

„Jebediah!" Elsie sprang auf und drückte Leonies Hand. „Bleib du besser hier."

Leonie nickte stumm und wünschte, ihr Puls würde aufhören zu rasen. Von unten hörte sie Stimmen. Elsie sprach mit einem Mann, aber es war nicht Gideon.

Jakob wurde unruhig und wimmerte, und Leonie legte ihn an die Brust, damit er trinken konnte. Mit einem Ohr lauschte sie angestrengt in Richtung Flur, doch sie konnte kein Wort verstehen.

Dann kam Elsie mit ernstem Gesicht zurück.

Leonie brachte nur ein einziges Wort heraus. „Gideon?"

Elsie warf einen kurzen Blick zur Tür. „Jebediah hat ihn gefunden."

Leonie stieß die Luft aus, die sie die ganze Zeit angehalten hatte. „Er ist da!"

Auf der Treppe hörten sie schwere Schritte. Mit gesenktem Blick trat Gideon ins Zimmer. Ein Auge war blau und verquollen, Lippen und Nase waren blutverkrustet. Auch an seiner Schläfe klebte getrocknetes Blut, und über dem Wangenknochen hatte er eine hässliche Platzwunde.

„Oh, Gideon!" Leonie schlug entsetzt die Hand vor den Mund.

Gideon starrte auf seine Schuhe.

Elsie räusperte sich. „So hat Jebediah ihn gefunden. Er war ziemlich übel zugerichtet."

„Wie ist das passiert?"

Endlich wagte es Gideon, Leonie in die Augen zu sehen. Scham und

Reue lagen in seinem Blick, doch seine Züge wurden weich, als er das Bündel an Leonies Brust bemerkte.

„Ist das …?" Zögernd trat er einen Schritt vor und streckte die Hand aus, zog sie jedoch schnell wieder zurück.

Leonie lüftete das Tuch, sodass Gideon Jakobs Gesicht sehen konnte.

Gideons Augen tanzten, als er das Kind betrachtete. „Mein Sohn", sagte er mit rauer Stimme.

Leonies Blick ruhte auf dem Mann, den sie mehr vermisst hatte, als sie mit Worten beschreiben konnte. Nun waren sie eine Familie.

Auf seinem Gesicht lagen ein Ausdruck des Staunens und eine tiefe Sehnsucht. Er kniete sich neben das Bett und schlang die Arme um Leonie. Ihr stiegen die Tränen in die Augen, als er ihren Kopf an seine Schulter bettete. Sie seufzte mit zusammengepressten Lidern und atmete seine Nähe – und machte sich abrupt los. „Was ist … Hast du etwa getrunken?"

Gideon erstarrte. Sein Gesicht war plötzlich aschfahl. „Nein … Ich meine, ja. Ich kann alles erklären."

Elsie mischte sich ein. „Es tut mir leid, Gideon. Aber du musst ihr die Wahrheit sagen. Die ganze Wahrheit."

„Welche ganze Wahrheit?" Leonies Blick wanderte zwischen Elsie und Gideon hin und her. Der Alkoholdunst ließ Bitterkeit und Übelkeit in ihr aufsteigen. „Du warst zwei ganze Tage fort. Was ist eigentlich passiert? Und wer hat dich so zugerichtet?"

Gideon griff sich an den schmerzenden Kopf. „Ich … ich habe das alles nicht gewollt", stammelte er.

„Gideon, was …?"

„Ich habe es dir nicht gesagt, Leonie", unterbrach Elsie. „Jebediah hat es auch erst gestern bemerkt."

Gideon hob beschwichtigend die Hand. „Leonie", begann er. „Was Elsie sagen will, ist … Ich habe den Beutel mit dem Geld genommen."

Leonie starrte ihn ungläubig an.

Blanke Verzweiflung spiegelte sich in Gideons Gesicht. „Leonie, es ist nicht, wie du denkst. Bitte vertraue mir. Ich würde dich niemals anlügen."

Er nahm ihre Hand. Seine Finger waren eiskalt. „Es war wegen der Uhr. Ich wollte Bert die Taschenuhr zurückgeben. Und Jebediahs Geld hatte ich nur geborgt. Ich wollte es zurückgeben. Ich …" Er stockte. „Du musst mir glauben, bitte!"

Mit versteinerter Miene hörte Leonie zu und schwieg.

„Bert war nicht allein. Seine Männer haben mich zusammengeschlagen und mir das Geld abgenommen. Sie …" Seine Stimme versagte.

Leonie umklammerte die Bettdecke, als suchte sie einen Halt. Ihr Herz klopfte zum Zerspringen. „Warum, Gideon?"

„Es ist nicht so, wie es aussieht", versuchte er sich zu rechtfertigen. „Und das hier …" – er stand auf und zupfte an seinem Hemd – „… das waren auch Bert und seine Männer. Sie haben mir den Whiskey aufs Hemd gegossen … und … und in den Mund."

„Hör auf!", schrie Leonie. „Ich will kein Wort mehr hören." Sie presste sich die Hand aufs Herz.

Erschrocken wich Gideon einen Schritt zurück. Er öffnete den Mund, als ob er noch etwas sagen wollte, und verstummte.

„Warum? Warum hast du das getan?", presste Leonie hervor, die Augen voller Tränen.

Elsie berührte Gideon leicht am Ellbogen. „Vielleicht solltest du dich erst einmal waschen und umziehen. Danach könnt ihr in Ruhe über alles reden."

„Nein." Leonie wandte sich ab. „Es gibt nichts mehr zu bereden."

Sie streckte den Arm aus wie ein gezücktes Schwert und wies Gideon die Tür. „Geh! Geh einfach!" Ihre Augen verengten sich zu schmalen Schlitzen. „Und du brauchst nicht wiederkommen."

Gideon sackte in sich zusammen, als hätte ihm jemand einen Keulenschlag versetzt. „Aber ich …"

„Geh! Und zwar sofort!" Ihre Stimme war so laut, dass Jakob wach wurde und zu weinen begann, obwohl sie ihre Hände schützend um seinen Kopf gelegt hatte.

„Komm, Gideon." Elsie schob ihn in Richtung Tür. „Am besten, wir lassen sie jetzt allein."

Gideon hielt die Augen auf Leonie gerichtet, doch Elsie schob ihn sanft, aber bestimmt zur Tür.

„Aber ich …"

„Wie kannst du es wagen!" Leonies Stimme war tränenerstickt. „Du hast mich im Stich gelassen!"

Jakob weinte lauter, und Leonie wiegte ihn, doch er wollte sich nicht beruhigen. Sie hob die Augen zur Decke und schluchzte auf. *Gott, warum?* Ihr Brustkorb bebte so stark, dass Jakob heftig erschüttert wurde. Auf dem Treppenabsatz hörte sie Elsie und Gideon, die sich leise unterhielten. Warum konnte er nicht endlich gehen?

Mein altes Leben ist vorbei, hatte er gesagt, *ein für alle Mal.* Aber es war eine Lüge gewesen.

„Und wage es nicht, mir noch einmal unter die Augen zu treten!" Ihre Worte waren wie Giftpfeile, die nicht nur den verletzten, gegen den sie gerichtet waren, sondern auch den, der sie abschoss. „Ich will dich nie wiedersehen!"

Jakob schrie aus vollem Hals, aber Leonie hatte keine Kraft mehr, ihn zu beruhigen. Sie ließ ihr Kinn auf seinen Kopf sinken und schluchzte in seinen Haarflaum hinein.

48

Leonie hörte Gideons Schritte. Mit jedem Poltern seiner Stiefel auf dem Holzboden rückte das Ende ein Stück näher.

Sie saß auf Elsies Bett, während ihr Mann nebenan seine Sachen packte. Sie hatte es nicht anders gewollt. Trotzdem hätte sie es nicht ertragen, im selben Zimmer zu sein. Durch die geschlossene Tür hörte sie, wie er hin und her ging, Schubladen aufzog und Sachen aufs Bett warf. Die Geräusche zerrissen ihr das Herz, und sie presste ihre Hand auf den Mund, als ob sie einen Schrei ersticken wollte.

Gideon ging fort. Sie hatte ihn fortgejagt.

Sie hörte Elsies Schritte auf dem Flur und wie sie leise mit Gideon sprach. Seine Stimme war tonlos und düster. Leonie schluckte. Längst bereute sie ihren Entschluss. Schützend legte sie die Hand auf Jakobs samtiges Köpfchen. Nein. Es musste sein. Es war das Beste für ihren Sohn.

Doch in ihrem Herzen tobte ein Kampf.

Gideon war nur ein paar Schritte entfernt. Sie brauchte nur hinüberzugehen und ihm zu sagen, dass es ihr leidtat, und er würde bleiben.

Sie hielt sich an der Bettdecke fest, um nicht aufzuspringen und zu ihm zu laufen.

So wie Ma es getan hätte. Leonie biss die Zähne zusammen. *Ich will nicht so werden wie meine Mutter.* Sie dachte an Gideons schmutziges, blutverkrustetes Gesicht, an seinen nach Alkohol stinkenden Atem. Nein, er konnte nicht bleiben. Das war sie ihrem Sohn schuldig.

Leonie hörte, wie Gideon mit Elsie sprach und wie ihr Name fiel. Sie fasste die Bettdecke fester. *Geh endlich.* Ihr Herz krampfte sich zusammen. *Bitte, geh.* Das Warten war das Schlimmste.

Dann hörte sie schwere Schritte, und eine Tür knallte zu. *Oh, Gideon.*

Leonie fuhr zusammen und drückte den kleinen Jakob fest an sich. Dann stand sie auf und ging im Zimmer auf und ab. Sie hörte, wie die

Schritte die Treppe hinunterpolterten, im Takt mit ihren hämmernden Herzschlägen.

Als sich die Haustür öffnete, wehte ein kalter Luftzug nach oben. Dann fiel die Tür krachend ins Schloss. Leonie rannte über den Flur in ihr Zimmer und schlug die Hand vor den Mund. Gideons Sachen waren fort. Sie riss die Schranktür auf und betrachtete entsetzt die Leere, die ihr entgegenschlug. Sie stürzte ans Fenster. Dort, im verschneiten Garten, stand ihr Mann. Er hatte sie angelogen und damit den letzten Funken Hoffnung ausgelöscht. Mit seiner Lüge hatte er alles zerstört. *Oder sie selbst, durch ihre Hartherzigkeit?* Leonie schüttelte den Kopf. Sie hatte das Richtige getan.

Gideon hatte sie im Stich gelassen, als sie ihn am nötigsten gebraucht hatte.

Der junge Mann unten im Garten blickte sich nach allen Seiten um, als wollte er sich alles noch einmal genau einprägen. Leonies Finger berührten die kalte Fensterscheibe. Sie biss sich auf die Lippen, um nicht laut seinen Namen zu rufen.

Dann stand er vor dem kleinen Kreuz aus frischem, unbehauenem Holz, golden im Morgenlicht. Leonies Atem stockte. Gideon ließ die Schultern hängen, dann machte er einen Schritt über den niedrigen Zaun bis zu dem frischen Erdhügel. Er fiel auf die Knie und legte eine Hand auf das Kreuz.

Leonie verwünschte die Tränen, die ihr schon wieder in die Augen schossen und die Sicht verschleierten.

Mit dem Ärmel wischte sie über das beschlagene Glas. Sie sah Gideon mit hängendem Kopf neben dem Grab knien und hustete, um nicht an den ungeweinten Tränen zu ersticken.

Langsam stand Gideon auf und fuhr sich mit der Hand über die Augen. Er sah zu Leonies Fenster hoch, und ihre Blicke begegneten sich.

Dann drehte er sich um und ging davon, mit müden, schwerfälligen Schritten. Seine wenigen Habseligkeiten nahm er mit sich, etwas Proviant – und Leonies Herz.

Sie drehte sich um, sodass Jakobs Gesicht dem Fenster zugewandt war. *Wenn du nur hinausschauen könntest.* Doch Jakob hielt die Augen fest geschlossen. Tränen füllten ihre Augen. Ihr Sohn hatte seinen Vater nie gesehen.

Und nun war er fort.

Sie sah die Fußspuren, die sich im Schnee verloren, und wünschte, sie wüsste, wohin sein Weg ihn führen würde. Wohin sollte er gehen? Seufzend wandte sie sich vom Fenster ab. Sie würde es niemals erfahren.

„Leonie?" Elsie klopfte sacht an die Tür. Sie trat ins Zimmer und schloss Mutter und Kind in die Arme. „Er ist fort", sagte sie, nicht ahnend, dass ihre Worte alles nur noch schlimmer machten.

„Elsie, was habe ich getan?" Leonie verbarg das Gesicht an Elsies weicher Schulter und weinte. „Und wie soll es jetzt weitergehen?"

Elsie wiegte sie sanft hin und her wie ein Kind. „Du hast getan, was du tun musstest."

„Aber ich werde ihn nie wiedersehen!"

Elsie hob Leonies Kinn an. „Man soll nie ‚nie' sagen. Nichts im Leben ist endgültig."

Leonie hatte das Gefühl, den Boden unter den Füßen zu verlieren, und warf sich schluchzend an Elsies Brust. „Er ist gegangen, Elsie! Er ist für immer gegangen." Ihr ganzer Körper bebte, ihr Atem ging stoßweise. Elsie streichelte ihr über den Kopf und hielt sie fest im Arm. Sie drückte sie noch einmal an sich, bevor sie sagte: „Ich muss jetzt gehen. Ich komme bald wieder, um nach euch beiden zu sehen."

Leonie warf einen letzten, vergeblichen Blick aus dem Fenster, dann zog sie die Vorhänge zu. Im Zimmer wurde es dunkel. *Gideon.* Nie wieder würde er zu ihrem Fenster hochschauen. Nie wieder würde er über den Hof auf das Haus zugehen.

Sie durchquerte das Zimmer, um sich aufs Bett zu legen, damit ihr armes Baby zur Ruhe kam. Im Halbdunkel stieß sie gegen etwas Hartes, strauchelte und stützte sich mit der Hand an der Wand ab. Ihr Knöchel schmerzte, und sie rieb ihn an ihrer Wade. Leonie drehte sich um, um zu sehen, worüber sie gestolpert war, und sah, dass Gideons Wiege leise hin und her schaukelte wie ein stiller Gruß – ein Andenken an den Mann, den sie liebte. Wenn sie doch Jakob in die Wiege legen könnte, die sein Vater gezimmert hatte. Dann könnte er ihm wenigstens auf diese Weise nahe sein. Leonie sah auf ihren schlafenden Sohn hinunter. Es würde noch Wochen dauern, bis er so weit war, dass er in seiner Wiege ein Mittagsschläfchen halten konnte.

Sie kniete neben der Wiege, strich über das glatte Holz und stellte sich Gideons Hände vor, wie sie die feine Maserung herausarbeiteten und alle Unebenheiten abschliffen. Sie zog die Nase hoch und wischte sich mit der Schulter die Tränen ab. Die schwere Wiege hörte auf zu schaukeln. Leonie schwang ein Bein über das Geländer, dann das zweite. Das Nachthemd bauschte sich über ihren angezogenen Knien, aber sie passte hinein. Jakob begann zu wimmern.

„Entschuldige, mein Schatz. Du willst schlafen, und ich schubse dich die ganze Zeit herum." Leonie verlagerte ihr Gewicht hin und her, und die Wiege begann zu schaukeln. Leise summte sie ein Wiegenlied. „Schlaf, mein Kleiner. Schlaf schön ein."

Aber Jakob ließ sich nicht beruhigen und schrie immer lauter.

„Oh, mein lieber kleiner Schatz." Leonie streichelte seine samtige Wange. „Nicht weinen." Tränen brannten in ihren Augen, als Jakob hilflos mit den Ärmchen wedelte. Sein winziger Mund bewegte sich suchend hin und her.

Aber Leonie hatte keine Kraft mehr.

Weinend klammerten sich Mutter und Kind in der Wiege aneinander, die der Mann gebaut hatte, den sie beide so sehr brauchten.

Wie weit würde er gehen müssen? Wie weit, um sein Elend hinter sich zu lassen? Ohne Leonie hatte alles keinen Sinn mehr. Gideon stützte den Kopf in die Hände, den Rücken an den breiten Stamm einer Kiefer gelehnt. Er hatte in seinem Leben nicht oft geweint, aber heute, als er am Grab seiner Tochter stand und wusste, dass er seine Frau und seinen kleinen Sohn nie wiedersehen würde, schämte er sich seiner Tränen nicht. *Was habe ich getan? Wieso habe ich alles falsch gemacht?*

Leonie hatte ihm die Tür gewiesen. Sie wollte ihn nicht mehr sehen.

Und nach all dem, was er ihr angetan hatte, konnte er es ihr nicht verdenken. Er hatte ihre Liebe nicht verdient. Viel zu oft hatte er sie enttäuscht – wie sollte sie ihm da noch vertrauen?

Gideon legte den Kopf in den Nacken. Durch die Zweige betrachtete er den blauen Himmel. Er hatte Leonie genug Kummer bereitet. Es war besser, wenn er aus ihrem Leben verschwand. *Um ihretwillen.* Und bevor er Jakob etwas antun konnte.

Er stand auf und machte sich wieder auf den Weg. Ziellos folgte er dem ausgetretenen Pfad. Er hatte keine Ahnung, wohin er gehen sollte, aber es war ihm einerlei. Wohin auch immer der Weg ihn führte, ihm war alles recht. Nur weit genug entfernt von Leonie, damit er sie nicht mehr verletzen konnte.

Er dachte an seinen kleinen Sohn. Nur ein flüchtiger Blick war ihm vergönnt gewesen. Ein Bild, das sich für immer in sein Gedächtnis eingebrannt hatte. Er würde es niemals vergessen. Das Gesicht seiner Tochter hatte er nie gesehen. Wieder kamen die Tränen, und er wischte sie mit dem Ärmel fort. *Sarah, wo bist du?*

Für Jebediah, Elsie und Leonie war alles so klar. Sie glaubten felsenfest daran, dass Sarah jetzt bei Gott im Himmel war. Gideon fuhr sich mit der Hand übers Gesicht. *Und ich? Glaube ich das auch?* Sein Herz klopfte heftig. Sein Blick wanderte nach oben, und er wusste, dass er Gott viel zu lange aus seinem Leben verbannt hatte. Gideon blinzelte in das Blau des Himmels und fragte sich, ob Gott ihn sah.

Er wird meinem Sohn ein besserer Vater sein, als ich es jemals könnte.

49

Gideon zog das Stück Papier aus seiner Jackentasche und studierte zum wiederholten Mal die hingekritzelten Worte: *T. Jemson, Apfelplantage.* Ein Ladeninhaber in Stuart hatte ihm den Tipp gegeben, als er dort nach Arbeit gefragt hatte.

Die Plantage war einen Tagesmarsch entfernt, und nun stand er vor einem weiß getünchten Schild, auf dem der Name *Jemson* zu lesen war, wenn auch die Farbe stark abgeblättert war. Er folgte dem Trampelpfad zwischen den Baumreihen hindurch. Die kahlen Äste waren von Raureif bedeckt und sahen aus, als sehnten sie sich nach wärmeren Tagen. In einiger Entfernung entdeckte er einen großen, grob gezimmerten Holzschuppen und dahinter ein zweistöckiges Haus, das denselben weiß gekalkten Anstrich hatte wie das Schild. In der Dachschräge des Schuppens fehlten einige Balken und hinterließen klaffende Löcher. Beim Näherkommen sah Gideon durch die offene Tür ein Durcheinander von Werkzeugen, aufgestapelten Kisten und alten Holzfässern.

Er schob die Hände in die Taschen und studierte das Wohnhaus. *Komm schon, Gideon, gib dir einen Ruck.* Während er sich innerlich Mut zusprach, kam ein Mann um die Ecke. Als er Gideon sah, verlangsamte er seine Schritte.

„Guten Tag." Gideon tippte sich an den Hut und verlagerte das Gewicht seines Gepäcks.

Der Mann hob die wettergegerbte Hand zum Gruß. „Tag, junger Mann. Kann ich Ihnen helfen?"

„Ja, Sir." Gideon räusperte sich. „Ich suche Arbeit und wollte fragen, ob Sie vielleicht noch jemanden gebrauchen können."

Der Mann schnalzte mit der Zunge. „Tut mir leid, aber um die Jahreszeit sieht es schlecht aus. Normalerweise stelle ich die Leute nur für die Erntesaison ein. Kommen Sie doch im Juli wieder." Er zog einen kleinen Beutel mit Kautabak aus der Tasche und stopfte sich etwas in den Mund.

Gideons Mut sank, aber er wusste nicht, wo er sonst hingehen sollte. Dieser Mann war seine einzige Chance. „Sir“, begann er.

„Ich heiße Jemson, Tim Jemson.“

„Mr Jemson, ich dachte nur …“ Gideons Blick wanderte hinüber zum Geräteschuppen. „Die Sache ist die, dass … Ich brauche dringend Arbeit. Gibt es nicht irgendetwas, was ich für Sie tun könnte?“ Er sah die morschen Balken, die dringend ersetzt werden mussten, und es juckte ihn in den Fingern. „Reparaturarbeiten zum Beispiel … Ich kann fast alles. Wenn Sie mich einstellen, werden Sie es nicht bereuen.“

Doch Tim Jemson schüttelte den Kopf. „Tut mir leid, aber außer Äpfel pflücken gibt es bei mir nicht viel zu tun. Und die Ernte beginnt erst in einigen Monaten.“

Gideon kaute an seiner Unterlippe. „Und was machen Sie so den ganzen Winter über?“

Mr Jemson lachte auf und spuckte eine dunkle Flüssigkeit in den Schnee. „Wie heißen Sie, junger Mann?“

„Gideon O’Riley.“

„Und wie alt sind Sie?“

„Zweiundzwanzig, Sir.“

„Glauben Sie mir, Gideon, ich habe hier genug zu tun.“ Er wies mit dem Daumen auf die Apfelplantage. „Bäume beschneiden, bewässern und das Wild von der Plantage fernhalten. Aber das schaffen mein ältester Sohn und ich allein. Dafür lohnt es sich nicht, jemanden einzustellen. Wir sind ein kleiner Familienbetrieb, und ich kann es mir nicht leisten.“ Er kniff die Augen zusammen, als die Sonne plötzlich durch die Wolkendecke brach, und strich sich über seine Bartstoppeln. „Wie gesagt, kommen Sie im Sommer wieder.“

„Sir“, platzte Gideon heraus. „Ich würde auch für die Hälfte arbeiten.“ Nervös drehte er seinen Hut zwischen den Fingern. „Für die Hälfte des Lohnes, den Sie Ihren Saisonarbeitern bezahlen.“

Tim Jemsons Augenbrauen schossen in die Höhe. „Wollen Sie mich auf den Arm nehmen?“

„Nein, Sir.“

Tim musterte Gideon aufmerksam. Jetzt erst schien er den grün und blau angelaufenen Bluterguss in seinem Gesicht zu bemerken. Gideon machte sich schon auf neugierige Fragen gefasst, aber Jemson lachte nur leise und schüttelte ungläubig den Kopf. Dann wurde er ernst.

„Ich bezahle meinen Vorarbeitern vier Dollar pro Woche. Die Pflücker bekommen zweieinhalb Dollar, und wer die Fuhre in die Stadt übernimmt, kann sich noch einen Dollar dazuverdienen." Er kreuzte die Arme vor der Brust. „Die Hälfte davon ist nicht viel. Ist das Ihr Ernst, junger Mann?" Seine Augen wurden schmal. „Woher kommen Sie eigentlich?"

„Von hier und dort", antwortete Gideon ausweichend. Er straffte die Schultern. „Ich bin harte Arbeit gewohnt. Wenn Sie mir eine Chance geben, kann ich es Ihnen beweisen." Mit seinem Blick streifte er die halb verfallene Scheune. „Ich könnte zum Beispiel als Erstes das Dach dort reparieren. Und Ihnen beim Beschneiden der Bäume helfen. Ich verstehe nicht viel von Apfelbäumen, aber ich lerne gern Neues dazu."

Tim begann, seinen Tabakbeutel umständlich in die Jackentasche zurückzustopfen. „Meine Frau macht gerade Abendessen", sagte er dann. „Wenn Sie hier arbeiten wollen, dann können Sie auch gleich zum Essen bleiben. Ich hoffe, Sie mögen Brathähnchen."

Gideon stieß die Luft aus, die er so lange angehalten hatte. „Gern, Sir. Vielen Dank, Sir."

„Dann zeige ich Ihnen die Quartiere der Erntehelfer, dort können Sie sich frisch machen." Er gab Gideon ein Zeichen, ihm zu folgen, und führte ihn hinters Haus zu einer hölzernen Baracke zwischen den Apfelbäumen. Aus dem steilen Dach ragte ein winziges Ofenrohr.

„Hier ist es. Sie haben das ganze Haus für sich allein und brauchen sich mit niemandem um den besten Schlafplatz zu streiten." Jemson grinste. „Eine Waschschüssel und ein Krug sind auch da. Wasser gibt's da drüben."

Gideon folgte Jemsons Armbewegung mit den Augen.

„Also, dann. Wir essen in zehn Minuten. Unsere Arbeiter müssen mit sauberem Gesicht und gewaschenen Händen bei Tisch erscheinen, so will es meine Frau. Ich sage ihr Bescheid, dass Sie mitessen." Tim entließ Gideon mit einem Kopfnicken.

Gideon ging hinein, um sein Schlafquartier zu besichtigen. Im Inneren der Baracke war es dunkel, staubig und kalt. Er ließ den schweren Packsack zu Boden gleiten, ging über die groben Holzdielen zum einzigen Fenster und öffnete die Fensterläden. In dem spärlichen Licht sah er drei Doppelstockbetten, zwei davon an der längeren Wand, eines gegenüber. Gideon setzte sich auf das nächstbeste Bett. Er drehte den Hals von links nach rechts und massierte seine verspannten Muskeln.

Eine Spinne krabbelte über einen kleinen Tisch mit ungleich langen Beinen. Auf dem Stuhl daneben stand eine umgestülpte Waschschüssel. Gideon drehte die Schüssel um und entfernte die Spinnweben von dem metallenen Rand. An der Innenseite der Tür hing ein Eimer. Während er damit zum Brunnen ging, dachte er an Leonie und an Elsies freundliche Küche und schloss für einen Moment wehmütig die Augen.

Er wusch sich das Gesicht und die Hände so sauber wie möglich und trat hinaus ins Abendlicht. Vor dem Haus blieb er einen Augenblick stehen und beschloss dann, an der Hintertür zu klopfen anstatt an der Haustür. Eine kleine, zierliche Frau öffnete ihm.

„Sie sind Gideon?"

„Ja, Ma'am." Er zog seinen Hut.

„Ich bin Mrs Jemson. Tim hat gesagt, dass Sie mit uns essen. Kommen Sie doch herein." Ihr Lächeln war warm und freundlich, als sie Gideon die Tür aufhielt. „Sie kommen für uns ziemlich unerwartet, aber wir freuen uns, dass Sie da sind." Die Frau strich sich über ihr rotes Haar und prüfte den Sitz ihres ordentlichen Haarknotens.

Gideon spürte, wie ihm die Röte in die Wangen stieg. „Vielen Dank, Ma'am." Er folgte ihr in die Küche, in der es nach Gebratenem duftete, und er leckte sich die Lippen.

„Sie können hier sitzen." Mrs Jemson zeigte auf eine Bank an der Längsseite des Tisches.

Kaum hatte er Platz genommen, als zwei kleine Jungen in die Küche gestürmt kamen. Schubsend und lachend kletterten sie auf die Bank, und erst als ihre glänzenden, sauberen Schuhe unter dem Tisch verschwunden waren, bemerkten sie den Gast.

„Wer sind Sie denn?", fragte ein rothaariger Junge stirnrunzelnd.

„Ich bin Gideon." Er legte die Fäuste neben den Teller.

Der Junge tat es ihm gleich. „Ich heiße Jimmy, und ich bin acht." Er stieß seinem kleinen Bruder zur Linken den Ellbogen in die Seite. „Und das ist Carl. Er ist erst sechs."

Carl kniff empört die Augen zusammen und zischte durch seine Zahnlücke: „Fech*einhalb*!"

Mrs Jemson stellte einen Untersetzer in die Mitte des Tisches und lachte. „Das sind zwei rotzfreche Bengel, Sie werden es bald merken."

Schritte näherten sich, und als Gideon aufblickte, sah er im Türrahmen einen jungen Mann, der aussah wie eine jüngere Ausgabe von Tim. „Wer ist ein rotzfrecher Bengel?"

Mrs Jemson drehte sich um. „Ach, Owen, da bist du ja. Das ist Gideon O'Riley. Er wird deinem Vater bei der Arbeit helfen."

Owen zog die Brauen zusammen. „Warum das denn?"

„Ich denke, die Einzelheiten hat er bereits mit deinem Vater besprochen", erwiderte die Mutter streng.

Gideon streckte ihm zum Gruß die Hand hin. Owen ergriff sie zögernd, bevor er sich gegenüber auf einen Stuhl fallen ließ, ohne den Blick von Gideon abzuwenden.

Die Hintertür klappte, und Mr Jemson betrat die Küche. Er wischte sich die Hände an seinem Overall ab und küsste seine Frau flüchtig auf die Wange.

„Das Essen ist fertig." Sie stellte einen schweren gusseisernen Topf mit einem goldbraun gebratenen Hähnchen auf den Tisch. Tim folgte ihr mit einer dampfenden Schüssel Kartoffelbrei. Er nahm Platz und räusperte sich. „Lasst uns beten."

Gemeinsam mit der Familie neigte Gideon den Kopf und faltete die Hände. Nach dem Tischgebet nahm er sich auf Mrs Jemsons Geheiß eine Hähnchenkeule.

„Nun, Gideon" – Tim Jemson schaufelte sich einen Löffel Kartoffelbrei auf seinen Teller – „was führt Sie in unsere Gegend? Haben Sie hier in der Nähe Familie?" Er schob die Schüssel zu Gideon hinüber.

Gideon fingerte an dem Löffel herum. Die Wahrheit würde merkwürdig klingen, aber lügen mochte er auch nicht. Nicht mehr. „Ja, Sir." Er nahm sich von dem Kartoffelbrei. „Eine Frau und einen kleinen Sohn. Er ist erst ein paar Tage alt."

Alle hoben die Köpfe.

Mrs Jemson zog die Brauen hoch, und Tim vergaß das Kauen.

Gideon spürte, wie ihm die Hitze in die Wangen schoss. „Ich weiß, es hört sich komisch an, aber es ist wahr." Er stocherte in seinem Essen herum. „Ich möchte meiner Familie das Geld schicken, das ich verdiene. Meine Frau braucht es nötiger als ich."

Tim Jemson wischte sich den Mund mit einer braun-weiß karierten Serviette ab. „Soso. Verzeihen Sie meine direkte Frage, aber möchten Sie nicht lieber bei Ihrer Familie sein?"

Gideon nahm einen Schluck aus seiner Teetasse. „Doch, Sir, aber das ist im Moment leider nicht möglich. Aber ich kann Ihnen versichern" – er suchte Tims Blick – „dass ich deshalb nicht weniger hart arbeiten werde." Dann senkte er den Kopf und sagte leise: „Ich möchte nicht unhöflich sein, aber ich würde lieber nicht darüber reden."

„Aber natürlich", sagte Mrs Jemson. „Es geht uns ja schließlich nichts an. – Bitte, nehmen Sie noch ein Milchbrötchen." Sie reichte einen Korb mit noch warmem Hefegebäck herum, und der Duft wärmte Gideons Herz. „Und vergessen Sie die Marmelade nicht."

„Danke, Ma'am."

Tim lächelte seine Frau an. „Nun, Gideon – darf ich Sie Gid nennen?"

„Die meisten nennen mich Gid."

„In Ordnung. Also, Gid, morgen früh bei Tagesanbruch geht es los." Er deutete mit einer Kopfbewegung Richtung Fenster. „Sie können sich übrigens glücklich schätzen. Normalerweise müssen sich die Arbeiter selbst verpflegen. Aber da Sie allein sind, können Sie genauso gut mit uns essen. Sie sind einverstanden?"

„Absolut, Sir. Das ist sehr großzügig von Ihnen."

Als sie mit dem Essen fertig waren, stand Gideon auf und verabschiedete sich. Er wollte der Familie so wenig wie möglich zur Last fallen.

In der Baracke legte er sich ins erstbeste Bett, noch bevor die Sonne hinter den Bäumen verschwunden war. Er wickelte sich in eine Decke, schlang die Arme um den Körper und dachte an seine kleine Familie.

Ein eisiger Luftzug pfiff durch die Ritzen in der Wand. Von draußen hörte er, wie sich die Baumwipfel im Wind wiegten, aber das beruhigende Rauschen konnte ihn weder schläfrig machen noch trösten.

50

Gideon stand vor dem Geräteschuppen, als Owen auf ihn zukam. Er hatte den Mantelkragen hochgeschlagen und zog frierend die Schultern nach oben. Gideon hatte die Hände in den Taschen vergraben. Dichter Nebel hüllte die Farm ein, und die nasskalte Luft ließ ihn frösteln.

„Kalter Tag heute."

Owen grinste. „Kann man wohl sagen." Er streckte ihm seine abgearbeitete Hand entgegen. „Wir haben uns noch gar nicht richtig begrüßt."

„Stimmt." Die beiden Männer schüttelten sich die Hände.

„Viel zu kalt zum Arbeiten, aber Pa zieht mir das Fell über die Ohren, wenn ich Ihnen nicht helfe. Also lassen Sie uns anfangen." Gideon folgte Owen in den Schuppen. Drinnen war es genauso kalt, aber es roch angenehm nach Äpfeln und Sägemehl.

„Hier müssen irgendwo noch ein paar Dachschindeln sein", sagte Owen und hob ein stockfleckiges Segeltuch an. Ein paar getrocknete Blätter segelten zu Boden. Unter der Plane lugten ein paar Holzkisten mit Werkzeugen hervor. „Hier sind sie ja." Owen schlug das Segeltuch zurück, und sie rollten es gemeinsam auf. „Mein Vater hat die Schindeln letztes Jahr gespalten, aber wir sind nie dazu gekommen, sie zu verlegen. Ich glaube, ein paar von unseren Arbeitern waren krank und sind wochenlang ausgefallen, sodass alles liegen blieb. Der langen Rede kurzer Sinn" – er hielt ein paar Schindeln hoch – „jetzt können wir loslegen."

Gideon fuhr mit der Handfläche über das glatte Holz und deutete auf das Dach. „Vielleicht sollten wir erst mal die alten, kaputten Schindeln runterholen."

Das Balancieren auf dem rutschigen Dach war kein Zuckerschlecken. Gideon ging voraus. Schließlich war er der Ältere und die bezahlte Aushilfskraft. Er fühlte sich für die schwierigen Passagen verantwortlich, doch auch Owen war ein geschickter Handwerker und legte ein gutes

Tempo vor. Den ganzen Vormittag arbeiteten sie Seite an Seite und lachten über die Geschichten, die Owen zum Besten gab.

„Da hätten Sie Pas Gesicht sehen sollen!“, grinste der junge Mann.

„Ich hoffe, er hat den Kerl gefeuert.“ Gideon warf eine morsche Schindel vom Dach.

„Und ob er das hat!“ Owen zog einen rostigen Nagel heraus. Dann wurde er plötzlich ernst. „Darf ich Sie was fragen, Gid?“

„Klar.“

„Was in aller Welt hat Sie in unsere Gegend verschlagen? Ich meine, wenn Sie Frau und Kind haben, warum haben Sie sich nicht irgendwo in der Nähe eine Arbeit gesucht?“

Gideon löste eine alte Schindel vom Dach und warf die zerbrochenen Stücke herunter. „Das hätte ich ja.“ Er legte den Hammer beiseite und rutschte ein Stück weiter. „Aber sie will nichts mehr mit mir zu tun haben.“

Owen senkte den Blick. „Das tut mir leid.“

„Das braucht es nicht.“ Gideon zuckte die Achseln. „So ist es nun mal – leider.“ Er nahm den Hammer wieder auf. „Aber ich werde ihr alles schicken, was ich hier verdiene.“ *Dann sieht sie vielleicht, wie sehr ich sie liebe.*

Die Glocke zerriss die darauffolgende Stille, und Mrs Jemson rief durch den Nebel zum Essen.

Bald darauf saßen sie alle in der Küche über dampfenden Suppenschüsseln. Mrs Jemson schnitt eine Scheibe von dem noch warmen Maisbrot ab und reichte sie Gideon. Er sah auf. „Danke, Ma'am.“

„Ihr zwei seid gut vorangekommen da draußen“, lobte sie gut gelaunt. „Tim wird sich über das neue Dach freuen.“

„Wir auch.“ Owen tunkte sein Brot in die Suppe. „Ich hoffe, wir sind bald fertig. Es ist viel zu kalt, um da oben auf dem Dach herumzuturnen. Die Arbeit hätte auch bis zum Frühjahr warten können. Wessen Idee war das überhaupt?“

„Ich fürchte, meine“, grinste Gideon. „Als ich deinen Pa bat, mir irgendeine Arbeit zu geben.“

„Schönen Dank auch." Owen leckte sich den Honig von den Fingern und stopfte sich das letzte Stück Brot in den Mund. Dann schob er den Stuhl zurück: „Gehen wir?", fragte er mit vollem Mund.

Gideon legte seine Serviette beiseite und stand auf. „Warum nicht. Je eher wir fertig sind, desto besser."

Sie arbeiteten, bis sich der Nebel lichtete und einem feuerroten Sonnenuntergang Platz machte. Die kahlen Äste der Bäume zeichneten sich gegen den leuchtenden Himmel ab wie das Muster eines Spitzensaumes. Gideon musste an Leonie denken und spürte ein Kribbeln in den Fingern, als berührten sie den zarten Stoff ihres Kleides. *Leonie.* Er vermisste sie so sehr, dass es wehtat.

Als die Glocke zum Abendessen rief, gingen sie durchgefroren hinein. Heißhungrig verschlang Gideon seine Mahlzeit und sagte dann rasch Gute Nacht, denn er wollte sein Schlafquartier noch vor dem Dunkelwerden erreichen.

Dort setzte er sich aufs Bett und starrte ins Leere. Auf dem schmutzigen Dielenboden markierte er mit der Stiefelspitze die Tage. Dann nahm er die Mandoline aus dem Sack, stimmte sie und schlug ein paar Akkorde an, doch es kam kein Lied über seine Lippen. Nach einer Weile legte er das vibrierende Instrument beiseite und begann sich die Schnürsenkel aufzuknüpfen. Die Stiefel polterten gegen die Wand. Ächzend legte er sich aufs Bett.

Er fror immer noch, zog sich die schäbige Decke hoch bis unters Kinn und starrte auf das Bett über sich. Einen Moment lang dachte er daran, sich eine Pfeife anzuzünden, aber er hatte noch nicht einmal ein Streichholz.

Draußen hauchte der Tag sein Leben aus, und die Dunkelheit kroch ins Zimmer. Gideons Gedanken wanderten zu den Menschen, die er liebte. Traumbilder verspotteten ihn. Im Halbschlaf sah er sie ganz deutlich und streckte die Hände nach ihnen aus, doch er konnte sie nicht festhalten. Er drehte der Dämmerung den Rücken zu, und bald war es um ihn pechschwarz.

Als der Schmerz unerträglich wurde, schloss Gideon die Augen und betete um einen tiefen, traumlosen Schlaf.

Leonie öffnete das Fenster und sah hinaus in den Garten. Der Boden war noch nass von dem plötzlichen Regen, und der meiste Schnee war weggetaut. Die Luft war schwer und feucht und roch nach Erde, nassem Holz und modrigem Laub. Die Kälte rötete ihre Wangen und stach ihr beim Einatmen in die Lunge. Mit den Augen suchte sie den Garten ab, doch er war so leer wie am Tag zuvor. Sie vermisste das Geräusch von splitterndem Holz, Gideons Axtschläge, die über den Hof hallten, und das vertraute Quietschen der Tür, wenn er aus der Scheune kam.

Sie lehnte sich an den Fensterrahmen und presste die Schläfe gegen das kalte Glas. Ihre verweinten Augen brauchten nicht lange nach dem kleinen Holzkreuz auf dem Rasen zu suchen. Sie schluckte und wandte sich ab.

Als sich Jakob bewegte, streichelte Leonie ihm beruhigend über den Rücken. Sein Näschen war schon gerötet, und sie beeilte sich, das Fenster zu schließen. Langsam ging sie im Flur auf und ab, um ihn in den Schlaf zu wiegen. Sie betrachtete das kleine Gesicht ihres Sohnes. Wie sehr er seinem Vater glich.

Der Gedanke an Gideon versetzte ihr einen Stich ins Herz. Wo mochte er sein? *Herr, bitte beschütze ihn.*

Sie wurde das Bild seines blutig geschlagenen Gesichts nicht los. Doch am meisten verfolgten sie ihre eigenen, herzlosen Worte. Sie rieb sich die Augen, als wollte sie die Bilder der schrecklichen Szene verscheuchen, und zwang sich, an etwas anderes zu denken – irgendetwas. Jakob stieß einen winzigen Seufzer aus und schmiegte sich in ihre Armbeuge.

Doch sie brauchte nur in sein winziges Gesicht zu sehen, und schon dachte sie wieder an Gideon – den Mann, den sie geliebt hatte. *Und immer noch liebte.* Jedes Mal, wenn der Schmerz zu groß wurde, sagte sie sich, dass es so für ihren Sohn das Beste war.

Als sie des Auf- und Abgehens müde war, ging Leonie zurück ins Zimmer und ließ sich mutlos in den Schaukelstuhl sinken. Was konnte sie schon tun? Weder hatte sie eine Ahnung, wo Gideon war, noch konnte sie ihn suchen gehen. Jakob war noch so klein und zart, dass sie ihn unmöglich mitnehmen konnte. Aber zu Hause lassen konnte sie ihn auch nicht. Und selbst wenn sie wartete, bis er älter war – wo sollte sie beginnen? Sie könnte die Wälder durchkämmen und die ganze Gegend absuchen, aber vielleicht war Gideon auch gar nicht mehr in Virginia. Der Gedanke machte ihr Angst, und sie schlang die Arme fester um ihren Sohn.

Sie schob den Schaukelstuhl vors Fenster, zog die Gardinen zurück und ließ das Licht herein.

Wie so oft betete sie für Gideon. Dass Gott ihn beschützen möge. Und dass er eines Tages seinen Frieden mit Gott machen würde. Ihr Blick schweifte zum Fenster hinaus in die Ferne. Irgendwo dort draußen war Gideon. Irgendwo in der Ferne.

Dabei wünschte sie sich nichts sehnlicher als seine Nähe. Und ihr Leben mit ihm zu teilen.

51

Weiter, Jungs! Es wird bald dunkel werden!", rief Tim aus der Krone eines Apfelbaums und deutete auf die tief stehende Sonne. „Wir sollten diese Reihe noch zu Ende machen."

Gideon sammelte die Äste auf und trug seine sperrige Fracht zum Wagen. Dann zog er seine ledernen Arbeitshandschuhe aus, kühlte seine heißen Hände und sah, wie viele Reihen noch vor ihnen lagen. Er fragte sich, wie lange es noch dauern würde, bis alle Bäume auf den sechzehn Morgen Land beschnitten waren. Und wie lange, bis der Schmerz in seiner Brust endlich nachlassen würde. Er war doch schon so viele Wochen hier.

Owen lief mit einer Armladung Äste an ihm vorbei. „Hey, Gid, es ist noch keine Pause!"

Gideon zog sich die Handschuhe wieder an. „Bei einem Dollar fünfundzwanzig in der Woche darf ich wohl mal Pause machen."

Owen warf die Äste auf den Wagen und bückte sich, um ein paar heruntergefallene Zweige aufzusammeln. „Und was soll ich erst sagen? Ich werde überhaupt nicht bezahlt!"

„Mir kommen die Tränen, wenn ich das höre", frotzelte Gideon. „Willst du damit sagen, dass du diese Plantage und das ganze Land eines Tages nicht erben wirst?"

Owen lachte und boxte Gideon kameradschaftlich gegen die Schulter.

Tim kam die Leiter hinuntergeklettert und warf seine Säge ebenfalls auf den Wagen. „So, Schluss für heute." Er bückte sich und half, das Reisig vom Boden aufzusammeln. „Gute Arbeit, Jungs. Nur noch ein paar Tage, dann sind wir fertig."

Gideon klappte die Leiter zusammen und verstaute sie neben der Säge. Er hatte für den Rest seines Lebens genug Bäume beschnitten. Und er fragte sich, wie Owen und sein Vater das Jahr für Jahr alleine schafften.

Die Maultiere zogen an, und das Fuhrwerk machte einen Satz vorwärts, sodass Gideon sich am Geländer festhalten musste. „Das ist wirklich eine Menge Arbeit."

Sie fuhren einen kleinen Hügel bergan, sodass sich die Tiere in die Riemen legen mussten. Mr Jemson warf einen Blick zurück. „Ja, das ist es, aber es lohnt sich. Warten Sie ab, bis wir erst die Äpfel pflücken, das wird ein Fest." Genüsslich sog er die Luft ein, als wäre es ein lauer Spätsommerabend. „Der Duft sonnenwarmer Äpfel, Apfelpfannkuchen mit Zimt zum Frühstück, Most und frisch gebackener Kuchen – es gibt nichts Schöneres als die Erntezeit."

Gideon zuckte die Achseln. „Ich weiß nicht recht."

Tim Jemsons Mund verzog sich zu einem Grinsen. „Im Ernst, denken Sie mal darüber nach. Ich habe selten jemanden gehabt, der die Arbeit so gut macht wie Sie, und ich würde sagen, Sie sind der geborene Apfelfarmer."

„Ich glaube kaum." Gideon lehnte sich mit gekreuzten Füßen gegen das Geländer.

„Warum nicht?" Owen schlug ihn scherzhaft mit seinem Handschuh aufs Bein. „Du könntest dir ein paar Morgen Land kaufen und deine eigene Obstplantage haben. Ein Haus bauen, sesshaft werden, eine Familie gründen …"

Sein Vater warf ihm einen warnenden Blick zu.

Owen biss sich auf die Unterlippe. „Entschuldige, Gid, ich hab's nicht so gemeint."

Gideon hob einen dünnen Zweig auf, steckte ihn sich zwischen die Zähne und stützte die Arme auf die Knie. „Schon gut."

Den Rest des Weges legten sie schweigend zurück.

Vor dem Schuppen bremste das Fuhrwerk, und Gideon sprang vom Wagen, bevor er hielt. Tim rief ihm hinterher, aber er winkte bloß, drehte sich um und ging durch den Schneematsch zu seinem Schlafquartier.

Gideon machte Feuer und setzte sich neben den Ofen. Die Holzscheite zischten und knackten. Er war nicht besonders hungrig und beschloss, mit dem Essen noch zu warten. Der Wind pfiff unter der Tür durch und blies ein paar trockene Blätter über den Fußboden. *Sesshaft werden, eine Familie gründen.*

Früher wäre das so ziemlich das Letzte gewesen, was er gewollt hätte. Nun war es ihm geschenkt worden – und er hatte sein Glück mit Füßen getreten. Als ihm warm genug war, stand Gideon auf und setzte sich an den wackligen Tisch. Er nahm das Blatt Papier, um das er Mrs Jemson gebeten hatte, damit er an Leonie schreiben konnte. Nun saß er da, starrte das leere Blatt an und wusste nicht, was er schreiben sollte.

In dem Moment klopfte es an die Tür.

„Herein."

Mr Jemson trat ein, setzte den Hut ab und sah sich in dem kleinen Raum um. „Ich sehe, Sie haben hier ein bisschen Ordnung gemacht", sagte er anerkennend. „Sieht gut aus."

„Danke", sagte Gideon, der mit seinen Gedanken ganz woanders war.

Tim zog sich unaufgefordert einen Stuhl heran und setzte sich ihm gegenüber. Er legte die Hand auf den Tisch und trommelte mit den Fingern. „Sie sind sehr nachdenklich heute", sagte er schließlich.

Gideon schwieg und tat einen tiefen Atemzug.

„Das hat bestimmt mit Ihrer Frau und Ihrem kleinen Sohn zu tun."

Gideon wusste, dass er dem Mann nichts vormachen konnte, und nickte. Er hörte plötzlich wieder Leonies Worte, die sie ihm entgegengeschleudert hatte, und es war wie ein Messerstoß in sein Herz. *Geh! Ich will dich nie wiedersehen!* Er sah den Schmerz und die Enttäuschung in ihren Augen, und er konnte es ihr nicht verdenken.

„Gideon, ich möchte Ihnen etwas erzählen." Tim Jemson lehnte sich in seinem Stuhl zurück. „Normalerweise spreche ich nicht darüber. Aber vielleicht sind unsere Fehler dazu da, dass andere etwas daraus lernen."

Gideon hob erwartungsvoll den Kopf.

Als Tim sprach, richtete er den Blick aus dem Fenster in die Ferne. „Es ist schon lange her. Aber kurz nachdem Owen geboren wurde, habe ich einen großen Fehler gemacht." Er warf Gideon einen Seitenblick zu. „Eine wirklich ganz große Dummheit, und beinahe hätte ich alles verloren, was mir im Leben wichtig war."

Gideon fuhr sich mit dem Finger über das Kinn. Seine Stoppeln juckten.

„Aber ich habe mich entschuldigt und um Vergebung gebeten. Und meine Frau – Gott segne sie – hat mir verziehen, obwohl ich ihre Güte und Großherzigkeit nicht verdient hatte." Er lächelte bei der Erinnerung, und sein Schnurrbart hob sich. „Machen Sie nicht denselben Fehler, Gid. Lassen Sie Ihre Frau nicht im Stich."

„Das will ich auch nicht, Sir." Gideons Kehle war plötzlich wie zugeschnürt, und seine Worte waren kaum mehr als ein Flüstern.

„Und was sitzen Sie dann hier noch herum?" Tims Lächeln wurde breiter, und er sah ihn erwartungsvoll an.

Gideon wusste nicht, was er sagen sollte. Jemson stand auf und nahm seinen Hut. Bevor er ging, legte er ihm die Hand auf die Schulter. „Ich lasse Sie ungern gehen. Sie sind einer der besten Männer, die ich je hatte." Er trat hinaus in die graue Dämmerung. „Aber denken Sie an meine Worte." Knarrend fiel die Tür ins Schloss.

Gideon starrte gedankenverloren auf das leere Blatt Papier. Was würde Leonie tun, wenn er wieder nach Hause kam? Ihn zum zweiten Mal hinauswerfen? Sein Mut sank. Sie sollte das Ganze nicht noch einmal durchmachen müssen.

Ihre Worte steckten wie Pfeile in seinem Herzen. Hatte sie ihn bewusst verletzen wollen? Oder waren sie ihr in ihrer Wut und Enttäuschung einfach so herausgerutscht? Er schloss die Augen und versuchte, sich ihr Gesicht vorzustellen – die Sommersprossen auf ihrer kleinen Nase und die großen braunen Augen, in denen man sich verlieren konnte.

Gideon stützte den Kopf in die Hände. Sein Herz krampfte sich zusammen. Da waren sie wieder, Leonies Augen. Augen, die einem direkt in die Seele blicken konnten. Sie waren ihm gleich aufgefallen, schon in der Nacht, als er sie nach Hause gebracht hatte. Als sie neben ihm hergegangen war, still und schüchtern, und kaum gewagt hatte, ihn anzusehen. Und jetzt hatten ihn diese Augen zu einem kargen, trostlosen Junggesellendasein verdammt, mit kalten Nächten und leeren Tagen, an denen er sich fragte, wo das Leben geblieben war und wie es hätte sein könnte.

Er schob das leere Blatt beiseite, zog einen zerknitterten hellbraunen Umschlag aus seiner Brusttasche und befühlte die Geldscheine. Er nahm ein paar heraus, wickelte einen Streifen Papier darum und schrieb in kleinen Druckbuchstaben Jebediahs Namen darauf. Dann steckte er das Geld zurück in den Umschlag und beschriftete ihn.

Leonie O'Riley

Seine Braut.

℅ Jebediah Bennett

Er klebte den Umschlag noch nicht zu. Irgendetwas wollte er dazuschreiben, aber er wusste nicht, wo er beginnen sollte. Ein Blatt Papier konnte unmöglich fassen, was er sagen wollte und was ihm am Herzen lag. Seufzend erhob er sich, hängte seine Jacke an einen Nagel an der Wand und steckte den Umschlag in die Tasche. Mit langsamen Bewegungen legte er seine ausgeblichene braune Hose zusammen und hängte sie über das Fußteil seines Bettes. Dann kroch er ins Bett und drehte sich zur Wand. Durch eine Ritze fiel das fahle Mondlicht.

Er versuchte zu schlafen, aber Leonies Augen verfolgten ihn. Augen voller Wut. *Sie hasst mich. Dabei habe ich nichts Schlimmes getan,* sagte er sich zum hundertsten Mal. *Aber ich habe das Geld genommen. Jebediahs und Elsies Geld.* Vielleicht würde ihm Leonie diesen Fehler nie verzeihen. Sie brauchte ihm nicht zu vergeben. Er hatte es nicht verdient.

Aber er brauchte sie. Und seine Arme sehnten sich nach seinem Sohn.

Gideon schlug mit der Faust gegen die Wand, und ein Schmerz durchzuckte seinen Arm bis zum Ellbogen. Er hasste sein kaltes, einsames Schlafquartier. Und er hatte hier zu viel Zeit zum Nachdenken. Wenn er die Augen offen hielt, sah er nichts als Dunkelheit. Und wenn er sie schloss, sah er die Gesichter, die er vergessen wollte. Er starrte auf das Bett über ihm und dachte daran, wie leer sein Leben sein würde ohne Leonie. Tagsüber würde ihn die Arbeit ablenken, doch die Stille der langen, einsamen Abende und die schlaflosen Nächte würden furchtbar sein. So würde es immer weitergehen, bis zu seinem Tod. Sollte das sein Leben sein?

Und konnte er daran etwas ändern?

„Gott!“, schrie er in die Dunkelheit hinein, und der Name fühlte sich fremd an. „Was soll ich tun?“

Stille.

Ärgerlich warf sich Gideon herum. Was hatte er eigentlich an Leonie so anziehend gefunden? Es war mehr als ihre Schönheit oder ihre Güte. Das Besondere an ihr war ihr Glaube. Was immer das hieß. Leonie hatte einen Halt, der ihr die Kraft gab, alles zu ertragen. Und die Hoffnung, dass es immer weiterging. Warum konnte er das nicht von sich behaupten? *Gott, sag mir, was ich tun soll.*

Gideon setzte sich auf und schlug die Decke zurück. Sein Herz hämmerte in seiner Brust, und er fühlte sich auf seltsame Weise beflügelt. Leonie wartete auf ihn. Und sein Sohn.

Warteten sie wirklich? Er fuhr sich mit der Hand durch die Haare. *Was bin ich für ein Narr.*

Und wenn schon.

Er suchte seine Sachen zusammen und zog sich an. Dann nahm er den Umschlag, faltete ihn zusammen und verstaute ihn sicher in der Brusttasche seines Hemdes. Noch nie hatte er etwas im Leben planen können, so war es immer gewesen. Und jetzt war es nicht anders. Aber es war zu spät, um seine Meinung zu ändern.

Er musste auf sein Herz hören.

Er brauchte seine Familie. Und er hoffte, dass sie ihn auch brauchte.

Er hatte keine Ahnung, was er Leonie sagen sollte und ob sie ihm glauben würde, aber er musste es zumindest versuchen. Ohne sie hatte er nichts zu verlieren, höchstens seinen Stolz, und das war nicht viel. Er musste zu ihr. Sie bedeutete ihm alles. Sie war das Lächeln in seiner Stimme, seine Heimat, das Echo seiner Seele. Und so würde es immer sein.

Als sich die ersten Sonnenstrahlen in den Apfelbäumen verfingen und den Tau trockneten, erzählte Gideon Mr Jemson von seinem Entschluss.

Tim war sichtlich erfreut und drückte ihm die Hand. „Wir werden Sie vermissen", sagte er, und Gideon wusste, dass er es ehrlich meinte. „Schade, dass Sie nicht bis zur Ernte bleiben können. Dann könnten Sie die Früchte Ihrer Arbeit sehen, sozusagen."

„Das ist wohl wahr", stimmte Gideon zu. „Aber es gibt andere Früchte im Leben, die nicht auf Bäumen wachsen."

Tims Lachen drang durch die kühle, stille Morgenluft. Wenn er wüsste, wie sehr es ihn nach Hause zog. Gideon schaute zum Haus hinüber und sah Mrs Jemson in der Tür stehen. Tim zwinkerte ihm zu, und Gideon wusste, dass er ihn verstand.

„Dann will ich mich mal auf den Weg machen." Gideon schulterte sein Gepäck. Es wurde Zeit – Zeit, sich bei denen zu entschuldigen, die er enttäuscht und verletzt hatte. Er wollte mit Leonie seinen Frieden machen und denselben Frieden spüren, der, wie er zu ahnen begann, nur von Gott kommen konnte. Er sehnte sich nach Vergebung, nach einem Neuanfang, wie er sich in den geheimen Winkeln seiner Seele kundtat. Auf einmal sah er alles glasklar, und sein wankelmütiges Herz floss über vor Dankbarkeit.

52

Jakob nahm den Finger aus seinem Mund und legte seine kleine feuchte Hand auf Leonies Arm. Ihr wurde warm ums Herz, als sie ihren zufriedenen kleinen Sohn betrachtete. Mit dem Saum ihrer Schürze wischte sie ihm das Kinn ab und gab ihm einen Kuss auf die Nasenspitze. Der Tag, an dem er geboren werden sollte, war nun verstrichen, und Leonie wusste, dass er leben würde.

Sie stützte ihn vorsichtig, legte sein Köpfchen an ihre Schulter und klopfte ihm sanft auf den Rücken, bis er sein Bäuerchen gemacht hatte.

„So ist es gut." Sie lachte leise. „Braver Junge."

Sie hievte sich und das Baby aus dem Schaukelstuhl und ging mit ihm langsam im Zimmer auf und ab. Jakob fielen schon die Augen zu, aber wie so oft tat er sich schwer mit dem Einschlafen und weinte vor Übermüdung.

Leonie kramte in ihrer inneren Schatztruhe nach einem Lied. Immer, wenn er müde war oder Trost brauchte, sang sie ihm etwas vor. Sie legte sein Köpfchen an ihre Brust, damit er ihren Herzschlag hören konnte, und sang:

„Komm, du Quelle allen Segens,
stimm mein Herz zu deinem Preis!
Ströme reichen Liebesregens
wollen Dank, wie dein Geheiß.
Lehr mich dir ein Loblied singen
wie der Engel Zungen rein;
Lob der Liebe will ich bringen,
meine Zuflucht sollst du sein!"

Sie legte Jakob an ihre andere Schulter und durchquerte den Raum, wobei sie ihn leicht auf und ab schaukelte. Er nuckelte mit halb geschlossenen Lidern an seinem Däumchen und war bald eingeschlafen.

Leonie setzte sich wieder in den Schaukelstuhl und stimmte leise die letzte Strophe an, ihre Lieblingsstrophe:

„Es kommt der Tag, da werd ich schauen,
reingewaschen durch Dein Blut,
Dein lieblich Angesicht, und voll Vertrauen,
Dir singen mit reiner Herzensglut.
Komm, mein Herr, ich will nicht säumen,
trag meine Seele, ich bin bereit,
dorthin, wo Deine Engel träumen,
in die selige Herrlichkeit."

Mit ihren bloßen Füßen bewegte sie den Schaukelstuhl hin und her. Sie hob die Augen zum Fenster. Der klare Himmel versprach einen strahlenden Frühlingstag. Leonie seufzte. Sie bot ihren ganzen Willen auf, um Gideons Gesicht aus ihrem Gedächtnis und ihrem Herzen zu verbannen.

Doch es hatte keinen Sinn. Die Bilder holten sie immer wieder ein. Sie sah seine rötlichen Locken zu Boden fallen und seine Finger, wie sie die Saiten der Mandoline zupften. Sie erinnerte sich an seinen Geruch, eine Mischung aus Kernseife und frisch geschlagenem Holz. Und sie stellte sich vor, wie sie den Arm um ihn legte, wenn er neben ihr auf dem Messingbett schlief.

Der Schaukelstuhl stand still. Leonie wandte sich ab von den wärmenden Sonnenstrahlen, die durchs Fenster fielen, und blickte sich im Zimmer um, mit dem sie so viele Erinnerungen verband. Sie versuchte sie fortzuscheuchen und wusste im selben Augenblick, dass sie diesen Kampf nicht gewinnen konnte. Es war alles so sinnlos. Wie sollte sie ohne Gideon weiterleben?

Vor ihr lag eine ungewisse Zukunft. Und ein Leben, das so ganz anders war, als sie es sich vorgestellt hatte. Ein unerfülltes Leben. Dass sie all diese Jahre ohne den Mann verbringen würde, den sie liebte, ließ die Zeit wie Blei vergehen. Ihr einziger Lichtblick war Jakob.

Sie rief sich ins Gedächtnis, dass Gott, der sich um die Spatzen auf dem Dach kümmerte, auch sie nicht im Stich lassen würde. Und dass er jeden Tag bei ihr war.

Der Tag war ausgefüllt gewesen mit Arbeit, aber die Nacht würde einsam sein wie alle anderen Nächte zuvor. Wenn nicht noch einsamer.

Leonie schlüpfte unter die Bettdecke und blies die Kerze aus. Sie hatte das Gefühl, dass der Schmerz und die Leere, statt nachzulassen, jede Nacht schlimmer wurden. Und an jedem neuen Abend wurde die Chance, dass Gideon zurückkam, geringer. Vielleicht war er immer noch unterwegs und entfernte sich mit jedem Tag weiter von ihr. Und sie konnte nichts dagegen tun.

In den vergangenen Wochen hatte sie sich oft gefragt, ob es eine Erklärung gab für das, was er getan hatte. Wenn sie ihm wenigstens zugehört hätte. Ihm die Gelegenheit gegeben hätte, etwas zu erklären …

Und wenn er unschuldig war? Obwohl es ihr unwahrscheinlich schien, klammerte sie sich an diese Hoffnung. Und wenn er sie wirklich geliebt hatte? Wenn dieser ganze unselige Tag ein einziges Missverständnis gewesen war?

Leonie zog die Decke hoch bis unters Kinn. Und wenn schon – es gab nichts, was sie tun konnte. Sie wäre für ihn bis ans Ende der Welt gelaufen, um ihn zum Zurückkommen zu bewegen. Doch ihr waren die Hände gebunden, vorläufig wenigstens. Auf Knien würde sie ihn bitten, ihr alles zu erzählen. Die Entschuldigung brannte schon auf ihren Lippen. Aber es war zu spät.

Leonie lag noch lange wach und hörte auf Jakobs gleichmäßige Atemzüge. Seine Nähe gab ihr Trost in dem leeren Bett. Die große Standuhr unten in der Stube schlug elf Mal. Leonie machte die Augen zu und flüchtete sich in den Schlaf.

Als er aus dem Wald heraustrat, kam ihm alles so vertraut vor, als sei er erst gestern hier gewesen. Gideon blieb lange genug stehen, um Atem zu schöpfen und die Erinnerung auf sich wirken zu lassen. Im Mondlicht sah er die Umrisse des Hauses, und sein Herz klopfte schneller bei dem Anblick. Dort war seine Heimat. Seine Familie. Der Kreis hatte sich geschlossen. Er war am Ziel aller Wünsche, bis auf einen: Leonies Gesicht in seinen Händen halten, ihr weiches Haar spüren und ihre Augen sehen, in denen Tränen glitzerten, während er seine Entschuldigung stammelte.

Und auf einmal wusste er genau, wie sein Leben aussehen sollte.

Bei einem Glas Eistee mit seiner Frau in lauen Sommernächten auf der Veranda sitzen. Ein paar eigene Apfelbäume anpflanzen und Leonie zuschauen, wie sie frisch gebackenen Apfelkuchen zum Abkühlen aufs Fensterbrett stellte. Und er würde seine Schulden bei den Bennetts zurückzahlen.

Während er auf das Haus zuhielt, das einmal sein Zuhause gewesen war, schien es ihm seit langer Zeit das Einfachste und Natürlichste, was er getan hatte.

Es war kurz vor Mitternacht, und die Verandatür würde bestimmt abgeschlossen sein. Ebenso die Haustür, die sowieso kaum jemand benutzte. Nicht, dass er Angst gehabt hätte, Jebediah zu begegnen, im Gegenteil. Aber Leonie und sein Sohn waren so nah, dass er einfach nicht länger warten konnte. Er musste sie sehen.

Gideon ging ums Haus herum und sah hinauf zu dem Fenster, wo sich die Spitzengardine in der Frühlingsbrise bauschte. Er ließ sein Bündel zu Boden gleiten und lief hinüber zur Scheune. Die Leiter lehnte an der Wand wie immer. Fast musste er lachen über seinen verrückten Einfall und hoffte, Jebediah würde es ihm nachsehen.

Oder etwa nicht? Einen Moment lang zögerte Gideon. Was würde Jebediah tun, wenn er ihn bei Leonie fand? Doch dann schulterte er die Leiter, fest entschlossen, seinen Plan auszuführen. Über alles andere konnte er sich später Gedanken machen. Schließlich hatte er eine Frau, die auf ihn wartete. *Bitte, Gott, schenk, dass sie wirklich so lange auf mich gewartet hat.*

Das Schwierigste war, die schwere Leiter so geräuschlos wie möglich an die Hauswand zu stellen. Dann kletterte er leise nach oben, das einzige Geräusch war sein keuchender Atem. Oben hielt er einen Moment inne und schluckte, unsicher, ob er wirklich einsteigen sollte. Leise schob er die Gardine zur Seite und spähte in das dunkle Zimmer.

Mit langsamen Bewegungen hob er erst das eine, dann das andere Bein über das Fensterbrett. Dann berührten seine Stiefel den Dielenboden, und er stand im Zimmer. *Bin ich noch ganz bei Trost?* Gleich würde Leonie aufwachen und sich zu Tode erschrecken. Unschlüssig hockte er sich auf den Boden. *Ich sollte wieder runterklettern und an die Haustür klopfen.*

In dem Moment drehte sich Leonie im Schlaf herum, sodass sie mit dem Gesicht zu ihm lag. Ihr Arm legte sich zart um einen kleinen Körper.

Gideon holte tief Luft. Er wagte sich näher heran und kniete nun vor dem Bett. Behutsam schlug er den Zipfel der Decke ein wenig zurück, der ihm die Sicht versperrte – und sah plötzlich ein winziges Gesicht vor sich, das wie sein eigenes Spiegelbild war, nur viel kleiner. Die rosa Lippen waren aufgeworfen, die samtigen Bäckchen leicht gerötet. Gideon streckte eine zitternde Hand aus, um sie zu berühren.

„Gid?“, flüsterte Leonie plötzlich.

Die Hand fuhr zurück. „Leonie!“

„Gideon?“ Ihre Stimme war tränenerstickt. Bevor er aufstehen konnte, war sie aus dem Bett geklettert und warf sich an seine Brust. Er vergrub die Hände in ihrem Nachthemd und hielt sie so fest, als wollte er sie nie wieder loslassen.

„Gideon.“ Leonie schlang die Arme um seinen Hals. „Du bist zurückgekommen!“

Er strich ihr das wilde Haar aus dem Gesicht. „Ja. Und es tut mir so leid …“

Sie bettete seinen Kopf an ihre Schulter und brachte ihn zum Schweigen. Er spürte, dass ihr Körper vor Schluchzen bebte.

Gideon rang nach den richtigen Worten, doch er wusste nicht, was er sagen sollte. Er war kein Dichter und kein Schöngeist. Er war ein einfacher Mann. Aber einer, der seine Frau vermisst und gemerkt hatte, wie sehr er sie brauchte.

„Ich … ich musste dich einfach sehen.“ Er nahm ihr Gesicht in beide Hände. „Dich und das Baby.“

„Oh, das Baby!“ Sie beeilte sich, nach dem schlafenden Jakob zu sehen, und nahm ihn auf den Arm. Lächelnd kam sie mit dem Baby auf ihn zu, und auf Gideons Gesicht spiegelte sich Staunen und Ehrfurcht.

Seine Stimme war dunkel, als er fragte: „Darf ich ihn halten?“

Vorsichtig legte Leonie ihm seinen kleinen Sohn in den Arm. „Hier. Er kann das Köpfchen noch nicht selbst stützen.“

Gideon trat ans Fenster und betrachtete im Mondlicht seinen Sohn, sah die langen schwarzen Wimpern auf seinen blassen Wangen. „Er ist wunderschön“, flüsterte er. Er spürte das Gewicht des kleinen Bündels in seinem Arm, und die Leere in seinem Herzen war verschwunden.

„Ja, das ist er.“

Er sah, wie ein Schatten auf Leonies Gesicht fiel, und legte den freien Arm um ihre Schulter. „Es tut mir so leid, dass ich dich alleingelassen habe, als du mich am nötigsten brauchtest.“

Leonie nickte und wischte sich mit dem Handrücken die Augen. Ihr Kinn zitterte, als sie zu ihm aufsah. „Sie ist jetzt bei Jesus. Sie ist in guten …“

„Ja, ich weiß.“ Er küsste ihr Haar und schloss die Augen, als seine Gefühle ihn übermannten. „Ich wünschte, ich hätte bei dir sein können.“

„Ich auch.“

„Kannst du mir noch einmal verzeihen?“

Leonie brachte kein Wort heraus. Aber sie drückte seinen Arm fester und verbarg das Gesicht an seiner Brust. Ihre Geste sagte mehr als Worte.

„Ich war schon auf dem Heimweg“, begann Gideon, und seine Stimme war rau. „Ich wollte nur noch heim zu dir.“ Er schluckte den Kloß im Hals hinunter. „Du musst mir glauben, bitte.“

Er atmete den blumigen Duft ihres Haares, als er sie auf die Stirn küsste. „Ich bin damals gegangen, weil ich Bert finden musste – um eine Schuld zu begleichen. Ich wollte das in Ordnung bringen. Aber ich hatte keine Ahnung, was mich erwarten würde.“

Ihre Finger berührten die Narbe an seiner Wange.

Gideon sprach weiter. „Ich hatte Angst, dass sie mich suchen würden. Und wusste, eines Tages würden sie mich finden. Ich wollte dich und die

Bennetts nicht in Gefahr bringen." Er wischte sich mit dem Ärmel über die Augen. „Ich habe versucht, mit ihnen zu reden, aber es war zwecklos. Dann haben sie eine Schlägerei angefangen. Sie haben mich zusammengeschlagen und betrunken gemacht."

Leonie hielt sich die Hände vors Gesicht.

Gideon fasste sie bei den Schultern und suchte ihren Blick. Sie sollte sehen, dass er die Wahrheit sagte. „Ich habe mich gewehrt, aber sie waren in der Überzahl." Er zog Leonie an sich, und eine Weile standen sie schweigend aneinandergeschmiegt. Seine Familie. Er liebte sie so sehr, dass es beinahe wehtat. „Ich liebe euch mehr als alles in der Welt."

Sie nickte. „Ich weiß." Mühsam hielt sie die Tränen zurück. „Es tut mir so leid, was ich gesagt habe. Und dass ich dir nicht geglaubt habe."

Gideon schüttelte den Kopf. „Das ist vorbei und vergessen. Jetzt sind wir wieder zusammen. Und daran wird sich nichts ändern." Er lachte leise. „So schnell wirst du mich nicht mehr los, Leonie O'Riley. Ich werde dir keinen Grund mehr liefern, mich aus dem Haus zu jagen. Und wenn ich für den Rest meines Lebens in der Scheune schlafen muss, wenn du das willst."

Ihre Augen funkelten, als sie ihn ansah, und ihr Mund verzog sich zu einem breiten Lächeln.

Schritte hallten auf dem Flur. Im nächsten Augenblick wurde die Tür aufgerissen, und das Paar blinzelte ins Licht einer Laterne.

„Was ist hier los?", dröhnte Jebediahs Stimme, bevor er wie angewurzelt stehen blieb. Elsie war ihrem Mann gefolgt und schrie nun, als hätte sie ein Gespenst erblickt. „Du meine Güte – Gideon! Wie bist du hereingekommen?"

Leonie legte den Arm um Gideons Taille. „Durchs Fenster", sagte sie verschämt. „Er hat mich ganz schön erschreckt."

Gideon lächelte verlegen. „Das wollte ich nicht."

Der kleine Jakob räkelte sich und gähnte, und Gideons Herz schmolz. „Du bist ein hübscher kleiner Junge."

„Ganz wie sein Vater."

Gideons Lächeln wurde breiter. Der Kleine sah ihm wirklich ähnlich, das musste er zugeben.

Einen Moment lang sagte keiner etwas, bis Leonie fragte: „Und was jetzt?"

Jebediah fand als Erster die Sprache wieder. „Jetzt gibt es ein paar Dinge zu klären."

Gideon senkte den Blick. „Es tut mir so leid, Jebediah. Ich hätte das Geld nicht … Ich wollte es zurückgeben … Ich meine, ich werde alles zurückzahlen, bis auf den letzten Cent."

„Das weiß ich." Jebediah trat ins Zimmer und stellte seine Laterne auf den Nachttisch.

Elsie sah ihren Mann erwartungsvoll an. Das Licht der Laterne flackerte und warf Schatten auf ihr Nachthemd.

„Ich … also, wir möchten dir etwas sagen, Gid." Jebediah legte den Arm um Elsies Schultern. „Eigentlich wollte ich es dir sagen, bevor das alles passiert ist."

Es war das erste Mal, dass Gideon so etwas wie Rührung in der Stimme des alten Mannes vernahm. Jebediah sammelte sich, bevor er weitersprach. „Dies alles" – er machte eine ausladende Armbewegung – „das Haus, das Land … alles …" Er stockte und warf seiner Frau einen Seitenblick zu. Elsie lächelte ihm aufmunternd zu.

Jebediah sah Gideon an. „Nun, ich hoffe, ihr bleibt noch eine Weile bei uns. Denn … es soll einmal euch gehören. Wenn ihr das wollt, natürlich."

Leonie schlug die Hände vor den Mund. „Aber … wie … was …?"

„Elsie und ich haben keine Erben, und wir können uns niemand anderen denken, der in diesem Haus wohnen soll." Elsies Augen füllten sich mit Tränen.

„Leonie ist wie eine Tochter für uns", fuhr Jebediah fort, „und der Kleine hier … Ohne ihn könnten wir uns das Leben gar nicht mehr vorstellen." Er trat vor und umarmte Gideon so fest, dass er ihn beinahe erdrückte. „Und du bist auch nicht übel … ich meine, nicht mehr." Jebediah verzog den Mund zu einem Grinsen, und Gideon grinste zurück.

„Pass auf – das Baby!", schrie Elsie.

Sofort ließ Jebediah Gideon los, doch der kleine Jakob schlief noch immer friedlich in seinem Arm. Er fand keine Worte, um Jebediah zu danken. Die Szene, wie der alte Mann damals das Gewehr auf ihn gerichtet hatte, erschien ihm so unwirklich, als sei sie nie geschehen. Er war dankbar, dass Gott an jenem Tag eingegriffen hatte, und begann zu ahnen, dass er ihrem Leben eine neue Wendung gegeben hatte.

„Danke, Jebediah", sagte er leise. „Wir nehmen euer Angebot gerne an."

Wie aus weiter Ferne hörte er seine Worte. Träumte er, oder war es Wirklichkeit? Und womit hatte er das alles verdient? Nichts davon hatte er aus eigener Kraft erreicht. Die Güte dieser Menschen erfüllte ihn mit Demut. Sein ganzes Leben lang war er seinen eigenen Wünschen nachgejagt. Doch jetzt wusste er, was es bedeutete, das Wohl anderer an die erste Stelle zu setzen. Und er würde tun, was in seiner Macht stand, damit es so blieb.

Er spürte, wie Leonies zarte Finger seine Hand drückten wie ein stummes Versprechen. Sie würde immer an seiner Seite sein. Ihre Lippen streiften seinen Handrücken, und ein warmes Gefühl durchströmte ihn.

Gideon erwiderte ihren Händedruck. „Ich liebe dich so sehr", murmelte er in ihr Haar. „Und ich werde dich nie wieder verlassen."

Nachwort

Mein besonderer Dank gilt der *Patrick County Historical Society* für sämtliche Kopien, das geduldige Beantworten meiner Fragen und für das grandiose Nachschlagewerk *History of Patrick County*, eine der besten Quellen für historische Details rund um die Blue Ridge Mountains.

Für Hobbyhistoriker oder Naturliebhaber, die gern in den Blue Ridge Mountains wandern, war mir die historische Genauigkeit des Buches wichtig, um der Schönheit und Ursprünglichkeit dieser Gegend Rechnung zu tragen. Dabei habe ich mir so wenig literarische Freiheiten wie möglich herausgenommen, und wenn, dann nur um Leonies und Gideons Geschichte auszuschmücken.

Ich bin dankbar für die vielen Gebete und Mut machenden Worte der Menschen während der Zeit, in der dieses Buch entstand. Auch die Aufmerksamkeit und Liebe, welche mir die vielen treuen Leser und Schriftsteller schenkten, die ich meine Freunde nennen darf, haben mich tief bewegt. Euch allen möchte ich dafür von Herzen danken.

Wer mit mir in Verbindung bleiben möchte, kann gern auf meiner Webseite www.joannebischof.com meinen kostenlosen Newsletter *The Heartfelt Post* anfordern, der jeweils im Frühling und im Herbst erscheint. Ich finde es schön, neue Leser auf Facebook oder Twitter begrüßen zu können, und würde mich freuen, wenn Sie vorbeischauen!

Danke, dass Sie mich in „Weil du mir versprochen bist" auf die Reise durch die Blue Ridge Mountains begleitet haben.

Fragen zum Text

1. Leonie und Gideon wachsen in demselben kleinen Ort auf, ohne sich jedoch besonders gut zu kennen. Welches Bild haben sie jeweils vom anderen, als sie plötzlich gemeinsam auf der Bühne stehen? Und wie ändert sich dieses Bild einige Tage später, als Joel Sawyer Gideon und seinen Vater zu sich zitiert?
2. Sowohl Leonie als auch Gideon sind in schwierigen Familienverhältnissen groß geworden. Welche sind ähnlich, und worin unterscheiden sich die Familien? Ob zum Guten oder Schlechten, inwiefern haben die familiären Umstände sie geprägt?
3. Leonies Tante Sarah steht ihr sehr nah. Was verbindet die beiden Frauen, und in welcher Hinsicht sind sie sich ähnlich? Was hat Leonie von Sarah gelernt, das ihr im Leben Kraft und Zuversicht gibt?
4. Im 19. Jahrhundert war die Einstellung zu Liebe und Ehe eine andere, was Leonie in eine schwierige Lage bringt. Was wäre passiert, wenn sie Gideon nicht geheiratet hätte? Hatte sie überhaupt eine Wahl, ihrem Vater zu widersprechen? Welche ermutigenden Worte hätten Sie für Leonie in der Situation?
5. Jebediah und Elsie bieten Leonie und Gideon ein Dach über dem Kopf und ein echtes Zuhause. Glauben Sie, die Bennetts hätten sie auch dann bei sich aufgenommen, wenn sie weniger wohlhabend gewesen wären? Welche Charakterzüge von Elsie und Jebediah lassen Sie zu dem Schluss kommen?
6. Gideon bereut vieles im Leben, doch er tut sich schwer, diese Dinge hinter sich zu lassen. Welchen Rat würden Sie ihm geben? Woran kann man feststellen, dass er im Laufe der Geschichte reifer wird?
7. Jebediah greift bei Gideon zu ungewöhnlichen erzieherischen Maßnahmen, aber er zeigt sich sehr geduldig in Situationen, in denen Gideon es nicht verdient. Was sagt das über Jebediahs Charakter aus, und welche Rolle spielt er in Gideons Leben?

8. Manchmal wird unser Leben von den Entscheidungen anderer beeinflusst. Inwiefern trifft dies auf Leonie und Gideon zu?
9. Angesichts einer scheinbar ausweglosen Situation geraten viele Menschen in eine tiefe Krise. Haben solche Situationen einen Sinn? Wenn ja, wie wirken sich Leid und schwierige Umstände auf unsere Persönlichkeit aus? Wie können uns solche Krisen Gott näherbringen?
10. Dieses Buch und seine Fortsetzung gründen sich auf die Bibelstelle 1. Petrus 5,10: „Gott aber, von dem ihr so viel unverdiente Güte erfahrt, hat euch durch Jesus Christus zugesagt, dass er euch nach dieser kurzen Leidenszeit in seine ewige Herrlichkeit aufnimmt. Er wird euch ans Ziel bringen, euch Kraft und Stärke geben, sodass ihr fest und sicher steht.“ Inwiefern bezieht sich diese Textstelle auf Leonies und Gideons Leben? Haben Sie in Ihrem eigenen Leben schon Ähnliches erlebt?
11. Auf den letzten Seiten des Buches wird Gideon bewusst, wie sehr er seine Familie liebt, und verspricht, dass er sie nie mehr verlassen will. Er weiß jedoch, dass es Dinge gibt, die er aus eigener Kraft nicht abwehren kann, und bittet Gott um Beistand. Glauben Sie, dass sich das Leben der O'Rileys jetzt ändern wird? Was, glauben Sie, wird die Zukunft für Gideon und Leonie bringen?

Dank

Ich habe keine Worte, mein Herr und Gott, um Dir für alles zu danken, was Du für mich getan hast. Deshalb bin ich so dankbar, dass Du mir ins Herz schauen kannst. Es ist mein größter Wunsch, Dir auf den Seiten dieses Buches die Ehre zu geben.

Unendlich dankbar bin ich auch meinen Eltern, Mike und Janette, dass sie mir erlaubt haben zu träumen und mir Geschichten auszudenken, seit ich des Lesens und Schreibens mächtig bin. Eure Begeisterung und Unterstützung für meine ersten literarischen Schritte bedeuten mir sehr viel.

Dieses Buch wäre nie zustande gekommen ohne meine wunderbare Agentin Sandra Bishop. Danke für deinen Enthusiasmus und dafür, dass du dich von Anfang an für diese Geschichte stark gemacht hast.

Mein besonderer Dank gilt auch meinen beiden Lektorinnen, Beth Adams und Shannon Marchese. Eure guten Gedanken und große Erfahrung haben dazu beigetragen, der Story und meinem Schreibstil den letzten Schliff zu verleihen.

Ein großes Dankeschön auch an das gesamte Verlagsteam der WaterBrook Multnomah Publishing Group, dass ihr das Projekt an Bord genommen und ihm durch euren tatkräftigen Einsatz und eure Kreativität Flügel verliehen habt.

An der Stelle möchte ich auch Rebecca Farnbach und allen Mitgliedern der Schriftsteller-Kritikergruppe in Temecula danken, dass sie ein Forum geschaffen haben, in dem junge Autoren sich in einem geschützten Raum ausprobieren und weiterentwickeln können. Unbeschreiblich dankbar bin ich auch für die vielen Stunden Arbeit, die Dona Watson, Beverly Nault und Ashley Ludwig in dieses Buch gesteckt haben. Eure guten Ratschläge und eure Motivation haben mir sehr geholfen, besonders im letzten Stadium des Buches. Danke für eure Geduld, für euer Lachen und Weinen und dafür, dass ihr gezielt den Rotstift angesetzt habt. Ihr seid wunderbar.

Ich danke auch den Lehrern und Lehrerinnen der Schule in Hemet für ihre Kreativität und Unterstützung: Mrs Drumm, Mrs Edmundson, Mrs Dement, Mr James und Mr Rossi. Sie alle haben einen festen Platz in meinem Herzen.

Und zu guter Letzt ein Riesendankeschön an meinen Mann und meine drei braunäugigen Kinder, die mein Leben bereichern und ein großer Segen sind. Die Frau mit den grünen Augen kann sich glücklich schätzen, euch zu kennen. Euer Lächeln und eure Liebe bedeuten die Welt für mich.

Melissa Jagears

Julia - die bestellte Braut

304 Seiten, Paperback
ISBN 978-3-7655-2030-3

Everett Cline lebt im 19. Jahrhundert in einer Gegend, in der es nicht unüblich ist, eine „Katalogbraut" zu nehmen. Doch nachdem vier Verlobungen gescheitert sind, ist sein Herz endgültig gebrochen, und er glaubt, für immer allein bleiben zu müssen. Bis seine gute Freundin Rachel einen letzten Anlauf wagt und eine Frau für ihn in die Stadt kommen lässt …

Julia Lockwood hat in ihrem Leben nichts anderes erfahren, als dass Männer ihren Wert nur in ihrer Schönheit sahen und sie als bloßen Schmuck betrachteten. Sie flieht vor einer arrangierten Verlobung und hofft, als „Katalogbraut" endlich ihr Glück zu finden.

Zögerlich willigt sie in eine Ehe mit Everett ein. Doch aufgrund der Erlebnisse in der Vergangenheit fällt es beiden sehr schwer, sich aufeinander einzulassen. Viele Wunden müssen heilen, Missverständnisse aus dem Weg geräumt und neue Hoffnung geschöpft werden, bis Braut und Bräutigam sich endlich vertrauen und sich die längst entfachte Liebe eingestehen.

BRUNNEN VERLAG GIESSEN
www.brunnen-verlag.de